전차를 모는 기수들 2

대산세계문학총서 166

전차를 모는 기수들 2

Riders in the Chariot

패트릭 화이트 지음 — 송기철 옮김

문학과지성사

대산세계문학총서 166_소설

전차를 모는 기수들 2

지은이 패트릭 화이트
옮긴이 송기철
펴낸이 이광호
주간   이근혜
편집   박김문숙 김필균 김은주
펴낸곳 ㈜문학과지성사
등록번호 제1993-000098호
주소   04034 서울 마포구 잔다리로7길 18(서교동 377-20)
전화   02) 338-7224
팩스   02) 323-4180(편집) 02) 338-7221(영업)
전자우편 moonji@moonji.com
홈페이지 www.moonji.com

제1판 제1쇄 2021년 2월 8일

ISBN 978-89-320-3817-9 04840
ISBN 978-89-320-3815-5 (전 2권)
ISBN 978-89-320-1246-9 (세트)

이 책은 대산문화재단의 외국문학 번역지원사업을 통해 발간되었습니다.
대산문화재단은 大山 愼鏞虎 선생의 뜻에 따라 교보생명의 출연으로 창립되어
우리 문학의 창달과 세계화를 위해 다양한 공익문화사업을 펼치고 있습니다.

차례

전차를 모는 기수들 1

일러두기

1. 이 책은 Patrick White의 *Riders in the Chariot*(Viking Penguin, 1989)를 우리말
   로 옮긴 것이다.
2. 본문의 주는 모두 옮긴이의 것이다.
3. 강조하기 위해 원서에서 이탤릭체와 대문자로 표기한 것을 본문에서는 고딕체로
   표기했다.

5부

10장

그해 여름에 재너두는 이미 자연과 공모를 벌이기 시작했으며 더욱더 그 속을 터놓았다. 이전에는 절대 내부로 들어올 수 없었던 피조물들이 드나들었고, 그때까지는 느슨하게 직조한 커튼처럼 보이던 빛과 잎들이 이제는 정말로 벽처럼 느껴졌다. 남의 눈을 피하려고 매달아둔 것들이 한때 은폐를 목적으로 했었던 돌과 모르타르 재질보다 결국에는 더욱 견고하게 서 있는 것만 같았다.

어느 화요일 오후에 졸리 부인은 그 목적이 심히 의심스러운 용건 때문에 밖에 나갔고 헤어 양은 널찍한 방들을 걸어 다니고 있었다. 이 얼룩점으로 가득한 여인은 단지 그 방들과 그녀 자신의 기억을 꽉 채운 여러 가지 물건들이며 이미지들에 동화하려 했던 것뿐인데, 그러다가 문득 어떤 소리를 감지하기 시작했다. 비록 얼마나 깊은 곳에서 혹은 멀찍이서 들려오는지는 꼭 집어 말할 수 없었으나, 소리는 그 지점에서 희미하면서도 분명하게 들려왔다. 그녀의 주변이며 아래쪽, 어디에든 그 소리가 있었다. 터널에서, 코끼리들의 입에서, 잠들어 꿈꾸며 뒤척이는 사람한테서, 그리고 상당히 높은 곳으로부터 은밀하게 떨어지는 흙에서 들려오는 음산한 소리. 헤어 양은 의혹이 피어오르자마자 손가락으로 귀를 막았다. 마치 그러면 멈출 수 있다는 듯이. 그럴 수 없다는 것을 알면서도. 그녀 역시 부들부들 몸을 떨고 있었다. 그럴 때 그녀는 늘 그것이 마치 트럼펫 소리처럼 터져 나오거나 청동으로 된 징처럼 진동하고, 자기가 그 떨리는 쇠붙이 한가운데에 있다고 상상했다. 하지만 그 순간에 그것은 고작 산들거리는 먼지, 그리고 결국은, 압력을 이기지 못했던 커다랗고도 확실한 뼈의 소리였다. (그녀는 사내들이 토끼의 목을 부러뜨릴 때마다, 뼈가 부러지는 최후의 소리를 기다리면서 늘 울며 반발했다.)

그러다가 소리가 그쳤다. 그리고 그녀는 살아남았다. 아무래도 재녀두는 아직 무너지지 않은 모양이었다.

한번은 헤어 양이 그 소리에 시달릴 수 있는 범위를 가늠해보느라 집 안을 내달리기 시작한 적이 있었다. 그녀는 완전히 실성한 상태였다. 닫힌 방들 안쪽에는 그늘이 가득했으나 노랗고 흐늘흐늘한 빛이 문에 달린 유리판을 뚫고 나와서 갑자기 부풀었고, 그녀의 형체는 두려움에 사로잡혀 명멸했다. 그녀는 드높은 공중그네에서 이미 떨어져버렸거나 희망컨대 아직 떨어지고 있을지도 모르는 도도한 정신을 붙잡으려 내달렸으며, 영락없이 그 모습은 하얗게 덧댄 조각들이 갈색 혹은 붉은색과 어우러져 광대같이 줄무늬를 이룬 꼴이었다. 그녀는 나선형의 미끄럼틀을 미끄러졌고 뭉툭하고 지저분한 손가락들을 그물보다 팽팽하게 뻗고 있었다. 비록 조그마했지만.

응접실에서 헤어 양은 피해를 입증하는 첫번째 증거를 발견했다. 속이 비치는 드레스를 입은 숙녀들이 로스토프트¹⁾산 잔에다 차를 따르며 자기네 항해 이야기를 들려주던 그곳, 춤추던 사람들이 결혼까지 이어질 지친 스텝으로 왈츠를 추다 숨을 돌리던 그곳, 그녀의 부모가 골동품 뒤로 숨으면서도 서로에게서 벗어날 수 없었던 바로 그 응접실에서 말이다. 재너두의 기반이 눈에 띄게 분명히 내려앉고 있는 곳은 바로 응접실 쪽이었다. 이전에 고작 손가락이나 집어넣을 만한 크기의 균열이 있던 곳을 다시 보니, 온전히 한 조각을 이룬 의기양양한 빛이 단단한 회반죽과 석재가 있던 자리를 대신하고 있었다. 나뭇잎들은 초록빛을 터뜨리고 소곤거리면서, 또한 나아갔다 물러나면서 팔락거리고 머무적거렸다. 허옇게 얼룩덜룩해진 벽들도 드러났다. 오크 재질의 돌출부에 쌓여 있던 이끼 찌꺼기가 이탈리아산 다마스크[2] 깔개 위로 떨어졌다. 그리고 먼지, 또 먼지. 친숙한 비스킷 빛깔이지만 세월과 은닉의 냄새를 풍기는 새로운 종류도 있었다. 이제 갓 쏟아져 나온 먼지였다. 그것이 언젠가는 돌조차 바스러질 얇은 바닥에 집 안의 회색빛 먼지와 함께 쌓여 있었다.

헤어 양은 가만히 서서 지켜보았다. 그런 다음 딱 주먹 크기만 한 무너진 파편을 집어 들더니, 부모님이 자랑스레 여기던 공작석 항아리에다 던져버렸다. 하지만 충돌의 순간은 다소 실망스러웠다. 심지어 따분하게 느껴지는 소리였다. 합금이나 나무에 돌이 부딪히는 소리와 거의 비슷했으니까. 그러나 그 항아리는 진짜 광물—무척이나 차갑고 조밀하며 반응이 없는—로 만든 물건이었고, 어린 시절은 물론 이후의 외롭던 순간들에도 그녀는 살갗에 닿는 촉감을 통해 그 사실을 분명히 확인할 수 있었다.

해결책을 찾느라 실룩거리던 헤어 양의 입가가 치아에 걸린 채로 갑

---

1) 영국 동부 해안에 위치한 도시.
2) 금실이나 은실 등으로 화려한 무늬를 넣은 피륙.

자기 차분해졌다. 새들을 보면 언제나 온갖 골칫거리가 사라졌고, 실제로 여기 몇 마리의 새가 그녀 쪽으로 다가오고 있었다. 새들은 빛과 나뭇잎이 직조한 태피스트리에서 빠져나오더니 뚫려 있는 응접실의 일상 속으로 선회하며 날아들었다. 어떤 종류의 새들인지 헤어 양은 구별할 수 없었다. 이름 따위에는 관심도 없었다. 검은빛도 회색빛도 아닌, 그저 여느 새들같이 흔한 빛깔의 이 퉁퉁하고 반짝이며 얼룩덜룩한 새들을 접하면 꼭 대기와 잔가지를 바라볼 때처럼 본능적인 친근감이 느껴졌다. 그 가운데 어설프게 코니스[3]에 매달린 새 한 마리가 그녀의 마음을 크게 흔들어놓았다. 혼란한 나머지 우아함을 잃은 새는 부리 밑으로 주름을 잡으며 둔해진 상태였다. 멀찍이 아래쪽에서 헤어 양은 그 당황한 피조물이 본래의 무리로 돌아가기를, 또 그들의 재회가 그녀가 생각하기에 적절한 움직임으로 형상화되기를 바랐다. 그녀는 새들이 비행하다가 한순간 몸을 떠는 모습을 지켜보았고, 마치 그것들을 덫으로 잡아 마음속 박물관에 전시하는 것 같았다. 하지만 당연히 새들은 떠나갔다. 벽이 갈라진 자리에 양단 장식처럼 걸린 채로 일렁이는 빛살 가운데 그녀는 남겨졌다.

그래서 헤어 양 역시 결국에는 파피에마세[4] 같은 머리를 덜렁덜렁 흔들며 물러났다. 지금처럼 그녀의 자산이자 비운인 그 비참한 저택 안을 지나며 자기 움직임을 더 이상 제어하지 못할 때면, 헤어 양은 항상 어느 때보다도 형편없이 꼴사나운 상태가 되었다. 그렇게 그녀는 계단 위로, 또 기묘한 복도 사이로 불쑥 나타났다. 거의 맨살에 달리다시피 한 불편한 브로치들이 몸을 찌르고 꽉 막힌 목구멍이 숨을 조여왔다. 터벅

3) 고전적인 건축물에서 기둥 위에 형성되는 공간 가운데 맨 위.
4) 형틀 위에 종이를 찢어 붙이거나 지점토를 발라 제작하는 가벼운 공작품.

터벅 걸음을 옮기는 발목은 코끼리처럼 비대했다. 그녀는 그 무엇보다도 무겁고 싸늘한 모래로 가득 찬 애처로운 주머니를 질질 끄는 듯했다.

졸리 부인은 저택에 돌아왔다가, 그녀의 고용주가 욕실 바닥의 조각 그림들에 완전히 사로잡힌 모습을 발견했다.

"여기 있었군요!" 확실치 않았었다는 듯 가정부가 소리쳤다.

부인은 화가 나 있었으나, 그렇더라도 냉정하고 단호하게 처신할 생각이었다. 헤어 양 역시 의기소침하고 겁에 질린 자기의 진짜 상태를 겉으로는 숨길 수 있을 것 같다고 내심 기대했다. 적어도 바닥에 앉아 고리버들 모자 아래 몸을 숨기고 있다는 점에서는 유리했으니까.

"여기 있으면 안 될 게 뭐 있는데요?" 헤어 양이 침착하게 물었다. "저기에 있으면 또 어떻고? 아무 데든?"

"여기는 전에 한 번도 못 봤던 방인걸요." 졸리 부인이 주위를 둘러보며 툴툴거렸다.

헤어 양은 열쇠를 하나 꺼내 보였다. 우아한 디자인의 검은 열쇠였다.

"딱히 댁한테 보여줘야 할 이유가 있었던 것도 아니니까요. 여긴 부모님이 욕실로 쓰던 곳이에요. 나도 한동안 거의 잊고 지냈네요. 다들 여기를 정말 근사하게 감상했었는데. 이탈리아에서 온 장인들이 만든 곳이거든요."

"생강빵5)일세!" 졸리 부인이 코웃음을 쳤다. "차라리 수도 배관이나 최신식이면!"

"아, 수도!" 헤어 양이 대답했다. "그건 다른 문제고요." 피로감이 밀려오기 시작했다. "수도 배관 같은 건 머잖아 누구나 갖추게 될 거예요.

---

5) 생강으로 만든 빵이나 과자는 맛보다 장식을 위해 주로 만들었다. 장식은 기교적이지만 천박하고 실속 없는 예술품을 빗대어 이르는 표현이기도 하다.

금방 쏟아져 나오겠지요."

"그건 뭐예요?" 졸리 부인은 자기 고용주가 한창 빠져들어 있던 바닥 한 부분을 발끝으로 가리키며 물었다.

"별로 대답하고 싶지 않은데요." 헤어 양은 대꾸했다.

그러자 졸리 부인이 웃음을 터뜨렸다. 이미 알고 있었기 때문이다.

"염소잖아요." 부러 부드러운 목소리를 가장해 그녀는 말했다. "사람이 쓸 욕실을 대체 뭣으로다가 장식한 건지! 검은 염소라니! 당신을 쳐다보고 있잖아!"

"아니." 단호하게 턱을 움직이며 헤어 양이 말했다. "댁이 좋아할 만한 이야기는 아니겠네요. 염소들은 아마도 진실을 가장 분명하게 꿰뚫어보는 동물이라 하거든요."

졸리 부인은 짜증을 억누를 수가 없었다. 사실 그녀가 발끝으로 모자이크를 두드린 자리에는 들쭉날쭉한 바닥 표면을 따라 헐거워진 조각들이 잔뜩 쌓여 있었다.

"아, 나도 알지!" 그녀가 소리쳤다. "그렇잖아요. 당신의 그 잘난 염소 때문에라도 나한테 토해놓아야지. 불에 타 죽었다는 염소. 나한테 이야기했던 염소. 탓할 사람은 아무도 없는."

헤어 양은 흩어진 모자이크 조각을 주근깨투성이 손으로 어루만지고 있었다.

"아르마딜로 본 적 있어요?" 그녀가 물었다.

"없는데요." 졸리 부인은 몹시 화가 났다.

"아마 본 적 있을 거예요. 보고도 몰랐을 뿐이지!" 헤어 양이 비웃었다.

"대체……" 졸리 부인은 물었다. "그 아르머딜러라는 게 뭔데요?"

"동물이에요. 내 생각에는, 정말로 철벽같은 동물. 물론 **죽일 수**는 있어요. 어떤 것이든 **죽임**을 당할 수는 있지요. 왜냐하면 난 누군가가 아르마딜로로 바구니를 만들어놓은 걸 봤으니까."

그러더니 헤어 양은 곁에 있는 가정부를 올려다보았다. 나중에 졸리 부인이 플랙 부인에게 그대로 묘사하려 애쓰게 되는 바로 그 표정으로.

"그따위 것들은 전혀 모르겠고……" 가정부가 꽤나 새침하게 반응했다. "또 뻔뻔한 대답들을 듣는 건 좋아하지 않아요. 더욱이 내가 도움을 베풀었던 사람한테는."

헤어 양은 모자이크 조각들을 호주머니에 집어넣고 있었다.

"짐을 옮겨달라고 기운 센 짐꾼을 한 사람 고용했지요?" 그녀가 물었다.

"알고 있으니 굳이 이야기할 필요도 없겠네!" 졸리 부인이 말했다.

하지만 당황한 건 사실이었다. 그녀는 원칙 있는 숙녀로서 스스로를 옹호해야 했다.

"그래요. 가정부 일은 그만두기로 마음먹었어요. 아무리 그래도 내가……" 그녀가 말을 이었다. "무너지는 집에서 목이 부러질 지경인데도 가만히 있을 거라 기대하면 안 되지."

"그럼, 댁도 봤구나? 그 응접실을?"

"그렇고말고요!"

"뒷일까지 내다본 모양이군요. 그날 오후에 바로 짐꾼까지 고용할 만큼!"

헤어 양은 웃었다. 잠시나마 우위를 점한 것 같기도 했다. 호주머니를 가득 채운 모자이크 조각들이 경쾌하게 부딪치며 절그럭거렸다. 그녀는 사탕을 전혀 좋아하지 않았으나 이따금 매끈한 조약돌을 입에 넣고서 빨기도 했다.

"말다툼하고 싶은 생각 없어요." 졸리 부인이 선언했다. "저는 통고하고 있는 거예요. 그게 전부라고요. 욕실에서 이런 적은 한 번도 없지만. 그건……" 그녀는 발을 헛디뎌 주춤했다. "그러니까, 이렇게 불편한 곳에서 떠밀리다시피 중요한 문제를 따질 일은 한 번도 없었다고요."

헤어 양이 손을 짚고 일어나기 시작했다.

"내 생각에, 댁은 아마도 플랙 부인한테 가겠지요."

졸리 부인은 얼굴을 붉혔다.

그리고 이렇게 인정했다. "당분간은요."

"평생 그럴 것 같은데." 헤어 양이 중얼거렸다.

졸리 부인은 머뭇거렸다.

"거긴 정말 편안하다고요." 그녀가 말했다.

하지만 말을 살짝 더듬고 있었다.

"무슨 근거로 그렇게 말하는지 모르겠는데……" 그녀는 의문을 표했다. "당신이 이야기하는 건 꼭……" 그리고 여기서 목소리를 높였다. "제가 자유로운 몸이 아니라는 것 같잖아요."

구겨진 치마를 바로잡은 헤어 양은 무엇인가를 바라보고 있었으나 졸리 부인을 향한 시선은 아니었다.

"어떤 지점이 하나 있어요." 그녀가 말했다. "우리가 더 멀리 움직이지 않고, 움직일 수도 없는 지점. 아무런 지점도 없는 지점이 하나 있단 말이에요. 글쎄, 어쩌면 댁이 거기 도착해버렸는지도 모르겠네요. 댁네 친구는 정말 상냥해요. 그리고 댁이 말하길, 그 사람이 덮는 깃이불은 연푸른색이랬지."

"그래도 저는 옮겨 가는 게 좋을 것 같아요." 졸리 부인이 목을 늘여 빼며 주장했다.

"나는 사람들한테 소녀 취급을 받아서 알고 있지만, 댁은 다른 부분들에서 더 많은 걸 볼 수 없게 될 거예요. 플랙 부인네 집에서 보게 될 것들 말고는. 또 플랙 부인의 눈으로 보게 될 것들 말고는. 당신네 둘은 그 여자네 **거실**에 앉아서 우리 행동을 지켜보겠지요. 심지어 우리를 감독하면서."

"플랙 부인을 만난 적 있어요?"

"아니요. 그렇지만 알긴 해요."

"우체국에서 봤던 모양이죠?"

"아닐 거예요." 헤어 양이 대꾸했다. "덤불 있는 데서 그 여자를 봤어요. 물론 댁이 다니는 곳은 아니에요. 썩어가는 낙엽들이 주변을 시커멓게 덮은 곳이지요. 그리고 내 가엾은 염소가 불타 죽은 조그만 오두막이 무너진 잔해 속에서도. 내 아버지의 두 눈 속에서도. 졸리 부인, 모든 나쁜 것에는 가족같이 비슷한 점이 있고, 그것들은 쉽사리 눈에 띄어요. 난 댁이 플랙 부인의 이름을 입에 올리지 않더라도 그 여자의 냄새를 맡을 수가 있어."

그때쯤 졸리 부인은 벌써 욕실을 빠져나가고 있었다. 미리 짐들을 싸놓기는 했으나 다음 날까지 기다려야 부칠 수 있었다. 기계적으로 일을 처리해준다고 잘 알려진, 임시 보관처 같은 곳을 생각해놓았더라면 좋았을 것을. 뒤숭숭해진 그녀는 다만 이렇게 되뇌고 있었다. "미쳤어! 미쳤다니까!"

제정신을 잃지 않기 위해서 말이다.

"슬프고, 나쁜 말." 헤어 양이 한숨지었다.

그들은 한 줄로 복도를 걸어 내려왔다.

"절반을 소외시키니까." 그녀는 덧붙였다.

두 사람은 계속해서 걷고 있었다. 앞에 선 졸리 부인은 무심한 척했으나 바닥에 깔린 카펫이 행여 그들 밑에서 미끄러질까 봐 조심스러웠다.

"다 괜찮은데……" 졸리 부인은 숨이 턱 막혔다. "그 대신 절 그냥 혼자 있게 내버려둬야 해요. 최후의 심판 때까지 별별 말들을 내뱉어봤자 우리는 아무것도 건질 게 없을 것 같네요. 제 방에 갈래요. 고마워요."

하지만 헤어 양은 뿌리치고 벗어날 수가 없었다. 그녀는 나쁜 것에 매료되지 않을 정도로 좋은 사람은 아니었다. 만일 그들이 창틀 위에 죽은 아기가 누워 있는 걸 우연히 발견했더라면, 그녀는 조그맣고 쭈글쭈글한 손가락과 흐느적거리는 제비꽃 같은 상태를 확인한 다음에라야 영문을 혼자서 따져보았을 것이다. 아마도 그녀는 그것이 고무 같은 촉감인지 확인하기 위해 아기를 만져보았을 것이다. 자기 또한 목 졸리는 신세를 기적적으로 면했음을 나중에야 깨닫게 되었을 것이다.

하지만 두 사람은 이제 재너두의 복도를 걷고 또 걷는 중이었다. 졸리 부인의 뒷모습이 눈에 띄게 흔들리고 있었다. 코르셋도 더 이상 도움이 되지 않는 모양이었다.

"거기다 때로는 정말 부드러운……" 헤어 양은 생각에 잠겼다.

그리고 뒤를 쫓았다.

"부드러운 게 어쨌다고요?" 졸리 부인이 바로 숨을 들이마셨다.

그렇다고 뒤를 돌아보지는 않았다.

"깃이불." 헤어 양이 요란하게 소리쳤다. "사악한, 사악한 깃이불!"

모퉁이를 돌던 졸리 부인은 자기 방으로 올라가는 계단을 지나쳤다는 사실을 깨달았다. 이제 눈앞에 끝없이 이어지는 재너두의 복도가 펼쳐졌다.

거의 동시에, 벽을 지나가고 있는데 거기 달린 선반에서 기다란 팜파스그래스[6] 줄기가 졸리 부인의 입을 때렸고, 그녀는 순간 돌처럼 굳었다.

하지만 달리고 또 달려야지. 차갑고 돌덩이 같은 두 다리가 절대로 멈춰서는 안 됐다.

"만약 사악함이 어쩌고저쩌고 계속 떠들어야 하겠다면……" 졸리 부인이 뒤를 돌아보며 말했다. 어쩌면 웃음소리에 가까운, 날카로운 목소리였다. "이 집은 말할 것도 없고 마을에서 벌어지고 있는 작태들을, 내가 몇 가지 상기시켜줄 수도 있겠네요. **과수원**이라든가!"

그녀의 목소리도, 휘날리는 치마도, 거의 쇳소리를 내고 있었다.

헤어 양은 케이폭[7]으로 된 깔개 위를 걷는 것 같았다. 아니면 카펫이 절대 떨쳐낼 수 없을 먼지를 딛고 있었는지도 모른다.

"놀랍지도 않은걸요." 결국 헤어 양이 숨 막히는 목소리로 간신히 내뱉었다. "댁이 알아냈다는 거. 그럴 만하지."

"그것도 더러운 유대인이랑!"

헤어 양은 시뻘겋게 달아오른 분노 그 자체였다. 부당하다는 기분이 날것으로 솟아나는 바람에 앞이 보이지 않았다. 어두운 기억에서 해방된 적나라한 폭죽처럼 그것은 곧게 뻗어 오르며 한 송이 불꽃으로 타올랐다.

"지금 **어떤** 유대인이라고?" 자기가 하는 말 때문에 숨이 막혔다. "더러워? 그래, 진실이 뭔데? 그 친절한 사람한테! 그 선량한 사람한테! 그렇다면 나는 쓰레기, 허접쓰레기야! 늙어서 핼쑥하게 썩어가는 굶주린 양이라고. 그보다 더하지. 더하고말고! 그래도 난 그렇게 지독하게 나쁜

---

6) 남아메리카가 원산인 볏과의 식물. 억새와 비슷하나 커다란 포기로 자란다.
7) 판자과의 나무인 케이폭수의 열매를 감싸고 있는 부드러운 솜.

건 아니야. 부정한 여자들보다야 차라리 허접쓰레기가 낫지. 진짜 밑바닥이 뭔지 알아? 말해보시지! 그런 여자들! 훨씬 더 바닥이야. 그런 여자들이 싸놓은 똥!"

그렇게 헤어 양의 기억은 지글지글 튀었고, 더러운 말들이 고발자의 등에 들러붙었다.

당연히 졸리 부인으로서는 밀랍과도 같은 불신으로 귀를 틀어막을 수밖에 없었다. 기다렸다가 다시 귀를 연 그녀는 창백해진 입술로 더러운 말을 대갚음했다. "유대인들이 십자가에다 누구를 매달았더라?"

"그 유대인!" 헤어 양이 숨을 헐떡거렸다. "나도 그거 알아요. 페그가 나한테 곧잘 들려줬거든. 무시무시했어. 그 사람 손에서 피가 쏟아져 나오고, 가엾은 옆구리 아래로 흘러내렸다고. 난 절대 그런 거 생각하고 싶지 않아."

아무 데도 입을 댈 수가 없자 헤어 양은 자기 주먹을 입으로 밀어넣었다. 만일 창문들이 죄다 산산이 조각나면서 그 파편들이 그녀의 몸을 파고든다 해도 그녀는 그것을 견뎌냈을 것이다.

하지만 바로 그때 졸리 부인이 바닥에 넘어졌다. 아래층까지 두세 단쯤 남기고 조그만 층계참이 하나 있었는데 거기에서 한 부분이 헐거워져 있었던 것이다. 그래서 졸리 부인은 쓰러지고 말았다.

털썩.

헤어 양은 한쪽 끝에 남아 서 있었다. 그리고 한 무더기 감색 꾸러미처럼 카펫 위로 쓰러져 있는 가정부를 내려다보았다. 보아하니 졸리 부인은 스타킹을 반쯤만 말쑥하게 올려 신고 있었기에, 치마가 구겨져 올라가면서 드러난 무릎의 움푹 파인 살이 하얗고 무척이나 우스꽝스러워 보였다.

헤어 양은 움푹한 무릎을 마냥 쳐다볼 수도 있었으나 자제하고 가정부의 얼굴을 확인했다. 잉크처럼 짙푸르고 끔찍한 빛깔이 먼저 천천히 빠져나가기 시작했다. 파르르 떨리는 압지 같지만, 빈자리가 남겨져 있었다.

졸리 부인은 이제 힘겹게 껵껵거리고 있었다. 울고 있는 것도 아닌데 자기도 모르게 눈물이 흘러나왔다.

"아이고!" 그녀가 힘겹게 내뱉었다. "어디가 부러지는 줄 알았네. 어쩌면 진짜 부러졌는지도 몰라."

"아니에요." 헤어 양이 말했다. "너무 운이 좋았을 정도예요. 몸도 한꺼번에 떨어졌고."

졸리 부인은 상황을 기억해냈고 혐오감도 되찾았다.

"어디라도 부러졌으면 당신은 돈깨나 물어내야 할 거야!" 그녀가 한껏 기대에 차서 선언했다.

그러자 헤어 양은 가정부의 발끝을 건드렸다.

"아니." 그리고 설명했다. "아무 데도 안 부러졌잖아요."

하지만 슬며시 겁은 났다.

졸리 부인은 조금씩 몸을 움직이다 앓는 소리를 내기 시작했다. 그녀는 격하면서도 조심스럽게 훌쩍이고 있었다.

"살아보겠답시고 떠밀리다시피 가족이랑 떨어진 어미한테는 이런 일이 생기는 법이지. 아이고!"

그렇게 털썩 쓰러진 것치고는 날쌔다 싶을 정도로 빠르게 일어났지만 말이다. 그녀의 희뿌연 무릎, 군데군데가 퍼런 무릎을 숨기고 싶었으니까. 그녀는 몸을 일으키더니 찬바람이라도 불어온다는 듯 치마로 무릎을 둘러쌌다.

고개를 든 졸리 부인의 얼굴은 미묘한 분홍빛으로 물들었으나, 그건 헤어 양 앞에서는 쓸데없는 반응이었다.

두 여인은 서로를 마주 보며 서 있었다. 그들 사이에는 사그라진 격정밖에 없었고, 숨소리 말고는 무엇도 그들을 지켜주지 않았다. 두 사람은 그 상황을 그리 오래 견디지 못하고 돌아서더니, 커튼이며 팜파스그래스 먼지떨이, 혹은 안쪽으로 날아든 낙엽 따위를 매만지며 반대 방향으로 걸어갔다. 두 사람이 아무 일도 벌어지지 않은 척하기로 했다는 점은 명백했다. 적어도 일단은.

그러나 헤어 양도 이 경우에서만큼은 계속해서 자신을 속이는 데 성공하지 못했다. 그녀의 피가 이루는 갑작스럽고 끔찍한 파도 속에서 그 증거는 다시 떠오르곤 했다. 그녀는 말마디들이 돌팔매처럼 기억에 날아와 부딪치는 소리를 들었다.

헤어 양은 자기 가정부를 가까이서 다시 볼 일이 없었다. 그녀는 부엌 식탁 한쪽에 60그램이 안 되는 무게의 삯을 올려두었으며, 아무도 불만을 표하지 않은 것으로 짐작건대 그 정도면 정확한 금액이었으리라.

다음 날 오후에 젊은 짐꾼이 졸리 부인의 물건들을 가지러 왔다. 졸리 부인이 자기 소유물을 꾸리고 잠그고 안내하는 동안, 안도감 섞인 몇 마디며 잘난 체하는 몇 마디가 이러쿵저러쿵 들려왔다. 짐꾼은 손목이 앙상했고 근육질 팔에는 핏줄이 불거져 있었다. 그는 골치 아픈 고객의 성화를 이겨내고 숨을 고르기 위해 저택의 홀에 잠시 멈추어 섰다. 졸리 부인이 우산을 가져오겠다며 계단을 다시 올라갔다. 남자는 은행이나 오래된 세면대에서가 아니라면 한 번도 대리석을 본 적이 없었다. 그는 꿈을 많이 꾸는 것도 아니었고, 홀에서 자기 주위를 둘러보다가 삶에서 인상과 사건을 나누는 경계가 개연성에 달린 게 아님을 깨달을 만한 사람도 아니었다. 그는 진주알 같은 땀을 흘리며 살며시 몸을 떨기 시작했다. 특히 손안에서 바스러지는 네모난 새틴을 만진 다음에는.

이 때문에 젊은 짐꾼은 활처럼 구부러진 가슴으로 좀더 가쁘게 숨을 몰아쉬었다. 그때 반대쪽에서 갑자기 재너두의 미친 여자가 나타나더니, 급박한 용건을 친구에게 몰래 보내야 하는데 도와줄 수 있느냐고 물어왔다.

헤어 양은 그 임무를 한층 더 은밀하게 수행하느라 발끝으로 서 있었다. 그녀의 목구멍은 절박함에 터질 듯했다. 입술은 솟아오르는 말마디들을 부채질하듯 내뱉었다.

남자가 알아들은 대로라면 여자는 반드시, 빨리, 빨리, 최대한 빨리, 몬테벨로 대로에 사는 유대인 남자를 만나야 했다. 무슨 일이 있어도 그 사실을 다른 사람한테 흘려서는 안 됐다. 너무 갑작스러운 나머지 짐꾼은 순간적으로 겁을 집어먹을 정도였다.

그러자 헤어 양은 자기 부모가 하던 행동을 보고 배운 대로 이 전달자에게 1실링을 건넸다. 그리고 어딘가로 사라졌다. 가벼운 음색의 악센트가 들려오는 것으로 보아 졸리 부인이 돌아오고 있는 게 분명했기 때문이다.

그날은 헤어 양이 빠르게 내달렸던 날 이후로 며칠이 지난 후였다. 그녀는 행여 제시간에 늦을까 봐 거의 무릎이 망가지도록, 발끝이 계단을 놓치면 카펫을 움켜쥐며 내달리고 기어오른 끝에, 아버지의 특별한 보금자리였던 작은 유리 돔에 도달했다. 그런 다음 위험을 무릅쓰고 흉벽 위로 올라가더니 돌난간 사이를 들여다보았다.

이곳에 그녀는 지나간 비극과 두려움을 극복하고 올라섰다. 그리고 저기, 바로 저기에, 거리와 각도 때문에 쪼그린 감색 형상으로 왜곡된 졸리 부인이 있었다. 짐 상자 밑에 깔린 채로 오른팔에는 가방까지 매단 짐꾼에게, 화사한 베일로 눈을 가린 그녀가 어찌나 손을 흔들어대던가. 멀리서 보면 그 연보랏빛 베일은 마치 모성의 덕을 칭송하는 졸리 부인 본인의 혓바닥처럼 나풀거렸다.

헤어 양의 입이 열리고 목구멍이 벌어졌다. 그녀는 침을 한번 뱉더니, 그 침이 널리, 당연히 바람에 꺾이며, 햇볕에 반짝이며, 밑으로 떨어지는 모습을 보고 웃었다. 높은 곳에서 찾아드는 착란 덕분에, 명료한 빛 덕분에, 그녀는 노래를 부를 수도 있었다. 모조리 그녀의 것.

그 끝에 억눌렀던 두려움이 점액질의 무지갯빛 옷을 입고 스멀스멀 되돌아왔다. 끔찍한 것들이 염려되었는데, 어쩌면 그 유대인은 자신의 경험을 바탕으로 그것들을 피할 수 있을 것 같기도 했다. 그녀는 거의 아무것도 모르는 상태로, 필요하다면 얼마든지 그들 두 사람의 문제로 고민하는 역할만을 맡을 수 있을 따름이었다. 그렇듯 그녀의 기쁨은 불길한 예감으로 바뀌었다. 돌로 된 저택도, 사스퍼릴러의 벽돌집들을 감추고 있는 나무들도 모두 흔들렸다. 그녀는 자애로움을 표출하는 법을 실재적으로 세밀하게 재구성해보느라, 또한 훨씬 미묘한 그 관념적 표현을 떠올려보느라, 무릎에서 땀을 흘리며 난간을 꼭 붙들었다. 애초에 사악한 마음을 가진 자들의 음모 때문에 지워지지만 않았더라면 또렷하게 지켜냈을 텐데.

그렇게 그녀는 가만히 기다렸다.

남은 오후에 헤어 양은 저택 안이나 정원을 거닐었으나, 어디에서 시간을 보내든 자기가 오간 길을 도무지 제대로 그려볼 수가 없었다.

하지만 유대인은 찾아오지 않았다.

오후 늦게야 헤어 양은 그가 빽빽한 정원 바깥쪽으로 길고 부들부들한 잔디를 지나 그녀 쪽으로 걸어오고 있음을 알아차렸다. 언덕을 오르는 그의 표정까지는 알아볼 수 없었으나, 희끗희끗하되 아직은 두꺼운 머리칼이 날개처럼 성가시게 뻗친 정수리가 보였다. 혹자는 떡이 진 머리라 했을 테고 실제로 그 말대로였으리라. 그는 공장에서 귀가하자마자 곧바로 출발한 게 분명했다. 몸에는 군장 취급점에서나 구입할 수 있을, 그리고 틀림없이 그가 공장에서 입고 있을 작업복 같은 옷을 입고 있었다. 옷매무새는 너무 헐렁했으며 직물도 너무 칙칙하고 거칠었다. 옷깃 때문에 목이 쓸리고 있는 걸 이제 그녀도 알아볼 수 있었다. 앙상하게 여윈 목이었다. 하지만 그녀는 이 사람이 심각한 궁핍 때문에 고생한 데다 지식을 쌓느라 쇠약해지기까지 한 나이 든 사람임을 떠올렸다. 따라서 헤어 양은 적잖이 몸을 떨며, 그녀가 이해하던 남자들의 야만성에 그의 연약한 노쇠함을 맞세워보면서 스스로를 안심시켰다.

그는 계속해서 다가오고 있었다. 얼키설키한 풀에 걸려 한두 번은 발을 헛디뎠고, 그렇게 휘청거릴─당연히 그럴 만한 상황이었다─때면 그의 커다란 머리는 여느 사람의 머리처럼 어깨 위에서 이리저리 흔들렸다.

재너두의 여주인은 혀로 입술을 축이며 기다렸다. 그녀는 본디 너무나 불안정한 인간이었고, 그 같은 다른 존재가 과연 소장품에 더해져야 하는지 의문이었다. 아마도 그 점이 그녀에게 용기를 더해주었을 것이다. 그녀의 어머니도 그랬을 법한 태도로 계단 위편에서 그를 맞아들이는 데 딱 필요한 만큼의 용기를. 하지만 그녀의 어머니는 돌로 된 저택들이 세워진 곳에서 그러한 사교적이고 경제적인 믿음을 오롯이 점유하는 즐거움을 누렸었다. 반면에 그 딸이 꾸고 있는 최악의 악몽 속에서 저택의 토대는 이미 가라앉아버린 상태였다. 오직 빛과 나뭇잎들을 향한 헤어 양의 믿음만이 그 구조물을 지탱하고 있었다. 남자가 과연 그 저택을 현실로 받아들일지 신화로 받아들일지는, 신성한 직관이 한낱 인간의 시야에 깃드느냐에 크게 좌우될 문제였다. 그녀는 유대인 남자가 그러한 직관의 소유자임을 희망했고, 요구했고, 알고 있었다.

유대인은 정말로 이미 고개를 들었다. 그가 그녀를 바라보고 있었다.

그러자 그녀도 그의 얼굴을 보았다. 어떤 남자들은 당연히 밤에 몸단장을 하지 않으며, 그 역시 면도조차 하지 않은 상태였다. 까칠하게 자란 수염 때문에 그는 늙고 피폐해 보였다. 나이 든 데다 창백하고 핼쑥하며 검푸른 비누 같은 낯빛이었다. 그는 흉측하고 늙은 유대인이었다. 그래서 그녀의 얼굴은 일그러졌다. 그녀 스스로 예측할 수 있는 범위에 걸쳐 있도록 유의해온 일이었다. 테라스를 가로질러 그녀 쪽으로 돌풍이 덜컹거리며 휘몰아칠 수도 있었다. 하지만 바람은 매정하게 멈추어버렸다.

그때 헤어 양은 남자의 두 눈이 그녀를 향해 무언가를 기다리고 있음을 깨달았다. 그리고 그녀는 즉각 기억해냈다. 갑자기 정신을 차린 사람치고 그녀는 지나치게 재빨리—그러다 넘어질 정도로—계단을 내려갔다. 하긴 등불이 비추는 범위 안에 있는 사람뿐 아니라 어둠에 고통받는 모든 이를 구원할, 바로 그 자애로움을 알아본 사람으로서는 그다지 빠른 걸음도 아니었다.

그럼에도 정말 이상한 것은, 그 유대인이 그가 이해하고 존중했던 무언가를 다시 발견한 사람 같다는 점이었다. 그의 표정에는 확신이 넘쳤으며, 헤어 양은 보다 실체적인 이유가 따로 있을까 봐 부득불 자기 뒤를 돌아볼 뻔했다.

굳이 뒤를 돌아보지 않았다면 이는 그녀가 벌써 아래로 내려갔기 때문이었을 것이다. 그녀는 바닥까지 내려가 남자의 곁에 서 있었다. 사람들이 기대어 살아갈 만한 평범함, 예컨대 산소보다는 비스킷 따위를 주고받는 게 필요한 상황 같았다.

"어······" 그녀는 숨 막히는 소리에 이어 바스러뜨리듯 이런저런 말을 내뱉기 시작했다. "정말 미안해요. 이렇게 폐를 끼쳐서. 그러니까, 당신한테 와달라 해서. 이렇게."

"전혀 폐가 되지 않았습니다." 그가 걸리는 몸으로 대답했다. "버스에서 내리자마자 마침 밥 태너가 나를 불러 세웠기에 망정이지요."

"밥 태너?"

"당신 이야기를 전해준 짐꾼 말입니다."

"아." 그녀가 생각에 잠겨 말했다. "태너[8]라는 이름으로 불리는 사람이 있을 거라고는 생각도 못 했네요."

그녀의 뺨이 움푹 파였다. 시간이 저녁이었다면 부채를 가지고서—그나마 수중에 있었다면—뭐라도 했을 것이다. 하지만 졸리 부인이 그것을 건드리고 소란을 피운 이후로, 어머니가 물려준 그 낡은 홍학 깃털 부채는 그저 소름 끼치고 넌더리 나는 물건이 되었을 뿐이다.

그는 그녀를 바라보고 있었다. 가만히 기다리고 있었다.

하지만 그녀는 남한테 단도직입적으로 용건을 꺼내는 것은 천박하고 부주의한 짓이라고 어디선가 들었던 기억을 떠올렸다.

그래서 일단 우아하게 제안했다. "여정 때문에 지치신 걸 알겠어요. 억지로라도 안으로 들어오시라고 해야겠네요. 숨 좀 돌리게 해드릴게요. 어쩌면 당신 하는 일에 대해 나한테 들려주고 싶으실 수도 있고."

"그냥 똑같습니다." 그가 말했다.

"어머, 아니에요." 조심스럽게 고민한 끝에 그녀는 대답했다. "똑같은 건 아무것도 없어요."

---

8) tanner: 무두장이, 혹은 과거에 쓰이던 6펜스 은화를 가리키기도 한다.

"당신은 강판에 구멍을 뚫는 일에 매달려본 적이 없잖아요."

"왜 그런 걸 해야 하는데요?"

아무래도 이제 그를 안쪽으로 들일 시간 같았다. 그들이 이전에 자갈 깔린 진입로였던 길 위에서 돌아서자 발밑에서 저벅거리는 소리가 났다. 자기가 점유한 곳이라고 생각하니 헤어 양은 친절하고 성숙해진 기분이 들었다.

"일종의 규율 같은 겁니다." 그가 설명했다. "그런 일을 하지 않으면, 내 정신은 그 권한을 당연시할 거니까요. 정신에 자유를 용납했던 시절에는 정말로 그랬었지요. 난 심지어 오만해지기까지 했고요. 그리고 그런 식으로 오만에 빠진다는 건, 마땅히 할 일을 하지 않는다는 점에서 죄악입니다."

헤어 양은 마치 그가 그녀한테서 세월을 앗아간 것처럼 부들부들 몸을 떨었다.

"난 규율 같은 거 절대 못 견뎠어요. 가정교사로 왔던 여자들!" 그녀가 푸념했다. "사람들이 정신이라고 부르는 걸, 내가 가지고 있지 않아서 다행이에요."

"당신한테는 본능이 있으니까요."

그녀가 미소를 지었다. 무척이나 으쓱했다.

"그게 바로 그건가요?" 그녀는 곱씹어보았다. "난 아는 게 많아요. 어떤 것들에 대해서라면." 그들은 테라스로 올라갔다. "예를 들면 저런 빛. 잔가지 위에 같이 놓여 있는, 저 반짝이는 나뭇잎 두 장. 저런 것들을 난 알고 또 이해해요. 그렇지만 그게 아무에게든 무슨 소용이라도 있을까요? 당신이 앉아서 그 바보 같은 구멍을 뚫는 것도?"

"그럼요." 그가 대답했다. "결국에는."

두 사람은 테라스에 함께 서 있었다.

"아직은 분명하지 않아요." 그가 말했다. "그렇지만 명확해질 겁니다. 우리가 아는 바를 어떻게 이용하게 될 것인지, 연달아 일어나는 사건들을 어떤 고리로 연결하는지."

저택 안쪽에서 시간을 알리는 종소리가 들려왔다. 그 특별한 시계는 연속성을 지켜내려던 졸리 부인의 마지막 시도 덕분에 돌아가고 있었다. 재너두에 있는 동안 졸리 부인에게 연속성이란 그런 것이었다. 종소리 덕분에 헤어 양은 자기가 유대인한테 사람을 보낸 진짜 목적을 떠올렸고, 그래서 양손을 감싸 쥐기 시작했다.

그녀가 말했다. "난 지금 여기 혼자 있어요. 그래서 맞아들이고 의논하기가 쉬워졌네요. 가정부는, 그러니까 오늘 오후에 날 두고 가버렸어요. 이전에 그 여자가 과연 어떤 순간들에 남의 생각 속으로 끼어들었을지는 아무도 장담 못 할 거예요. 다른 사람들의 마음속 혼자만의 영역을 하나도 배려하지 않는 여자였으니까. 언제나 문을 열어젖히거나 커튼 뒤에 숨어 감시하고 있었지. 그 여자가 **보았다는** 게 아니에요! 난 졸리 부인이 우둘투둘한 벽돌이나 플라스틱 바깥을 내다볼 줄 아는 사람이라고는 생각하지 않아요."

헤어 양은 자기 방문객을 쭉 이끌었고 그때쯤 두 사람은 문턱을 지나 완전히 저택 안쪽에 서 있었다. 곡선의 계단과 흐트러진 새 둥지가 있는 저택 안 홀의 아름다움은 그녀의 시선 밖에서 약동했다. 그 아름다움은 한 번의 경험에 이어 이번에는 또 다른 상대에게, 그것도 이런 유대인에게 진실을 밝히려는 헤어 양 자신의 위대한 용기에 대해 그녀에게 웅변하는 듯했다.

물론 그 유대인 쪽에서는 주변을 둘러볼 도리밖에 없었다. 그 또한 사람이었으니까. 앙상한 목 위로 그의 머리가 두리번거리고 있었다. 그녀가 보기에 그의 코는 너무 단호해 보였으나 콧구멍은 무척이나 훌륭했다.

"비범하군요!" 그가 감탄했다.

헤어 양도 그 말을 들었지만, 함께 보여준 미소를 해석해야겠다는 기분은 들지 않았다.

"어, 많은 것이 있는데……" 그녀가 말했다. "적당한 때 보여드릴게요."

"그렇지만 짓눌리지도 않아요?" 그가 물었다. "이런 데서 살자면?"

"난 항상 여기에 살았어요. 저기서 대체 무엇이 날 짓누르겠어요?"

눈앞의 광경에 매료당한 그의 대답은 평소 조심스럽던 입술 뒤쪽에서 미끄러지듯 흘러나왔다.

"그 적막함이 말입니다."

유대인의 무거운 한마디가 대리석 사이로 울려나갔다.

"당신도 참!" 그녀는 소리쳤다. "눈앞에 있는 것밖에 안 보이나요?"

이에 그는 어쩌면 방어적인 태도로 고개를 젖혔다. 웃음소리가 다소 금속성으로 울렸다.

"천만의 말씀입니다!" 그가 말했다. "그러다 죽을 뻔했는걸요!"

그러더니 그는 자기가 한 말의 요지를 따라잡으며, 이를 위해 그녀의 얼굴에 있는 주름살들을 따라가듯, 무척 가까이서 그녀를 들여다보았다.

"다만 내가 조그마한 나무 집에서 지내는 데 익숙해졌다는 것뿐입니다, 헤어 양. 내가 일부러 선택한 생활이에요. 무척이나 허술하고 덧없지요. 아시다시피, 난 유대인이잖아요."

그 같은 조건이 과연 무엇이든 헤어 양은 어째서 그것을 자기가 공유할 수 없는지 이해하지 못했다. 그녀는 솟구치는 질투를 느꼈다. 콧방귀를 뀌며, 화가 나서 뜨겁고 질기게 응어리진 입술을 빨기 시작했다.

"거의 칸막이만 있는 집이지요." 유대인이 말을 이었다. "바람이 불어와 날려버릴 집. 누군가 그 문을 마지막으로 닫고 사막 다른 구석으로 옮겨 가면."

헤어 양은 그런 일을 생각하는 게 싫었다.

"그런 거……" 그녀가 따지듯 대꾸했다. "소름 끼쳐요."

그는 유심히, 그리고 대단히 흥미롭게 그녀를 바라보고 있었다.

"역사가 증명한 바를 받아들이는 것은 현실적인 일일 뿐이에요. 그런다고 해서 우리가 죽는 것도 아닙니다. 유대인은 어떤 때 설령 팔다리가 떨어져나간다 하더라도 죽을 수가 없습니다."

그는 마치 얼굴 뒤에 숨겨진 무언가를 발견하기로 마음먹은 듯 헤어 양을 끈덕지게 쳐다보았다.

그가 그녀를 안쓰럽게 여기는 건 아니었을까? 사람들이 **그**를 향해 칼을 갈고 있는 건 언제였더라? 그가 동정을 받을 만한 사람인 것은 언제였고? 사실 어떤 사람들은, 더 정확히 말해 재기를 타고난 특별한 사람들은, 자신의 정신에 미혹되어 근거 없이 안전을 확신하곤 했다. 말하자면 짐승들과는 다르게 말이다. 동물들이라면 이미 경험한 일이라 해도 끊임없이 그 속을 응시한다는 사실을, 그녀는 잘 알았다.

그래서 그녀는 다시금 불안해졌다.

"당신한테 이야기해야겠어요." 숨이 턱 막힐 지경이었다.

헤어 양은 상당히 혼란스러워하면서도, 아버지의 자살이 실패로 돌아간 날 밤에 그녀와 어머니가 숨어들었던 좁은 방으로 그를 이끌었다. 당면한 상황 때문에 어찌나 조급해졌는지, 벌써 여러 해 전에 다시는 달히게 놓아두지 않겠다고 마음먹지만 않았어도 방문은 그들 뒤에서 쾅 닫히고 말았으리라. 문은 너무나 뻑뻑했다. 영화롭던 시절에도 엄격하게 원론적인 환대만이 머물던, 그녀가 지금 손님과 함께 앉은 딱딱한 장의자와 마찬가지로.

그래도 두 사람은 이제 그 방에 있었다.

주위를 둘러본 헤어 양이 힘겹고도 괴롭게 입을 열었다. "난 당신이 걱정돼요."

그리고 무척이나 이상한 짓을 했다.

주근깨 가득한 떨리는 두 손으로 유대인의 손을 감싼 것이다. 그들은 행실의 제약을 느끼고 있었으므로, 뭘 어쩌려고 그러는 것인지는 두 사람 모두에게 분명치 않았다. 헤어 양은 마치 덤불에서 찾아낸 소중한 무언가라도 되는 양 유대인의 손을 붙잡고 앉아 있었다. 마치 결이 신비롭고 윤기가 도는 돌, 꽃봉오리를 뒤집어쓴 야생 난초, 혹은 나무옹이처럼. 말하자면 시간과 기후와 질병을 통해 인위적인 재난과 이어지는 듯싶던 것들. 그녀가 보통이라면 그렇듯 흔치 않은 상황에 직면하여 경험했을 초탈한 몰입을, 오직 가장 격렬한 감각만이 부서뜨렸다.

"누구의 인생이든, 상당히 많은 위험에 시달리는 법입니다." 너무 터무니없는 나머지 마음속에 담기에는 창피한 생각을, 그리고 실없는 놀라움을 애써 떨친 유대인은 심각하게 대답했다.

헤어 양은 개구리나 가죽질을 연상케 하는 조그만 소리로 거부하는 시늉을 하며 앉아 있었다.

"똑똑한 사람들은……" 그녀가 말을 이었다. "말 때문에 희생당하는 사람들이에요."

그녀는 육체가 그녀로부터 스르르 미끄러져 내리는 가운데 점점 줄

어들어 홀로 불가사의한 침묵 속에 잠길 수도 있었다. 혹은 공작 깃털의 감촉을 느끼며, 더 이상 계율이나 이성이 아니라 언제든 몸으로 떠올릴 수 있을 다른 가르침의 통제를 받아, 흔들리고 지켜보며, 오래전에 춤추는 이들한테서 알아차렸던 것처럼 사랑과 음악 같은 형태들로 길게 늘어날 수도 있었다.

헤어 양은 함께 있는 남자를 흘긋 살펴야 했다. 그녀의 팔다리가 실은 무척 길고 근사하다는 사실을, 그리고 음악이라는 구실이 없는 한 조신하게 삼가도록 교육받은 뾰족한 모양의 하얀 젖가슴이 그다지 차갑지 않다는 사실을, 그가 알고 있는지 확인하기 위해서 말이다.

하지만 유대인은 손을 꼼짝할 수 없게 된 그 어색한 상황을 직시하고자 마음을 다잡았다. 동시에 그는 이렇게 말하고 있었다. "지성이 약점일 수 있다는 생각에는 동의합니다. 그런 약점을 내가 이겨냈다고 믿고 싶은 순간들도 있지만요." 그리고 입가에 더욱 주름을 잡으며 말했다. "내가 일터에서 붙들고 지내는 천공기, 그리고 당신은 때때로 나를 분명하게 헛된 꿈에서 깨나도록 합니다. 정말이지 시의적절하게도."

그는 상냥하게, 더 나아가 달콤하게 헤어 양을 책망하는 듯했고, 그래서 그녀는 하마터면 그 손을 떨칠 뻔했다. 덧없이 사그라질 그녀의 아름다움은 채 부서지기 전에 분노의 거울 조각들로 빛을 냈다.

당연히 그것은 부서졌다. 그녀의 상태는 코니스에 매달려 서글픈 넝마 꼴이 된 오래된 거미줄 못지않게 명백했다.

"아." 헤어 양은 소리쳤고 그녀의 입은 눈물과 자갈돌로 가득했다. "난 **당신**한테 관심 없어요! 당신이 무엇이든, 무얼 생각하고 무얼 느끼든! 그냥 당신의 안전이 걱정일 뿐이에요. 난 당신한테 책임이 있으니까." 숨이 막혀왔다.

불안해지자 그녀의 고질적인 피부 문제 때문에 손이 따끔거리기 시작했다. 방금 전에는 아마 처음이자 마지막으로 여자로 존재한다는 것이 무엇인가에 대해 의혹을 가졌는지 몰라도, 이제는 난처한 상황에 처한 보통 사람과 다를 바 없어졌기에 그녀의 격정은 더욱 심각하고 감정적이며 급박하기까지 했다. 비록 그 끔찍하게 의례적인 장의자 위에 여전히 따로 앉아 있긴 했으나, 조금 전의 변화 덕분에 두 사람은 그나마 다붓이 붙을 수 있었다.

활동적이지만 어떻게 보더라도 사사로운 차림이라고는 볼 수 없는 작업복을 입은 채로 히멜파르프는 몸을 움직거렸다.

그리고 헛기침을 하더니 물었다. "내가 위험하다는데, 뭐 구체적인 근거가 있는지요?"

만약 그가 시간을 끌며 손을 거두어들이지 않았더라면, 이제 더는 못 배기겠다는 거부감을 애써 무시했더라면, 아마도 그녀를 설득해 가장 비밀스러운 은닉처들까지 실토하게 할 수 있었으리라.

"구체적? 진짜 위험한 건 절대 구체적으로 닥치지 않는다는 걸 **당신**도 알아야 해요!"

하긴, 사실이었다. 그는 부정할 수 없었다.

그녀는 짜증스럽게 경련하다 못해, 믿을 수 없을 만큼 맥없는 손이 거의 비틀릴 만큼 몸을 움찔거렸다. 그리고 평정심을 되찾더니, 장황하고 지루하지만 중대한 이야기를 풀기 시작했다. 낭독하듯 읊는 걸로 보아 미리 연습한 게 분명했다.

"제공할 게 있었어요. 아니다. 내가 지금 무슨 소릴 하는 거지? 제안할 게 있다고 하나? 어쩌다 이럴 때가 있는데, 그냥 늘 걸림돌이 너무 많은 거죠. 지금도 내 말이 우습게 들릴지 모르겠네요. 그러니까, 불편하게 들릴지도 모르겠다고요. 그렇지만 우리 집에서 늙은 하녀로 지내던 페그는 이런 걸 실용적이라고 했을 거예요. (만약 페그가 여기 있다면 우리 모두 무슨 일을 하든 훨씬 수월해질 텐데.) 쉽게 말해서, 어떤 일이 일어난 다음이라 꼭 그래야 하니까 꺼내는 말인데, 난 당신이 여기로 와야 한다고, 다시 말해, 여기 살러 와야 한다고, 말을 꺼내고 싶네요."

상대가 당황하는지 신경 쓰고 싶지 않았던 헤어 양은 일부러 유대인 쪽을 바라보지 않았다.

"내가 당신을 숨겨줄게요." 그녀가 뻣뻣해진 혀로 말을 이었다. "방은 얼마든지 있고, 어디 한곳에 그렇게 오래 있을 필요도 없을 거예요. 어디에 있든 당신한테는 좀더 안전할 여지가 있겠지요."

유대인은 침묵했고, 이를 본 그녀는 그가 여전히 회의적이기는 하지만 적어도 그녀의 동기를 이해했다고 느낄 수 있었다.

"당신이 나를 숨긴다는 건 적절치 않은 일 같습니다." 그래도 그의 대답은 정중했다. "난 숨길 게 하나도 없다고, 솔직히 말할 수 있거든요."

"그 사람들은 그런 걸 알고 싶어 하지 않아요." 그녀가 말했다. "너무나 하잘것없는 이유 때문에 무언가를 망가뜨리기로 마음먹을 수 있다고요. 아, 나도 겪어봐서 아는걸! 날씨 때문에 그럴 수도 있고, 점심을 다 먹고 나니 지루해져서 그럴 수도 있어요. 그런 사람들은 자기를 쳐다본 사람을 반죽음이 될 때까지 괴롭힐 수도 있어. 자기 개한테도 그럴 사람들이야."

"내가 끝장날 순간이 언제 닥쳐올지는 몰라도……" 그는 무척 침착하고 얌전하게 대답했다. "인간들이 그걸 결정지을 일은 없을 겁니다."

"그럼 더 무섭잖아요!" 그녀가 소리쳤다.

그러더니 갑자기 눈물을 쏟기 시작했다.

나약하게 헝클어진 헤어 양은 그 어느 때보다도 흉측한 꼬락서니였다. 하지만 살아온 터전도 인종도 다른 두 사람이 실은 유사한 사명을 띠고 있으며 이전부터 쭉 그래왔다는 확신이, 히멜파르프가 느끼던 거부감을 집어삼켰다. 반대쪽에서 서로 다가서는 동안 똑같은 어둠과 똑같은 늪지가 그들의 움직임을 에워싸려 위협했다. 하지만 그들은 그렇게 제지당한 움직임이 얼마나 굼뜨든 간에, 각자가 들고 있는 귀중한 비밀의 꾸러미를 종국에는 어떤 두 손에 넘겨야만 했다.

이 유대인은 그 경계를 찾기 위해 경험이라는 안개를 뚫고 더듬더듬 걸음을 옮겼으나, 어느 순간 빠져나와 자기가 재너두에 있는 작은 방의 딱딱한 의자 위에 앉아 있음을 깨달았다. 그는 몸을 일으키더니 여정의 동반자를 어루만지며 말했다. "이제 난 이해하고 있어요. 우리가 일상에서 실천하라고 배운 단순한 행동들이야말로 악을 막아주는 최고의 보호물입니다. 당신도 믿어준다면 좋겠습니다."

"그런 것들은 정말 위로가 돼요." 그녀도 인정했다.

그러면서도 한숨을 내쉬었지만.

흐릿하면서도 감미로운 저물녘 빛이 바닥에 내리비쳤다. 사물 하나하나가 빛을 받으면서도 그날의 마지막 순간을 위해 조금도 변치 않고 있었다. 그 빛 속에서 히멜파르프는 자기가 방금 방패처럼 옹호했던 저 단순한 일상의 행동들을 강제로 저지당한 적이 있었다는 사실을 잊어버릴 뻔했다.

헤어 양은 그를 따라 홀을 가로질렀다.

"적어도 당신한테 경고는 해줘야 하겠네요." 그녀가 설명했다. "당신은 여기서 나가겠지만, 내 예전 가정부인 졸리 부인은 망상에 빠져 있어요. 적극적으로 나서는 여자 같지는 않아요. 그렇지만 플랙 부인이라

36

고, 내가 직접 만난 적은 없고 의심만 하는 사람이 하나 있는데, 그 여자한테 휘둘리는 것 같아요. 어쩌면 플랙 부인도 무고한 사람일지 모르죠. 그렇지만 최고로 마귀 같은 생각들이 깃들 만한 곳은, 역시 저물녘에 나란히 집에 앉아 서로 허기진 꾸르륵 소리를 듣고 있는 여자들의 머릿속일 거야. 어쨌든, 졸리 부인은 지금 플랙 부인과 함께 지내고 있어요."

"그 사람들이 어디에 사는데요?"

"어, 무슨 무슨 거리라고 그랬는데. 중요한 건데. 당신이, 그러니까, 당신 이름이…… 어쨌든 당신이 언젠가 말한 적 있었던 것 같은데……" (헤어 양은 자기가 이름을 제대로 외우지 못한다는 사실을 더 이상 부끄러워하지도 않았다.) "우리가 어떤 고리로 연결되어 있다고 했잖아요. 난 두 개의 연결 고리가 있다고 굳게 믿어요. 서로 맞부딪히는 고리들이지요. 만약 졸리 부인과 플랙 부인이 그저 둘이서만 이어진 고리라면, 당연히 우리는 아무것도 무서워할 필요가 없어요. **그렇지만……**"

저녁 무렵의 진홍빛과 금빛이 저택 내부를 르네상스풍으로 장려하게 물들이는 가운데 헤어 양은 천천히 그를 이끌고 있었다. 대리석 토르소와 수정 샹들리에가 그 자체의 아름다움으로 파르르 흔들렸다.

"이쪽이 길입니까?" 그가 물었다.

"뒷문 쪽으로 데려가는 거예요." 그녀는 대답했다. "이쪽이 더 빠르거든요."

부엌 식탁에 역시 은빛을 발하는 칼 한 자루가 놓여 있었다.

"있잖아요. 난 당신을 위해서라면 사람도 죽일 수 있어요." 갑자기 헤어 양이 툭 내뱉었다. "우리한테 옳은 것을 지켜낼 수만 있다면요."

"그렇게 되면 그건 더 이상 옳은 게 아닙니다."

히멜파르프가 미소를 지어 보였다. 그는 헤어 양이 식탁에서 집어

든 칼을 빼앗더니 웅덩이처럼 고인 빛 속에 다시 떨어뜨려놓았다.

"빵을 자르는 데 쓰는 물건이지요." 그가 말했다. "숭고하지만, 감정적인 목적은 아닙니다."

그렇게 헤어 양은 제지되었고, 끝까지 침묵을 씹으며 뒷문으로 걸어갔다.

계단에서 헤어 양은 그에게 마지막으로 길을 안내했다.

언덕 위까지 그녀를 만나러 찾아왔던 이 유대인의 땀에 젖은 얼굴은 마치 죽은 사람 같았다. 하지만 마지막 남은 햇빛, 혹은 사람 사이의 소통이라는 신비 덕분에 그 얼굴은 생기를 되찾았다.

"당신은 늘 이 시간쯤에는 나를 두고 가야 하네요." 그녀가 계단에 서서 그를 내려다보며 생각에 잠긴 목소리로 말했다. "뭔가 비밀스러운 일을 하는 거예요." 그녀는 섭섭함을 드러냈다. "당신 집에서 말이에요. 그래도 난 질투 안 하지만."

"비밀 같은 건 전혀 없습니다." 그가 대꾸했다. "기도하러 가는 시간이 저녁일 뿐."

"오, **기도**!" 그녀가 중얼거렸다.

그리고 덧붙였다. "나는 아무 말도 안 했었지요. 내가 나 자신도 제어하지 못했을 때 말고는. 아주 어릴 때 말고는."

"그 대신 다른 방식으로 표현했잖습니까."

헤어 양은 다소 신경질적으로 그 생각을 물리쳤으며, 만약 또 다른 생각이 골치 아프게 솟아오르지 않았더라면 무례한 생각을 하려 했을지도 모른다.

"아, 도대체 무엇이 우리를 구원하려나요?" 그녀는 궁금했다.

그가 채 대답하기도 전에 그녀가 소리쳤다. "봐요!"

그리고 눈부신 금빛을 바라보며 두 눈 위로 그늘을 드리웠다.

"그때도 이런 저녁 시간이었어요." 그녀의 입은 힘겹게 단어를 선택하느라 제대로 말을 잇지 못했다. "이따금 거기 뒤따른 결과 때문에 내가 무서워하던 시간 말이에요. 바퀴들이 계속해서 다가오는 동안 나는 구덩이 속에 거꾸러져 있곤 했어요. 누가 되었든 나약한 사람한테는 벅찬 일이었지요. 어떤 때는 몇 시간씩 거기 누워 있었어요. 그걸 바라본다니, 도저히 못 견딜 것 같았거든요."

"지금은 바라보지 못할 리가 없습니다." 히멜파르프가 힘들여 말했다. "평소와 달리 멋진 석양이랍니다."

"그래요." 그녀가 말했다.

그리고 어쩐지 은밀하게 웃었다.

"회색 고랑들." 헤어 양은 관찰하며 말을 이었다. "바퀴들이 거기에 빠졌어요. 그리고 바퀴들에 달려 있던 조그맣고 부드러운 깃털들."

히멜파르프는 재너두의 여주인에게 작별을 고했다. 그 역시 똑같은 광기에서 자유롭지 않았기에 다른 사람들처럼 헤어 양을 미친 여자라고 일축할 입장이 아니었다. 이제 그의 머릿속 나무 꼭대기들에 불이 붙어 있었으며, 다시금 그를 찾아 구급차들은 벨을 울리고 소방차들은 종을 뗑그렁거리고 있었다. 히멜파르프는 생각의 잔해 속에 스스로 파묻힌 사람들을 구해내는 데는 결코 끝이 없다는 사실을 깨닫고서 몸서리쳤다. 자기네가 아직 살아 있다고 고집하는 이들이 치마며 시계며 필요할 만한 것들을 찾아 잔해 속으로 돌아가려 뻗대는 동안에도, 그들의 육체는 계속해서 실려 나가 담요 아래 덮일 터였다. 그러나 가장 심하게 기만당한 희생자는, 음울한 목소리로 자기네가 이미 식물, 돌, 동물, 그리고 경우에 따라 인간의 모습으로 돌아가도록 벌써 지시받았다고 항변하는 그 영혼들이었다. 그렇게 영혼들은 불에 그슬린 머리칼을 빗질하며 울고 있었다. 그들은 종소리니 기도니 주문이니 하는 것들 때문에, 그리고 그들의 고통스러운 인생행로에서 그것을 거들었다는 사실 자체가 불운이었던 숱한 불길의 저주 때문에, 어느덧 지쳐버렸다.

지금도, 그리고 기억 속 구름 위에서도, 오직 그 전차만이 똑바로 묵묵히 말을 몰 뿐이었다.

히멜파르프는 친구와 함께한 시간 덕분에, 그리고 피로한 육체 덕분에 오히려 편안해진 채로 재너두에서 사스퍼릴러로 이어지는 길을 터벅터벅 걸었다. 한두 번인가 하품하기도 했다. 이름 모를 꽃들이 어둠의 손길을 받아 씰룩이며 하얀 얼굴을 깜박였다. 돌멩이들은 골똘히 생각에 잠겼다. 누구보다도 돌처럼 단단한 영혼의 그가 다음으로 돌에 뭔가를 부여하도록 명을 받는 것도 당연했다. 언덕을 오를 때 그의 신발 아래쪽에서, 길바닥에서, 그가 집어 올리려고 허리를 굽힐 수도 없을 만큼 아득한 데서, 히스기야와 다윗과 아키바[9]조차 그 잃어버린 불꽃들을 되살리지 못했을 만큼 미묘한, 세상 모든 자애심을 담은 불꽃이 올라왔다.

유대인은 돌에 발부리를 채며 이리저리 떠돌다가, 마침내 허름한 집에 도착해 안으로 들어가며 문설주 위의 셰마를 건드렸다.

---

9) 히스기야는 선지자 이사야의 친구였던 유대국의 왕이며, 다윗은 사울에 이어 고대 이스라엘을 이끌며 유대교를 확립한 왕이다. 아키바는 『탈무드』에서 가장 존경받는 랍비 가운데 한 사람이다.

11장

일하는 날 아침마다 히멜파르프는 버래너글리로 가는 버스를 잡아 탔고, 로즈트리의 공장에 있는 자신의 천공기 앞에 앉아 브라이타 자전거 램프사를 위해 일했다. 창문 아래로는 초록빛 강이 부드럽게 흘렀으나 창이 너무 높은 곳에 달려 있는지라 안쪽에서는 강을 볼 수 없었으며, 처음에 초록빛 강을 따라 이곳을 찾아왔던 그 유대인도 일을 해치울 때까지 그 강의 존재를 좀처럼 의식하지 못할 정도였다. 그가 그곳을 옆에 끼고 버스 정류장을 향해 걸음을 옮기면, 비로소 그것은 구불구불한 초록빛의 곡선 혹은 강이라는 기호가 되었다.

한번은 현장 감독 어니 시어볼즈가 기분이 우쭐해질 만한 상여금을 받고서는 유대인에게 말을 붙이러 다가왔다. 그는 이렇게 물었다. "믹, 지낼 만해요?"

"좋은데요." 유대인은 그가 사용하라고 배운 언어로 대답했다.

현장 감독은 벌써부터 상황이 유감스러웠으나 기왕에 좀더 노력하기로 했다. 그는 박정한 인간이 아니었다.

"거 동료는 절대 못 사귀시겠네요." 어니 시어볼즈가 말했다.

유대인은 웃음을 지었다.

"누구든 다 제 동료입니다."

마치 그 말이 사실인 양 그는 묘하게 기분 좋은 안락감을 느꼈다.

하지만 이 때문에 현장 감독은 의아심과 분노를 함께 느꼈다.

"뭐, 그럼 괜찮고." 그가 중압감에 진땀을 흘렸다. "우리가 진짜배기 조직을 못 갖추었다고 생각하지는 않아요. 그래도 동료가 생긴다면 좀더 공평한 처우를 받을 여지가 있잖아요. 그냥 그 얘길 하려던 거예요. 알겠지요?"

히멜파르프는 한 번 더 웃더니—그날 아침의 분위기에 취해 그는 무모해졌다—이렇게 대꾸했다. "저는 섭리를 동료로 택하렵니다."

시어볼즈는 소름이 끼쳤다. 그는 일체의 교양 있는 대화를 혐오했다. 그의 겨드랑이 털에 조그만 땀방울들이 아릿하게 맺히고 있었다.

"알았어요." 그가 말했다. "넘어갑시다!"

그리고 달걀 위를 디디는 듯한 걸음걸이로 멀어졌다.

자신이 알량한 행복감에 어쩌다 맥을 못 추었는지 설명할 길이 없었다면, 히멜파르프는 하다못해 곧바로 감독관을 따라 달려가 어깨라도 툭 건드리며 얼굴을 들여다볼 수도 있었을 것이다. 하지만 이 중요 인물 께서는 팔꿈치에 무릎까지 접히도록 걸음을 옮겨 벌써 아득히 멀어졌다.

어니 시어볼즈가 의식했듯, 실제로도 그 유대인은 자기한테 성별이 같은 친구가 아무도 없다는 사실을 알아차리지 못했다. 그 나라에 도착한 이래로 많은 사내에게 말을 붙여보기도 하고, 그러기 위해 열차를 타거나 도시의 밤거리를 거닐곤 했지만 말이다. 그에게 충고나 금전을 구하는 사람들도 있었는데, 여건이 허락하면 그는 둘 다를 주었다. 어떤 이들은 마땅히 그래도 된다는 듯 묵묵히 받아 들었고 또 어떤 이들은 하느님께서 그를 보내주셨다고 생각했다. 히멜파르프는 그들이 주제넘게 넘겨짚은 오해에서, 또 그 자신이 느끼는 수치심에서 빠져나오느라 마지못해 물러나야 했다. 그를 성도착자이거나 누군가의 끄나풀이라고 의심하는 사람들도 있어서, 이들은 그네가 쏟은 토사물에서 몸을 일으켜주는데도 히멜파르프를 저주했다. 한두 번은 안식일에 시나고그 밖에서 같은 유대 민족 사람들에게 말을 붙이기도 했다. 만사를 한없이 의심하는 이들이었다. 그들은 필요 이상으로 살살거리기 시작했다. 그리고 밍크 모피를 쓰다듬으며 서서 기다리는 아내를 데리러 가더니, 자기네 차에 타고서, 안전하게 들어가 파묻히고 싶은 벽돌 토끼장으로 향했다.

그래서 히멜파르프에게는 쭉 친구가 없었다.

또는 동료가 없다고, 그는 조심스럽게 되뇌었다.

그리고 그때, 자기가 아직 이야기해본 적이 없는 검둥이를 떠올렸다.

그 원주민이 여전히 쭉 로즈트리 공장에 있었기 때문이다. 모두가 하나같이 입을 모으기로 빌어먹기 딱 좋게 게으른 녀석이었다. 그럼에도 어째서인지 버티는 게 잘 맞는 모양이었다. 그는 이따금 술에 절어서, 어떤 때는 보랏빛 눈으로, 혹은 누런 피부에 퍼런 멍이 져서 돌아오곤 했다. 그나마 형편없는 인간이라야, 그것도 빗자루를 가지고서나 건드릴 법한 짐승이랄까.

하지만 이제 와 깨닫건대 히멜파르프는 이 따라지 처지의 친구와 기묘하게 관계 아닌 관계를 맺고 있었다. 제대로 인정받지는 않았으되 굳건하고, 뚜렷해 보이되 묵시적인 어떤 관계를 그런 식의 표현으로써 묘사할 수 있다면 말이다. 이 유대인은 원주민의 접근을 어떻게 감지했던가. 그의 침묵을 어떻게 맞아들이게 되었던가. 스쳐 지나칠 때마다 그들은 어떻게 서로의 상처에 연고를 발라주었던가.

터무니없는 일이었다. 두 사람 모두 부끄러워했다. 그리고 등을 돌렸다. 그러다가도 다시 기다리기 시작했다. 이따금 그 원주민은 라디오에서 들은 유행가를 우스꽝스럽게 휘파람으로 불었다. 그는 이미 충분히 상스러운 노래의 후렴구 곡조에 이르기까지 입술을 놀렸다. 망쳐버리겠다는 그런 뜻이었다. 그러면서도 그는 자기의 늙은 코쟁이 친구가 절대 현혹되지 않으리라는 사실을 알았다.

어쩌면 그 정도로 해두고 만족할 수도 있었을 것이다. 어쨌든 두 사람 모두 언젠가 날카로운 칼날을 겪어본 이들이었다.

어느 날 휴식 시간에 히멜파르프는 세면장에 들어갔다. 낙서 된 나무판자, 땀에 젖은 콘크리트, 얼룩진 타일이 어느새 지극히 당연해 보이는 장소였다. 그는 그곳에 앉았다. 거기서 고개를 숙이고 있었다. 부슬부슬 물을 뿜는 수도꼭지와 졸졸거리는 물탱크의 자기 관조적이라 할 악센트가, 지끈거리는 두통을 완화해주었다.

히멜파르프는 작업이 재개될 때까지 황량하게 방치되는 그 세면장에 종종 앉아 휴식 시간이 끝나기를 기다렸다. 평소에 그는 완전히 미동하지 않고 앉아 있었으나, 이날만큼은 누군가 벤치 위에 펼쳐놓고 간 책이 있기에 손을 뻗었다. 눈길 닿는 곳에 인쇄물이 있다면 그게 무엇이든 읽어보는 게 히멜파르프로서는 자연스러운 버릇이었다. 이제 그는 단번에 글을 읽어나가기 시작하며 샘솟는 경이감을 느꼈다.

"내가 눈을 들어 지켜보니, 북쪽으로부터 거대한 구름과 함께 회오리바람이 불어오는데, 불길이 이를 감싸고, 광휘가 사방에 미치며, 그 불 한가운데에 호박석 같은 색깔이 드러나 보이더라.

또한 그 가운데에서 마치 살아 있는 피조물과도 같은 것이 네 마리 등장했다. 이들의 모습에 대해 말하자면, 꼭 사람을 닮았느니라. 모두가 얼굴도 넷이요 날개도 넷이었으니……"[10]

하지만 물탱크가 부드럽게 졸졸거리고 수도꼭지가 더욱 날카롭게 부슬부슬 물을 뿜는 가운데, 유대인이 듣고 있는 건 더 이상 그 자신의 목소리가 아니었다. 그것은 숱한 목소리가 한데 엉킨 목소리였다. 두껍고, 너무 목이 쉰 데다, 많은 목소리가 서로 이어지는 듯하여 황량한 느낌을 주는 목소리. 어쩌면 칸토어 카츠만의 목소리였는지도 모른다. 하지만 그 목소리는 더 이상 살아 있는 피조물들에게 바빌론의 황금과 같이 우의적인 광휘를 입히려 들지 않았다. 그들은 인간의 살을 걸치고 있었다. 인간의 모습을 한 가고일[11]로 이겨놓은 흙, 매끈매끈한 피부, 땀 때문에 열린 모공들, 시행착오 끝에 여위어진 입, 주위에서 불어오는 바람에 따라 나부끼는 산 사람의 죽은 머리칼.

유대인은 읽었다. 혹은 들었다.

"……모두가 두 날개는 서로 맞대고, 두 날개는 그들의 육체를 가렸다……"[12]

그럼에도 그는 직접 목격해서 알고 있었다. 가려진 육체의 핏줄까지도 기억해 읽어낼 수 있었다.

---

10) 「에스겔서」 1장 4절~8절.
11) 주로 고딕 건축물에서 홈통 주둥이 역할을 하는, 괴물을 본뜬 석상.
12) 「에스겔서」 1장 11절.

점점 속도를 더하는 시간에 익숙해진 듯, 과거의 입술이 이제 조금 더 빠르게 단어를 뱉어냈다. 사실 시간은 거의 다 되었다. 벨트들이 팽팽해지고 있었다. 작업장 아래쪽에서는 가죽이 찰싹거리고, 기름기로 금속 부속이 느슨해졌다.

하지만 그는 계속 읽어나가기를 멈출 수가 없었다.

"……피조물들이 나아가면 바퀴들도 따라 나아갔다. 피조물들이 땅에서 떠오르면 바퀴들도 떠올랐다……"[13]

작업장의 기계들이 돌아가기 시작하면서 세면장 전체가 반발했으나, 이내 완전히 삼켜졌다가 그런대로 부드럽게 떠올랐다. 수도꼭지와 물탱크에서 나던 소리는 기계에서 나오는 소음 때문에 더 이상 들리지 않았다.

다시 활기를 찾은 기계들이 재잘거리듯 돌아가는 가운데 유대인은 완전히 자기 목소리만으로 커다랗게 낭독을 계속했다.

"……그리고 피조물들의 머리 위로는 창공 같은 덮개가 무시무시한 수정의 빛깔과도 같으며, 그들의 머리 위쪽으로 뻗어나가더라……"[14]

그때 원주민이 안으로 들어왔다. 두고 나간 물건을 찾으러 온 것이었다.

어쩌다 그 상황에 휘말렸는지 이해하자마자, 원주민은 평소 질벅거리는 소리를 내는 평평한 발의 엄지가락으로 아슬아슬하게 균형을 잡고

---

13) 「에스겔서」 1장 20절.
14) 「에스겔서」 1장 22절.

서 몸을 흔들었다. 어떻게 해야 할지 판단이 서지 않았다.

유대인은 환히 빛나고 있었다.

"「에스겔서」야!" 그 유대인은 검둥이와 일부러 말을 주고받지 않던 관례도 잊고서 이렇게 외쳤다. "여기서 「에스겔서」를 발견했는데, 누군가 이 책을 읽고 있었다고. 벤치 위에 펴놓은 채로."

기쁨을 이기지 못한 그의 입에서 침이 튀었다.

검둥이는 버려진 천 조각을 돌돌 뭉쳐 손안에서 이리저리 만지작거리며 서 있었다. 하지만 이미 부루퉁한 상태였다.

"자네 책인가?" 유대인이 물었다.

그러자 검둥이도 예사롭지 않은 반응을 보였다. 입을 열어 대답한 것이다.

"그래요." 그가 인정했다. "내 책이에요."

"그럼 자네는 성경을 읽는군. 다른 예언서들도 읽었나? 「다니엘서」, 「에스라서」, 「호세아서」는?" 변함없이 주체할 수 없는 열의 때문에 유대인은 이렇게 물을 수밖에 없었다.

하지만 검둥이는 더 이상 덫에 발을 들이고 싶지 않은 눈치였다. 그의 입술은 무척 두툼하고 단호했다.

그가 말했다. "우리 이제 내려가는 편이 좋겠네요."

그리고 작업장 쪽으로 고개를 홱 돌렸다.

"그래." 유대인도 동의했다.

원주민이 재빠르게 책을 집어 들더니 소지품을 담는 꾸러미 같은 곳 사이에 숨겼다.

히멜파르프는 아직도 무언가에 홀린 듯했다. 그는 그렇듯 천천히 마음속으로 웃음을 짓고 있었다. 그로부터 배제된 이들이라면 분통이 터질 만한 웃음이었다.

"흥미롭군." 그는 이렇게 말해야 했다. "그렇지만 아무것도 물어보지 않겠네. 자네도 그러기를 원할 테니까."

"그런다고 무슨 결론이 나는데요?" 원주민은 어깨를 으쓱했다. "신부 양반께서 나를 키웠어요. 그게 전부고요. 가끔 성경을 읽었지만 어떤 식으로든 **그 사람** 때문에 읽은 건 절대 아니에요. 그냥 다들 이해할 수 있는 내용이라서 나도 읽은 거예요. 시간 때우기에도 좋고."

원주민이 이상하리만치 뜻밖의 목소리로 꺼내놓는 이야기 전부가 상당히 깊은 곳으로부터 끌려 올라오는 듯했다.

그런 다음 두 남자는 작업대로 돌아왔다. 기계들이 로즈트리 공장의 작업 창고를 사정없이 두들기면서 그들을 비웃고 있었기 때문이다.

이제 유대인은 천공기 앞에 앉아 철판을 찍고 또 찍으면서, 방금 일어난 일 때문에 그들의 관계가 어떤 식으로든 달라진 게 아닐까 생각해 보았다. 하지만 달라진 건 없어 보였다. 둘의 관계가 본래 형성된 모양 그대로 너무 오랫동안 고착되었던 것이리라. 시작부터 발생했던 어떤 지속적인 온기가 그사이 아무래도 뜨거워진 듯했다. 설사 검둥이는 그냥 지나쳤을지 몰라도 유대인은 그 점을 자각하고 있었다. 거의 손에 잡힐 무언가가 그들 사이에 자리 잡았으나 이후로는 좀처럼 말을 주고받을 일이 없었다. 젊은 원주민이 이따금 앓는 것 같은 소리를 내면, 나이 든 유대인 쪽에서는 끄덕이는 듯한 동작을 취했다. 서로를 찾아 쳐다볼 때도 있었고, 그러다 눈길이 마주칠 때도 있었다. 한번은 검둥이가 웃음을 지었다. 의식하며 서 있는 면식 있는 유대인이 아니라 아무나 상관없으니 그 웃음을 받고자 하는 사람을 향한 웃음이었다. 설령 그 유대인이 웃음을 받을 사람이었다 해도 어디까지나 우연이었다. 원주민으로서는 그것이야말로 완벽한 무심함을 드러내는 행동이었다.

하지만 히멜파르프는 자신과는 다른 이 생명체를 살펴보면서 활기를 얻었다. 그로서는 예사롭지 않게 침묵을 통해서, 어쩌면 또한 헌신을 통해서 한 몸으로 연결된 상대였다. 한번은 그들 두 사람이 바깥문 앞에 같은 순간 도착하는 바람에 어쩔 수 없이 함께 밖으로 나가야만 했다. 그는 결국 참지 못하고 검둥이에게 말을 붙였다.

"지난번에 우리가 이야기했던 날……" 유대인이 조심스럽게 말했다. "시간이 없었는지 정신이 없었는지, 자네 이름을 못 물어보았군그래."

원주민은 시큰둥하게 반응할 작정이었는지도 모른다. 하지만 함정이 없다는 걸 깨닫고서는 이내 마음을 돌린 것 같았다.

"더보." 그가 힘 있게 대꾸했다. "앨프 더보라고 해요."

그러더니 활달하게 떠나버렸다. 그날 그는 즐거웠다. 그가 초록빛 강 표면에 돌을 집어 던져 물수제비를 떴다. 잠시 눈을 가늘게 뜨고서 태양을 바라보자 그 빛은 그의 널찍한 치아에 부딪혀 부서졌다. 미소 짓는 것처럼 보이기도 했으나, 아마도 그건 그의 훌륭한 치아 표면에 집중된 빛이었으리라.

앨프 더보는 강둑 위의 작은 마을에서 자라났다. 그 강은 절대 바닥을 드러내지 않았고 습한 계절이면 비탈진 둑 위로 넘쳐 저지대의 집들로 밀려들었다. 강은 소년의 유년기에도 그가 고향을 떠난 뒤에도 그의 삶에서 중요한 일부분을 이루었기에, 그의 상념들은 그 갈색빛 강의 어두운 둑으로, 그리고 커튼처럼 드리운 빛나는 나뭇잎과 늘 만족스러운 모양을 찾아 뒤적이던 매끈한 돌멩이들로 되돌아가곤 했다. 조그만 소년은 땅거미가 질 무렵이면 더욱더 그 강에 매료되어서, 마을 사람들이 공원을 조성해둔 강굽이 어딘가를 어슬렁거렸다. 커다란 대나무들의 주황빛 마디마디 덕분에 황혼이 두드러지고, 자생식물들의 빛나는 나뭇잎은 한층 깊은 초록빛을 내뿜는 듯했다. 소년이 아끼는 어두운 강은 그러한 저녁을 똑바로 가로지르며 흘렀다. 검둥이 진[15]들이 강둑을 따라 모여들기 시작했다. 몇몇은 백인 여자들이 내다 버린 옷을 입었고 몇몇은 가게에서 산 번드르르한 옷을 입었는데, 진들이 기대에 차서 킥킥거리며 누워 있자면 어두운 대지 위에 꽃을 흩뿌린 듯했다. 누가 그 꽃을 꺾게 될 것인가? 대개는 백인 젊은이들이나 그보다 나이 든 주정꾼들이 하나같이 술 한두 병과 돈을 들고서 그곳에서 서성거리고 있었다. 소년은 언젠가 한 명의 진이 애인의 팔에 자기 옷을 벗어놓고서, 그녀가 만들어낸 검고 기다란 자취가 깊어지는 밤 속으로 사라질 때까지 거꾸러지듯 강으로 뛰어드는 모습을 본 적도 있었다. 하지만 그런 일은 흔치 않았다. 흥미진진한 일인 것도 사실이었으나, 그는 그냥 돌아가버렸다.

부엌 문간에 패스크 부인이 서 있었다.

"앨프, 대체 어디에 있었던 거냐?" 그녀는 이렇게 물었다.

수탉 같은 목소리가 숄 아래에서 울려 퍼졌다. "앨프어디에있었니? 앨프어디에있었니앨프? 앨프."

아직도 잦아들지 않고서.

"강가에 있었어요." 소년은 대꾸했다.

"거긴 어정거릴 곳이 아니야." 그녀가 말했다. "이런 밤 시간에는 말이다. 칼데론 신부님이 널 계속 찾고 다녔어. 신부님이 너한테 라틴어 동사 활용을 시켜볼 게다. 그렇지만 그 전에 가볍게 할 일들이 좀 있지. 기

---

15) 애버리지니 여성을 이르는 표현.

억해라. 늘그막에 사람들이 곁에 두고 싶어 하는 건 쓸모 있는 아이들이란다."

그래서 앨프는 마른행주를 집었다. 부인이 침을 튀기며 말하는 동안 그는 꾸벅꾸벅 졸면서 서성거렸고, 라틴어 동사 문제가 조용히 잊히기를 빌었다.

사실 앨프 더보의 고향은 그 마을이 아니었다. 그는 몇 마일 떨어지지 않은 곳, 끝없이 흐르는 강의 또 다른 굽이에 있는 보호 구역에서 태어났다. 매기라는 이름의 늙은 진이 그녀로서도 어느 누군지 전혀 모를 백인의 씨를 받아 조용히 그를 낳았다. 일자리를 얻거나 잔꾀로 구실을 찾을 때까지 아마도 그는 그곳에 머물러야 했을 것이다. 어설픈 꺽다리 소년이 일찌감치 그곳을 벗어날 수 있었던 것은 넘버라의 성공회 교구 신부였던 티머시 칼데론 덕분이었다.[16)]

칼데론 신부와 과부인 그의 여동생 패스크 부인은, 그네가 위대한 실험이라고 이름 붙인 원칙을 소년에게 적용했다. 칼데론 신부는 이상이 높은 사람이었다. 비록 통찰력 있는 교구 주민들이 주목했듯 그가 끊임없이 이상에 부응하지 못했더라도 말이다. 만일 그 사실을 알아차리는 데 상당한 통찰력이 필요했다면, 이는 근래에 그가 실패한 결과들이 대부분 해롭지는 않았기 때문이었으리라. 확실히 그는 무해한 사람이었고, 바로 그 이유 때문에 덤블렌의 좀더 넓은 마을에서 넘버라로 부임하게 되었다. 주교가 문제를 그런 식으로 인식하는 바람에 이 교구 신부는 씁쓸한 눈물을 흘려야 했으나, 그것에 대해 아는 사람은 오직 그의 여동생뿐이었고, 남매는 그의 수난을 겸허하게 견딜 힘을 얻으리라고 함께 기

---

16) 1900년부터 약 70여 년 동안 오스트레일리아 정부와 교회는 토착민을 개화하겠다는 명분하에, 애버리지니 아이들을 강제로 빼앗아 백인 가정에 입양되게 했다.

도했다.

티머시 칼데론 신부가 심지어 태생부터 교양 있는 사람이었고, 그의 이상 때문에 사제 서품을 받고 오래지 않아 고국을 떠났다는 사실은 한층 애처로운 노릇이었다. 그는 라틴어 동사뿐 아니라 그리스어를 보고도 복음을 해석할 줄 알았다. 또한 역사 속 전투들이 벌어진 날짜를 알았고, 식물들의 이름을 알았으며, 가문의 인장이 새겨진 반지뿐 아니라 브리태니커 백과사전 전집도 물려받았다. 만일 넘버라의 주민들이 그의 고귀한 혈통이나 교육 수준을 알아주지 않았다 해도 그로서는 그것 말고도 견뎌내야 할 일들이 많았다. 그가 이들을 견딜 수 있었던 동력은 단지 열렬한 기도만이 아니라 시기적절하게 구상한 위대한 실험 덕분이기도 했다. 신부는 어린 앨프 더보에게 자기가 베풀 수 있는 모든 것을 아낌없이 쏟아부으리라고 마음먹었다. 아버지 같은 사랑이며 영적인 지도, 라틴어 동사는 말할 것도 없고, 역사 속 전투들이 벌어진 날짜까지 말이다.

앨프 더보는 딱 봐도 처음부터 몹시 명민한 아이였다. 관심 깊게 그를 지켜보자면 금세 확신할 수 있듯, 더보는 원하는 것만 갖추어진다면 거의 모든 것을 정확하게 파악할 줄 아는 것 같았다. 다만, 아이의 소질은 어디를 향했을까? 그 점이 문제였다. 교구 주민 가운데 가장 회의적인 사람이 잔인한 만족감을 가지고 지켜보기로, 더보는 명민하지만 게으른 소년이었다. 하지만 보호 구역에서 나온, 나이 먹은 검둥이 진의 사생아 새끼가 게으르지 않으리라고 예상한 사람이 신부 말고 또 누가 있었으랴? 물론 비판적인 사람들조차도 그 소년이 설마 아일랜드계 조상한테서 악덕을 물려받았으리라고는 전혀 생각하지 않았다. 타당성만을 따져보더라도 그들이 앨프 더보의 아일랜드계 선조들을 거대한 뱀과 같은 신화적인 위상으로 환원하는 건 당연했다.

언젠가 소년이 이렇게 물었을 때 신부조차도 이 나태한 피보호자를 의심하기 시작했다. "칼데론 신부님, 이런 온갖 라틴어 동사를 가지고 제가 뭘 하게 되나요?"

"글쎄다." 신부가 대답했다. "일단은 훈련이지. 품성을 기르는 데 도움을 줄 거야."

"그렇지만 전 그게 다 무슨 쓸모가 있는지 이해를 못 하겠어요." 소년이 얌전하면서도 무언가를 흉내 내는 듯한 목소리로 투덜거렸다. "제가 그런 품성을 가질 수 있다는 생각도 안 들고요."

그러고서 앨프 더보는 유감스럽게도 실쭉거리기 시작했다. 그는 실쭉거리며 낙서를 휘갈기곤 했고, 선생으로서는 그런 순간에 소년을 어떻든 좀더 단속할 여지가 있음을 인정해야만 할 것 같았다.

"우리가 사실은 끔찍하게 어리석지 않나 싶을 때가 있어." 언젠가 신부는 여동생에게 털어놓았다.

"이런, 오빠, 그래도 그 애는 눈에 띄게 발전했어. 예를 들어 스케치라든가." 패스크 부인은 헛된 기대를 품고서 이렇게 주장했다. "스케치만큼은 아무리 가르쳐도 모자랄 정도라니까. 앨프는 색채를 보는 안목이 있어. 예술 감각이 있는 녀석이라고."

"그래, 예술이라면. 그렇지만 인생은."

라틴어 동사 때문에 침울해진 신부는 한숨을 내쉬었다.

앨프 더보는 그림을 그리는 게 좋았고, 뿔 난 암소한테서 젖을 짜는 외양간 벽에다가도 낙서를 해놓았다.

"뭐 하는 거냐, 앨프?" 사제 남매가 물었다.

"이 녀석이 수소랑 홀레붙은 지 얼마나 되었는지 표시해두고 있어요."

그 말이 그들을 저지했다. 더보는 패스크 부인이 자연적 본능으로부터 눈을 돌리려 한다는 사실을 진작 알아차렸었다. 그래서 그는 자기가 그 존재를 느끼지만 아직 확증하지는 못하는 섬세한 선을 한 번 더 자유롭게 외양간 벽에다가 휘갈길 수 있었다.

이러한 상황이었으므로, 어쩌다 패스크 부인이 이렇게 말할 때마다 더보는 늘 내색하지 않으면서도 행복을 느꼈다. "어머, 이런, 어머, 난 머리가 좀 아프구나! 그래도 앨프, 우리가 널 가르치는 일까지 팽개쳐서는 안 되잖니! 내 수채화 도구들을 가지고 나가서, 지난번에 했던 데부터 이어서 계속해볼 거야. 아무래도 네가 드로잉의 원리를 이해하기 시작한 것 같구나. 너한테 재능이 숨어 있는 것 같기도 하고."

소녀 시절, 패스크 부인은 숨어 있지는 않으나 그저 넌지시 드러날 뿐인 몇 가지 재능 가운데서 선택을 강요받았다. 정말이지 보나 마나 빤한 것이었다. 그녀는 스케치 실력, 피아노 실력, 가벼운 소프라노 톤의 목소리 때문에 오히려 한군데 집중하지 못하고 살아가야 했다. 우리 주 예수 그리스도와 목회자인 아서 패스크를 위해 그 모든 개인적 허식을 내려놓아야 한다는 점이 분명해졌을 때까지는 말이다. 그렇지만 과거만큼은 아니더라도 그녀는 여전히 스케치와 수채화에 관심이 많았고, 날씨가 괜찮으면 이젤을 챙겨 무언가를 급히 그려내곤 했다. 그 같은 취미—뛰어난 기교를 갖추었음에도 그녀는 취미 이상으로 생각하려 하지 않았다—는 그녀가 시련을 겪어야 했던 시기에 특별한 위로의 힘을 분명하게 보여주었다. 패스크 부인은 일찍이 남편을 잃었기 때문이다.

"앨프, 절대 잊지 마라. 예술은 무엇보다 으뜸가는 도덕적인 힘이란다." 단조로운 표면에 생기를 불어넣을 수 있는 흰색의 잠재력에 대해 설명하면서, 한번은 그녀가 제자에게 말했다. "진실이라는 건, 정말로 아름답지."

어쨌든 더보는 그녀의 붓에 매료되었다.

"보렴." 그녀가 살짝 붓질하며 말했다. "아주 작은 얼룩 하나에 여기 체리들이 각각 살아 움직이지. 창조적인 활동 속에는 뭔가 기적적인 요소가 있다는 걸 인정해야 해."

그로서는 아직 완전히 이해할 수 없었으나 어떤 가능성을 납득할 수는 있었다.

"시켜줘요." 그가 말했다. "나도 시켜주세요, 패스크 선생님. 지금 요."

더보는 무척 재빨랐다. 그는 체리가 들어 있는 그릇을—하이라이트까지 포함해서—칠하거나, 그녀가 찬장 안에 보관하는 석고 모형의 손을 빈틈없이 칠해버릴 수도 있었다. 심지어 그의 미술 선생이 이어서 묘사하려던 서사의 가닥을 채 파악하기도 전에 말이다. 그녀로서는 몹시 짜증 나고 처음에는 심지어 모욕적이기까지 한 일이었다.

"네가 허영심 넘치는 아이가 아니길 바란다." 그녀가 쏘아붙였다.

대꾸하기에는 너무 실없는 소리였다.

한번은 패스크 부인이 붉은 덩굴장미라는 이름의 꽃—그 이름은 그저 흔적만 남아 있었다—을 꽂은 병을 더보 앞에다가 놓았다.

앨프 더보로서는 그 이름이야말로 바로 실체였다. 그는 뻣뻣하고 단단하게 세운 꽃을 그렸다. 그들이 언제까지고 꽃병에 담겨 있도록, 선홍빛 꽃송이들마다 주위에 파란 선을 그려 넣었다.

패스크 부인이 웃음을 터뜨렸다. 그리고 이렇게 말했다. "색깔을 거스르면 안 돼. 그렇게까지 빨간 건 아무것도 없단다. 하기야, 중요한 건 섬세함이라는 점을 너도 제때 배워야지."

패스크 부인은 작업하고 있는 제자와 말벗하기를 무엇보다도 좋아했다. 그녀는 수 놓인 발판에 두 발을 올린 채 의자에 등을 붙이고서 눕곤했다. 몇 해가 지난 후 우연히 공립 도서관에서 어떤 책에 실린 그림을 마주한 더보는 깨달을 수밖에 없었다. 패스크 부인은 비록 미덕이 많은 사람이었으나, 비유적으로 말하건대, 실상은 무력하게 나이를 먹고서 조그만 유색인 소년의 어깨에 몸을 기댄 터번 쓴 숙녀들 가운데 하나에 불과했다는 것을.

넘버라의 집에는 금이 가고 있는 물결 모양의 지붕 아래 물막이 판자로 벽을 세운 안방이 있었다. 패스크 부인의 목소리는 윙윙거리는 똥파리 소리와 섞여 들어 끝없이 이어지는 응답 송가를 이루었다.

"이 말은 해야겠는데, 앨프, 난 내 남편 패스크 씨를 위해 모든 걸, 심지어 얼굴에 바를 분가루까지도 포기했었단다. 물론 내 피부는 최고로 훌륭하고 안색도 너무 깨끗하고 산뜻하다 보니 그렇게 대단한 고난은 아니었지만 말이야. 누군들 그렇게 하지 않았을꼬! 그이는 사랑스러운 사람이었거든. 누구보다도 달콤한 성격이었지. 무척이나 날씬하고. 그러면서도……" 여기서 그녀는 잠시 헛기침했다. "탄탄한 몸이었어. 난 그이가 테니스를 치다 네트를 뛰어넘던 모습도 눈앞에 그려볼 수 있다. 아서는 빙 돌아서 간다는 건 생각도 안 했다니까."

그녀의 제자는 그림을 그렸다. 이따금 정중함을 표하고자 시선을 들기도 했다. 과거에 그렇게 안색이 좋았다던 패스크 부인은 그때쯤 몸이 보랏빛이었다. 혈압과 기후 때문이었다.

어쩌다 그 소년은 화판 앞에 미동도 없이 앉아 있었다. 그러면 그녀가 눈치를 주었다. "주제를 정해준 게 방금 전이니까, 앨프, 벌써 끝낸 건 당연히 아니겠지?"

"네." 그는 이렇게 대꾸했다. "아직 아니에요."

평온을 위해.

그리고 앉아 있었다. 기다렸다.

그러다가 생생한 색깔들을 섞은 다음 작업을 재개하곤 했다. 이따금 패스크 부인은 더보의 눈이 상대를 너무 빤히 쏘아본다고 생각했다. 가슴이 너무 좁다고도 생각했다. 어딘지 건강하지 못했다.

그녀는 이렇게 말했다. "우리는 너한테 다른 친구들을 찾아줄 생각을 해야 해. 남자아이라면 어쩌다 거친 장난도 치는 게 좋지. 야만적인 힘을 예찬하는 게 아니야. 어디까지나 기독교인이면서 남자다워야 하지."

더보는 앓듯이 중얼거리는 소리로 적당히 호응했다. 다른 일의 무게감 때문에 제대로 문장을 구성해 대꾸할 수가 없었을 것이다. 내내 그림을 그리고 있었으니까.

한번은 패스크 부인의 그림들을 넣어놓는 양철 상자가 어쩌다 절그럭거린 적이 있었다.

"어머!" 그녀가 비명을 질렀다. "앨프, 만약 그 안에 있는 조그만 도자기 그릇들이 부서지기라도 한다면 난 정말로 엄청나게 상심할 수밖에 없을 거다. 내가 말했었지? 그렇지? 그 상자는 패스크 씨한테 선물로 받았던 물건이거든."

하지만 아무것도 망가지진 않았다.

"그나저나……" 그녀가 아직 가쁜 숨으로 물어왔다. "앨프, 이게 대체 뭘까?"

더보 앞에 펼쳐진 종이를 쳐다보면서.

마치 수치스러운 문제 때문에 그를 잡아낸 듯한 태도였다. 그는 무릎을 한데 모으고 앉았다. 그의 가장 내밀한 존재가 똑바로 일어섰다.

"저건 나무예요." 입을 열 수 있게 되자 그는 말했다.

"정말로 이상한 나무구나!" 그녀가 다정하게 웃어 보였다.

그는 주홍색으로 손질했고, 그것은 새로이 물들었다.

"여기 나무에 매달린 이 괴상한 것들은 뭐니? 과일인지 뭔지, 맞니?"

그는 대답하지 않았다. 철판으로 된 지붕에 균열이 생기고 있었다.

"분명히 **무언가** 뜻이 있을 텐데." 패스크 부인이 고집스럽게 굴었다.

"그건……" 그러자 그가 대답했다. "꿈들이에요."

그러면서도 그는 부끄러웠다.

"꿈들! 하지만 그런 거라고 암시하는 게 아무것도 없어. 그냥 형태뿐이잖아. 나라면 기형적인 콩팥들이라고 했을 거다!"

그래서 그는 한층 부끄러워졌다.

"아직 꿈꾸어지지 않은 것들이라 그래요." 더보가 천천히 선언했다.

그 모든 태아가 다공지 위에서 고동치고 있었다.

"뭔가 건전하지 못한 것 같아서 걱정이야." 패스크 부인은 자기 오빠에게 털어놓았다. "정신이 제대로 길들지 않았다가는 그렇게 기이한 것 말고는 아무것도 상상하지 못할 거라고."

"그래도 그 애의 정신 상태가 완전히 길들지 않은 것만도 아니잖아. 네가 교육을 맡은 이래로는." 신부가 참지 못하고 말했다.

신부는 아직도 라틴어 동사 사건 때문에 뒷맛이 안 좋았고, 그 점을 명확히 알기에 그의 여동생은 그림이라는 매개를 통해 앨프 더보를 계속해서 극복해보려던 차였다.

"솔직히 난 조금 겁먹었다니까. 계속해야 할지도 의문이고." 패스크 부인은 생각에 잠겼다.

"네가 그 애의 상상력을 발견해 드러냈잖아. 그게 다야." 교구 신부가 한숨을 내쉬었다.

그로서는 상상력도 불운이라면 불운이었다. 교구 신부의 상상력은 그의 안정감을 뒤흔들기에 결코 충분치 않았으나, 그것을 뒷받침하기에는 지나치게 풍부했기 때문이다. 그는 흡사 눅눅한 회색 빵처럼 맥 빠진 사내였다. 온화함은 덜하고 매서움이 더했더라면 그도 존경을 받았으리라. 일단 그의 코는 썩 잘생겼고, 이는 죄인들의 폐부를 찔렀어야만 했다. 하지만 티머시 칼데론 신부가 자기 신체를 일부나마 무기로 활용할 일은 절대 일어나지 않았기에, 그는 심지어 자기 여동생한테도 경외와 존경으로 보답받지 못했다. 그녀는 그저 오빠를 사랑했을 뿐인데, 그러지 않는다면 오히려 놀랄 만한 일일뿐더러, 그 밖에는 친밀한 관계가 하나도 남지 않았기 때문이다.

신부는 열의 없지만 여러모로 경건한 의식들을 거행하고, 그를 겁박하기에는 너무 소극적인 교구 주민들을 방문하고, 가지각색 케이크들의 무게를 늘 똑같은 숙녀들이 어림짐작하는 연례행사에 참여하는 등 교구 생활의 의례들을 챙겼다. 그리고 그를 지탱한 것은 다름 아닌 비밀이었다. 그의 기질상 딱 둘뿐이며 그 이상은 없는 비밀. 하지만 비밀 가운데 하나는 충격적이라 할 만했고, 그는 스스로 절대 인정하지 않았을 또 다른 비밀에 필사적으로 매달려 자양분을 얻고자 했다.

방울과 레이스로 장식된 북부 교구에서 칼데론 신부는 성공회교도로 나고 자란 사람답게 직무를 수행했다. 기온이 올라가면서 향냄새가 강해지더라도 코를 찌를 정도까지는 결코 아니었다. 숱한 미적 감각과 의례들에도 불구하고 로마 가톨릭이 복음주의적 열정에 의해 붕괴되었다는 사실은 누구에게나 안도감을 주었다. 이곳에서는 본연의 순수성이 우세했다. 패스크 부인이 조심했음에도 불구하고 옥신각신하다가 레이스가 찢어질 때도. 여름에 성찬식이 한산해지고 아무리 좋은 취지조차 집중력을 벗어날 때도. 칼데론 신부는 마치 일요일처럼 지나가고 또 돌아왔다. 그의 떳떳한 손은 성찬식에 쓸 제병에 놓였고, 나무랄 데 없는 목소리는 지난날을 걸고넘어지거나 숙녀들의 마음을 흔드는 일 없이 기도를 읊조렸다. 성 게오르기우스[17]를 묘사한 창문 밑에는 버터 공장이 있었고, 거기에서 똥파리들이 신부에게 재청했다.

칼데론 신부는 플란넬로 덮인 남자답고 다부진 성 게오르기우스를 가장 좋아했다. 교구 신부가 복사들이 곧잘 잊어버리는 예배 절차 중의 실질적인 종무를 처리하는 가운데 자신의 은밀한 활기를 가장 자주 충족시킨 곳도 바로 그 아래쪽이었다. 완전히 금욕적이라고는 하지 못할 사제복이 흔들리는 덕분에, 이 과묵한 남자는 아마도 영혼을 위해 좀더 자유로운 안무를 짤 수 있었으리라. 냅킨이나 양념 통을 내려놓을 때든, 신도들이 앉는 좌석 아래에서 낡은 「시편」을 되찾아올 때든, 신부는 음울한 천성과 집안 차원의 입장에 따라서는 절대 천명하지 못할 정력적인 믿음의 표현을 자기가 동경하고 있다는 사실을 깨달았다. 다시 말해 티머시 칼데론 신부는 헌신을 입증하면서 활활 타오르길 은밀히 열망했다. 하지만 정말로 그럴 방법까지 알고 있었을까? 적어도 상상 속에서는, 몹시도 하얗고 수수한 리넨 가운을 걸친 티 없이 말끔한 소년들의 힘찬 목소리가 찬송가 속에서 솟아올라 그의 소심한 영혼을 구원으로 인도했다. 그는 구원받곤 했던 것이다. 후덥지근한 날씨에 너무 피곤할뿐더러 따분하기만 한 직무를 통해서가 아니라, 젊음을 통해, 그리고 늘 힘이

---

17) 로마제국의 장교였으나 기독교를 믿다가 순교했다. 용을 퇴치했다는 전설로 유명하며, 많은 교회의 스테인드글라스에서 이를 묘사하고 있다.

들어가 있는 발성을 통해.

초라한 이 교구 신부는 자신이 결코 그렇게 되어본 적 없고 또 경험하지 않은 모든 것에 운명적으로 이끌렸다. 불 뿜는 용을 창끝으로 찌르는 금발의 성자가 묘사된 창문 아래에서, 매제였던 아서 패스크가 티머시 칼데론 신부 앞에 모습을 보이던 시절도 있었다. 그는 테니스 네트를 뛰어넘어 자기보다 힘없는 형님의 어깨에 팔을 둘렀다. 짧은 생애 동안 아서는 모든 일을 가능케 했다. 그 자체로 황홀하고 다른 이들까지 황홀케 하는 믿음, 열정적인 선교의 보상과 고통, 사랑스러운 여인—그녀가 전적으로 전도 때문에 전향한 건 아니라는 사실을 **알면서도** 누구 하나 에밀리를 비난하지 않았다—과의 결혼, 그리고 이어진 순교. 아서 패스크는 정력적인 건강을 자랑했음에도 류머티즘열에 시달리다가 스물여섯이라는 젊은 나이에 버즈빌트랙[18]에서 실려 나갔다. 애도하는 사람들 가운데 가장 깊이 상처받은 이는 남편 잃은 아내가 아니었다. 현실의 극적 요소는 과붓집을 달래주는 법. 여인은 가장 쓰디쓴 기억을 상기하는 데서 오는 감미로움을 맛보았다. 정말로 괴로웠던 이는 그녀의 오빠였다. 그 사실을 아는 사람은 아무도 없었지만.

앨프 더보가 그들에게 온 지 얼마 지나지 않았던 어느 날, 교구 신부는 이렇게 말했다. "에밀리, 오늘 아침에는 이야기해주지 않았던데."

"그래." 그녀가 대답했다.

그들은 사제관까지 이어지는 짧은 길에서 발로 모래를 밟아 다지고 있었다.

"나도 기억해." 그녀는 설명했다. "오늘은 아서의 기일이잖아."

---

18) 오스트레일리아의 사막을 개척하는 과정에서 형성된 횡단로 가운데 하나. 험준하기로 유명하다.

"기억하는구나!" 그가 웃었다.

이상하게 들릴지도 모르지만, 에밀리 패스크는 건망증이 심한 데다 남의 감정을 제대로 읽어내지 못하는 사람이었다. 만약 그녀가 조금 더 예민했더라면, 자기 오빠가 행여 무뎌지기라도 할까 봐 스스로 슬픔을 채찍질한다는 사실을 알아차렸으리라.

남매가 함께한 생활은 암류로 가득했으며 이는 이따금 그들을 끌고 들어가려 위협했다. 그래서 원주민 소년이 처음 나타났을 때는, 그 소년이 위협을 누그러뜨릴 뿐 아니라 구조까지 보장해주는 것만 같았다. 그저 막연히 이를 의식했던 여동생과는 달리 오빠 쪽에서는 자신의 소망을 완전하게 깨달을 수 있었다. 그의 희망들이 오직 앨프 더보에게 달려 있으며, 소년을 통해 개인적인 구원까지는 아니더라도 정신적인 안위 정도는 얻을 수 있으리라는 소망. 나중에는 자신이 손상시킨 것들에다 못질 한 번을 더했을 뿐임을 알아차리게 되었지만 말이다.

이는 교구 신부가 누구와도 언어를 통해 성공적으로 소통해본 적이 없기 때문이었다. 소년 역시 선생이 보고서 개탄하는 그의 그림 속 수수께끼들을 통해서가 아니라면 스스로를 표현하려 드는 것 같지 않았다.

패스크 부인이 자기 제자의 내면에 있는 마귀와 마주했음을 깨달았던 그날 아침이 지나고, 머지않아 티머시 칼데론 신부는 앨프가 어떤 책을 들여다보고 있는 모습을 발견했다. 소년은 자기가 하지 않곤 못 배겨낼 일을 과연 실행에 옮겨야 할지 조금도 확신하지 못하는 모양이었다.

"그래, 앨프." 상냥한 어른 쪽에서 먼저 천천히 입을 열었다. "뭔가 건설적인 일을 발견했느냐? 아니면 그저 네 입맛에 맞는 일이라도?"

그는 속뜻과는 달리 그런 식으로 말을 붙였다. 소년은 들뜬 듯 급박한 태도로 책장을 넘기고 있었다.

"이게 바로 제가 찾던 책이에요." 앨프가 제법 단호하게 대답했다. 그리고 덧붙였다. "이 책은 재미있어요."

어디엔가 정말로 매혹되었을 때면 그는 흐리멍덩하게 말을 했다.

"아." 교구 신부가 말했다. "내 여동생이 학교에서 알게 된 사람한테 받은 선물 같구나. 동생이 미술에 관심이 있는 줄은 어떻게 알고서."

신부와 소년은 계속해서 함께 그 책을 보았다.

그곳에서 세계는 자그마한 빛의 파편들로 부서졌다. 만약 그것이 분명 육신의 살결임을 빛이 안내해주지 않았다면, 관찰자들이 보기에 멱 감는 이들의 팔다리는 그저 돌처럼 느껴졌을 것이다. 심지어 물조차도 원초적인 노출을 비추는 상이 되었다. 춤추는 사람들은 그들이 걸친 튈[19]이 야단스럽게 엉키는 한순간에 고정되어버렸다. 세탁부들은 비스듬하게 분리된 세계, 가루가 된 나비들의 세계를 다림질했다. 견고한 랜턴들이 두껍고 즐거운 빛을 발하며 흔들렸다.

"프랑스인들은……" 칼데론 신부가 그림의 제목을 확인하더니 말했다. "사물을 바라보는 관념이 좀 달랐단다."

소년의 가슴은 자신의 발견 덕분에 두근두근 뛰고 있었다.

"그 사람들은 다른 인종이란 말이지." 신부가 너그러운 미소를 지어 보이며 이렇게 결론지었다.

그때 소년은 이후로도 그가 항상 떠올리고, 비평할 것이며, 자기가 그보다 훌륭한 작품을 그릴 수 있기를 소망하게 될 어떤 그림이 그려진 페이지에서 멈추었다. 늘 그렇듯 그에게 하나의 이름일 뿐인 어느 프랑스 화가의 작품이라고 적혀 있었다. 그림 속의 전차는 태양의 경로를 따라

---

19) 얇은 명주 망사. 프랑스의 산지에서 비롯한 이름이다.

목각처럼 경직된 말들 뒤에서 솟아올랐다. 삐걱거리는 전차 안에 무척 뻣뻣하게 타고 있는 네 사람의 얼굴을 신의 팔—설명으로 보아 신인 것 같았다—이 비추고 있었다. 다소 미미한 횃불이 기다랗게 펄럭이는 물리적인 빛을 질질 끌었다.

"'아폴론'은……" 신부가 읽어주었다.

계속해서 읽거나 논평할 준비는 되어 있지 않았다.

하지만 앨프 더보는 이렇게 말했다. "여기 있는 팔은 제대로 채색되지 않았어요. 저라면 더 잘 칠할 수도 있는데. 말들은 또 어떻고요. 제가 그릴 말들은……" 소년이 자기 생각을 밝혔다. "꼬리에서 불을 피워 올릴 거라고요. 불꽃도 흘리면서. 아니면 별을 흘리거나. 움직이면서. 제 그림 속에서는 모든 게 움직이고 있을 거예요. 그래야만 하는 거니까."

"꼬마 미술가 납셨구나!" 신부는 이렇게 힐난하고서 통증이 느껴지는 이빨 사이로 웃음을 터뜨렸다.

"불과 빛은 움직임이거든요." 소년이 주장했다.

그러자 신부는 더 이상 스스로가 소멸해가는 기분을 견딜 수 없었다. 그가 소년의 머리에 일순간이지만 손을 댔다. 그리고 말했다. "앨프, 이제 책은 덮어버리고 이리 와라. 너랑 같이 생각해보고 싶은 다른 문제가 있으니까."

그는 성경을 가져오더니 「요한복음」부터 읽기 시작했다.

"요한은……" 그가 설명했다. "사랑받는 제자[20]이셨다."

교구 신부는 영적인 사랑과 아름다움에 대해, 그리고 그 같은 자질들이 우리 주님의 생에서 하나하나의 사건들을 어떻게 환히 조명했는지

---

20) 「요한복음」에 등장하는 인물로, 사도 요한을 가리킨다는 의견이 지배적이나 이견도 존재한다.

에 대해 이야기했다. 당연히 소년은 이전에도 그 이야기를 죄다 들었으나, 어쩜 그리 이야기를 제대로 감상하는 데 줄기차게 실패하고 마는지 다시금 의아해질 따름이었다. 소년은 다만 자기가 눈으로 볼 수 있는 것만을 온전히 이해할 수 있는 모양이었다. 그리고 보호자인 사제 남매의 반복되는 노력에도 불구하고, 또한 여러 점의 흐릿한 원색 인쇄물들에도 불구하고, 앨프 더보는 아직 예수 그리스도를 본 적이 없었다. 이제 그는 보호 구역에 있던 시절 자기 어머니가 조 멀린스라 불리는 쿼터카스트를 맞아들이던 밤을 떠올리기 시작했다. 조 멀린스는 그녀를 끔찍이도 고약하게 사랑했고, 이를 입증하느라 공업용 알코올을 한 병 가지고 왔다. 두 사람이 공업용 알코올을 마시고서 삐거덕거리는 침대 위에서 함께 춤추며 사랑을 나누던 그 노기 가득한 난장판이 이내 소년의 기억을 비추었다. 나중에 그의 어머니는 또다시 사랑에 속았노라고 저주와 불평을 늘어놓았다. 그러나 적어도 이를 목격한 소년에게 그녀의 실패는 벽을 무너뜨린 셈이었다. 희미해지는 열정이 반짝반짝 명멸하는 모습을 지켜보면서, 더보는 모피 같은 어둠과 나뭇잎들의 악취를 생생하게 감지했다.

"세속적인 사랑에는 신성한 연민이 티끌만치도 반영되지 못하지." 신부가 설명하고 있었다. "그렇지만 너는 도무지 집중해서 듣는 거 같지 않구나, 앨프."

소년은 눈을 내리깔고서, 얇고 구깃구깃한 바지를 입은 자기 보호자의 무릎이 그의 무릎에 닿는 모습을 보았다. 그는 자기가 배운 가르침에 따라 이 건실한 남자에게 동정심을 느껴야 한다고 생각했으나 실제로는 무릎에 닿는 압박만이 느껴질 뿐이었다. 이 소년은 닳아진 서지 재질이 그물처럼 조그맣게 접힌 주름들에, 그리고 훗날 도시들에 가서야 그게 뜨거워진 속옷 냄새임을 깨닫게 된 어떤 냄새에 매료되었다. 사람들이 뒤엉켜 몸으로 씨름하고 자기네가 이룬 작은 진전에 매달릴 때면 나는 냄새.

"이쯤에서 그만두는 게 나을 것 같다." 신부는 결정했다.

그러면서도 자세를 바꿀 마음은 먹지 못했지만.

눈부신 빛을 내다보다가 먼저 자세를 바꾸며 한숨인지 신음인지를 내뱉은 건 소년 쪽이었다. 선행을 마친 패스크 부인이 텅 빈 푸딩 그릇을 가지고 돌아오는 모습을 발견했던 것이다.

신부는 이 원주민 소년의 영혼에 믿음을 심으려고 애쓰는 데서 위안을 찾은 반면에, 그의 여동생은 자기 덕분이라고 믿고 싶은 성과 때문에 점차 방정맞아지고 있었다. 패스크 부인이 언제나 손쉬운 것들을 좋아한다는 건 분명했는데, 앨프가 남의 비위를 맞추는 방법을 체득했다는 점 또한 분명했다. 그럴듯한 원근법과 멋진 음영으로 그려낸 주제들이야 얼마든지 있었다. 소년은 싹싹한 붓질 몇 번만으로도 미술 선생이 알고 있는 온 세계를 재현하는 것처럼 보였다.

확실히 그 정도가 정점이 될 수도 있었으리라. 어쩌다 그녀가 제자의 재능이 맺은 또 다른 과실들을 발견하지 못했더라면 말이다. 그러한 재능은 그녀를 겁먹게 했다.

한번은 그녀의 제자가 낡아 해진 상자 하나를 끄집어냈다. 그녀 스스로도 깜박 잊을 정도로 면밀히 치워두었던 상자였다.

"여기에 물감들이 더 있는데요." 앨프가 말했다.

"오." 그녀는 짐짓 시치미를 떼며 근엄하게 설명하기 시작했다. "그래. 일찌감치 안 쓰게 된 물감이 몇 개 있지. 내가 좋아하는 작품들 분위기에는 안 어울리거든."

앨프는 세월에 단단하게 굳은 아래쪽부터 튜브를 눌러 물감을 짜냈다. 너무도 푸른, 그 반짝이는 푸른색을 두 눈으로 똑바로 쳐다볼 수가 없었다.

할 수 있는 말이라고는 이게 다였다. "미치겠네! 패스크 선생님!"

그런 순간에도 그는 입을 단속해야 했었다.

패스크 부인이 얼굴을 찡그리며 대꾸했다.

"그렇게 꺼림칙한 말을 쓰면 절대로 안 되는 이유를 또 설명해야 하겠구나. 네가 명심했을 줄 알았는데."

"명심했어요." 그가 말했다. "그런데 이 물감을 제가 써도 될까요?"

그녀는 잠시 말을 잇지 못하다가 결론지었다. "글쎄, 아무래도 너한테 유화를 그리게 해주는 건 바람직한 일이 아닌 것 같아."

"아이! 패스크 선생님!"

그때쯤 그는 두번째 튜브에서 혓바닥처럼 삐져나온 장미색을 만지작거렸다. 그리고 세번째 물감 끝에서 노란색을 툭 짜내는 데 여념이 없었다.

그녀가 힘겹게 말을 이었다. "유화는 미술에서도 너무 불건전한 것들, 너무 감각적인 것들로 귀결된단다. 그렇지만 너로서는 당연히 그런 걸 아무것도 이해하지 못할 테니까, 이해하는 사람들이 하는 말을 믿어야 해."

그 순간 그가 이해할 수 있는 것이라고는, 점점 두껍게 불어나며 엎친 데 덮쳐오는 색채의 해일 속에서 피가 지끈거리는 감각을 뱃속에서 몰아내고 싶다는 바람뿐이었다.

"이게 있으면 그림을 잘 그릴 수 있을 것 같은데요." 그는 고집을 부렸다.

패스크 부인은 기묘하게 슬픈 기색이었다.

그러자 앨프 더보 쪽에서 의외의 패를 내놓았다. 그는 죄책감을 느낄 이유가 없기 때문에, 말하자면 종교적 관심사가 그의 손에 쥐어준 패였다.

"이것들로 여러 가지를 해볼 수 있을 테니까요." 그가 설명하기 시작했다. "전에는 어떻게 하는지 전혀 몰랐던 것들도요."

그리고 신비한 푸른색 물감 튜브를 건드렸다.

"예수 그리스도를 그릴 거예요." 딴에는 자기 선생이 좋아할 만한 목소리를 내려 애쓰며 감히 이렇게까지 말했다.

"정말?"

패스크 부인은 숨을 색색거리며 히죽거렸다. 소년의 이야기가 너무도 별스럽게 들렸다.

"유화로 꼭 예수님만 그리고 싶다는 건 아니고요." 그가 고백했다.

패스크 부인은 나이 든 얼굴을 돌리며 상당히 혼란스러운 표정을 지었다. 그리고 젊은 시절의 남편, 그의 드러난 목에서 느껴지던 매력과 힘을 떠올렸다.

"선생님한테도 보여드릴게요." 앨프가 말했다.

"한번 두고 보자꾸나." 패스크 부인은 대답했다. "물감들은 치워. 당장. 제발."

"**알지도** 못하시면서!"

아랑곳없이 그는 목청을 높였다.

"오, 나도 안다!" 그녀도 소리쳤다.

그 말이 너무 힘없이 바랜 나머지 하마터면 같은 말을 되풀이할 뻔했지만.

"그래서요?"

"어쩜 이렇게 짜증 나게 구는지!" 그녀가 말했다. "**절대로** 안 된다는 건 아니야. 그래, 네가 열세 살이 되면 줄게. 그렇지만 지금은 그 물감들을 치워버려야 해."

그는 부인의 말대로 했다. 그리고 기다리기로 했다. 필요하다면 그보다 더 오랫동안이라도. 앨프 더보처럼 조심스럽게 기다릴 수 있는 사람은 아무도 없을 터였다.

그러는 동안 그는 자기 인생을 손아귀에 쥔 사람을 졸졸 따라다녔으며, 그만큼 패스크 부인이 우위를 점할 수 있는 상황도 잦았다.

예컨대 그녀는 이런 식으로 요구할 수 있었다. "네가 비 오는 날 주머니쥐[21]한테 우유 주기로 한 걸 잊어버릴 거면, 어떻게 내가 나중에 물감을 쓰게 해주기로 한 약속을 기억하겠느냐?"

이따금 교구 신부는 여동생이 얄미워 보였다. 그녀는 당연히 저간의 사정을 감동적이면서도 터무니없게 부풀려 신부에게 설명했었기 때문이다. 티머시 칼데론은 자기가 외면할 수 없는 무언가를 의식해야 하는 일이 너무 잦아서 무서웠다. 말하자면 잔인함. 그는 특히나 무디고 평범한 잔인함에 더욱 민감했다.

"허락해주긴 할 거야?" 그는 희망을 놓지 않고 물었다.

패스크 부인이 입술을 쑥 집어넣었다.

"잘 지도할 수 있기를 기도해야지." 그녀의 대답이었다.

늘 그럴 수 있다고 믿는 건 아니었으나, 칼데론 신부 또한 곧잘 기도했다.

낡은 책들과 어제 조리한 양고기 냄새로 가득한 깜깜한 홀에서, 신부가 거의 갑작스럽게 앨프와 마주친 적이 있었다. 소년은 그 같은 뜻밖

---

21) 유대목에 속하는 동물이며 오스트레일리아의 민가에 흔히 나타난다.

의 분위기를 조금도 신경 쓰지 않는 기색이었고, 신부는 그런 순간에 언제나 그랬듯 혼자 무력함과 매정함 속에서 한층 더 확실히 벽에 가로막혔다.

하지만 이날만큼은 만남이 너무 갑작스러웠는지 혹은 자기 연민이 밀려왔는지, 신부 쪽에서 먼저 말을 붙였다. "앨프, 너 아주 긴장해서 생일을 기다리고 있을 것 같구나."

소년의 미소는, 신부의 말이 불필요한 데다 다소 미련하기까지 하다는 점을 드러내는 것이었다.

그럼에도 신부는 더듬거리며 말을 이었다.

"그래, 어쩌면 너의 가장 내밀한 믿음을 표현할 수단으로 그림을 그리는 재능이 주어졌던 건지도 모르지."

그 같은 상황에 처한 두 사람은 어느새 땀을 흘리고 있었다.

"그럼으로써 너는 뭔가를 얻게 될 거야." 신부는 이렇게 중얼거리더니 감정을 억누르고서 되풀이했다. "어쨌든 뭔가를."

순간 소년은 무슨 일인가 벌어지고 있음을 깨달았다. 갑작스럽지만 그렇다고 전혀 예상치 못한 사건은 아니었다. 칼데론 신부가 앨프의 머리를 더듬더니 자기 배 쪽으로 힘주어 끌어당기기 시작한 것이다. 주위는 다소 어둑해지고 익숙한 냄새가 풍겨오는 가운데 두 사람은 그처럼 어색하게 연결된 자세로 서 있었다.

처음에는 어떻게 반응해야 할지 알 수 없었으나, 앨프는 이내 자기를 짓누르는 힘에 순응하기로 마음먹었다. 탐욕스럽게 뺨을 파고드는 단추들과 시곗줄이 느껴지더니, 신부의 배 속 깊은 곳에서 측은하게 꾸르륵거리는 소리가 들려왔다. 저절로 풀려난 그 소리는 노쇠한 소리이자 변명하는 것 같은 소리였다. 늙고 부드럽고 하얀 벌레가 뒷걸음치기 전에 천천히 고개를 들고 흔들거리다 축 늘어지는 모습을 소년은 머릿속으로 그려보았다. 그 같은 이미지에 완전히 사로잡힌 나머지, 유령처럼 희끄무레한 벌레의 몸을 이룬 마디들의 수를 헤아리기 시작했을 정도였다.

하지만 칼데론 신부는 갑자기 그가 전혀 슬프지 않다고 판단한 모양이었다. 그의 배 속을 채우고 있던 일종의 즐거움은 소년에게 부딪혀 대부분 튕겨 나왔다.

"우리 스스로 애정 때문에 비극적인 꼴로 내몰려서야 안 될 일이지." 교구 신부는 익숙지 않은 목소리로 이렇게 선언했다.

그러더니 가만히 서 있기만 하던 소년을 밀쳐냈다.

칼데론 신부는 설교 준비를 위한 쪽지들이 그를 얽어매려고 기다리는 서재로 들어갔다. 신부는 평소 검소한 성격임에도 불구하고 초저녁부터 전등을 켰으며, 그러자 조금 전과 달리 그의 모습이 훤히 드러났다. 그 모습은 처참했다. 소년은 다름 아닌 자기 보호자의 모습을 피해 슬금슬금 멀어졌다. 신부의 날카로운 콧대는 변함없이 눈길을 끌었으나 그 콧부리에 있는 번들거리는 모공들 바로 아래쪽 나머지는 오래된 스콘처럼 허옇고 푸석푸석했기 때문이다. 그저 틀니를 빼놓았던 것뿐인지도 모르지만.

그 장면은 불타듯 빛나며 소년의 마음속을 가로지르더니 어느새 멀어졌다. 사이에서 그 무엇이 돌발하든 상관없이 이제 열세번째 생일이 얼마 남지 않았으므로.

마침내 생일을 맞은 그는 선물로 추정되는 꾸러미를 앞에 두고서 물었다. "패스크 선생님, 물감은요? 약속한 유화물감을 써도 되는 거죠?"

끔찍한 정적이 흘렀다.

그리고 패스크 부인은 대답했다. "앨프, 넌 대단치도 않은 일에 지나치게 집착하는구나. 어쨌든 약속한 대로야."

그날 아침 부인은 속이 더부룩해 보였다. 그녀가 윗입술에 붙은 부드러운 머리칼이 흔들리도록 한숨을 쉬었다.

그래서 그는 물감을 받아냈다. 그는 해묵은 잡동사니 더미에서 차가 담겨 있던 나무 상자를 찾아내, 망치로 그것을 빠개고 못을 뽑은 다음 헛간 안에다 가장자리를 세워보았다. 나무판들은 깔끔했다. 그는 그것들을 가지고 베란다로 돌아왔다. 패스크 부인은 자기가 그때까지 기억하던 몇 가지 기술적인 요령들을 알려준 다음 밖으로 나가버렸다. 그녀는 지켜보지 않았다. 이제 무엇이든 생겨날 터였다.

앨프 더보는 튜브를 짰다. 어떤 맹세를 지키려는 듯, 첫번째 판은 평평한 흰색으로 막을 씌워 봉헌했다. 그리고 변덕스럽게 파란색을 건드리기 시작했다. 반들거리는 덩어리로 제멋대로인 형태를 만든 다음, 관능적인 권위를 발휘해 거의 순식간에 무너뜨렸다. 완전히 엷어질 때까지 파란색과 하얀색을 섞었다. 마침내 그것은 길고 부드러운 혓바닥처럼 나무판 위에 놓였고, 그는 이를 이용해 아직은 모호한 그의 의도를 담아내려는 것 같았다. 이따금 미리 준비해둔 붓을 놀리기도 했으나 떨리는 손가락을 사용할 때가 더 많았다. 하지만 그는 어떻게 해야 할지, 사실은 어떻게 해야 할지를 몰랐다. 머릿속에서는 파란 장면이 틀림없었는데 끊임없이 기어오르는 하얀 안개가 그것을 모호하게 흐려버렸다. 그래서 그는 가장 끝이 가느다란 붓을 집어 들고서 우울한 O 자를 그렸다. 이 동그라미로부터 물감은 희푸른 종유석을 이루며 한 방울씩 똑똑 떨어지고 있었다. 그는 피처럼 붉은 물감을 짜서 묽게 희석하고는 방울방울 흩뿌렸다. 붉은색은 형편없이 뚝뚝 흘러내렸다. 그는 실패를 깨닫고 나무판을 밀쳐냈다.

하지만 더보의 의식은 불투명한 물감 덩어리들로 계속해서 되돌아갔다. 그것에 사로잡혀 옴짝달싹할 수가 없었다. 실패에 대해 생각하던 그는, 마음속에 두껍고 하얀 안개로 남아 있는 형상을 어떻게 간파할지 궁리하다가 나무판 아래쪽 구석에 얼굴을 긁혔다. 바나나 같기도 한 그 우묵한 형태는 마치 어서 부딪혀보라는 듯 그 상태를 유지했다. 하지만 그는 한순간 속임수처럼 떠오른 생각을 도저히 더 밀고 나갈 수 없으리라고 느꼈다.

더보는 자신이 적어도 실마리를 발견했음을 깨달을 때까지 한동안 서성거렸다. 어느 정도는 자유를 손에 넣은 셈이었다. 기분이 조금이나마 나아졌기에 이제 다음번 그림에 자기가 아는 모든 것을 어떻게 담아낼지 고민했다. 갈색 먼지. 검고 까슬까슬하며 축 늘어진 어머니의 젖가슴. 죽일 심산인 양 그의 허벅지를 때리고 또 때리던 쿼터카스트, 조 멀린스의 모습. 때로는 그 자신의 목을 팽팽하게 감는 파란 줄이었고 때로는 끔찍한 노곤함 속으로 녹아들었던 거리감. 번드르르한 옷가지 아래로는 늘 맨몸이던 백인들도 당연히 있었을 것이다. 그리고 티머시 신부가 들어 올린 한 잔의 포도주. 그것이야말로 다시금 가장 중요했다. 오목한 방향들에서 들여다보더라도 그 잔 안에서 피가 전율하고 있음을 확인할 수 있었다. 또한 신부의 바지 속에서 흔들리다 무력해지던 하얀 벌레. 그리고 몹시도 슬픈, 사랑. 아무리 원하고 아무리 바라보아도 그가 그려내는 사랑은 살―늙은 고아나도마뱀[22]―에서 발라낸 뼈였고 그는 그 이상을 발견할 수 없었다. 그들과 함께 그 자신도. 그는 그것이 정말로 존재하는지 또 어떤 맛인지 탐구하고 싶었다.

---

22) 오스트레일리아에 서식하는 거대한 도마뱀.

앨프 더보는 아침 내내 그림을 그리고 있었다. 어느 정도는 패스크 부인과 교구 신부도 이해할 만했으나 어느 정도는 무척 비밀스럽고 미묘했는데, 그는 이 점 때문에 그림들이 어색해지는 것을 견딜 수 없었다. 일부는 네 다리로 걸었다. 하지만 다른 것들은 상상도 못 할 낯선 존재나 오직 더보 자신만이 이해하고 해석할 수 있을 꿈속으로부터 그의 손을 통해 나타났다.

패스크 부인은 식탁에 양파 피클을 올릴 시간이 되기 조금 전에 다가와서 더보 뒤에 섰다.

"이런, 세상에!" 그녀가 소리쳤다. "괴상한 종류의 그림이구나. 내가 그렇게 다 가르쳤는데도! 제목이 뭐니?"

"「나의 인생」이라고 해요." 소년은 대답했다.

"그럼 이건?" 그녀가 발끝으로 가리키며 물었다.

"그건……" 제대로 말을 잇지 못하면서도 그는 대꾸했다. "그건 예수님을 그린 거예요. 그렇지만 별로예요, 패스크 선생님. 보시면 안 돼요. 저도 아직 이해를 못 하겠거든요."

그녀 역시 정확히 무슨 말을 해야 할지 몰랐다. 그녀의 안색은 더 이상 그럴 수 없을 만큼 보랏빛으로 바뀌었다. 그리고 입술을 잘근잘근 씹기 시작했다.

패스크 부인이 말했다. "죄다 내가 너무 머저리같이 굴어서 일어난 일이지. 이래서는 안 돼. 이건 순전한 광기야. 넌 이런 식으로 생각하면 안 된다. 오빠가 너한테 이야기해야겠구나." 그리고 말을 이었다. "오, 이럴 수가! 더러워라! 아름답고 성스러운 것들이 그리도 많건만!"

그녀는 거의 울음을 터뜨리며 멀어졌다.

앨프 더보가 그녀를 소리쳐 부르며 뒤쫓았다. "패스크 선생님! 이건

아름다운 거예요! 모두 다, 정말로, 아름답단 말이에요! 그냥 저 자신이
에요. 그걸 내보일 방법을 배우고 있어요. 그게 어떤 건지 말이에요. 제
안에 있는 거. 전 선생님이 몰랐던 무언가를 보여드릴 거예요. 선생님도
알게 될 거예요. 알게 되면 놀라실 거고요."

하지만 그녀는 부엌을 향해 멀어졌다.

그리고 그는 괴로운 나머지 입에 거품을 물었다.

앨프가 함께하지 않았던 그날 저녁 식탁에서, 교구 신부와 그 여동
생은 결판진 언쟁을 벌였다.

"그렇지만 오빠는 못 봤잖아!" 패스크 부인은 계속해서 같은 말을
되뇌며 식탁보를 두드렸다.

"보고 싶지도 않다니까." 그도 같은 대답을 되풀이했다. "난 그 아이
를 굳게 믿어. 그건 그냥 녀석이 자기를 표현하는 방식이라고."

"이것 봐, 오빠는 나약한 거야. 나약한 게 아니라면 이 문제에 대해
고민해야 한다고. 그렇지만 오빠는 약해."

그는 곧바로 대꾸할 수가 없었으나, 그래도 이렇게 말했다. "우리 주
님께서는 모든 인간이 약하다는 사실을 알고 계셨다. 그래서 무엇을 처
방하셨지? 사랑이야! 에밀리, 네가 잊은 게 바로 그거라고. 아니면 일부
러 무시하기로 한 거냐?"

창유리가 춤추듯 들썩이고 있었다.

"아, 사랑!" 그녀는 정말 큰 소리로 외쳤다.

그러더니 울기 시작했다. 한동안 창문이 덜거덕거릴 정도였으나 결
국에는 다시 차분하게 잠잠해졌다.

앨프 더보는 듣고 있기가 괴로웠으므로 그다음부터는 멀리 가버렸
다. 그리고 자기 그림들을 헛간에 있는 겨 보관통 뒤에다 가져다 놓았다.

최근에 속을 비워서 한동안 그대로 방치될 통이었다.

이후로 몇 주 동안은 채색을 하거나 소묘조차 하는 일이 없었다. 패스크 부인은 더보가 군인이 되어야 할 경우를 대비하여 바느질하고 단추 다는 법을·배워야 한다고 말했다. 부인은 앉아서 발목의 피로를 풀어주는 동안, 잡초 뽑기, 심부름, 편지나 교구 소식 전달—소년의 손에 맡기기 딱 좋은 일이었다—등 이런저런 잡일들을 그에게 맡겼다. 그녀는 더 이상 지난날의 사건들에 대해 언성을 높이며 지내지 않았다. 그 대신 그것들에 대해 생각하는 쪽을 택했다. 방문이 필요한 환자들을 떠올리기도 했다. 그녀는 전보다 훨씬 더 많이 나돌아 다녔다. 마치 집에 머무르자면, 그저 방에 들어가기만 해도 보고 싶지 않은 무언가를 발견할지도 모른다는 듯이 말이다.

패스크 부인은 자기 할 일을 했고 티머시 칼데론 신부와 앨프 더보도 각자 자기 할 일을 했다. 원래부터 그들은 대체로 그런 식이었으나, 그제야 다만 그 사실을 깨닫게 된 것 같기도 했다. 신부와 그 여동생에게는 적어도 그들 나름의 속셈이 있었지만 가구와 부서진 꽃병과 소똥 사이를 걷던 앨프 더보로서는 끔찍한 일이었다. 언젠가 그는 늙은 주머니쥐가 갓 싼 똥을 손으로 꽉 눌렀는데, 편안한 냄새가 올라오는 가운데 그의 두 눈은 순식간에 축축이 젖어 들었다. 신선한 똥의 감촉이 유화물감의 그것에 비해 그 순간 너무도 생기 없게 느껴졌기 때문이다.

그가 오두막에 숨겨놓은 자기 그림들을 본 건 딱 두 번이었다. 처음 보았을 때는 견딜 수가 없었다. 두번째에도 마찬가지일 뻔했다. 무언가를 찾느라 갑자기 나타난 교구 신부가 이렇게 말하지만 않았어도 말이다. "앨프, 그 예술품들을 못 본 사람은 나밖에 없구나."

그래서 앨프 더보는 그림들을 보여주었다.

칼데론 신부는 두 손으로 하나씩 나무판을 들고 서서 하나에서 다른 하나로 시선을 옮겼다. 그가 입술을 실룩이고 있었다. 그러자 소년은 보호자가 그림들을 보고 있는 게 아니라 스스로의 상념들 속 어딘가, 마음속 그림들을 보고 있다는 점을 깨달았다. 앨프는 탓하지 않았다. 결국 사람들은 대개가 그런 식으로 행동하는 법이었으니까.

"그러니까 바로 이것들이구나." 교구 신부는 이렇게 말하고 있었다. 손등에 돋은 핏줄에서 세월이 느껴졌다. "그래, 그래." 한 작품에서 다른 작품으로 시선을 옮기며, 보는 동시에 보지 않으면서. "기억해보면, 소명을 깨닫게 되기 전 내 어린 시절에는 그저 배우가 되고 싶었지. 뭐랄까, 셰익스피어라든가 하는 작가들의 대사들을 그저 재미로 공부하고, 제법 풍부한 상상력을 발휘해 한껏 특이한 성격들로 인물들을 만들어내기까지 했단다. 사람들은 내 말투가 제법 괜찮은 웅변조라고 말해줬고, 인정하자면 실제로도 그랬어. 베네치아 사람 역을 맡기도 했는데, 그게 아마 「상인」이란 연극이었을 거야. 그리고 한번은……" 여기서 그는 잠시 낄낄거렸다. "숙녀 역을 맡았지! 장미 무늬 스타킹을 신고서. 실크로 된 스타킹. 그리고 가슴에는 고모님들의 지인한테서 빌린 카메오를 달고."

티머시 칼데론 신부는 이제 한층 쾌활해졌다. 그는 채색된 나무판을 빈 통에다 기대어놓고서는 밖으로 나갔다.

"앨프, 언젠가는 나한테 그림들에 대해 설명해주어야 한다." 그가 말했다. "왜냐하면 난 어떤 예술가, 혹은 어떤 사람이, 그 문제에 대해 얼마나 명쾌하게 전달하든, 결국은 설명되어야 할 것들이 언제나 반쯤은 숨겨져 있다고 믿거든. 암묵적인 신뢰가 없다면 나머지 부분을 설명하는 건 아마 불가능한 일일 거야. 둘 사이에. 그러니까 예술가와 관람자 사이에 말이지."

안개가 올라오는 어느 맑은 아침, 패스크 부인은 누구를 방문한다는 구실로 밖에 나가 있었다. 앨프 더보는 줄지어 심긴 웃자란 상추 사이로 신부를 따라가면서도, 어째서인지 자기가 앞장서고 있는 것 같아서 혼란스러웠다. 칼데론 신부가 마치 스펀지처럼 변덕스럽고 몹시 의존적인 태도로 돌변해 있었기 때문이다. 소년 쪽은 똑바로 걷고 있는 게 분명했다. 꼿꼿하게. 그는 또한 성장한 것처럼 보였다. 어느새 이제 그는 한 사람의 청년이었고, 상처가 피부에 남겼던 흉터는 치유되었다. 그의 콧구멍은 새로운 체험을 고대했다.

신부는 길이 꺾이는 어느 지점에서 몸을 돌렸다. 곁에 있는 젊은이의 특별한 관심과 이해를 원하는 듯했다.

"우리가 이 나라에 들어오기 전, 어느 여름의 일인데……" 그가 말했다. "처남인 아서 패스크와 함께 시인의 고향인 스트랫퍼드어폰에이번[23]으로 순례를 나섰단다. 정말 즐거웠지. 아서는 아직 다른 행로를 따라가도록 인도받은 적이 없었지만, 우리는 둘 다 성직자가 되기로 결심한 상태였어. 잠은 오두막에서, 차밭에서 잤지. 노닐고 떠든 다음에 들어오곤 했다." 그리고 계속 말을 이었다. "거의 밤을 새워서 말이지. 기억하기로 그 주 내내 달빛이 비쳤어. 가엾은 아서는, 뭐랄까, 신적이었어. 그러니까, 지극히 성자 같은 녀석인 데다, 품위까지 비범했단 말이야."

젊은 검둥이는 뻣뻣하고도 조심스럽게 이야기 속으로 발을 디디며, 뿌리째 뽑은 양배추 한두 포기에서 시들시들한 줄기들을 팽개쳤다. 그는 듣는다기보다는 보고 있었고, 달빛을 받아 한층 하얗게 빛나는 또 다른

---

23) 셰익스피어의 고향. 영국 잉글랜드 중부에 위치한 마을이다.

사제의 형상을 정확히 그려내지는 못하고 있었다. 더보는 프랑스 화가가 그린 전차 그림 안에 있던 나무처럼 뻣뻣한 신의 모습을 떠올렸다. 아무런 생기도 없는 모습이었다. 그가 제대로 이해하지 못한 게 아니라면, 신들은 아마도 인간의 상상력이 빚은 모조품이었으리라.

그때 앨프 더보로서는 적이 놀랍게도 티머시 칼데론 신부가 그의 손을 붙들었다. 젖은 리넨들이 무겁게 늘어진 빨랫줄 아래로, 레몬 향을 풍기는 제라늄이 걷잡을 수 없게 자라난 덤불을 지나, 두 사람에게 모두 이미 익숙한 길을 따라 그를 좀더 잘 데려가려는 듯했다. 두 형체는 맞잡은 손을 통해 이어져 있었으나, 그리고 어색한 자세 때문에 마치 구멍을 넓히듯 문설주에 몸을 부딪히며 나란히 문간을 밀고 들어갔으나, 상대편이 아무래도 자기와는 다른 굴속으로 들어가고 있다는 느낌만을 받을 뿐이었다.

칼데론 신부는 푸르스름하면서도 희뿌연 얼굴이 되어 있었으며, 자신이 마지못해 내몰렸다는 점을 정당화하기 위해 측은한 모습을 보이고 싶어 했다.

"난 너한테 많이 의지하고 있단다." 그가 넌지시 말했다. "보호와 지지를 필요로 하는 사람이 너밖에 없거든. 그저 네 나이 때문이라면 좋겠다만." 그러면서 숨을 헐떡거렸다. "가끔 나도 궁금하구나." 그리고 덧붙였다. "내가 어떻게 될는지."

"왜, 어디 아프세요?" 소년이 잔인할 만큼 무관심한 말투로 물었다.

이가 딱딱 맞부딪치다시피 하는 바람에 한마디 한마디가 마치 돌 같았다.

"꼭 그런 건 아닌데……" 칼데론 신부는 이렇게 대답하더니 몇 마디를 덧붙였다. "그러니까, 어떤 사람들 앞에서는 그걸 인정할 수가 없단다. 그 사람들이 날 동정하려고 애쓰는 모습을 보는 건 나한테 너무 고통스러울 거야."

소년이 그때쯤 통로를 따라 그를 인도할 수 있게 되었기 때문에, 신부는 계속해서 아프거나 늙은 사람처럼 굴고 있었다. 그 태도는 점점 흔연해졌다.

반면에 소년은 일부러 기계적으로 처신하고 있었다. 이끌리는 동시에 이끌고 있는 그는 더 이상 파릇한 청춘도 아니었다. 그의 몸 곳곳에 우묵한 젖살들이 숨어 있었고, 그의 마음은 여전히 현실로부터 그를 떨어뜨려놓는 베일 뒤에서 떨고 있었다. 용건을 전달하거나 세탁한 신발을 찾아오는 일상적인 용무 때문이라면 교구 신부의 방에서 꾸물거릴 일도 없었을 것이다. 그 방의 사적인 신비로움이 그로서는 버거웠다. 이제 목적지에 당도한 그의 움직임은 고통스럽게 뚝뚝 끊기는 것만 같았다.

칼데론 신부는 무늬가 닳아진 카펫 위에 멈춰 서더니 의례적이면서도 어쩐지 평소 같지 않은 말투로 말했다. "고맙구나, 얘야. 이렇게 쇠약한 내가 감사를 표한다."

그들 가운데 누구도 믿지 않는 말. 하지만 칼데론 신부는 그 말을 지어냈음에 만족했다.

그러더니 다시금 놀랍게도 그가 앨프 더보의 셔츠를 젖히며 손을 밀어 넣었다.

"바로 이런 온기를 열망하는 거야." 아까보다 더욱 늙은 사람처럼, 더욱 몸을 떨면서, 그는 설명했다.

소년은 그 차가운 손이 마치 강물 속 물고기처럼 펄떡이는 자기 심장을 집어 올릴까 봐 두려웠다.

하지만 몸으로 저항하지는 않았다.

인생에서 단 한 순간도 앨프 더보는 일어나야만 할 일에 저항하지 못했다. 그는 자신의 본능이 감지하는 숱한 수수께끼들에 현혹되었기에, 적어도 그것들이 그냥 시작되도록 내버려두어야만 했다.

칼데론 신부가 이마를 닦고 있었다.

"너라면 사람을 가엾게 여길 줄 알겠지?" 그가 물었다. "아니면 너도 그냥 남들과 똑같은 사람이니?"

앨프는 알지 못했기에 그저 앓는 소리만을 냈다.

마치 소년의 보호자가 그렇게 정해놓았다는 듯, 두 사람은 곧바로 그들의 개인성을 보호해줄지 모를 구실거리들을 모조리 벗어 던지고 있었다. 교구 신부 쪽에서는 점차 무모하게 속도를 냈고 소년도 이를 뒤따랐는데, 뒤처지는 편이 오히려 나쁠 것 같기 때문이었다. 그들은 어지간히 추레한 방 안에서 우스꽝스러운 셔츠 자락을 날개처럼 펄럭거리며 빙글빙글 돌고 있었다. 신발이 벼락 치듯 벗겨졌다. 칼데론 신부는 침대 바퀴에 발끝을 찧기까지 했으나 구시렁거릴 틈이 없었다. 시간은 너무도 짧았다. 과거, 미래, 사물들의 겉모습, 그의 믿음, 심지어 그의 욕망까지, 그한테서 빠져나가고 있었을지도 모른다. 정신없이 준비를 마친 그는 어김없이 너무 바보처럼 벌거벗은 모습이 되어 무릎까지 굽혔을 정도였다. 이미 자신의 목적을 이루기로 마음먹었지만.

따뜻한 듯 쌀쌀한 가을 아침이었다. 성취감보다는 후회에 빠져들기 좋은 아침이기도 했다. 그들은 벌집무늬로 누빈 이불 위에 함께 누워 있었다. 기쁨은 마지못해 느껴졌을 뿐 짧고 두려웠다. 소년은 곧바로 그의 애인이 스스로의 몰락을 한탄하느라 파도처럼 쏟아내는 말에 파묻혔다.

그러는 도중에도 칼데론 신부는 환희로운 감촉을 되살렸다.

"검은 금속 같도다." 그는 생각에 잠기더니 시구절을 떠올렸고, 심지어 자기가 직접 몇 구를 지어 손가락으로 쓰고 싶어 했다. "하지만 금속에는 감각이 없다네." 그래서 그들은 멈추었던 그 지점으로 끊임없이 되돌아갔다. "그것이야말로 금속을 탐스럽게 만드는 법."

그러나 금속은 굴복하고 말았다. 그들은 말마디들로 울룩불룩하게 이루어진 침대 위에 누웠다. 속눈썹 아래로 뜬 소년의 눈은 신부의 회색빛 배가 이룬 둔덕에 언제까지고 매료되었다.

칼데론 신부가 다시 한 번 그의 인생 서사를 늘어놓기 시작했고 앨프 더보는 잠시 눈을 붙였다.

소년이 깨어났을 때 그의 보호자는 재채기를 하고 있었다. 정말로 감기에 걸린 게 아니라면, 갑자기 도진 비염 때문이었으리라.

"우린 옷을 입어야 한다." 그가 안달하며 선언하고서 말을 이었다. "앨프, 네가 날 어떻게 생각할지 궁금하구나."

행복하게 꿈꾸고 있던 소년은 완전히 생각에 빠진 채로 흐뭇해 보였다. 하지만 신부는 극심한 강박에 내몰린 상태라 이를 알아채지 못했다. 누운 자리에서 바지와 손수건을 더듬어 찾자 열쇠 꾸러미와 돈이 불길하게 쏟아졌다.

"내가 너한테 어떻게 보일 건지 궁금하단 말이야." 그가 집요하게 매달렸다.

소년은 넓적한 치아가 보이도록 웃음을 짓기 시작했다.

"응?" 신부가 물었다.

의혹하면서.

"어떻게 보이느냐고요?"

소년은 정말로 꼼짝하지 못할 만큼 웃고 있었다. 그러다 손을 뻗어 신부의 회색빛 배를 움켜잡더니, 마치 솜뭉치라도 되는 양 그것을 꽉 꼬집었다—양처럼 순해 보이지만, 만만한 상대 앞이라면 악의적으로 돌변했을 표정이었다.

"어라?"

칼데론 신부가 짜증스럽게 외쳤다. 그 상황에서 비롯된 변화가 마음에 들지 않았다. 살짝 웃음을 지어 보이긴 했지만.

"제가 보기에 신부님은……" 소년이 웃음을 그치지 않으며 말을 이었다. "꼭 귀여운 대왕 애벌레한테서 나온 것 같아요."

그리고 이 말을 확인해주듯 신부의 살을 더욱 세게 꼬집었다.

신부 쪽에서 어색하게 수습하면 될 상황이었을 것이다. 그 순간에 문이 열리며 여동생인 패스크 부인이 들어오지만 않았더라면 말이다.

에밀리 패스크는 그대로 거기 있었다. 두 다리로 버티고 서서. 말하자면 그런 느낌이었다. 보랏빛 모자를 쓴 채로.

모두가 그저 바라보고만 있었다. 누구도 어쩔 도리가 없었다. 정말로 꼼짝할 수가 없었다.

마침내 패스크 부인의 얼어붙은 목구멍이 녹아서 열렸다. 다시금 피가 돌기 시작한 안색은 마치 머리에 쓴 모자의 색깔과도 같았다. 그녀의 두 눈동자가 눈구멍에 봉합되어 있었기에 망정이지 하마터면 밖으로 튀어나올 뻔했다. 그렇게 봉합되어 있음에도 거의 빠져나올 지경이었다.

"너 **이 자식**!" 그녀가 힘겹게 혀를 놀리기 시작했다. "너! 이 마귀 새끼! 내 오빠한테 무슨 짓을 한 거야!"

그녀는 휘청거리며 의자 쪽으로 걸음을 옮겼다. 그리고 곧바로 털썩 쓰러졌다.

"스스로 용납할 수가 없는 의심이었어." 패스크 부인이 목쉰 소리로 말했다. "하지만 실은 알고 있었지. 뭔가를. 아, 이 마귀야! 결국 언제든 벌어질 일이었던 거야."

두 남자는 벌집무늬가 그들의 궁둥이를 파고드는 가운데 침대 위에 꼼짝없이 굳어 있었다.

충격에도 불구하고 앨프 더보는 번뜩 옷을 입어야 하겠다고 생각했다. 한참 시간이 걸렸으나 어찌어찌 모두 집어 입을 수 있었다.

티머시 칼데론 신부는 눈물로 호소하며 동생의 이름을 불렀다.

흐릿한 하얀빛과 보랏빛의 형체들을 남겨둔 채 앨프 더보는 방을 나왔다. "앨프어디가니앨프." 패스크 부인은 앵무새처럼 소리쳤다. 소년은 신발 끈을 한데 묶어 목에 걸기로 했다. 효율적인 판단 덕분에 그는 이후로 다시 볼 일이 없었던 넘버라의 교구로부터 좀더 쉽게 달려나갈 수 있었다.

이 도망자는 방목지를 지나고 이리저리 길을 헤매는 동안, 결국 언제든 벌어질 일이었다는 패스크 부인의 생각에 동감하며 그녀의 부당한 비난을 굳이 곱씹지 않았다. 그는 그저 그것을 견뎌냈으므로, 또 무의미한 말들과 미혹 속에서 모종의 간헐적인 즐거움을 기억해낼 수 있었으므로 기뻤다. 그의 두 팔은 강인했기에, 그의 살결은 부드러웠기에, 그리고 그 같은 매력은 이제 막 생겨난 차였기에, 확실히 그것은 감각적인 즐거움이었다. 하지만 동시에 그는 악의 없는 방식들로 보호자를 회상했고, 돌을 걷어차고 나뭇잎을 따며, 그가 잃어버린 것이 어떤 것인지 또 얼마나 되는지를 따져보며 느긋하게 여정을 계속했다. 그는 불어오는 바람을 느꼈다. 보호자가 없다는 사실은 그때까지 과소평가했던 낡은 털옷을 서리 내린 아침에 예기치 않게 빼앗긴 것과 다를 바 없었다. 구름 속의 하느님이 되었든 인간 속의 하느님이 되었든 똑같이 양모와도 같은 그 계율은, 보다 비물질적이고 미묘하게 사라져버렸다. 교구 신부는 그것들을 낯설고 답답하며 불필요하다고 여기는 마음에다가 애써 돌돌 감으려 했으나, 앨프 더보는 받아들이지 않았던 것이리라. 비록 그는 은밀하면서도 편의적인 방편으로 그 가운데 일부를 수용하고, 밤중에 웅덩이 곁에서 그것들로 자신의 생각들을 감싸 위협으로부터 스스로를 보호하는 습관을 들였었지만 말이다.

앨프 더보는 신부와 그의 여동생이 어떻게 되었을지 굳이 알아보려들지 않았으나 가끔 궁금하기도 했다. 어쩌면 그들의 말로는 끔찍했을지도 모른다. 그들은 상식이라는 지옥 속에서 한데 엮인 채, 신부의 부족한 신앙과 무시무시한 비밀로 서로를 고문하면서 한동안 질질 끌었을지도 모른다. 하지만 실제로 벌어졌던 경과는 다음과 같다.

칼데론 신부는 혼자 옷을 집어 입는다 해도 벌거벗은 몸을 숨길 수는 없을 것이기에 한동안 침대에서 징징거리기만 했고, 패스크 부인은 비통하게 상황을 곱씹다가 주저앉았다. 분명히 밝혀야 하겠다만 신부는 이렇게 단언했다. "에밀리, 기독교인에는 다양한 부류가 있다는 사실을 네가 인정하리라 믿으니까 하는 말인데, 나 역시 한 사람의 기독교인으로서, 저 가련한 앨프 더보는 비난받을 사람이 아니라고 항변해야겠다."

패스크 부인한테서, 어쩌면 하중을 이기지 못한 의자 스프링에서, 삐걱거리는 소리가 났다.

"비난?" 패스크 부인은 몽롱하게 물었다.

"여기서 일어난 일에 대해서라면……" 그녀의 오빠가 대답했다. "네가 이해해줘야 해. 최대한 공정히 말해서, 비난받을 사람은 바로 나거든." 그가 다시 울먹이기 시작했다.

"그리고 난 앞으로도 쭉 속죄할 거야."

"비난이라고?" 패스크 부인이 되뇌었다. "여기서 일어난 일에 대해?" 여전히 몽롱하게.

칼데론 신부가 다시 입을 열었다.

하지만 패스크 부인은 자리에서 일어나버렸다.

"모르겠어, 오빠." 그녀가 말했다. "대체 무슨 말을 하는 건지."

그리고 똑바로 신부를 쳐다보았다. 앤서니호던[24]에서 구입한 청회색 혹은 남색 서지 재질이 섞인 플란넬 슈트 가운데 한 벌을 상대가 입고 있다는 듯이 말이다.

"코니시페이스티[25]를 데워야겠어." 그녀가 선언했다. "미안하지만……" 그리고 말을 이었다. "어쩌면 저녁 식사가 허술할 수도 있겠다. 몸이 영 좋질 않네. 아, 당연히, 식욕만 있다면 누구든 먹을 수 있도록 병에 재워둔 자두도 내놓을 거야."

여동생이 정숙한 여자가 아니었더라면 신부는 그녀의 도덕성을 의심했으리라. 그러나 동생을 잘 알았던 그는 상황을 파악하고, 바닥에 흘렸던 돈을 세어보았다.

그들은 이후로도 쭉 함께 살았다. 칼데론 신부는 전보다 한층 겸허해져서, 초에 불을 밝히고 말씀을 전하며 눈높이에 성작을 고정했다. 다시금 불붙이는 괴로운 과정에서는 재가 남았고 그 재로 덮인 바닥에서 그의 믿음이 얼마나 명멸하는지를 누구 한 사람이라도 알아차렸다면, 이는 측은한 일이었으리라. 그렇듯 짧은 시간에도 참으로 많은 일이 이루어졌다. 제병을 들어 올리고, 성작을 감싸고,[26] 여동생이 무척 훌륭히 세

---

24) 영국계 이민자가 시드니에 건설한 대형 백화점. 유서 깊은 건물이었으나 1980년대에 철거되었다.

25) 영국 콘월 지방의 전통 음식. 다양한 재료를 반죽으로 싸서 먹는다.

26) 제병과 성작은 가톨릭과 성공회의 성찬식에서 사용하는 빵과 포도주를 뜻한다.

탁해둔 리넨 냅킨으로 그 테두리를 닦는 신부의 눈빛을 보건대, 그는 어딘지 내밀한 문제로 괴로워하고 있었다.

패스크 부인은 평온해 보이는 생활을 영위해나갔다.

매운 양념을 곁들인 토스트와 차를 즐기다가 딱 한 번 이렇게 언급한 적은 있었다. "가엾은 아서의 유화 세트를 가지고서 그 아이가 자기 생일날에, 끔찍한, 정말이지 끔찍한 그림을 그렸었는데. 그 외설스러운 걸 무슨 뜻으로 그렸는지 난 가끔 궁금하더라고."

신부가 소금을 잔뜩 흩뿌리는 동안 그녀도 재빨리 딴생각을 추슬렀지만 말이다.

패스크 부인은 더 이상 해 질 녘 풍경이나 유칼리나무를 그리러 이젤을 챙겨 나가지 않았다. 그녀는 자기 일에 매진했으며 어머니연합이나 여성협회의 회원들 대다수가 그녀를 존경했다.

앨프 더보는 몇 주일 동안 여행을 계속한 끝에 멍긴드리블이라는 마을에 당도했다. 붙잡힐지 모른다는 공포와 궁핍 때문에 몸은 한층 여위어 있었다. 하지만 그는 점차 자신감을 얻었다. 그 몇 주를 보내며 칼데론 신부와 패스크 부인을 마지막으로 본 기억과 시간을 떠올리다 보니, 아예 그들을 신경 쓰지 않는 편이 낫겠다는 생각이 들었다. 여전히 그는 가능하면 사람이 모여 사는 중심지들을 피하려 했으며, 감상적인 시골 아낙들이 건네주는 빵 부스러기에 의지했다. 자기가 세운 원칙대로 앨프는 멍긴드리블의 변두리를 따라 지나갔다. 만일 중심지로 들어섰다면 넘버라에 돌아온 게 아닌가 싶어 충격을 받았으리라. 은행이 두 군데 더 있다는 점만 다를 뿐이었다. 멍긴드리블에는 돈이 더 많았다.

그곳의 거리들은 좀더 무덥고 먼지가 많았으며, 강은 더욱 메말라

있었다. 강둑을 따라 방황하며 보자니, 대부분의 마을들 변두리에서
는 온갖 낙오자, 염소, 원주민 들이 생명의 흐름을 이루고 있었다. 앨프
는 넘버라의 넉넉한 강물을, 그리고 해 질 녘에 밖으로 나온 진들의 대
기 장소였던 주황빛 대나무 숲을 떠올리느라 싱숭생숭한 심정을 억누를
수 없었다. 하지만 멍긴드리블에서 그는 마침내 쓸 만하고 신기한 물건들
로 가득한 쓰레기장에 당도했으며, 그 가운데 낡은 시계 내부 부속을 발
견하고서 그것을 자기가 계속 쓰고 싶다고 생각했다. 그는 잠시 그곳에
서 물건들을 고르고 다녔다. 덤불 끝에서 양철, 나무껍질, 봉투 등 이런
저런 물건들로 지어놓은 오두막을 발견하고, 그 오두막 문가에서 화려한
헤시안[27] 재질 커튼 술을 손에 쥐고 서 있는 여인을 알아차릴 때까지 말
이다.

여인이 손짓을 보내오는 것 같았다.

앨프 더보는 가까이 다가가 물었다. "왜요?"

"야!" 그녀가 대꾸했다. "얼빠져 보이는 자식들한테 소리 지르느라
머리가 빠개지겠다. 일로 와서 얘기 좀 풀어봐."

그는 본능적으로 위험을 느끼면서도 여자에게 다가갔다.

"그냥 어울려보자는 거잖아." 그가 여전히 의심스러운 태도로 곁에
오자 그녀가 말했다. "집에서 입 다물고 있자면 외로워진다고. 난 공병
사업을 하고 있지." 그녀는 설명했다. "조랑말이 없어지거나 저 혼자 어
디 묶여 있을 때가 아니면, 이륜마차를 타고 거의 매일같이 마을 곳곳을
다니면서 공병이나 뭐 다른 것들을 수거하고 사람들한테 허풍도 떠는 거
야. 내가 언제까지 더 개떡이 될지 누가 어찌 알겠어."

---

27) 황색 삼실을 평직으로 짠 두껍고 튼튼한 천.

여자는 전에 하얀 피부였던 게 분명했지만 햇빛과 노동 때문에 이제는 잘 익은 베이컨의 색과 질감을 띠었다. 몸이 상당히 말랐으나 떠벌리는 소리로 보아서 이전엔 통통했을 것 같기도 했다. 면 재질 원피스 안으로 드러난 가슴은 작지만 활동적인 동물들을 떠올리게 했다. 마치 한 번씩 선뜻 달려들려는 기세 같았다. 그녀의 퇴색한 푸른 눈동자를 보면 차갑고 바람 많은 날들이 생각났으나, 창공의 까마귀와는 전혀 달랐다. 그녀의 시야가 그만큼 넓지 않다는 뜻은 아니었다. 행여 낯선 이의 이륜마차 좌석 아래 몰래 숨겨진 물건이 있다면, 설령 여러 겹의 가방으로 싸여 있다 해도 그녀는 알아볼 터였다.

"어디서 왔냐?" 그녀가 앨프에게 물었다.

그는 언젠가 들어본 적 있는 마을 이름을 댔다. 멀리, 주 변두리에 있는 곳이었다.

"너 쿼터카스트야?" 그녀가 다시 물었다.

"아니에요." 그는 대답했다. "하프예요. 제가 알기로는."

"그것 참 골치 아프겠는걸." 그녀가 거의 절절한 말투로 반응했다.

그런 다음 그녀는 그의 나이, 그리고 엄마에 대해서도 물었다. 그리고 어머니에 대해 언급할 때면 어떤 여자들이 짓곤 하는 표정을 보여주었다. 축축해 보이는 잇몸도 드러났다.

"다 큰 녀석이구먼." 그녀가 말했다. "나이에 비해."

그녀는 자기를 스파이스 부인이라고 소개하면서, 원한다면 헤이즐이라고 부르도록 했다.

그는 그러고 싶지 않았다. 잠시 함께하는 동안 내내 다른 많은 것은 받아들였어도 일종의 결벽 때문에 그녀를 이름으로 부를 수는 없었다.

앨프는 두 사람 사이에 놓여 있던 쓰레기장 끄트머리에 어느새 스파이스 부인과 함께 있음을 알아차리며 일말의 두려움을 느꼈다. 물론 언제든 도망칠 수야 있었으나, 그러자면 처음부터 그런 상황에서 시작된 게 분명한 일련의 흐름에서 먼저 놓여나야 했다. 어떻게 해야 할지 모르겠다는 불안감이 손가락을 통해 아까 집어 온 낡은 시계로까지 저절로 전달되었으며, 이에 그 쇠붙이가 흔들리면서 살며시 절그럭거리고 짤랑거리기 시작했다.

"챙겨 넣은 게 뭐냐?" 스파이스 부인은 그저 할 말이 필요했기에 일부러 빤한 질문을 던졌다.

"시계예요." 그가 말했다. "그냥 부품이라고 해야 하나."

"와!" 그녀는 웃음을 터뜨렸다. "아무한테도 쓸모없을 것 같은 물건이야. 그딴 시계, 속을 파먹을 수 있는 것도 아닌데."

다시금 그는 운명이 작용하고 있음을 깨달았다. 의지를 발휘해야 할 흐름이 막혀버리는 바람에, 그는 오두막에 뚫린 구멍을 통해 스파이스 부인이 살고 있는 어둠 속까지 따라갔다. 조그만 시계가 짤랑거리는 소리 덕분에 그나마 안심이 되었다.

"너처럼 한창 크는 애한테는 일단 주위 먹을 게 좀 필요하겠다." 여인이 말했다.

그리고 포장을 벗겨 무언가를 꺼냈다. 그것은 차갑고 지방이 많았으며 쉰 맛이 났다. 그래도 앨프는 개미가 들끓는 빵과 함께 그것을 먹었다. 일단 배가 고팠고, 그럼으로써 다른 무엇인가를 해야 할 상황, 특히 대화를 나누어야 할 상황을 피할 수도 있었기 때문이다.

그는 스파이스 부인이 좀처럼 먹지 않는 사람들 가운데 하나라는 사실을 금방 알게 되었다. 그녀는 직접 담배를 한 대 말더니 머그잔 안쪽에다가 단숨에 후 불어냈다. 그러더니 입술을 잇몸 바로 위까지 빨아들였다가, 다시 밖으로 후 불어냈다. 머그잔의 내용물이 너무 독해서 그녀는 그 안으로 거의 빨려 들 정도였다.

앨프 더보는 얼마나 오랫동안 스파이스 부인의 오두막을 임시 거처로 삼아 함께 지내게 될지 궁금해지곤 했다. 그녀는 필요하다고 생각하는 만큼 그를 먹였다. 그는 조랑말한테 물을 주고 병들을 분류하는 일을 도왔다. 하지만 이륜마차를 타고 마을을 도는 일에는 함께하지 않았다. 그는 밖으로 나와 쓰레기장 주변을 서성거릴 수 있을 때 가장 행복했다. 그곳은 멍긴드리블의 거주자들이 그들의 본모습을 가져다 버리는 곳 같았으며, 그는 자기가 사람들에 대해 품고 있던 어떤 의혹을 입증할 만한 것을 늘 발견해냈다. 이따금 앨프는 스프링과 충전재가 비어진 낡은 매트리스 위에 누워, 여건 때문에 잠시 중단한 그림 작업을 꿈꾸었다. 사실 언제나 채색을 계속하고 있었다. 당연히 물감은 없었지만 말이다. 그가 마음속으로 그려낸 이 새로운 그림들에서, 사람들의 몸과 솟아난 머리칼은 낡은 스프링들과 고무로 이루어졌고 가끔은 녹슨 토끼 덫이 턱을 이루기도 했다. 칼데론 신부가 영혼에 대한 모든 것을 이야기해주었기에, 앨프는 몸 안에 있는 영혼들을 채색하곤 했다. 열리지는 않았지만 무척 낡은 데다 내용물까지 죄다 삭아버려서 못을 박으면 당장이라도 터져나올 것 같은 깡통—수프나 아스파라거스 비슷한—의 형상으로 그것들을 칠하곤 했다. 그는 빈둥거리며 작품을 구상했다. 안쪽에 붙어 있던 의례용 전구가 떨렁떨렁하는 고장 난 낡은 시계를 보면 지난날의 보호자가 격하게 떠올랐다. 그럼에도 움직임이라는 요소가 여전히 교묘하게 그를 빠져나갔다. 그는 움직임을 포착할 수가 없었고, 다만 자기가 그것을 제대로 담아내지 못하리라는 점만 이해했다. 가끔은 그의 그림 속에서 가장 흥미롭고 강박적인 요소인 그 영혼들이 마치 공업용 알코올의 기운처럼, 혹은 열광적으로 고동치고 방울져 떨어지는 사랑처럼 육체 속에서 솟구쳐야만 했는데도 말이다.

앨프 더보가 들어와 지내고 얼마 지나지 않았을 때, 스파이스 부인은 그가 치르고 지나갈 과업 중 나머지를 가르쳐주었다. 어느 날 밤 병마개를 열고서 이렇게 말했던 것이다. "점점 바닥나고 있어, 앨프." 그녀는 언제나 그런 상태였다. "그래도 너한테 한 방울을 남겨주고, 내가 좋은 친구라는 사실을 증명하마. 뭐, 너도 이제 다 큰 녀석이니까. 비쩍 마르긴 했지. 그렇지만 그런 건 중요하지 않아."

앨프는 정말로 마시고 싶은지도 모르면서 새로운 무언가를 발견할 수 있으리라는 기대로 그것을 받았다. 그 모습에 부인이 웃음을 터뜨렸다. 결국 그도 함께 웃었다. 문득 예전에 패스크 부인이 어설프게 전기 스위치를 손봤던 날이 생각났다. 그는 정말로 전기 충격을 받고서 거꾸러진 것 같았다. 벽에 날아가 부딪히다시피 할 정도였다.

앨프는 잠시 휘청거렸다. 살색이 파래진 느낌이었다. 하지만 스파이스 부인은 알아채지 못한 모양이었다. 거의 무엇을 보든 그것에 대해 주절거려야 하는 사람이었으니, 느닷없이 그가 파래진 모습을 발견했더라면 절대 얌전히 있지 않았으리라.

"덕분에 털이 좀 자랄 게다!" 그녀는 혼자 흥분해서 젖가슴과 허리케인램프[28]가 흔들리도록 웃어댔고, 그게 다였다.

그러고서 그녀는 심각해지더니, 그것들을 한 잔 더 따른 다음, 가죽 같으면서도 무척 부드럽고 멋진 팔을 뻗고서 이런저런 문제에 대해 이야기하고 싶어 했다.

---

28) 강한 바람이 불어도 꺼지지 않도록 유리로 갓을 두른 램프.

"가끔 난 네가 무슨 생각을 하는지 궁금하더라, 앨프." 그녀가 말했다. "네 안에 뭐가 있는지 말이야. 내 생각에는, 누구한테나 자기 나름의 꿍꿍이가 있는 법이거든."

스파이스 부인은 나름 중대한 공헌을 한 다음이었으므로, 마치 취미가 독서라도 되는 사람처럼 눈을 깜박이며 말했다.

앨프는 설명할 수가 없었다. 모든 것이 나에게 이해되기를 기다리며 내 안에 있다고. 그런 말을 쉬이 할 수가 없었기 때문이다. 어차피 스파이스 부인은 이해하지도 못할 것 같았다. 그 또한 스치는 순간순간만을 이해할 뿐 그 이상은 완전히 감당할 수 없었다. 그래서 그는 머그잔에 술을 따라 또 한 잔 비웠다. 그리고 훗날에 불타는 용광로와 그 안으로 걸어 들어가는 형체들을 그렸다. 그제야 그것들을 분명하게 알아볼 수 있었다.

스파이스 부인은 계속해서 뭔가를 납득시키려 애썼다. 앨프도 처음에는 어렴풋이, 곧이어 잔인하게 불쑥 찾아온 깨달음과 함께 알아차렸다. 부인의 말과 몸짓은, 그녀의 상상 속에 이미 존재하는 다른 여자, 부인 곁의 관객과 술병의 협조를 얻어 심지어 정말로 존재하게 되었을지도 모르는 어떤 여자의 말과 몸짓이었던 것이다.

"내가 늘 이 꼴은 아니라는 걸 너도 알아줘야 해." 그녀가 풀어 헤친 곧은 머리칼을 목덜미에서 양손으로 쥐고서 말했다.

놀랍게도 스파이스 부인은 목표—거기에서 그녀는 깨끗한 순면 드레스를 입고, 더 부드럽고, 튼튼한 겨드랑이에서는 세탁물 냄새를 풍기는 젊은 여자였다—를 이루었으나, 앨프는 그런 행동이 정직하지 못하다는 것을 알았다. 그는 무언가를 끔찍이도 원했기 때문에, 일찍이 예수 그리스도를 그리겠노라 패스크 부인한테 약속하지 않았던가? 스스로 그럴 능력이 없다는 걸 알았으면서도.

적어도 스파이스 부인은 약속들을 지킬 능력이 있었다.

"입 닫고 뭉갠다며 나보고 뭐라 하는 사람은 아무도 없었다." 그녀가 말했다. "그러니까 난 그러지 않는다고."

그녀는 오두막에서 그가 앉아 있는 쪽으로 기어 오면서 덧붙였다. "넌 겁먹으려고 하질 않아."

그는 겁먹지 않았으며, 그저 자기한테 주어졌던 힘에 깜짝 놀랄 뿐이었다.

"그리고 기억해라." 그녀가 소리쳤다. "난 빌어먹을 검둥이 진 따위가 아니야! 난 **아니**라고……"

둘이 마치 똑같은 마귀한테 홀리기라도 한 것처럼 그녀는 입을 꽉 다물었다.

그녀는 마침내 앨프가 말라빠지고 음울한 소년의 몸으로 움츠러들 때까지 밤새 축 처졌다가 싸우려 들기를 반복했다.

"계속해보시지!" 결국 그는 이렇게 소리쳤다. "지옥에나 떨어지든가!"

스스로를 보호하기 위해 공처럼 몸을 말 수도 있었으나, 그랬다가는 분명히 그녀가 그 몸을 붙잡아 벌릴 것 같았다.

그래서 앨프는 이 늙은이를 때리기 시작했다.

"아침에 덩치들을 불러와 혼쭐을 내주마!" 그녀가 바락바락 소리 질렀다. "백인 여자를 패는 놈이 여기 있다고!"

그러다 그녀는 잠들었다. 여자의 처진 입에서 쌕쌕거리는 숨소리가 들려왔다.

새벽녘에 앨프 더보는 스파이스 부인의 오두막에서 살금살금 기어

나왔다. 그는 맨몸이었고 그녀가 그에게 남겨준 것은 그뿐이었다. 그래도 기분은 좋았다. 진주 같은 빛깔의 시간이었다. 축축한 장막들이 차곡차곡 그의 맨 어깨에 내려앉았다. 그는 거의 말라버린 강 옆에 솟은 둑을 따라 잠시 헤매었다. 잔가지인지 물방울인지가 땅에 떨어지고 마른 잎들 위로 그가 단단한 두 발을 질질 끌 때, 어둑어둑한 나무들은 정적을 차지하는 문제를 두고서 그와 경합을 벌였다. 형체 없는 장면은 목적 없는 그의 움직임과 결합하여 일종의 뒤집힌 완벽함을 이루었다.

하지만 앨프는 굳이 끼어들지 않았다. 그는 오두막을 떠나올 때 집어 온 못으로 나무 한 그루 한 그루의 부드러운 겉껍질에다 장난질을 시작해야 했다. 갈망에 찬 희미한 선이 그한테서 빠져나와 하얀 나무껍질들 위에서 흐르기 시작했다. 그는 때로는 힘없이, 때로는 흠집과 다를 바 없는 선을 그었다. 그럼으로써 어떤 새로운 발상을 표현하기에 이르려 했다. 스스로가 고착되어 있음을 계속해서 확인하는 상황들은 너무도 절망적인 동시에 영속적이고, 결코 끝나지 않으며 앞으로도 마찬가지일 터였다.

잠시 후 그는 오두막 방향으로 돌아가는 발걸음을 뗐다. 그 순간에는 달리 할 수 있는 일이 아무것도 없었다. 하늘은 색깔을 되찾고 있었다. 탁 트인 바깥에서 빛을 받은 깡통들의 가장자리가 날카로워 보였다.

느지막이 조신한 숙녀처럼 일어난 스파이스 부인은 피식거리며 입버릇 사납게 모습을 드러냈다.

"진짜 만만치 않은 자식이라니까!" 그녀는 여러 차례 이 말을 되풀이하며 킥킥거렸다. "그렇다고 내 머리 꼭대기에 앉을 생각은 마라." 잠시 머뭇거리다 그녀가 덧붙였다. "이전에 한번 너한테 잘해주었던 걸 생각해서라도 말이야. 너그러운 마음씨에도 한도가 있는 법이라고."

그러더니 양쪽 뺨을 움푹 빨았다.

오랫동안 그러고 있지는 못했지만.

그녀는 공병 사업뿐 아니라 뜬소문을 퍼나르는 일도 하며 수많은 고객을 확보했다. 마을의 흥청망청한 양치기들이 헤이즐과 교류하는 모습도, 길 위의 소몰이꾼이 자기 마차를 그녀의 나무에 매어놓는 모습도 이상할 것 없는 광경이었다. 남자들은 마을에서 마차를 몰고 오거나 밤늦은 시간까지 걸어와 뎅그렁거리는 병 소리를 내며 음담패설을 쏟아냈다. 그녀가 좀처럼 낙심하지 않더라는 이야기도 빼먹어서는 안 된다. 그녀는 설령 낙심하더라도 그러지 않겠노라 금세 생각을 바꾸는 일이 잦은 소심한 인간이었다. 또한 그렇기 때문에 언제나 대화와 노래 가운데 하나를 선택할 여지가 있었다. 스파이스 부인 본인은 음악 쪽을 선호했고, 어쩌다 누가 조르기라도 하면 동양식 백파이프 소리를 흉내 내는 듯한 가느다란 소프라노 톤으로 노래를 불렀다. 쓰레기장에서 달빛과 여흥이 공명하던 밤들이 있었다.

앨프 더보는 자기가 어떤 식으로—이를테면 바보 천치나 검둥이라고—취급될지 생각하며 그 모든 소란에서 가능하면 몸을 피하려 했으나, 부인의 오두막에서 멋모르고 일찍 잠들었다가 가끔은 어쩔 수 없이 붙들리기도 했다.

그중에 카우라[29] 출신의 양치기가 하나 있었는데, 유별나게 약삭빠르고 늘 맥주에 절어 있는 데다 여자들을 잘 호린답시고 의기양양한 인간이었다. 한번은 그가 구석에 무언가 있음을 알아차리고서 소리쳤다. "헤이즐, 저거 뭐야! 저쪽 끝에서 나발 불고 있는 검둥이 자식!"

---

29) 오스트레일리아 내륙에 위치한 도시. 제2차 세계대전 중에 일본군 포로수용소가 설치되었던 곳이다.

하지만 몸을 일으킨 스파이스 부인의 대처는, 역시나 배려심에 통달해서 상스러움에 이르는 것은 아님을 입증할 만한 것이었다.

"저건……" 그녀가 대답했다. "어, 당신, 당신한테 알려줬어야 했는데. 저 젊은 녀석은 공병 사업을 돕는 견습생이야."

뜨내기손님들과 정상적인 사업 활동 사이에서 그녀는 자기가 그 원주민더러 여성스러운 아량 이상은 아무것도 기대하지 말라고 경고했다는 사실을 잊었고, 점차 짜증 섞인 안달을 부리게 되었다. 이따금 그는 그녀와 얼굴을 맞대고 웃거나 조그만 나뭇가지로 그녀를 때리기도 했으나, 그러지 않을 때면 그들은 흉터 난 맹렬한 호랑이가 속 빈 가죽으로 변할 때까지 그 야수에 함께 올라타고 있기도 했다.

마침내 앨프 더보는 불길한 예감과 냉담한 무관심에 갑작스럽게 사로잡혔다. 그는 혼란과 두려움에 빠져 스스로를 돌아보았다. 기분은 푹 가라앉았고 문간 너머 멀리서는 깡통들과 공허함이 반짝거렸다.

"뭐야." 스파이스 부인이 물었다. "속에 바람이라도 들어갔냐?"

"몸이 안 좋은 것 같아요." 그는 이렇게 말하며 몸을 돌렸다.

그러자 그녀가 욕지거리를 내뱉으며 자기가 자고 있던 침낭을 흔들었다.

그녀는 점점 더 성미가 고약해졌다.

"빈둥대고 앉아가지고서는……" 한번은 이렇게 말하기까지 했다. "처먹는 빵값도 못 하는 자식이!"

그리고 침을 뱉었다.

이틀 후 부인은 햇살 아래에서 그에게 다가왔다. 그는 그녀의 머릿속 생각들이 이미 밖으로 쏟아져 나오고 있음을 눈으로도 볼 수 있었다. 그녀가 말했다. "너 이 사기꾼 새끼! 나한테 뭔 짓을 했어? 응? 선물 한번 훌륭하구나그래!"

앨프는 그들 두 사람이 얼마나 서로를 미워하고 있는지 깨달았다.

"당신은 늙어빠진 걸레고요!" 그가 소리쳤다. "당신한테 더러운 걸 갖다 묻힌 게 누군지 무슨 수로 알겠어? 소몰이꾼들이니, 목동들이니, 아무하고나 붙어먹는데!"

그녀도 저주의 말을 내뱉으며 부들부들 떨었다.

"더 이상은 내 집에서 입도 뻥긋하지 마!" 그녀는 이렇게 소리쳤다.

"좋아요." 그가 대답했다. "좋다고요, 스파이스 부인."

벌써 오후 4시였으나 그는 신발을 챙겨 가버렸다. 그날 밤에는 나무 아래에서 잠을 청했으며, 자신한테 병이 생겼음을 보여줄 흔적을 최대한 빨리 재확인하기 위해 일찍 일어났다. 그런 다음 태양이 금빛으로 현혹하는 짧은 시간 동안 자리에 앉았다. 그리고 세계가 그 앞에서 회갈색의 진짜 빛깔로 몸을 뻗는 동안에도 가만히 앉아 있었다.

앨프 더보는 이제 상징적으로나마 거친 오지로, 다른 인간들을 신경 쓸 일이 없을 만큼 깊이 들어섰다. 되다 만 생각들의 덤불 속으로, 무정한 바위를 이룬 강박관념 틈으로 도망쳤다. 나중에 그는 그 무엇보다도 흉포하고 불가해한 영역, 즉 도시를 좋아하게 되었다. 그곳에서는 그만의 황무지까지 그를 추적하려 드는 사람들을 혼란에 빠뜨릴 수 있었기 때문이다. 하지만 그는 한동안 급료나 숙식을 위해 일하며, 가끔은 한두 주 동안 자선을 베푸는 사람의 집에 머물며 시골 마을들과 역들을 서성 거렸다. 어디에든 오래 머물려는 법은 없었다. 그가 저질렀다고 의심받기 시작한, 혹은 잠시 보류된 것뿐인 어떤 범행 때문에 언제든 소환될지도 모를 일이었다. 사회적 양심을 다해야 한다는 의무, 또는 그것을 위해 애쓰는 영혼들의 구원을 지켜줘야 한다는 의무에 대해 침묵한 것도 혐의일 수 있었다.

그는 살빛이 어느 정도로 섞였든 간에 자기와 같은 인종의 사람들을 보면 피했다. 교구 신부의 여동생과 지내면서 몸에 밴 날카롭고 섬세한 기질, 그리고 막연한 까다로움이나 예민한 행동거지 때문이었다. 스파이스 부인의 위세에 떠밀리는 동안은 별생각 없이 쭉 그런 것들을 억눌러 숨길 수 있었으나, 이는 다시 일종의 형언할 수 없는 고통처럼 부재하는 동시에 그를 흘렸다.

물론 앨프 더보한테는 비밀스러운 재능이 또한 있었다. 그가 앓는 질병과 마찬가지로 말이다. 백인들뿐 아니라 흑인들에게도 고백해서는 안 될 문제였다. 그것들은 양극단, 다시 말해 존재의 음극이자 양극이었다. 은밀하고 파괴적인 질병. 그리고 거의 마찬가지로 은밀하지만, 새로이 재생하는 창조적 활동.

더보는 몇 파운드를 벌자마자 상점 카탈로그를 보고서 물감을 사러 갔다. 어린이들이나 재미있다며 쓸 법한, 대충 만든 초보용 제품이었다. 하지만 그는 물감 덕분에 몸이 떨릴 지경이었다. 그리고 재빨리 그것들을 사용했다. 역에 딸린 창고에서 페인트 통을 발견하고서 거기 몰래 숨어들더니, 욕구가 다할 때까지 구석진 벽 아무 데나 처덕처덕 바르기도 했다. 일요일마다 그는 아마도 혼자만이 해석할 수 있을 한 덩어리의 상형문자가 나올 때까지, 그렸다가 떼어냈다 다시 그리기를 반복하며 강철 물탱크의 그늘 속에서 시간을 보냈다. 타인과 소통해보려고 시도하는 일이 아니었다. 그럼에도 그만의 형태들은 점차 견고해지고 있었다. 유기체로서의 그는 비록 질병이라는 불가항력을 떨칠 수 없었지만, 점차 심해지는 정서적 무모함이 어떤 문제들을 해결할 지름길을 내주었다. 그는 내면의 더욱 깊은 곳을 방황하거나 주위에 있는 인간들의 유별난 행동들을 지켜보며 결국에는 이해에 이르리라고 간혹 희망을 품었으나, 그럼에도 다른 여러 가지 문제들은 계속 이어졌다.

앨프 더보는 삶과 맺은 의미심장한 관계에서 나온 그 어떤 과실이든 간에, 자기가 완성한 모든 것을 양철 상자 안에 넣고서 잠갔다. 상자는 그가 이런저런 일자리를 전전하는 동안 점차 찌그러지고 긁혔으며, 그가 직공이나 잡역부로 공장과 역에서 일하는 동안에는 침대 밑 어두운 곳에 은밀하게 놓여 있었다.

그 상자를 열어보려는 사람은 아무도 없었다. 대부분의 사람들은 그 주인인 더보의 침울한 성격을 침해하지 않았고 몇몇은 아예 그를 무서워할 정도였다.

그는 큰 키에 마르고 우둘투둘한 몸으로 자라났다. 시드니로 향할 만큼 용기와 호기심이 커졌을 때는 이미 성숙해진 상태였다. 시드니에 도착한 다음에는 철도 수하물 창구에 양철 상자를 놓아두고서, 당장이라도 무너질 것 같은 어떤 집을 발견할 때까지는 한동안 공원에서 잠을 잤다. 건물 안주인은 자기 집에 원주민을 받아들일 만큼 천하고 낙천적이며 탐욕스러운 사람이었다. 먼저 하숙하고 있던 창녀 두 사람이 웅변을 토하며 이 같은 결정에 반대했으나 결국 앨프 더보는 그 집에 정착했다. 하숙인들의 반대도 처음뿐이었다. 원주민은 품위 있고 말수가 적으며 존재감도 거의 없는 것처럼 보였기에, 그들의 걱정이 기우에 불과하다는 점이 이내 분명해졌다. 바로 지난해에 연인을 잃고 남겨진 건물 안주인은 더보의 방문을 두드리는 것도 관두었고, 다 망가진 리놀륨 바닥 위로 발을 질질 끌며 불만과 갱년기장애를 다스리기 위해 멀어졌다.

그렇게 몇 년 동안은 일자리를 유지하기가 쉬웠다. 더보는 마음을 꽉 닳았고, 그 죽어 있는 시간들을 훗날의 예술적 수확을 위한 정신적 휴경기라고 생각함으로써 더 긴 시간을 내다보며 단조로운 활동들에 힘겹게 적응했다. 그럼에도 그는 패스크 부인마저 만족할 만큼 단정하게 정리한 자기 방의 문을 닫은 채, 그때쯤 여유가 생겨 구입할 수 있게 된 고급 유화 오일을 이중 자물쇠 상자에서 꺼낼 수 있을 그날을 간절히 바랐다.

회색빛의 낮들이 있었고, 끝없이 이어지는 에나멜가죽 같은 저녁들이 있었다. 낮밤을 거치면서 그의 살결은 애매한 누런빛이 되었으며 그의 마음은 자성과 갈망으로 갈팡질팡했다. 가끔 그는 공공 도서관으로 슬며시 들어가 책들을 펼쳐보며 도피처를 찾았다. 하지만 그 내용들을 읽어내기란 쉽지 않았다. 생각의 추상은 색상의 합성이나 형태의 추상에 비해 표현력이 부족했다. 물론 예술 서적들도 거기에 있었다. 그는 불신과 비판이 뒤섞인 시선으로 그것들을 들여다보았다. 그는 다른 사람이 한 일을 통해 이득을 얻거나 그런 일에 협력하고 싶지 않았듯, 다른 예술가들의 성취를 보고서 무언가 배우고 싶다는 열망도 거의 없었다. 여전히 불완전한 그의 환상은 때가 되면 계시를 받아 완전해질 것만 같았다. 하지만 한번은, 하늘을 가로지르며 궤적을 남기는 아폴론의 전차를 그린 어느 프랑스 화가의 작품을 우연히 다시 발견한 적이 있었다. 갈색 비옷을 풀어 헤친 채, 누런 손가락으로 미끄러운 책장을 꼭 쥐고서, 그는 자세를 고쳐 내앉았다. 처음 그 그림을 보았던 이후로 자기의 시선이 얼마나 달라졌는지를 깨달을 수 있었다. 또한 프랑스 작가의 그 그림을 이제 더보 자신만의 동세 표현과 방식으로 어떻게 고쳐 그릴 수 있을지를 자각했다. 그러한 방식은 부분적으로는 초월적인 동시에 다른 한편으로 일상의 변화 및 고통스러운 경험과 투쟁하는 과정에서 비롯한 것이었다.

거대한 도서관에서 라디에이터가 위로하듯 따뜻한 증기를 짙게 내

뽑고 있었다. 이 검둥이는 책을 읽던 이들 모두가 자신들이 찾던 무언가를 발견했다는 사실을 알아차리며 부러움을 느꼈다. 그렇다고 마냥 놀라기만 한 것은 아니었다. 언어란 언제나 백인들이 타고난 무기였으니까. 그는 단지 무방비했을 뿐이다. 다만 주변을 둘러보곤 했을 뿐이다. 글씨를 읽고, 하품하고, 건너뛰고, 한 무리의 새 떼가 날갯짓하는 듯한 소리를 듣기 위해 한 줌의 책장을 엄지로 스르륵 넘긴 끝에, 그는 몹시 견고한 책 무더기를 쌓고서 응시하기도 했다. 스스로를 제어하는 날에는 경이감을 보상받을 수 있었다. 그러나 겨울의 햇살 속에서 그 자신의 비밀을 양분으로 삼지 못했더라면, 또 물감이라는 실제적이고 물리적인 기쁨을 즐길 수 없었더라면, 그는 책상 위에 놓인 손을 베개 삼아 고개를 눕히고 잠에 빠져드는 대신 바니시와 쇄격자 사이에 쓰러져 죽었을지도 모른다. 그러고 있자면 목덜미에 까칠하게 난 털과 드러난 한쪽 광대뼈에서 땀이 번들거렸다.

언젠가 앨프 더보는 자세를 바로잡고 하품하더니, 조심스럽게 한두 번 침을 삼키며 목구멍이 아픈지 확인하고서, 누군가 책상에 내버려둔 책을 한 권 집어 들었다. 그는 자기도 모르게 우리 주 예수 그리스도의 애절한 이야기를 다시금 읽고 있었다. 이야기 속의 다양한 사건들을, 그리고 거기 관련된 인물들을, 적어도 보호자들을 만족시킬 만큼 그가 얼마나 사랑하고 숭배하고자 했던지 아직도 기억할 수 있었다. 그는 읽고 있었으나 눈의 움직임이 계속해서 따라오지를 못했다. 모든 것이 희미하고 또 희미했다. 사랑과 자비에 씻기고서도 희미하기만 했다. 그는 사랑받는 제자의 복음[30]을 펼쳤다. 그러자 끔찍하게 목구멍이 아팠다. 불타

---

30) 「요한복음」을 뜻한다.

는 것 같았다. 게거품에 숨이 막혀왔다.

　그는 일어나서, 추레하고 어울리지도 않는 데다 매무새까지 엉망인
갈색 비옷을 질질 끌며 가버렸다. 그리고 그날 밤 상당히 먼 길을 넓은
보폭으로 활보한 끝에, 젖은 란타나 덤불과 사암석 아래 누웠다. 복권이
당첨되었는데 부당하게 반의반 몫을 받지 못한 사정을 설명하는 여자가
곁에 있었다.

　두 사람은 그곳에서 정사를 나누었다. 좀더 정확히 말하자면 서로에
게 고통과 분노를 터뜨렸다. 여자는 새우가 든 봉투를 가지고 있었고 몸
에서는 새우 냄새뿐 아니라 뭔가 달콤하고 나른한, 아마도 독한 진 같은
냄새를 풍겼다. 그녀가 어마어마한 말미잘 같은 입으로 몇 번이나 그를
얽어매려 했고, 그는 잡아먹히지 않겠다는 듯 몸을 움직였다. 하마터면
더보 쪽에서 그 처참한 주정뱅이 창녀를 죽일 뻔할 정도였다. 그녀는 그
러한 행동 일면에도 그다지 당황하지 않았다. 그는 허벅지로 그녀의 몸
을 감고서, 어둠에다 대고 외바퀴 손수레를 맹렬하게 쑤셔 넣고 있는 것
만 같았다. 그래도 그녀의 불행은 다시금 분명하게 자라날 때까지는 잠
시 잠잠하게 가라앉았다. 여자와 정을 통한 남자가 그녀로서는 정열이라
고 해석하고 싶었을 분노에 사로잡힌 채 떠나간 후에도, 그녀는 옷을 매
만지고 새우들을 찾으며 계속해서 그를 불러댔다.

　더보는 어땠냐 하면, 비가 그친 후 흐트러진 란타나에서 풍겼을 고
양이 냄새를 뚫고서 미끄러지듯 언덕을 내려왔다. 양심을 간직하라는 보
호자들의 가르침을 받았던 이래로, 특히 목자 같은 정신이 책망하는데
도 불구하고 병적인 육체에 휘둘리는 경우, 그는 스스로의 일면에 대해
종종 죄책감을 느끼곤 했다. 옷가지들을 돌돌 말아 덤불 밑에 밀어 넣었
더라면 그나마 기분이 좀더 나아졌을지도 모른다. 그러나 더 이상 무언

가를 그렇게 쉽사리 버릴 수가 없다는 건 당연했다. 그는 견딜 수 없게 느껴지는 옷가지 때문에, 그리고 창녀의 신뢰 가득한 허벅지가 오래도록 남긴 감각 때문에 고문을 당하며 계속 걸어가야 했다.

바깥이 하얀 시간에 더보는 집으로 돌아왔고, 하나뿐인 분명한 피난처를 찾아 방 안으로 더듬어 들어가더니 참지 못하고 부들부들 몸을 떨었다. 불을 켜자 나무판 한 장에다가 그리기 시작했던 어떤 형태가 분명하게 드러났으며, 덕분에 일탈이 한층 끔찍하게 느껴졌을망정 집에 돌아오길 정말 잘했다는 안도감이 밀려왔다. 거울 속에서 어기적거리고 휘청거리던 그는 마침내 침대에 몸을 뉘었다. 다른 사람들이라면 은총을 빌었을 그곳에서 그는 절대자를 증언하는 그만의 유일한 증거를 계속해서 응시하기에 이르렀다. 그 그림은 검은색이 남긴 흔적과 고조되는 푸른색을 통해 드러나는 신념의 행위 자체이기도 했다.

더보는 자신의 소명을 좇자면 소위 생활이라는 것 대부분을 신체적으로든 정신적으로든 얼마든지 무시하고 지낼 수 있었다. 다만 다른 인간들로부터 거의 완벽하게 고립되어 있다는 불행감이 이따금 내면에서 깜박였고, 그는 서둘러 일터—당시 그는 판지 상자와 기름종이 곽을 생산하는 시드니 교외의 공장에서 일하고 있었다—를 떠나곤 했다. 어째서인지 서두르고 또 서둘렀으나, 그렇게 거리를 배회하다가 결국 등받이가 꼿꼿한 공원 벤치 위에 안착했다.

그곳에서 그는 말하자면 **시간 허비하기**에 푹 빠져들었다. 실상은 **기대하기** 말고는 아무것도 아니었지만 말이다.

어느 날 저녁에 더보는 모처 공원의 모처 벤치에 앉아 있었고 커다란 무화과나무가 흰빛의 풀밭 위로 묵직한 그림자를 드리우고 있었다. 한 여자가 다가와서 그 곁에 앉았으나 딱히 다른 의도는 없는 듯했다. 여자는 담배를 찾느라 천천히 핸드백 안을 들여다보았다. 그리고 한 개비에 불을 붙였다. 가지고 있던 성냥으로. 그러더니 나팔 모양으로 연기를 내뿜으며 평온하고 조그만 웅덩이의 물을 바라보았다.

공교롭게 정확히 같은 순간에 다리를 고쳐 꼬지만 않았더라도 두 사람은 절대 말을 섞지 않았으리라.

그렇게 되자 여자 쪽에서 먼저 미소를 보내왔다. 그녀가 말했다. "이심전심이야. 그렇지?"

그는 뭐라고 대답해야 할지 몰라서 눈길을 돌렸다. 하지만 그의 어깻짓은 분명히 상대를 받아들이는 기색이었던 모양이다.

"이런 데까지 내려와보니 어때?" 여자가 물었다.

그는 또다시 당황했으나 간신히 대꾸했다.

"괜찮네요."

스스로를 보호하느라 두 손으로 깍지를 끼고서.

"도시에는 너 같은 아이들이 많이 있나?" 그녀가 물었다.

여자는 친절하고 정중했으나 그때쯤에는 따분해했다. 느슨하게 물린 채 입가에서 흔들리던 담배에서 담뱃잎 조각을 맛보았는지 그녀가 얼굴을 찡그렸다.

"아니에요." 그가 말했다. 아니면 이렇게 대답했는지도 모른다. "몰라요."

그는 그러한 상황이 불편했다.

그녀가 묵묵히 그의 손 색깔을 쳐다보고 있었다.

그리고 물었다. "너 그게 뭐야?"

"네?"

"헐었잖아." 그녀가 말했다. "손등이 죄다."

"아무것도 아니에요." 그는 대답했다.

몇 주 전에 생겨난 상처였는데, 어서 사라지기만 기다리며 낯선 이들이 눈치채지 못하게 숨기고 다니던 중이었다.

"어디 아파?" 그녀가 물었다.

그는 대꾸하지 않았다. 그 대신 조그맣고 잔잔한 웅덩이와 칙칙한 풀이 있는 공원에서 자리를 뜨려고 채비했다.

"나한테는 말해도 돼." 여자가 말했다. "좀 알아야겠어."

무척 기묘한 상황이었다. 이제 그는 낯선 여자를 쳐다보았다. 둥그스름하고 마시멜로 같은 얼굴, 빛나게 칠해놓은 입술. 백인 여자들이 적나라한 신체를 숨기기 위해 바르곤 하는 분내가 풍겼다.

여자가 한숨을 내쉬더니 자기 인생 이야기를 들려주기 시작했고, 그는 마치 책에 나오는 이야기라도 되는 양 귀를 기울였다.

"넌 아픈 거야." 그녀가 한숨지었다. "나도 알아. 마찬가지거든. 넌 매독에 걸린 거야. 내가 지금보다 어리고 멍청했을 때, 어떤 잘생긴 군인 자식 한 놈이 신세타령을 하며 그걸 옮겼지. 세상에, 아직도 그놈이 눈에 선한걸! 아랫입술 안으로 모자 끈을 늘어뜨리고서는. 녀석이 그때 입던 군복 냄새도 떠올릴 수 있을 정도야. 글쎄, 짧은 일화지만 그 대가는 길었다고나 할까."

여자는 몸을 파는 사람이었으며, 그녀가 자기 직업에 당당히 만족하는 데다 성공하기까지 했다는 점이 차차 분명해졌다.

그녀는 자기 이름이 한나라고 말했다.

"물론……" 그녀가 말했다. "운도 따랐지. 집도 가지게 되었고. 규칙적으로 날 찾아오던 늙은이 하나가 두 가구짜리 연립주택을 내 앞으로 한 채 남겼거든. 하나는 세를 내주고 나는 다른 쪽에 살지. 그래, 난 안락하게 살고 있어!" 그리고 어째 공격적으로 말을 이었다. "웬 사무 변호사가 찰리의 유언을 적었을 때 우린 모두 배꼽을 잡고 웃었단 말이지. 그렇지만 현실이 되고 나니 **괜찮은** 농담이었지 뭐야. 아무도 찰리한테 쟁여놓은 재산이 있으리라고 생각을 못 했는데. 그치는 넝마장수였거든."

이야기를 듣던 이는 덕분에 즐거워졌다. 그는 사건에 끝맺음이 있는 이야기들을 듣는 게 좋았다. 그런 이야기들에는 패스크 부인 소유의 신성한 판화에서 찾아볼 수 있던, 슬프고 희미하며 제법 매력적인 동시에 불확실한 색채가 있었다.

"당연히……" 한나가 말했다. "안락한 생활이지만 정말로 끝내줄 정도는 아니야. 결국 그 짓을 그만두고 은퇴하지 못했던 이유도 그거지. 넌 절대 모르겠지만."

그녀가 꽁초를 내던지고서 미간을 찡그리는 바람에, 그는 상대의 미간 주름에 하얀 분가루가 어떻게 붙어 있는지 알아보았다.

"이제 젊은 놈들은 대부분 나한테 관심이 없을 거야." 여자가 말했다. "나도 안다고." 그러더니 갑자기 입가를 격하게 비틀었다. "너도 나한테 관심이 없겠지." 그녀는 열을 올렸다.

더보는 뭐라고 대답해야 할지 몰라서 시선을 내리깔았다. 자기가 한나를 눈여겨볼 일이 없었으리란 점만큼은 알 수 있었다.

"말도 안 돼!" 웃음을 터뜨리며 그녀가 소리쳤다. "너를 시험해보는 건 아니었어. 아니, 어쩌면 그러려고 했던 건가. 내가 제안을 하나 하마. 기둥서방 자리를 하나 마련해주려고 이러는 거라고 생각하진 않았으면 좋겠구나. 오, 나한테 남자는 필요 없거든. 친구도 있고. 그러니까, 아니지." 뺨을 오목하게 하며 그녀가 말했다. "어쩌다 나도 다른 사람한테 관심을 기울이긴 할 거야. 그런데 넌 그런 걸 못 견디는 부류잖아. 안 그래?

어쨌든, 우리 집 안쪽에 작은 방이 하나 있어. 놀고 있는 방이야. 어때, 꼬마야. 우리 집 뒷방으로 묵을 곳을 정하지 않을래? 응? 물론 네가 이렇게까지 특혜를 받으면서 사소한 것 하나 지불할 필요가 없다는 건 아니야."

더보는 함정이 아닐까 의심하며 무척, 무척이나 조용해졌다.

"그냥 그럴 수도 있겠다는 거야." 지나가는 한 쌍의 행인을 지켜보며 그녀가 말했다. "난 심지어 고양이한테도 간섭하지 않는다고. 우습게도 난 예전에 선생이었단다. 길옆 오두막에 아이들 한 떼거리랑 함께 있는 내 모습을 그려볼 수 있겠어? 그렇지만 결국……" 그녀는 그를 향해 몸을 돌리며 말을 이었다. "나는 모든 것에 겁먹게 되었단 말이지. 그 대신 남자들과 어울렸어. 남자들은 더 멍청해."

검둥이가 소리 내어 웃었다.

"나도 남자예요."

"넌 뭔가 달라." 그녀는 아직 풀지 못한 어떤 문제를 고민했으나, 더 할 수 없이 빠르게 말을 이었다. "너를 도울 수도 있을 것 같아." 그의 손을 가리키며. "알고 지내는 의사가 있거든." 그러더니 어떤 병원 이름을 댔다. "넌 겁먹지 않잖아. 꼬마야, 그렇지?"

이에 그는 자기가 실은 겁먹었다는 사실을 자각했다. 그리고 레이스로 장식된 옷을 입고 분가루를 잔뜩 바른 이 여자가, 아직 상냥함이 사라지지 않은 부엌으로 자기를 간절하게 인도하고 있다는 사실도 깨달았다.

"하여간……" 한나가 말했다. "너만 원한다면 그 작은 방을 10실링에 내주마." 그녀는 사람들이 검둥이들에게 하는 대로 갑자기 무척 또박또박, 하지만 주소를 알려주기 위해 살짝 목소리를 낮추어 말하기 시작했다.

그때쯤 주위는 점점 어두워지고 있었다. 단정하게 사는 사람들은 식탁을 차리거나 창가에 맨 팔을 기대고 있었다. 조명들이 밝혀졌다.

"좋아." 한나가 이렇게 말하며 일어날 채비를 했다. "사업은 사업이야. 안 그러니? 이상한 일이지만 나는 남자들을 전혀 좋아하지 않는단다. 다만 너한테는 뭔가가 있어. 사람들이 말하기를, 내가 그런 눈 하나는 훌륭하다더라고."

그리고 무척 세게 빗질을 해댔다.

"아." 그녀는 말했다. "열차 같은 데서 누가 지금까지 벌여온 일에 대해 늘어놓는 허풍까지 싫어한다는 건 아니야. 그런 건 괜찮다고. 불쌍한 자식들! 정말이지 시시한 놈들이라니깐."

한나는 핸드백에 빗을 넣어 잠그고서 비듬을 털어내더니 이내 거리로 나설 채비를 마쳤다.

"그럼, 다시 보게 될지도 모르겠구나." 그녀가 말했다.

하지만 더보가 보기에, 그녀가 더 이상 신경을 쓰지 않는 데는 뭔가 이유가 있는 것 같았다. 이번에는 더보 쪽에서 마음이 쓰였다. 그는 딱딱한 자리에 앉아서 뼈마디들이 고통스러울 정도로 몸을 배배 꼬았다.

"애버크럼비 크레센트[31]에서요." 그가 바보같이 느껴지는 탁한 목소리로 이렇게 말했고, 아까 들었던 다른 방향들도 되뇌었다.

"그래." 이제 좀더 멀어진 그녀는 어깨 너머로 소리쳤다. "그냥 거리 이름이야. 애버크럼비가 어쩌다 크레센트라고 불리는지는 아무도 모를 일이지." 그녀가 멀어질수록 목소리도 점점 작아졌다. "12시 전에는 안 돼. 누가 오든 도끼를 휘두를 테니까. 난 못 참아준다고."

한나는 점점 구부정해지면서 길 쪽으로 걸어갔다. 밤은 공원을 가로

---

31) 초승달 모양으로 형성된 광장이나 거리.

질러 점차 짙은 보랏빛이 되어갔으며 그녀도 이내 그 속으로 빨려 들듯 사라졌다.

앨프 더보는 한나가 제공한 애버크럼비 크레센트 27번지의 작은 뒷 방에 살러 들어갔다. 결정을 내리는 데는 그리 오랜 시간이 걸리지 않았다. 그는 무척이나 안도했다. 상자를 잠그고, 공을 들였던 작품 한두 개를 줄로 묶어서 가져갔다.

그는 값어치가 의심스러운 물건들로 가득한 뒷방에 만족했다. 케이폭 뭉텅이로 속을 꽉 채운 여분의 매트리스, 불도 붙지 않는 녹슨 등유 난로, 재봉사의 마네킹, 깃털 상자들, 흩어진 쥐똥들. 바깥에는 안테나 전선들이 슬레이트 지붕 위로 느슨하게 걸려 있었다. 새들의 깃털 소리와 주저 섞인 감사의 기도 사이로 전선들이 드리워진 가운데, 그는 전선에 매료되어 첫날부터 그것들을 그리기 시작했다.

그렇지만 방문은 계속 잠가두었다.

언젠가 해가 진 후 한나가 다가와서 방문 손잡이를 덜거덕거렸다. 그러더니 이렇게 말했다. "앨프, 내 친구가 왔어. 너한테 소개해주어야 할 것 같은데."

더보는 그들 앞으로 나갔다. 한나는 불안해 보였으나 명백히 자부심으로 가득했다.

"앨프 더보를 소개하고 싶어." 그녀가 말했다. "노먼 퍼셀."

어디서 보았던 대로 손을 놀리면서 말이다.

노먼 퍼셀은 거울 앞에서 곱슬머리를 매만지고 있었다.

"노먼은……" 한나가 설명했다. "남자 간호사로 일해. 잠시 비번이라서 여기 와 있어도 되는 거야."

"알게 되어 반갑다, 앨프." 노먼 퍼셀이 말을 걸어왔다.

통통하고 물렁한 사람치고 그는 무척 활기찼다. 자기가 좋아하는 대로 토스트에 콩을 올린 끼니를 그가 직접 준비하기 시작했다. 불편한 틀니 때문에, 그리고 어느 정도는 조심스러운 성격 때문에 그는 고개를 한쪽으로 받치고서 토스트를 먹었다.

한나는 세심했다.

"여동생은 어때, 노먼?" 이렇게 물으면서도 염려하는 기색이었다.

"지독하지." 노먼 퍼셀이 입에 콩을 물고서 대꾸했다.

그는 식사를 마치더니 이렇게 알려주었다. "간호사는 이제 기분이 나아졌어."

그리고 앉아서 카나리아처럼 노란 곱슬머리를 매만지며 웃음을 지은 다음, 무척 조그만 상자에서 담배를 꺼내 피웠다.

한나가 앨프 더보를 한쪽으로 데려갔다.

"사람들이 너한테 이야기할 거다." 그녀는 설명했다. "노먼이 호모라고 말이야. 글쎄, 누가 뭐라느니 하는 일로 입씨름하는 건 너무 피곤해. 난 자기 모습도 아닌 걸 시늉하는 남자들한테는 질려버렸어. 노먼은 행여 여자의 마음을 흔들고 싶다 해도 그럴 수가 없어. 그게 바로 편안한 점이지."

한나는 자기 사업 때문에 노먼 퍼셀이 비번인 시간을 망치는 일이 없도록 유의했으나, 설령 그런 일이 있다 해도 그는 담요를 덮고서 거실에서 대충 잠을 청했으리라. 가끔은 노먼 쪽에서 또 상대를 찾아 나갔을지도 모르지만 말이다. 어쩌다 일요일에 비번을 맞게 되면 노먼은 종교적으로 하루를 보냈다. 그럴 수만 있다면 일요일은 천상의 기쁨이었다. 그들은 몸을 겹치고서 침대에 누워 살인과 이혼에 대한 기사를 읽거나 별

점을 찾아보곤 했다. 슬그머니 부엌으로 들어가서 홍차와 함께 연유나 토마토소스, 혹은 으깬 바나나를 두껍게 바른 빵 등 그들이 좋아하는 간식들을 가져오기도 했다. 선잠을 자며 함께 스르르 녹아들기도 했다. 더보는 나중에 문을 통해 보이는 그들의 모습을 그렸다. 이마와 이마, 무릎과 무릎을 맞대고서 같은 꿈속으로 밀어 넣어진, 한 몸으로 이루어진 커다란 알로 그들을 묘사했다. 그가 그린 가장 야심 찬 그림은 아니었다. 그럼에도 알은 중요했다. 설령 무정란이라 할지라도 형식적으로 완벽했으니까.

애버크럼비 크레센트에서 지내게 된 더보는 세인트폴에 있는 병원에서 진료를 받기 시작했다. 한나를 아는 젊은 의사, 혹은 그의 동료들 가운데 한두 명이 더보를 돌보았다. 오랫동안 더보는 그 의사들을 좀처럼 분간하지 못했다. 그들이 걸친 하얀 가운과 무균질이라 할 태도 때문에, 줄지어놓은 하얀 소변 병들만큼이나 각자를 구분하기 힘들었던 것이다. 이 검둥이는 미리 마음의 준비를 했음에도 의사들의 손길이 당혹스러웠으나, 이윽고 자신이 그저 한 사람의 환자에 불과하다는 사실을 깨달았다. 나중에는 치료 과정이 지루하고 짜증스럽게 느껴질 정도였다. 판지 상자를 제작하는 일도 감내해야 했고, 그러다 저녁에 병원에서 대기하다 보면 해가 저물어가는 것까지 볼 때도 있었다. 그는 그런 경우를 피하느라 안간힘을 쓰곤 했다. 붓을 들지 못하는 날들도 있었다.

마침내 그는 성병이 완치되었다는 진단을 들었다. 자기가 무슨 문제 때문에 치료를 받는지조차 거의 잊고 지내던 차였다. 그로서는 다른 딜레마들로부터 빠져나갈 길을 찾는 게 훨씬 중요했다. 질병은 더보가 마치 그의 육체처럼 결국 당연시하게 되는 문제였다. 정신은 별개의 문제였다. 비록 더보의 입장에서 그의 정신이 어떻게 작용할지 혹은 무엇이 될지 추정할 수 없다 해도, 그것은 일찍이 자유롭게 풀려난 바 있으니까. 그동안 그의 정신은 웅덩이에 남겨진 한 마리 물고기처럼 널뛰고 몸부림치기를 계속했다. 보호자였던 백인들이 또 하나를 분리해놓았던 이래로는, 한 마리가 아닌 두 마리였을는지도 모른다.

끊임없이 그림을 그리고 또 생각하는 방법을 익히려 애쓰던 더보는 전쟁이 일어났다는 소식을 접하게 되었다. 사람들이 그 사실을 알려주었고 그도 천천히 이를 받아들였다. 늘 전쟁 상태인 인간은 밖에서 전쟁이 일어나도 아무런 차이를 느끼지 못하는 법이며, 만일 그를 둘러싼 사람들의 생활 방식이 달라지지 않았더라면 이번 전쟁도 원주민의 삶에 대단한 영향을 미치지 않았으리라. 과연 그는 신체검사를 거쳐 부적합 판정을 받은 후, 판지 상자들을 철하는 곳 대신 비행기에 분무칠을 하는 곳으로 징집되었다. 그것은 스스로도 어처구니가 없을뿐더러 납득하기 힘든 공동생활의 일부에 불과했지만 말이다. 하지만 집 안에 있는 사람들, 거리에 있는 사람들이 있었고, 그들은 이제 더보의 마음속으로 더욱 깊이 파고들었다. 더보의 붓은 그들의 부딪치는 감정들 때문에 바르르 떨렸으며, 그가 몹시도 고통스럽고 우직하게 몸부림치며 끌어내고자 했던 형태들은 산산이 조각나고 있었다.

이제 그는 밤중에 거리를 어슬렁거리기 시작했다. 그곳에서는 어느 때보다도 많은 사람이 누울 자리를 찾아다니고 있었다. 남자들이 사람을 죽이러 떠난 이래로 남겨진 수많은 사람은 그들 자신의 은밀한 실재를 상대로 훨씬 치명적인 전쟁을 치르느라 여념이 없었다. 무방비하고 분열된 그들의 영혼은, 더 이상 그네와 다를 바도 없지만 문제가 되지 않는 선 안에서는 여전히 뭔가 다른 원주민의 모습을 가만히 내다보곤 했다. 색을 칠해 반짝거리는 입들이 그 밤에 자해한 상처들처럼 벌어졌다.

그런 것은 당연히 이미 친숙했고, 그는 다른 면에서 자기가 또 다른 종족적 관습이라고 느끼던 것에 따라 그것을 받아들였을 것이다. 이제 가장 불안감을 주는 것은 백인들의 두 눈이었으니, 그들은 언제나 정답을 알고 있는 사람들이었다. 어느새 자기네가 틀렸다는 것을 알아차릴 때까지는 말이다. 그렇게 되면 정신없이 웃음을 터뜨리거나 실없는 노래 사이로 슬그머니 끼어들곤 하는 것이었다. 그들 중에서 몇몇은 팔을 벌리거나 낯선 이를 붙잡고서 춤을 추었다. 자빠지고 그 자리에 드러눕는 이들도 있었다. 짓뭉개진 풀밭 위에 사랑을 나누는 자세로 한데 누워 있기도 했다. 그들은 시도 때도 없이 온갖 시도를 했으나, 그들 내부의 적을 죽이는 데 실패했거나 때가 좋지 않은 모양이라는 사실을 깨달으며 낙담하는 게 분명했다.

일터 동료들은 습관처럼 더보에게 술을 한두 잔씩 마시게 했는데, 일단 술에 취하면 그는 재미있는 웃음거리가 되었기 때문이다. 이따금 더보는 호의적인 성격의 상대한테 밀주를 사달라고 채근하기도 했다. 그럴 때면 흐릿하게 조각나는 지옥과 더불어 혼미한 폭죽들까지 재차 발견할 수 있었다. 오래전 스파이스 부인의 오두막에서 처음 경험한 일이었다. 그게 아니라면 그때쯤에는 대개 탁한 오팔 빛의 만족감이 구역질을 뒤따랐다. 모락모락 김이 올라오는 그의 토사물 더미에서는 보물이 나올 수도 있었던 것이다. 전쟁 중인 거리에 있는 다른 이들이 실패한 지점에서, 실상 그는 성공한 것만 같았다.

한번은 그가 진탕 술을 마시고서 애버크럼비 크레센트에 있는 집 현관 안쪽으로 들어와 리놀륨 바닥에 고꾸라진 채 그대로 누워 있었다. 고객을 찾아내지 못하고 늦게야 돌아온 한나는 하마터면 넘어져 목이 부러질 뻔했다. 그녀는 불을 켠 다음 화풀이를 하느라 다시금 그의 몸을 걷어찼고 기분 내키는 대로 소리쳤다. "뭘 기대한 거람? 쓸모없는 검둥이에다 술 취한 망나니한테!"

하지만 그는 그 소리를 듣지 못했다.

다음 날 저녁 더보가 귀가했을 때 한나가 그를 부르더니 말했다. "이봐, 예쁜아. 얼룩빼기이기만 하다면 비틀거리며 돌아다니든 길에 **누워** 있든 안 가리고 찾아다니는 존심 센 녀석이 있는데, 그런 놈이 **너**를 보면 데려가버릴 거다. 그런 식의 사연이라면 얼마든지 있다고."

화장기 없는 한나는 싸늘하고 창백하고 심각했다. 그녀는 속내를 숨기지 못하고 티를 냈기 때문에, 자기 하숙인이 이 문제로 맞게 될 온갖 비참한 운명을 가지고서 그를 괴롭히는 데는 실패했다. 아무것도 바르지 않은 그녀의 손톱은 눈썹을 소제할 작은 핀셋을 힘 있게 쥐고 있느라 하얘져 있었다.

"물론……" 그녀가 이렇게 말하며 눈썹을 뽑았다. "전혀 상관없긴 해." 그리고 말을 이었다. "그러니까, 나한테는 말이지. 남자들의 문제란 어디까지나 **자기** 소관이잖아. 안 그래?"

계속해서 눈썹을 뽑으며. 그녀는 눈썹을 뽑은 다음 눈을 찡그리고서 그런 일은 전혀 없었다는 듯 창문 밖으로 잔털을 내버렸다.

앨프 더보는 듣고 있었으나, 실은 그가 보고 있는 광경에 더욱 매료되었다. 그녀는 아직 잠자리에 들 채비를 하지 않았으며, 시트들은 한나의 본래 피부색—적어도 그런 조명 아래에서는 회색이었다—과 똑같았다. 낡은 욕조나 부엌 싱크대 같은 곳에서처럼 물이 뚝뚝 떨어지는 것 같은 가슴골만 제외하면, 한나의 몸은 바다에 사는 굴 같은 빛깔이었다.

"그나저나 말이야." 그녀가 말했다. "네 방세가 12실링으로 오를 거야. 지금은 전쟁 중이라서."

하지만 더보는 아직도 자기가 눈으로 본 광경에 사로잡혀 있었다. 핀셋을 놀리느라 떨리던 한나의 손.

"좋아요, 한나." 그도 받아들였으며, 다른 문제들에 대해서도 웃어 보였다.

"너를 따돌리려고 이런다고 생각하진 말렴, 앨프." 그녀는 해명해야 했다. "난 그 2실링이 필요해서 그래."

그녀는 과거와도 같이 윤을 내느라 눈썹을 매만지며 들여다보고 있었다.

"창녀라는 것들은 죄다……" 그녀가 말을 이었다. "설령 고급스러운 부류라 해도, 미리미리 예비할 줄을 모르는 멍청이들이지."

눈썹을 침으로 문질러보면서.

그렇듯 더보가 보기에는 한나도 역시 언젠가 일어날지도 모를 일, 특히 거울 안에서 벌어질지도 모를 일을 두려워하는 사람이었다.

어느 날 한나는 먼지떨이로 눈에 거슬리는 거실 표면만 대충 청소하다가 문득 자기 마음의 한 구획을 열어젖혔다. 그녀는 「항구의 불빛」[32]을 부르다 말고 이렇게 말했다. 아니, 줄줄 낭독했달까.

"앨프야, 저런 늙은 여자들, 지가 무슨 소녀인 양 기름기 많고 뻣뻣한 은발을 어깨에 늘어뜨린 사람들. 늙어버린 소녀들. 누런 이빨 한 쌍 말고는 죄다 축축한 잇몸만 남아 있지. 그 여자들이 역시나 늙은 파란 개를 끌고서 이따금 꾸러미를 들고 다니는 걸 볼 수 있을 거야. 뱃살을 안쪽으로 밀어 숨기고서. 세상에, 바로 그런 것 때문에 내가 겁먹는 거라니깐! 게다가 그런 여자들의 다리를 타고 올라가는 뱀 같은 정맥!"

---

32) 동명의 희곡과 영화도 있으나 여기서는 1937년에 처음 발표되었던 대중가요로 추정된다.

더보는 한나가 간단한 몸짓 같은 것을 기대하고 있다는 사실을 알았으나 그렇다고 거들어줄 수도 없었다.

그는 살짝 파인 무릎에다 팔꿈치 끝을 끼우고서, 거의 딱 붙인 손가락으로 광대뼈를 두드리며 거실 맨 끝에 앉아 있었다. 그를 머물 수 있게 해주는 거실이 없었더라면 더보는 같은 자세로 불가에 쪼그려 앉았으리라.

물론 불은 사람을 보호해주었다. 황량한 장소에서 불 없이 밤에 움직이는 것은 확실히 바람직하지 않은 일이었다. 앨프 더보는 운 좋게도 그 몫의 불을 가지고 있었고, 눈을 감고서 그 불이 마음속을 가로지르며 그가 새로이 만들어내기를 좋아하던 기이한 색채들로 아른거리도록 했다. 하지만 아직은 만족스럽지 못했다. 완전하지가 않았다. 그의 두 눈이 안달을 내며 빛났다. 그는 불 속에서도 가장 내밀하고 눈부신 지점, 공작 깃털의 눈동자 무늬 같은 그것을 정복하지 못했다.

더보는 그렇게 거실에 말없이 앉아 꿈꾸고 있었다. 한나는 어리석은 인간이라 그런 꼴을 보면 설명이 필요했기에 참지 못하고 이렇게 소리쳤다. "넌 진짜 가망이 없는 놈이다! 알겠다고 대꾸하는 일이 없지! 그래, 노먼이랑 붙어먹을 이 철없는 새끼야. 아니, 그렇다고 내가 그치를 쓸모없는 인간 취급한다는 건 아니야. 세상에나, 따뜻한 물주머니 구실로 이 불을 덥혀줄 사람은 고사하고 친구 하나 없는 여자들이 넘쳐나는걸. 그렇지만 앨프, 이 망할 자식아, 네놈은 속내에다가 뭔가를 꼭꼭 걸어 잠그고서 다른 사람들한테는 눈길 한번 안 줄 거잖아."

한나가 먼지떨이를 가지고서 주변을 사정없이 두들기기 시작하는 바람에 책 한 권이 등짝에 부딪혀 바닥으로 떨어졌다. 한 권밖에 없는데도 이전에는 그렇게 눈에 띈 적이 없던 책이었다. 그것은 먼지투성이에다 지나치게 낡기까지 한 검은색 책이었는데, 술을 마셨거나 돈이 남을 때 손님들이 집주인에게 선물했던 이런저런 장식품들 뒤에 처박혀 있었다. 그가 몸을 굽혀 허름한 가죽끈을 집어 들자 책은 벗겨진 나무껍질 쪼가리처럼 뒤틀린 모양새로 쓸데없이 큼직하게 그의 손가락들 위에 놓였다. 그럼에도 금박으로 수 놓인 꽤나 커다란 제목을 아직 알아볼 수 있었다.

이에 앨프 더보는 어딘가에서 배워 이따금 흉내 내던 멋진 억양으로, 몹시 흥분해서 말했다. "한나, 나한테 이 책을 좀 빌려주신다면 감사하겠군요. 어디서 난 책이지요?"

"그거! 어, 찰리가 가지고 있던 책이었어. 왜, 내가 언젠가 이야기했던 친애하는 넝마장수 말이야. 나한테는 처음이자 마지막 행운의 한 방이었지. 그래, 빌려 가도 좋아. 나도 읽기 쉬운 책들은 좋아해. 그런데 그 책은 아니더라고!"

그 집은 다른 집 두 채 사이에 간신히 자리 잡고 있었기에 주위가 벌써 너무 캄캄해졌다. 더보는 책을 가지고서 곧장 자기 방으로 향했다. 슬레이트 지붕 위로부터, 또한 그 연장선인 슬레이트 빛의 하늘로부터 내려오며 백록색으로 눈부시게 압축된 빛이 그 방에서는 조금 더 오랫동안 이어질 터였다.

더보는 창가에서 책을 펼쳤다. 가려진 창유리들조차 그 시각에는 수정처럼 반투명해진 것 같았다. 그래서 그는 진짜 빛이 아직 남아 있는 동안, 몹시도 간절하고 혼란스러우리만큼 황급하게 계속 읽어나갔다. 그럼으로써 여기저기서 단어와 구절, 혼자만의 온전한 이미지들을 끌어냈다. 마침내 그의 내밀한 자아는 엄청난 폭발 속에서 노래하고 있었다.

"그분을 찬양하라, 너희 해와 달아. 그분을 찬양하라, 너희 빛나는 별들아.

그분을 찬양하라, 너희 하늘 위의 하늘아. 그분을 찬양하라, 너희 하늘 위의 물아.

그리고 안테나 전선들아, 미끄러운 회색빛 슬레이트야, 찬양하라, 주님을 찬양하라.

산과 모든 언덕아. 과일나무들아, 모든 백향목아. 온갖 나무의 회색빛 잔상아. 젖은 나뭇잎을 딛는 발바닥들아. 그리고 말라붙은 강들아, 주님의 이름을 찬양하라. 주황빛 대나무들아 삐걱삐걱 울며 그분을 찬양하라.

들짐승들과 모든 가축아. 땅을 기는 미물들과 날아다니는 새들아, 찬양하라, 찬양하라.

손을 들어 하느님을 찬양하라……"[33]

그때쯤 빛이 사라지고 눈앞도 거의 어두워졌기에 더보의 손은 떨리고 있었다. 그래서 그는 얼굴을 아래로 한 채 침대에 몸을 던졌다. 하늘을 향한 발꿈치가 생기 없이 완전히 굳어버렸으나 가장 내밀한 마음속에서 그의 두 손은 스스로 감당할 수 있는 색채들을 이용해 끊임없이 찬양을 올리고 있었다. 손가락 끝에서 매혹당한 뱀들처럼 색채들이 솟아났다. 진홍색, 선명한 노란색, 부식성의 녹색, 그리고 그가 마침내 하느님의 형체 없는 형체에 감히 옷을 만들어 입혔을지도 모를 애타는 보라색.

더보는 자기가 품은 야망의 당돌함에 몸을 떨며 누워 있었다. 마침내 육체가 그를 일으켜 세웠다. 그러자 그는 전등을 켰고, 작고 더러운

---

33) 「시편」 148장을 변용한 내용이다.

나팔 모양이 문득 눈에 들어왔다. 베개에 찍힌 그의 입 자국이 분명했다. 그 모습이 너무 추해서 그는 자국을 절대 보지 않으려 베개를 뒤집어버렸다.

이후로 며칠 밤 동안 더보는 넝마장수의 성경을 읽으며 시간을 보냈다. 마치 지금까지의 그는 살아 있는 게 아니었다는 듯 선지자들의 목소리가 더보를 취하게 했다. 곧이어 그는 진중하고 장려한 그들의 말에다 마음속 색채들을 칠했다. 또한 아직 채색할 힘, 혹은 방법을 익히지 못한 여러 작품들의 뼈대를 구축했다. 예컨대 「전차」 같은 작품. 화집에 있던 프랑스 화가의 그림 위로 중첩된 에스겔의 환상은 아직 더보 자신의 것이 될 수 없었다. 그림의 모든 세부분은 화폭 속 하늘에 모였으나 거기에는 아직 빛이 쏟아져 들지 않았다. 갑자기 그는 밑그림을 걷어 숨겼다. 적어도 그의 마음속에 깨어나 있는 부분과 더불어 그것을 잊어버리기 위해서였다.

이제 그가 채색한 그림은, 어느 금요일—일부러 병가까지 냈다—에 대부분을 작업하고 토요일까지 고투한 「불타는 용광로」였다. 그는 앉아서 물감 표면을 한두 번인가 매만졌지만 어떻게 결말을 지어야 할지 모르거나, 아직 그럴 엄두를 내지 못하는 것 같았다. 그러다 마침내 몇 차례의 부드러운 붓질로 작품이 마무리되었고, 그 단순한 행위만으로도 그는 완전히 기진맥진해버렸다. 땀이 흘렀다. 허벅지는 마치 그 자신이 쏟아져 나온 듯 끈적거렸다.

그러고서야 그는 무척이나 조심스럽고 엄숙하게 붓을 세척했다. 행복했다.

더보는 부엌을 지나 밖으로 나갔다. 집을 찾아온 노먼이 한나와 함께, 안초비인지 으깬 대추야자인지를 바른 앙증맞은 샌드위치를 자르고 있었다. 두 사람이 그를 보고 미소 지었으나, 그들끼리만 아는 게 분명한 비밀 때문에 죄책감이 섞인 기색이었다. 잔치가 벌어질 참이었던 것이다.

"안녕, 앨프." 노먼이 웅얼웅얼 인사했다.

그게 다였다.

더보는 우정에 따로 원칙을 두지 않는 작부 한 사람을 알고 지내던 옥스퍼드 거리로 향했다. 병을 넣는 문을 통해 거리 쪽에서 손짓을 보낼 수 있었고, 안쪽에 있는 비트가 이따금 거리낌 없이 그 신호를 내려다봐 주곤 했다.

그날 밤은 비트가 술병을 넘겨주었으며, 더보는 술을 가지고서 언덕을 내려와 곧잘 찾아가던 막다른 길까지 내려왔다. 창녀를 붙들어놓거나 차를 대기 위해서가 아니라면 밤에는 아무도 오지 않는 곳이었다. 거기서 그는 갓돌 위에 앉았다. 그리고 아무것도 섞지 않은 술을 마시기 시작했다. 마치 그렇게 하라고 배운 일처럼 처음부터 무척 신실하게, 감당하기 힘든 뒷일을 대비할 섬세한 기술도 준비하는 일 없이 계속 마셔댔다. 그러다가 부르르 몸을 떨었다. 병 속에 든 술을 꿀깍꿀깍 마시면서. 한두 번 방귀도 뀌었다. 소화관에 불이 붙었다.

더보는 비슷한 꼴이었을 때 지어냈던 노래를 몇 소절 흥얼거렸다.

> "이봐 자네, 이봐 자네,
> 우리 아빠는 더 크다네.
> 자기 자신보다도 커다래,
> 우리 외삼촌은 남매,
> 우리 어머니의 오빠라네.
> 근데 나머지 한 사람

이건 골칫덩이라네.
아―아―아무도,
우리 어머니조차도
알지 못해.”

그때쯤 달빛이 뒷골목까지 비추어 거기 가득 찬 쓰레기들을 휩쓸며 움직였기에, 검둥이는 일어나서 그 견고한 흐름을 따라 위태롭게 걷기 시작했다. 사각형의 눈을 달고 있는 집들은 더보를 볼 수 없었으나 그는 그것들을 사랑했다. 변덕스러운 자동차들의 눈동자에도 호의적이었다. 그는 자동차 흙받기를 한두 번, 그리고 솟아오른 보닛을 한 번 건드렸다. 큰길에 자리 잡은 어둑한 과일 가게들에는 온통 바나나뿐이었다. 그는 대추야자 상자가 열린 모습을 보고서, 집에 가면 분명히 파리 떼가 모여들어 있으리라는 사실을 상기했다.

그렇게 그는 한나의 집을 향해 발걸음을 뗐다.

이후로 전쟁이 끝날 때까지 몇 년 동안 한나의 집에서는 이따금 재미있는 일들이 벌어지곤 했다. 거리는 사람들로 가득했고 개중 일부가 어디든 문이 열린 곳으로 쏟아져 들어오는 것을 막을 수가 없었다. 육군이 있었고 해군도 있었는데, 그나마 양키들이 끼어 있는 해군이 나았고, 그런 양키들보다도 나은 건 달러 지폐들과 나일론 스타킹이었다. 한나는 아이다호나 텍사스 심장부 깊은 곳의 광맥을 찾아낼 기회조차 못 잡을 만큼 물러진 건 아니어서, 어떤 화부는 자기 엄마에 대해 이야기할 틈만 주면 정말로 후한 화대를 지불하기도 했다. 그러면 한나는 유리잔에 담긴 술을 꿀꺽꿀꺽 들이켜기 시작했고, 돈을 받을 시간이 될 때까지 병 안 깊숙한 곳을 들여다보고 있었다.

그런가 하면 애버크럼비 크레센트에 노먼네 패거리가 찾아오는 밤도 있었다. 본인도 어울리고 싶은 기분이 들 때면 한나는 전혀 개의치 않을 뿐만 아니라 그들을 북돋워주고, 변태들 가운데 누군가가 들려주는 개인사에 이해심 있게 관심마저 보였다. 그 창녀는 남자들이 그녀의 옷가지 몇 점을 가지고 여장하는 모습을 구경하다가 오줌까지 지릴 뻔했다. 육체들이 벌이는 좌충우돌의 단조로운 쇼가 끝난 뒤, 그녀는 침대 스프링 위로 주저앉아 꼭두각시들—교묘하고 기발하며 악랄한 데다 흡사 진짜 같지만, 엄밀히 말해 파피에마세에 불과했다—의 우스꽝스러운 광대극을 즐기고 싶었는지도 모른다.

한나와 노먼이 안초비와 대추야자를 샌드위치에 바르는 동안 보인 유별나고 은밀한 태도 때문이었겠지만, 이제 이리저리 거리를 헤치며 한나의 집으로 돌아가던 앨프 더보는 집에 가봐야 왈패들이 그 밤을 장악하고 있을 것 같았다. 그 같은 장면을 떠올리니 어느 쪽으로도 움직일 수 없었다. 그것은 이 원주민에게 놀랍지 않은 삶의 일면이었다. 인간의 거의 모든 행동이 놀라운 것임을 일찍이 깨달은 이래로도 말이다. 그러니 놀랍지 않은 극소수의 경우나 슬슬 걱정하면 될 일. 그래서 그는 제 딴에는 최대한 차분하게 집으로 갔으며, 어떤 광경에든 마음의 대비를 했다.

애버크럼비 크레센트에 있는 집의 출입문들은 뒷방으로 들어가는 문만 빼면 모조리 열려 있었다. 누군가 한나의 화장대 앞에서 구름처럼 가루를 날리며 분을 바르고 있었고 다른 누군가는 스타킹을 올려 신고 있었다. 화장실 물탱크는 절대 멈추지 않을 듯 끊임없이 소리를 냈다.

더보는 한나가 자기 친구들, 그리고 동료인 린과 함께 축제 분위기의 한가운데에 있음을 알아차렸다. 린의 머리칼은 광택만 아니라면 완전히 형태를 못 알아볼 정도로 빽빽한 곱슬머리였다. 그녀는 눈에 띄게 화려

하지만 여윈 여자였다. 두 사람의 창녀뿐만 아니라, 한나의 얼룩빼기 꼬마를 아는 듯 모르는 듯한 왈패들이 여럿 있었다. 너무 어수선한 나머지 더보가 직접 보지는 못하고 그냥 와 있겠거니 느끼기만 한 사람들도 있었다.

앨프가 노먼의 쇼에 늦지 않게 도착했노라고, 한나는 사교적으로 속삭이려던 심산과는 달리 큰 소리로 외쳤다. 노먼 퍼셀은 확실히 극적으로 등장했다. 그는 머리에 깃털 한 무더기, 엉덩이에도 깃털 한 무더기, 그리고 일종의 다이아몬드 지스트링[34]을 걸치고 있었다. 드러난 유두를 색칠하고 몸 오른편을 치장하고 분칠한 것만 빼면 완전히 벌거벗은 상태였다. 한 마리 새가 된 그는 한나의 갈색 장미 무늬 윌턴카펫 위에서 어떤 의례를 의도한 듯한 춤을 추기 시작했다. 진의 도움을 받아, 그리고 지금은 그에게 빙의된 게 분명한, 본래 코러스를 맡는 소녀의 영혼으로부터 도움을 받아, 노먼은 즉흥적으로 손을 놀리며 화려한 깃털들을 쳐올리고 상상의 대지를 뻣뻣하게 할퀴었다. 그 새는 쉰 소리로 숨을 쉬었으나 아무런 상관이 없는 모양이었다. 암탉들이 여름날 마당에서 뛰어다닐 때 그러하듯이 말이다. 코러스를 맡은 소녀는 노먼이 태어날 때부터 그 몸에 숨어들었던 것인지, 그새 나이를 많이 먹고도 노련한 그녀의 영혼이 이제 좌중도 알아보는 관례를 통해 실제로 이 분홍빛 새의 몸을 점유하고 있었다. 정말이지, 만약 낙원의 새가 덤불흙무더기새와 결합했다는 말이 떠돈다면, 노먼 퍼셀이 그 증거를 제공해줄 수 있었으리라.

왈패들은 그게 만약 경멸하는 게 아니라면, 죄다 호응하는 환성을 지르고 있었다.

---

34) 음부를 가리는 천을 제외한 나머지 부분이 전부 끈으로 되어 있는 팬티.

더보는 누구보다도 요란하게 활짝 웃고 있었다. 그는 한나의 카펫 위에 쪼그리고 앉았다. 만일 그럴 공간만 있었더라면 잊고 있던 시간으로부터 떠올린 어떤 형상을 그리며 춤까지 추었으리라. 그 대신 그는 손뼉을 쳤다. 음악에 맞추어 몸으로 날개를 펄럭이고 거들먹거리는 노먼의 모습을 보며, 그의 체취 때문에 그 작은 방이 원시적인 새의 형상 주위로 한층 압축되는 동안, 더보는 정말로 즐거웠다.

"한나, 자기는 진짜 호모 협잡꾼이라니까!" 린은 암소 같은 여자라서 이렇게 말하지 않고는 못 배겼다. "자기를 위해서가 아니라면, 설령 괜찮은 화대를 받는다 해도 이런 쇼는 안 볼 거야. 나까지 바보가 되는 기분인걸."

한나는 노먼의 쇼가 보여주는 신비로운 핵심으로 방해받지 않고 가만히 빠져들고 싶은 기분이었으나, 감정이 드러나지 않는 미소로 이를 숨기며 대답했다. "묘하기도 해! 불깐 수탉도 그냥 암탉의 일종이라니까!"

이와 동시에 그녀는 노먼과 함께 찾아온 사람이 있음을 깨닫고서 공손한 시선을 되돌려주었다.

그 모습을 본 더보 역시, 멋진 검정 슈트를 입은 그 남자가 한나의 집에서 가장 좋은 의자에 앉은 채로 한쪽 구석에 있다는 사실을 유념했다. 상당히 젊어 보이는 그 남자는 공격적인 태도는 아니지만 원주민에게서 눈을 떼지 못했으며, 얼굴 절반을 손으로 가리고 있었다. 그리고 일부러 눈에 띄지 않도록 계속 그런 자세를 유지했다. 길쭉하고 하얀 얼굴을 가린 유난히 긴 손이, 훌륭하면서도 점잖은 검은 슈트와 몸으로부터 얼굴을 떼어놓은 것 같았다.

노먼의 쇼에 걸맞은 박수갈채가 끝나고 존경받을 만한 이들을 위해 술판이 벌어진 후 잔치는 계속되었다. 더보는 한두 잔의 술을 얻어 마시고서 기분도 나아지고 전기가 들어온 듯 밝아졌다. 이내 그는 제멋대로 노래를 부르고 춤을 추었다. 그리고 술기운과 기대감에 취해 휘청거리며 서 있었다.

그때 한나의 친구인 린이 외쳤다. "더보, **넌** 뭘 할 수 있어? 옷이라도 찢고서 모두들 하는 대로 아랫도리를 보여주면 어떠냐?"

그녀가 발꿈치로 카펫을 두드리며 함성을 내질렀다. 그때쯤에는 당연히 만취한 상태였고 언제나처럼 심술궂은 태도였다.

하지만 한나가 팔꿈치로 친구를 제지하더니, 노먼과 함께 온 젊은이를 걱정스럽게 바라보았다.

더보는 저 혼자서 갑작스러운 슬픔에 사로잡혔다.

피들 파가니니라는 이름의 이탈리아 출신 소년이 노래 한 곡을 마치고 있었다. 그는 일부러 옷 가방에 챙겨 온 금빛 가발을 쓰고 검은 망사 스타킹을 신고 있었다.

한나가 큰 소리로 말했다. "앨프는 노래나 춤보다 더 대단한 걸 할 줄 알지. 나한테 맡겨보라고. 안 그래, 앨프?"

그녀는 앨프 더보를 똑바로 쳐다보지 못했으며, 방금 던진 제안에 약간의 불안을 느낀 나머지 한쪽 볼에 혀를 쑥 밀어 넣었다.

그러더니 구석에 있는 젊은 친구에게 몸을 돌렸다.

"험프리, 댁은 우리한테 뭐가 있는지 모를걸요."

그녀는 이전에 아무도 들어본 적 없는 악센트로 낯선 남자에게 큰소리를 치고 있었다.

"앨프는 유화를 그려요. 맞지, 앨프? 그림들을 좀 보여주면 어떠냐? 융숭한 대접이 될 테고, 모티머 씨께서도 기억하고 또 고마워하실 거야."

더보는 갈색빛의 거실, 바로 그 자리에서 벼락을 맞았다.

모두가 그를 쳐다보고 있었다. 게이들 가운데 일부는 낮게 탄성을 지르며 입을 벌렸다.

"아아, 그래. 어서, 앨프!" 노먼 퍼셀도 거들었다.

노먼은 평범한 옷으로 갈아입고서 친구의 무릎 위에 앉아 있었는데, 몸이 너무 무거워서 그러다 하마터면 떨어질 뻔했다. 별달리 중요할 것 없는 소동이었을지도 모르나, 그 와중에 험프리 모티머가 자기도 모르게 손을 치워 나머지 얼굴을 드러내고 말았다. 결국 더보도 그 얼굴을 온전히 확인할 수 있었다.

이제 그 젊은이는 앞으로 몸을 숙이면서 부탁했다. "그래, 앨프. 나로서도 더없이 그 그림들을 보고 싶구나. 물론 네가 괜찮다면 말이다."

남자는 오만함, 열정, 아이러니, 그 밖의 어떤 뚜렷한 감정도 내비치지 않는 무척이나 공손하고 낮은 목소리로 말했다. 아마도 그런 식으로 교육을 받았던 것이리라. 기대감을 못 이겨 몰지각하게 구는 일 없이 신뢰를 얻을 수 있도록 말이다.

더보는 가만히 서 있었다. 대개의 경우 그는 숨어 있는 위험을 감지할 줄 알았다.

어쩌면 이 하룻밤은 방어물들이 무력해질 수도 있는 날이었던 것일까?

음흉하기 그지없는 깃털로 그를 구슬리며 설득하기 시작해봐야 소용없었다. 더보가 표현할 수 있는 모든 것이 이내 가슴을 옥죄고 창자를 비틀며 손끝을 찔러왔다. 그는 험프리 모티머의 창백하고 생기 없는 두 눈을 거의 빈정대듯 내려다보았다. 정작 상대는 자기가 일촉즉발의 상황을 만들어냈을지도 모른다는 점을 알아차리지 못한 게 분명했다.

결국 더보는 그러한 무지가 존재하도록 용납되어야 한다는 걸 참지 못하게 되었다.

"좋다 이겁니다." 그가 오싹하게 대꾸했다.

그는 무언가를 막아내려 허망하게 두 손을 앞으로 늘어뜨린 채, 뒷방까지 이어지는 어두운 복도를 따라 걷기 시작했다. 어쩌면 달렸는지도 모른다. 좀처럼 작품을 추리지 못하고 두 편의 그림을 떨어뜨렸다가 다시 집어 들었다. 그리고 돌아가기 시작했다. 움직이던 중 벽에다 어깨를 부딪혀 자빠지기도 했다. 그러나 그는 결국 어지러운 거실에 도착했으며, 의자에 기댄 화판을 바닥 위에 세워 귀빈들 앞에 보여주었다.

거기 있는 사람들 대다수의 성격이 보여주듯, 이 모든 상황은 절대 통상적이지 않았다. 그림들 자체도 마찬가지였다. 손님들 가운데 일부는 더 이상 그렇게까지 괴상한 짓에 끼어들지 않겠다는 뜻을 분명히 했다.

하지만 험프리 모티머는 입으로는 표현하려 들지 않는 어떤 감정을 눈빛으로 드러내면서 자세를 고쳐 내앉았다. 완전히 빠져들어버린 것 같기도 했다. 굶주린 그의 영혼이 결코 전에 없었던 것처럼 그것을 섭취하고 있다는 사실을 아마도 더보만이 감지했을 것이다.

그 원주민은 무척 뻣뻣하고 도도했다.

"이야……" 설령 애매모호하다 해도 이제는 입을 열어야 할 시점이었기에, 그림을 들여다보던 감정가가 말했다.

더보는 발끝으로 화판 한구석을 건드렸다.

"아니에요." 그가 반박했다. "좋은 그림들은 아니에요. 저도 아직 노력하고 있고요. 반쯤 채우다 만 거예요. 저 구석만 해도, 얼마나 생기가 없는지 보여요? 어떻게 저걸 채울지 모르겠더라고요. 저긴 나중에 채색할 거예요."

그는 아직도 제대로 숨을 쉬지 못했다. 그러나 우세를 점한 입장에서, 정직하다고는 못 해도 오만함을 보일 여유까지는 있었다.

"그렇다고 해도……" 험프리 모티머가 중얼거렸다.

그것들이 서투르든 어떻든, 그림들에 사로잡힌 그는 완전히 무방비 상태가 되었다.

이제 무엇도 더보의 열정을 막지 못했다. 그는 복도를 따라 달음박질쳐 돌아갔다. 호주머니에 든 물건들이 털렁털렁 몸을 때리고 있었다.

그는 계속해서 그림들을 가져왔다. 그것들은 보잘것없는 방 안에 화톳불을 지폈으며, 색채의 광휘에 거실의 벽들이 밀려났다. 축음기가 시종 씩씩하게 소리를 찔끔거렸지만 그 불길의 끝자락조차 없애지 못했다.

게이들 가운데 몇몇은 돌아가겠다며 일어나고 있었다. 몇몇은 몸을 웅크리고 있었다.

"훌륭하지 않아? 색칠을 더하면 어떻게 될까?" 한나가 이렇게 말하면서 하품했다.

하지만 꼼짝없거나 소곤거리는 사람들로 가득한 그 방에서, 중요한 건 화가 본인과 관객들 가운데 딱 한 사람뿐이었다. 두 사람은 소통하고 있었다.

더보는 이제 막 두 점의 그림을 더 가져왔다. 점차 냉정을 되찾게 되자 그만 들어가야 하겠다는 생각이 들었다. 그러면서도 그는 무척 성실하게 그림들을 세워놓고 있었다.

상대는 몸을 내밀고서 앉아 있었다. 더보의 작품을 파악한 그는 한층 더 깊이 있게 작품들을 감상했다. 하지만 타고난 습관 때문인지 신중함 때문인지, 만족하고 인정한다는 뜻을 다만 느긋하게 미소로만 계속 표현할 뿐이었다.

"아." 그가 화가만 알아들을 수 있는 말을 친근하게 걸어왔다. "사드

락, 메삭, 아벳느고?[35]"

"맞아요!" 원주민이 부드럽게 웃음을 터뜨렸다.

마치 환심을 끌려는 듯한 웃음이었다.

"주님의 천사도 있어요." 더보가 역시 기분을 맞추는 목소리로 덧붙였다.

그리고 쪼그리고 앉아서 그 뻣뻣하지만 찬란한 형상을 손끝으로 손질하다시피 했다. 그것은 정신적 혼돈으로부터 태어났고 그로부터 완벽하게 빠져나온 작품이었다.

극히 최근에 그린 작품이었기에 아직도 물감이 촉촉했고, 그렇게 공개된 채 전시되다 보니 정작 창작자인 더보는 자기 그림을 제대로 볼 수가 없었다. 다만 천사의 날개가 기법상의 어려움을 극복하고 깃털 같은 질감을 얻었다는 점에 감탄할 수 있을 뿐이었다. 뜨거운 어느 아침에 작은 소년이 살아 있는 앵무새 한 마리를 손에 쥐고서 털뿌리를 확인하고자 깃털을 들추어 그 솜털의 신비에 빠져들었던 적이 있다는 사실도 잊은 채 말이다. 아마도 나중에야 잠들거나 깨어나면서, 자기가 어떻게 신성함의 정수를 표현할 방법을 이해할 수 있었던가 깨닫게 될 터였다.

제대로 본다면 알았겠지만 작품은 이미 그 자체로 충분했다. 용광로 속의 모든 인물은 뻣뻣하지만 진실했다. 불길은 결정적이었다. 시간이 흘러도, 다른 이의 의견을 들어도, 혓바닥 같은 불꽃 하나조차 다른 형태로 바꾸어놓을 수 없었다.

그리고 여기, 불타는 용광로 속의 인물들을 바라보는 현실의 두 남자

---

35) 「다니엘서」에 등장하는 다니엘의 친구들. 우상 숭배를 거부했다는 이유로 불타는 용광로에 던져지나, 신의 도움으로 아무런 상처 없이 또 한 명의 천사와 함께 불 속에서 나왔다고 한다.

는 그들을 한순간 다른 사람들의 목소리와 필연한 위험으로부터 지켜주는 천상의 이슬에 이끌렸다. 분명코 결백함이 승리를 거둔 것만 같았다.

먼저 물러난 쪽은 손님인 험프리 모티머였다. 그가 격심하게 몸을 떨며 마력을 물리쳤다. 항복한 걸 후회하는 눈빛 같기도 했다.

"더보, 뭔가를 이루어냈구나." 그가 힘없이, 심지어 냉소적으로 말했다.

완전히 그림에 빠져드는 지경에 이르렀었고, 이 점이 그를 불안하게 했던 것이다.

지나치게 스며 나온 물감을 걷어낸 원주민 역시 화가 난 게 아니라면 불안한 상태였다.

"이건 뭐지?" 험프리 모티머가 물었다. "네가 마지막에 「불타는 용광로」와 함께 가져와서 아직 설명하지 않은 이 커다란 밑그림은?"

"그건……" 화가가 설명했다. "아무것도 아니에요. 그냥 나중에 작업하려던 밑그림이거든요. 잘은 모르겠지만."

더보는 이미 돌처럼 굳어버렸기에, 「전차」의 밑그림을 괜히 가져왔다고 비통하게 후회했다. 「불타는 용광로」만으로도 충분히 나빴는데. 모든 게 무방비하게 드러나버린 판국이었다.

"난 저게 특히 마음에 드는구나." 모티머는 말했다. "커다란 밑그림 말이야. 저 그림이 가장 흥미롭단 말이지. 좀더 들여다볼 수 있게 해주렴."

"아뇨." 더보가 대답했다. "전 싫어요. 너무 늦었네요. 다음에."

서둘러 그림들을 추리면서.

"그럼 약속한 거다?" 상대는 끈질기게 확인했다.

"네, 그래요." 더보가 대꾸했다.

하지만 그의 콧구멍은 이를 부인하는 듯 움직였다.

거실에서 타오르던 불길이 사그라지면서 노면의 패거리도 흩어지기 시작했다. 입맞춤과 포옹이 오갔다. 왈패들은 그네 특유의 정신없는 분위기를 되찾고 있었다. 그동안 더보는 진지한 열정이 남긴 마지막 잉걸불을 비벼 꺼뜨렸다.

이제는 방문을 잠그고서 정적을 기대해도 좋을 것 같았다.

하지만 머뭇거리는 듯 확고한 발소리가 복도를 쫓아왔다.

"이봐, 앨프." 험프리 모티머가 말을 걸어왔다.

다른 사람일 리가 없었다.

"뭘 좀 제안하고 싶어서 말이다." 그가 말했다.

그는 방문 앞까지 원주민을 쫓아왔다.

비록 복도의 공기는 텁텁했지만 두 사람 모두 몸을 떨고 있었다. 어지간해서는 늘 완벽한 실루엣을 자랑하던 모티머가 바지 주머니 속에서 주먹을 꼭 쥔 채 서 있었고, 그의 외투는 불룩한 엉덩이 위로 구깃구깃했다. 터무니없는 모습이었다.

"일단 작품 세 점에 대해 값을 제안하마." 그가 말했다. "내가 간절히 소장하고 싶은 그림들이거든."

그는 「불타는 용광로」와 나머지 두 점을 지목했다.

"그리고 원하던 대로 완성되면, 그 왜 전차 비슷한 밑그림도 부탁한다. 그러니까, 네가 작업을 다 끝내면 말이야."

"아니. 싫어요. 죄송합니다." 앨프 더보가 대꾸했다.

그의 목소리는 감정 섞인 말들을 그 이상 감당하지 못했다.

"어쨌든 한번 생각은 해보렴. 그래, 너한테도 좋은 일이니까." 험프리 모티머가 상대를 끌어당겼다.

모티머는 계속 웃음을 지어 보였다. 인생은 그에게 원하는 건 무엇이든 쉽사리 돈으로 살 수 있다고 가르쳤으니까.

더보는 그날 저녁에 잠시 허점을 드러냈으나 더 이상은 나약하지 않았다. 속았다는 의심이 피어오르자 그는 곧바로 시들해졌으며, 아무도 그를 다시는 부추기지 못할 터였다.

"아무도 지켜보지 않는 그림들이라면 절대 그려지지 않았을지도 모른다." 모티머가 주장했다.

"제가 지켜볼 거예요." 더보는 대답했다. "안녕히 주무세요." 그런 다음 말을 맺었다. "모티머 씨."

그리고 문을 닫았다.

한두 주 동안 그 검둥이는 그림을 그려야 하겠다는 의지를 느끼지 못했으며, 완성된 그림들이 그저 거기에 있다는 것만을 인식할 뿐 아예 쳐다보지도 않았다. 그는 정신이 쏙 빠지게 놀란 듯했다. 최대한 겸손하고 앳된 태도로 대하던 수수께끼를 순간적인 허영심 때문에 배반한 것 같았다. 이제는 구역질이 났다. 그는 벽 쪽으로 그림들을 돌려놓았고, 주말이나 저녁이면 팔뚝으로 얼굴을 가린 채 무릎을 세우고서 한참 동안 침대에 누워 있었다. 손바닥이 점점 축축해졌다.

평행하는 외부적 실재일 뿐 결코 전적으로 더보를 납득시키지 못했던 전쟁은 이제 막바지로 치닫고 있었다. 비행기에 분무칠을 하는 작업도 서류상으로만 남아 있으면서 흐지부지되었다. 커다란 포장 상자들 가운데 하나를 이용해 투업[36] 판을 벌이는 행태가 대유행이었다. 상자를

---

36) 동전 두 개를 던지거나 흔들어 결과를 예측하는 도박으로, 제1차 세계대전을 거치면서 오스트레일리아 군인들 사이에서 성행했다.

흔들어보려는 사람들로 격납고가 가득했다. 많은 이가 거기에 이끌렸다. 사실 온갖 시체마다 온갖 구더기가 꿈틀거리기 시작했다. 좀더 분명히 말하자면 오히려 축제가 거의 끝난 게 아닐까 의심하면서 말이다. 인간의 형태들이 구더기 낀 퉁퉁한 얼굴로 돌아가는 동안, 양심이 뒤흔들린다고 느껴지는 사건들도 있었고, 그 진정한 본연은 비록 어떤 탈바꿈을 겪고 있든 여전히 끔찍하리만치 현재적임이, 그리고 갱생을 암시하고 있음이 분명해졌다.

한나는 이전처럼 한낮에 잠에서 깨어 눈썹을 뽑고, 손톱을 칠하고, 거뭇한 겨드랑이에다 커다랗고 지독한 분첩을 두드렸다. 그래봐야 그곳은 정말이지 질척해 보였다. 반죽처럼 물러진 살덩이 안쪽에 숨어 있는 그녀는 여전히 올곧은 갈색 피부의 소녀일 터였으나, 그 사실을 아는 사람은 그녀 자신뿐이었다. 본인도 이따금 헷갈릴 정도였다. 발정 난 풋내기들한테 아니스 열매가 든 봉지를 대가로 후추나무 아래에서 실수로 몸을 판 적이 없을지도 모른다고 말이다.

오, 그녀는 분가루 때문에 기침을 했다. 사람들이 알레르기라고 부르는 증상, 바로 그거였다. 그렇듯 눅눅한 상태였다. 온통 열이 나고, 모공은 열리고. 그렇게나 아팠다. 이제 아스프로[37]를 한 움큼씩 먹고 있었다. 그것들은 시큼하게 목에 얹혔다. 뜨겁게 역류하기도 했다. 하지만 그녀는 사랑스럽기도 한 땀, 아니, 안도의 땀을 가끔 흘렸다. 그녀가 앓고 있는, 정확히 말해 병이라고도 못 부를 무언가를 비로소 떠올릴 때까지. 그녀는 마치 병든 생각을 하고 있는 것 같았다. 양심은 싸구려 자명종처럼 내면에서 째깍거렸다. 만일 벨이 울리기 시작하면 그녀도 큰 소리로

---

37) 아스피린 성분을 함유한 진통제 브랜드.

비명을 질렀을 것이다.

그리고 원주민은 복도를 따라 걸었다. 조용히. 독주에 취해 바닥을 구를 때가 아니면 그는 더할 나위 없이 조용했다. 바에는 어린 여자들이 있었고 그들은 전혀 조심성이 없었다. 그 말고는 아무도 불평할 수 없었다. 시종일관 그림을 그리고 또 그렸다. 이 때문에 한나가 더 닮아졌을지도 모른다. 그녀는 더보 녀석이 죽은 듯 조용히 뒷방에 처박힌 채 낡은 판때기에다 터무니없는 장난을 치고 있다고 생각했다. 똑똑한 사람들 중에서도 극소수만이 이해한다고 자신할 수 있는 짓이었다.

한번은 더보가 평소처럼 조용히, 그러나 제법 빠른 속도로 복도를 따라 걸어왔다. 가까이서 갑자기 그의 기척을 들은 한나는 손에 상처를 입고 말았다. 꾸러미를 가지고 들어와서 막 풀려다가 매듭에 손톱을 망가뜨렸던 것이다. 그 자체야 뾰루지조차 생길 일도 아니었다. 더보로서도 그저 곁을 지나간 게 전부였다. 한나가 자신이 하던 일을 잘 보기 위해 약간 조절해놓을 필요가 있었던 블라인드 아래, 더욱 노랗게 쏟아져 들어오는 빛 사이로.

"에이, 씨! 금고라도 털려고 훈련하고 있던 거 아니냐?" 그녀는 이렇게 물어볼 수밖에 없었다. "그놈의 망할 고무창 운동화."

"발에 편하니까요." 그가 대답했다.

"어쨌든……" 그녀는 말했다. "앨프, 너 하던 일은 어떻게 된 거야? 일을 때려치운 건 아니잖아?"

"네." 그가 대답했다. "어디 아픈 기분이었어요. 그냥 안 나갔어요. 이틀 동안."

"무슨 일인데?"

"모르겠네요." 그는 말했다. "아무것도 아니에요."

"아, 얘야. 나쁜 일이 아니었으면 좋겠다." 그녀는 한숨지었으나 신경을 쓰지는 않았다. "모두가 맛이 갔지. 그런 게 바로 이 불꽃 튀는 전쟁 아니겠어?"

한나는 다시 꾸러미와 씨름하기 시작했는데, 더 이상 그다지 중요해 보이지는 않았다. 그녀의 입은 평소보다도 축 처져 있었다. 겁을 집어먹은 다음에는 꼭 입술을 축여야 하는 버릇 때문에 그녀의 입가가 반짝거렸다.

한순간 더보의 머릿속에 어떤 가능성이 스쳤다. 노란색 빛의 복도를, 혹은 노란 나무와 거울들에 비친 한나의 부서진 형체를, 그가 활용하거나 담아둘 수도 있겠다는 가능성이었다.

한나는 그저 더보가 자기를 너무 오랫동안 쳐다본다고만 생각했다.

더보는 바람을 쐬고 싶다며 밖으로 나갔다. 정말로 그러길 원하는지도 모르면서 말이다. 그에게 있어 소위 공기라고 하는 것은, 폐 속으로 비집고 들어오는 것이라기보다는 물먹은 압지 뭉치처럼 물감 튜브들을 막히게 하는 것이었으리라. 레몬색의 두꺼운 빛이 벽돌로 이루어진 거리에 쏟아지며 가지를 쳐낸 플라타너스 뿌리들을 휘감았다. 저 멀리 어딘가에서 불길의 조짐이 보이는 듯도 했다.

지난 며칠간의 온갖 두려운 나태와 급박이 더보의 입속에서 솟아오르자, 그는 갈색빛의 개울에다 그것을 뱉어버렸다. 호주머니에 손을 넣은 채 피를 토하며 아무런 생각 없이 걷고 있는 이 공허한 검둥이를 본 어느 늙은 여자가 지저분한 문가 쪽으로 몸을 피했다. 하지만 그는 쳐다보지 않았다. 더보는, 압도적으로, 해방되었다. 이제 그는 노란빛으로 진해지는 오후, 깊어지는 여름을 임페스토[38]로 구사할 수도 있었으리라. 그

---

38) 농도 짙은 물감을 두껍게 발라 채색하는 기법.

안에서 뒹굴 수도 있었다. 특유의 필적으로 지저분한 회색 벽돌에 글씨를 새길 수도 있었다. 이미 그려진 얼굴을 길쭉하게 늘이고 우묵한 신전들을 훨씬 우묵하게 후벼 파며 흐릿한 눈꺼풀 사이로 시선을 옮길 수도 있었다. 더보는 이해했으니, 그날 오후는 험프리 모티머의 시간이기 때문이었다. 어디로 흘러가든 거기에서는 썩어가는 과일 냄새, 마취 효과는 없는 에테르의 냄새, 달콤하면서도 나쁜 냄새가 났다.

다시금 원주민은 입안에 든 것을 뱉어낼 수밖에 없었고 이번에는 피가 더욱 선명했다. 게다가 이번에는 그도 알아차려야 했다. 그렇듯 진한 붉은빛의 신호에 멈칫한 그는, 굳건한 믿음 속에서 저질렀던 자신의 실수를 상기하며 가만히 선 채로 회색 포장도로를 응시했다. 그 엄연한 붉은빛은 그의 잘못에 한층 깊은 얼룩을 남겼다. 그는 다시 한 번 피를 뱉었고, 온갖 상념과 마찬가지로 핏빛 역시 자비롭게 옅어지고 있다는 사실을 깨달았다. 비록 그 근원과 병약함은 그대로일 수밖에 없었지만 말이다. 왜냐하면, 그는 자기가 지켜내야 했던 은밀한 진실들을 험프리 모티머에게 누설하지 않았던가?

더보는 공원은 아니지만 거리 위에 있는 벤치에 한참 동안 앉아 있었다. 지나다가 우연히 발견한 벤치였다. 그리고 마침내 출혈이 멎었다는 사실이 분명해질 때까지 색깔을 확인하느라 이따금 침을 뱉었다.

그때 한 남자가 다가와 곁에 앉더니, 전쟁이 곧 끝날 것 같다고, 왜냐하면 성경에 다 쓰여 있기 때문이라고 말을 붙여왔다.

더보는 남자의 말이 정말일지 의심하면서도 대꾸는 하지 않았다.

이 선지자는 계속해 말하기를, 사악한 이들이 발밑에 짓밟힐 것이며, 그만큼은 아니더라도 순수한 무지와 허영심으로 틈날 때마다 주님을 배반하던 이들도 마찬가지리라고 했다. 내연의 첩, 남색자, 암거래상, 난

폭한 택시 기사 등등—어떤 식으로든 믿음을 배반한 모든 이들—이 여기 해당하리라고.

황혼이 자그마한 조각조각들로 갈라지고 있었다. 흐트러지는 움직임 말고는 아무것도, 거의 아무것도 남지 않았다.

아름다운 모든 것이 부서질 터였기에 이제 더보는 가슴에 뻐근함을 느꼈다. 그가 감당할 수 있던 온갖 견고한 형태. 시야를 가로질러 너울거렸을지도 모르는 온갖 눈부신 색채.

"그대도 알게 될 바이니……" 예언하듯 말하는 버릇이 섞인 목소리로 남자가 말했다. "계란값이 떨어질 것이다. 정어리값도."

하지만 앨프 더보는 자리를 뜨고 있었다. 그 자신의 순수함이 손상되지 않고 남은 몇 안 되는 그림을 한 번 더 보고 싶어서 견딜 수가 없었다. 그 그림들 속에서는 주님이 여전히 형체의 견고함부터 삶의 연속성, 심지어 오류까지도 용납해주었다.

그렇게 그는 머리로 어둠을 들이받았고, 갈비뼈 뒤에서는 숨이 가르랑거렸으며, 거리들은 그 앞으로 길을 터주었다.

애버크럼비 크레센트의 집에 도착한 더보는 노먼 퍼셀이 와 있음을 알아차렸다. 노먼은 하나의 거울 앞에서 하얀 모피를 걸쳐보고 있었다. 본성에 사로잡힌 그는 엉큼한 눈길로 킬킬거리고 들러붙으며, 스스로를 저 모든 천사 가운데 하나로 자임했다.

"안녕, 앨프!" 그가 소리쳤다. "나의 북극여우 모피 조각에 저항할 수 있겠어?"

하지만 하나는 열려 있는 현관 틈을 쾅 닫아버렸다.

"내려놔, 이 유치한 광대야!"

그녀는 곡예 따위를 즐길 기분이 아니었다.

노먼은 살짝 취해 있었을지도 모른다. 바보짓을 계속하고픈 욕망 때문에, 그는 자기의 상대역이 사실은 연극을 그만두고 싶어 하는데도 물러나지 못하게 했다. 그들은 집에 있을 때 반쯤 벌거벗고 있는 게 평소 관습이었으나, 그 짓을 위해 옷까지 차려입고서 마음껏 익살스럽게 몸을 놀렸다. 실제로는 축 처진 것일 수도 있겠지만 어쨌든 둘 다 몸을 둥그렇게 만든 채로, 사이에 놓고서 다투는 하얀 모피 때문에 그들은 한층 부드럽고 적나라해 보였다. 분명히 더 둥그스름한 쪽은 모피의 촉감에 만족한 노먼이었다. 그는 두 뺨으로 유쾌한 기운을 발산했다. 그에 반해 한나의 얼굴은 건조할 뿐 아니라 묘하게 생기가 없었다. 흰색 물감을 두어 번 붓질해서 그려낸 것 같기도 했다.

노먼은 여전히 궁둥이만 비비고 있었다. 상당히 취한 게 분명했다. 그는 휘청거리면서도, 한나 쪽에서 머리 부분을 가져간 하얀 여우 모피의 꼬리를 꼭 붙들었다.

"앨프, 내가 이야기해줄까?" 그가 말했다. "우리 아가씨들이 어쩌다 이렇게 풍족해졌는지?"

그러면서 여우 모피를 확 잡아당겼다.

"한 대 날려줄까 보다!" 한나가 소리쳤다. "이 망할 놈의 모피를 당신이 찢어놓기 전에 말이야!"

더보는 웃었으나 어디까지나 억지로 친근감을 보이려는 것뿐이었다. 이제 더는 기다릴 수가 없었다.

"하여간 부유한 보지께서 납시긴 했지!" 한나가 계속해서 소리를 질렀다.

한나는 이민 생활 중에 한두 번인가 그녀의 호의를 입었던 어느 유대인한테서 어떻게 그 모피를 얻어냈는지 들려주었다. 그녀는 큰 소리로 또

박또박 말했고, 누군가 자기 말을 의심한다고 생각하는 것 같기도 했다.

하지만 더보는 이미 그들을 지나쳐 갔다. 모피를 넘겨준 노면은 이제 오줌을 갈기겠노라 위협하고 있었다. 낄낄거리는 웃음이 흘러나왔다. 그의 늘어진 살이 퍼덕거렸다. 세간살이에 달려 있는 손잡이들이 온통 덜컹거리며 흔들렸다.

마침내 더보는 가려둔 그림들, 재봉사의 청흑색 마네킹, 지내다 보니 의미를 부여한 엉뚱한 물건들이 놓여 있는 자기 방으로 들어갔다. 그 방은 엄격하게 정돈된 상태로 유지되어야 했으나 이제는 마냥 흐트러지는 듯 보였다. 말라 문드러진 받침대 위에서 마네킹이 앞으로 기울어져 있었다. 전선이 윙윙거렸다. 그는 그림들을 넘기기 시작했다. 넘겼다. 또 넘겼다.

미약하게 움찔거리다 거대한 파도가 밀려오듯 더보의 생명이 돌아왔다. 그의 두 손은 더 이상 종이 같은 피부를 장갑으로 삼은 뼈다귀가 아니었으며, 필요하다면 몸을 지탱—침대, 녹슨 등유 난로, 방 모퉁이에 기대어—할 수도 있었다. 다시금 그 그림들은, 더보의 입에서는 결코 나올 수 없는 말투로 찬양하고 또 증언하고 있었다.

확신의 품으로 돌아온 그는 물감들을 곧장 꺼내놓고, 그가 지켜본 저녁의 거리들을 물들이고 있던 깊어지는 노란빛을 재현하고 싶다는 충동을 억누르지 못했을지도 모른다. 그 노란빛이 내면에 욕지기를 일게 하지만 않았어도. 정말로 정말로 그가 어떤 사실을 알아차리지만 않았어도.

순간 더보의 얼굴에서 끔찍하게 이빨이 드러났다. 그는 한나가 내어준 하숙방에 널린 형편없는 쓰레기들뿐 아니라 그의 소지품 사이사이까지 더듬고 헤집기 시작했다. 방을 뒤지던 중에 마네킹을 넘어뜨렸고, 그것은 먼지를 일으키며 쓰러졌다. 어쩌면 그저 찾고 있는 물건을 발견하지 못한 것뿐이었으리라. 너무 흥분하거나 위축된 순간이면 그 자리에 항상 놓여 있는 물건조차 제대로 보지 못할 때가 왕왕 있지 않았던가. 하지만 이번에는 감당하기 힘든 진실만이 분명해질 뿐이었다. 「불타는 용광로」가 커다란 밑그림과 함께 사라졌다. '전차 비슷한 것을 그린 밑그림'. 또 무엇이 사라졌는지, 그는 생각을 멈추지 않았다. 단 한 방만으로도 치명타가 분명하다는 것을 아는 사람이라면, 굳이 그 충격들을 하나하나 헤아릴 필요도 없는 법이다.

"한나!"

더보의 목소리가 그렇게까지 복도를 따라 퍼져나간 적은 한 번도 없었다. 그는 스펀지처럼 부드럽고 조용한 발걸음으로 달려가고 있었다. 날카로운 소리로 숨을 쉬며.

그가 거의 한달음에 당도했는데도 한나는 벌써 문가까지 그를 맞으러 나와 있었다. 대화해봐야 자기한테 득 될 게 아무것도 없다고 판단한 듯했다. 요사이 메마르고 허옇게 보이던 그녀의 얼굴이야말로 그 말썽 많은 모피와 무엇보다도 분명하게 대비를 이루었다. 한나는 벌거벗은 어깨를 따라 걸친 여우 모피를 쥐고 길들이듯 똑바로 잡아 늘였다. 더 이상 으스대지도 않았다. 한 쌍의 도토리 모양에 연결된 일종의 고리가 있어서, 추레하고 누런 그녀의 가슴골 위에서 모피를 한데 엮어주었다.

"한나!" 더보가 숨을 내쉬듯 말했다. "한나가 그랬어요?"

목구멍의 굴곡을 통해서는 그 말을, 적어도 제대로 내뱉을 수가 없었다.

"설명할게." 상황이 요란해지고 있었기에 한나는 낮은 목소리로 대답했다. "제발, 제대로 알기도 전에 성질부터 부리지 마. 그럴 필요 없으니까."

그리고 노먼은 한나의 어깨 너머로 이쪽을 건너다보고 있었다. 노먼 퍼셀은 이미 어느 정도 알고 있는 기색으로, 나머지 사실이 어떻게 밝혀질지 몹시 궁금해하며 주시했다.

당장이라도 더보는 무릎을 꿇고 쓰러질 것 같았다. 숨을 돌리고 소리 없이 웃으면서. 혹 그의 갈비뼈가 겉으로 드러나기라도 했다면 아마도 무시무시해 보였을 것이다.

하지만 한나는 고깃기름처럼 미적거렸다. 속으로는 불안해하면서 말이다.

"설명할게. 내가 설명한다고." 그녀가 말하려는 모양이었다.

한나는 자기가 죽든 말든 그다지 상관이 없었다. 그때쯤 이미 자기 인생에 너무 지쳐버린 것 같기도 했다. 한나의 병든 신경을 건드리는 것은 다만 상상할 수 없는 죽음의 순간 그 자체였다.

그러자 더보가 두 손으로 그녀를 붙들고서 흔들었다. 처음부터 죄책감을 느끼느라 전혀 저항하지 않았던 그녀는 너무도 쉽사리 쓰러졌다. 피할 수 없다면 견딜 생각이었다. 그녀는 나약하게 병든 몸으로 더보의 손가락이 파고들기를 차라리 원할 정도였다.

그렇게 그는 그녀를 문간에 쓰러뜨렸다. 여우 모피를 엮어주던 고리가 끊어지자 그녀는 분홍색 슬립으로 몸을 감쌌다. 어쩌면 스스로 쥐어뜯었는지도 모른다. 그녀의 뺨은 냄새 풍기는 새로 산 모피에 이리저리 처박히거나 닳아빠진 카펫에 쓸리고 있었다.

원주민은 미칠 듯 맹렬하게 분노했고 누런 피부밑은 파리해지고 있었다.

그의 모든 절박한 증오와 호흡과 절망과 미래와 그 온갖 것 이상이 두 손안으로 흘러들고 있었다.

그때 한나의 목구멍이 뻥 트였다. 아마도 그 정도면 속죄는 할 만큼 했던 것이리라. 그녀가 목 놓아 소리쳤다. "아아아아아! 노오먼! 제에에 발!"

노먼 퍼셀은 그저 피식거리는 웃음의 유령을 몰아내지 못하고 있었다.

하지만 상황이 마냥 우스워지기만 하는 건 아니었다. 노먼은 공식적으로 남자였으며 기적을 행해달라고 요청받은 몸이었기에, 어느새 그러한 상황을 견디기가 힘들어졌다. 따라서 옷가지와 함께 책임감도 벗어던지고 홀가분한 몸뚱이로 뛰놀던 그가 이제는 전에 어떤 선원이 가르쳐주었던 기술을 구사해 원주민의 몸을 조르기 시작했다. 그런 게 효과가 있으리라고 생각해본 적은 없는 기술이었다.

아무튼 이러구러 그들 세 사람은 한데 얽히게 되었다. 그들의 호흡이 그들의 팔만큼이나 견고한 밧줄로 한데 엮여 있었다.

어느 순간 한나가 다시 입을 열었다.

"앨프, 내가 설명할게. 내가 설명할 거야."

그러나 그녀의 혀는 상당히 부어 있었다. 마치 앵무새의 혀처럼 불쑥 튀어나와 있었다.

사이에 긴 채로 그녀는 자기 연민에 빠져 울부짖었다.

"말해준다니깐." 한나가 간신히 그 말을 내뱉었다. "그 사람, 모티는 앨프한테 관심이, **세상에**, 모티머가, 진짜로 진짜로 앨프에 **대해선** 딱 몇 파운드만 수수료로 받고."

그 말을 들은 더보는 더 격렬하게 밀어붙였다. 그가 없애버려야 했던 온갖 악덕이 슬그머니 빠져나왔는지도 모른다.

그리하여 함께 씨름하던 그 세 사람 모두가 정말로 어느 순간, 어쩌면 바로 그 순간에 이러다 죽겠다는 사실을 깨달았을 정도이니 말이다.

한나는 두 팔과 슬립에 얼룩진 피—그녀의 피가 분명했다—를 보며 또다시 홀쩍이고 있었다. 역사책 속에서 사람들이 깔끔하게 목을 베어낼 때, 그녀가 언제나 고통을 느끼고 그래서 더 이상 계속 볼 수 없었던 것도 바로 그런 이유 때문이었다.

하지만 그 순간에 노먼 퍼셀이 누르는 힘 덕분인지 무게 덕분인지 혹은 선원한테 배운 대로 정말 능숙하게 몸을 조른 덕분인지, 원주민을 한나한테서 떼어낼 수 있었다.

한나는 일어났다. 자기 연민 때문에 지체할 시간은 한순간도 없었다. 그녀의 몸이 날아가듯 내달렸다. 물론 그사이 더 여위었음에도 말이다. 그녀가 최대한 빠르게 서랍을 당겨 열었다. 화장대에 달린 서랍이었다. 그녀는 손수건 아래를 뒤졌다. 그리고 그녀의 손보다도 더 정신없이 퍼덕거리는 물건을 꺼냈다.

원주민이 다시금 한나에게 달려들었을 때, 그녀는 그 앞에 들이밀 봉투를 쥐고 있었다.

"정당한 거야." 한나가 종이처럼 파르르 몸을 떨며 소리쳤다. "난 절대 네 뒤통수를 때리지 않았다고. 봐라, 앨프! 그냥 봐!"

더보는 제대로 볼 수 없었으나 본능적으로 움직임을 늦추었다.

"알겠어, 앨프? 네 이름이 있잖아. 내가 적었어. 수수료 한 푼만 받고서. 그걸로 모피를 산 거야. 다른 꿍꿍이가 뭐가 있겠어? 그런 건 모티머 그 호모 자식이 가만 내버려두지도 않았을 거라고. 봐라, 앨프. 여기 나머지. 상황이 진정되면 진짜로 너한테 주려고 했어."

더보는 순간 완전히 진이 빠져버렸다.

팔에 묻은 피와 붕대처럼 몸에 감긴 슬립을 본 한나는 자기가 빠져

나온 상황 때문에, 또한 인생이 그녀에게 부과한 온갖 무게 때문에 또다시 울음을 터뜨렸다. 노먼 퍼셀이 보고 있자니 다발 진 머리칼 때문에 그녀의 행색은 유명한 광대와 꼭 닮은꼴로 변해 있었다.

그때 누군가 문을 두드렸다. 이웃에 사는 어떤 이탈리아 사람이 경찰을 불러야 할지 알아보러 온 것이었다. 노먼 퍼셀은 괜찮다고, 친구들 간에 합의 볼 문제가 있는데 사소한 의견 차이가 있었던 것뿐이라고 대답했다.

하지만 한나는 이렇게 소리쳤다.

"상당한 돈이란 말이야!" 그리고 울었다. "게다가 오래된 그림들이 뭐? 우린 다 너 잘되라고 한 일인데."

그런 건 아무래도 물리치기 힘든 상황인 것 같긴 했다.

"알았어요, 한나." 더보도 인정했다. "한나는 정직한 사람이에요. 그런 사람이라는 게 있기는 하다면요."

그는 더 이상 숨을 고르지 못했다.

한나는 아까 보았던 피가 자기 것이 아니라 원주민의 입에서 흘러나온 피일 수도 있음을 깨닫고서 안도했다.

"어디다 이빨을 부딪혔구나, 응?"

"네." 그제야 그도 조금 신경이 쓰였을지 모른다.

그러자 이번에는 한나가 훌쩍거려야 했다. 그녀는 다정한 사람이었으며, 그 피는 마치 병원처럼, 축축한 밤처럼, 기름투성이 여자들의 낡은 가방처럼, 다급하게 움직이는 평평한 발바닥처럼, 초록빛 네온등 아래로 나아가는 사람들의 얼굴처럼 슬펐기 때문이다.

"아, 얘야!" 그녀는 탄식하면서도 이렇게 말을 이을 만큼 스스로를 추슬렀다. "앨프, 네 돈을 잊지 마라. 네 돈이야. 아, 그래. 알다시피 나한테 맡겨두면 안전할 돈이지. 난 절대 남의 뒤통수를 때리지 않잖아."

복도를 따라 돌아간 더보는 방으로 들어갔다. 판자벽으로는 지켜내는 데 실패한 방이었다. 결국 비밀을 담을 수 있는 상자는 머리통뿐이었으리라.

하지만 그는 또한 자신의 머리통조차도 영원히 버텨낼 수 없으리라는 점을 알고서 동요했다. 그것은 안에 가득 쌓인 온갖 것으로 터져버려야만 했다. 올챙이며 굼뜬 도마뱀부터, 겹겹의 번개며 불기둥까지, 쏟아져 나오는 모든 것으로. 누군가—오직 친구만이 그래줄 수 있을 텐데—에게 도끼를 집어 그 치명적인 보관통을 완전히 깨부수어달라고 납득시키지 않는 한 거기에 생각이라는 것이 담길 수 없었으니까. 그럼에도 그 같은 뒤죽박죽의 혼란에서 벗어난다는 것이, 그리고 안으로 들어올 사람들을 마주한다는 것이 그로서는 얼마나 두려웠던가. 가구들 사이로 둘러서 있는 사람들, 영성체를 기다리는 사람들. 그러면 우리 예수 칼데론 신부께서는 창백한 손을 들어 올리며 슬픈 눈빛의 권능을 행사하긴 하되, 모피와 깃털의 감촉에 시달리는 얼룩빼기 영혼을 구원하거나 스멀스멀 기어가는 싸늘한 비늘들을 멈추게 하지는 않을 터였다.

마침내 애버크럼비 크레센트의 집 위로 밤의 무게가 무겁게 내려앉았다. 성격이 신경질적인 노먼 퍼셀은 산책하러 나가겠다고 말했다. 한나는 일하러 가는 대신—그녀는 녹초가 되었다—아스프로를 한 알, 어쩌면 세 알 먹었으나, 그러고도 곯아떨어지지는 못할 것 같았다. 그래도 그녀가 잠의 표면 위를 둥둥 떠다녔으리라는 점은 분명했다.

그 창녀는 5시쯤에 깨어났다. 텅 빈 침대 위에 나자빠진 채 회색빛을 바라보는 일은 익숙지 않은 경험이었다. 덕분에 그녀는 망상에 빠졌다. 허풍스러운 이야기를 원했고, 딱 맞는 감상을 표현함으로써 다시금 생활에 마시멜로를 더하고 싶었다. 케케묵은 생각들처럼 편안한 것은 아무것도 없는 법이다. 하지만 그럴 형편이 아니었기에 한나는 멍든 부분들을 매만지며 복도를 바라보았다.

그리고 저쪽에 원주민의 문이 열려 있는 것을 발견했다.

"앨프!" 한두 번 소리를 질렀으나 낮게 깔린 목소리였다.

그런 다음 그녀는 손으로 벽을 짚어가며 복도를 따라갔다.

방은 텅 비어 있는 듯했다. 전등불이 괴롭더라도 안을 확인하려면 스위치를 켜야 했다. 하지만 더보는 이미 완전히 자취를 감추었다. 양철 상자를 챙겨 급히 도망친 모양이었다.

예전에 그녀가 습관처럼 그 방에다 처박아놓았던 쓰레기들 틈바구니에 남은 것이라고는 어느 모로 보나 조각난 나무 부스러기들밖에 없었다. 보아하니 마당에 있던 도끼—아직 방에 있었다—를 가져다 옛날 그림들을 빠개어놓은 모양이었다. 그 밖에는 아무것도. 죄다 저 지랄 같은 그림 판때기들뿐. 그것들만이 거기 놓여 있었다.

알전구에서 날카로운 빛이 쉿소리를 내며 쏟아졌다.

그녀는 이내 깨달았으니, 글쎄, 거기 있는 물건들을 그냥 놓아두었다가 필요하면 불쏘시개로 써버릴 수도 있지 않겠는가. 그렇게 생각하니 차라리 흔연했다. 그녀는 다른 사내들이라면 격분해서 온갖 귀한 세간살이를 망가뜨린다는 점을 알고 있었다.

불빛은 회색에서 백색으로 변하며 점차 자연스럽게 떨리기 시작했고, 한나는 빛을 받으며 천천히 복도를 따라 돌아오는 동안 그 원주민이 돈에 대해 묻지 않았음을 떠올렸다. 돈은 여전히 손수건들 아래에 있을 터였다. 그는 당연히 돌아올 테고 그러면 그녀는 정직한 여자니까 봉투를 포기할 생각이었다. 하지만 이따금 돌아오지 않는 사람들도 있었다. 어떤 사람은 사망하기도 했다. 일부러 그러든 사연이 있든 늙어 죽든 뭔가 문제가 생기기도 하는 거고, 그런 문제들까지 신경 쓸 필요는 없을 것 같았다. 그녀는 그 원주민이 전날 밤 한 대 얻어맞은 다음에, 뼈만 남은 몸으로 숨도 쉬지 못하며 카펫 가운데에서 다리뼈로 몸을 받치고 있던 광경을 떠올렸다. 그러고 있을 때 누가 몸을 두드리기라도 하면 게딱지처럼 속이 텅 빈 소리가 날 것 같았다. 그렇지만 그가 두 눈을 보여주지는 않았던 것 같아서, 그녀는 상황을 재구성할 수 있기를 염원하며 기억해 보려 했다.

한나는 아직 희망으로 두근거렸다. 아침 공기가 시원한데도 벌써 불이 붙은 듯 몸이 화끈거렸다. 이제 그녀는 자기 방으로 돌아왔다. 벌써 사람들 눈에 한번 띄었으니 안전을 위해 서랍에서 봉투를 치워둘 생각이었다. 물론 노먼 때문에 그러는 건 아니었다. 노먼도 그녀처럼 정직한 사람이니까.

더보는 애버크럼비 크레센트에 있는 집으로 돌아가지 않았다. 그의 마음속에서 한나의 집은 직접 보지 않고도 떠올릴 수 있는 어떤 늪과 연결되어 있었으며, 사랑과 자비의 백마법조차 그 안에서 사악한 정신들을 내쫓지 못했다. 분명코 그는 절대 많은 것을 기대한 적이 없었음에도, 자신의 태도가 정당함을 확인할 때마다 새로이 메스꺼움을 느꼈다. 천사들이란 변장한 마귀들이었다. 심지어 패스크 부인조차 푸른 로브를 떨어뜨렸고 그녀한테서 놋쇠로 된 젖꼭지와 부리가 자라났다. 더보가 가진 그 같은 믿음은 그 자신의 두 손안에 놓여 있었다. 그것을 통해 그는 칼데론 신부가 영혼이라고 언급했을 무언가를, 그리고 물질적 형태와 무한한 욕망 사이에 있다고 그가 상상한 무언가를 여전히 구하려 했을 것이다. 그래서 그는 그림으로 표현된 찬양의 행위 속에 스스로의 마음 상태를 담아서 녹여냈을 것이다.

존재의 실질적 측면을 무시하지 않는 한 일거리야 얼마든지 쉽게 찾을 수 있었고, 그는 하나의 집에서 빠져나온 후 한동안 이런저런 일자리를 전전했다. 그리고 버래너글리 변두리에 있는 누넌 부인의 집에다 방을 구했다. 아무도 그에게 질문을 던지지 않는 곳이었으며, 색 바랜 장미 무늬 침대보를 덮은 들것 수준의 간이침대와 장식 없는 벽 덕분에 평온하게 생각에 집중하기 충분한 곳이었다. 이제 그는 병든 몸에서 비롯한 권태 때문에, 또한 이해에 도달하고 싶다는 갈망 때문에 책들을 많이 읽었다. 주로 성경 혹은 직접 구입한 미술 서적 몇 권이었다. 그는 그중에서도 예언서들을, 그때쯤에는 복음서까지 즐겨 읽었다. 다만 복음서를 읽을 때는 의혹과 놀라움이 느껴졌다. 이전에도 늘 실패했던 것처럼, 그는 자신의 경험을 그 같은 진리와 융화하는 데는 실패하곤 했다. 이따금 그의 내면에서 작용했을 정신 덕분에 그는 하느님을 받아들일 수 있었다. 그러나 백인들의 이중성 때문에 그리스도를 그저 원대한 관념으로, 혹은 현실적 차원에서 하나의 인간으로만 간주할 수 있을 따름이었다.

백인들의 전쟁이 끝났을 때 몇몇 백인은 평화를 자축하며 더보에게 술을 샀고, 그럴 때마다 그들은 다 함께 거리에다 똑같은 색의 토사물을 게워냈다. 하지만 그 무렵 일을 시작하게 된 로즈트리 공장에서도 더보는 언제나 원주민이라는 호칭으로만 통했다. 그는 차라리 그런 식으로 지낼 때 상상력의 사냥터 속을 더 빠르고 깊숙이 탐험할 수 있었으므로, 스스로도 딱히 달리 취급되길 원하지 않았다.

백인들이라고 해서 더 뚱뚱하고 텁수룩하고 흐리멍덩해 보이거나,

그들이 구실로 삼은 평화에 자신 있게 어울릴 만큼 우월해 보이는 일은 결코 없었다. 그들은 로즈트리의 공장에 있는 자기 작업대에 앉아 있을 때나 기계들 사이를 오갈 때, 당장이라도 러닝셔츠를 떨치고 뛰쳐나와 한없이 피동적인 앞날을 향해 덤벼들 듯했다. 다른 세계에서 흘러든 수상한 사절들은 아니더라도 말이다.

듣자 하니 아래층 구석의 천공기 하나에 앉아서 일하는 사내가 있는데, 빌어먹을 외국인 부류라고 했다. 원주민은 그를 흥미롭게 지켜보았다. 하지만 그 남자는 좀처럼 시선을 들지 않았다. 원주민 쪽에서도 딱히 기대하지 않았다.

몸짓이나 직접적인 눈길 없이도 어떤 신호가 오갔을 때까지는 말이다.

이 검둥이로서는 두 사람이 어쩌다 소통을 시작했는지 설명할 길이 없었다. 하지만 그들은 사람들이 취하는 그 어떤 수단들보다도 미묘한 방식으로 신뢰 관계를 이루었다. 그렇기 때문에 더보는 마침내 그 유대인이 세면장에서 말을 걸어왔을 때도 마치 그로 인해 침묵의 규칙이 훼손되었다는 듯 분개했다. 나중에야 깨달았으니, 그는 선지자의 환상과 자기의 마음속에만 전차가 존재하는 건 아니라는 사실을 알고서 안심하게 되었다.

6부

12장

그해에는 유월절과 부활절이 일찍 찾아왔다.[1] 내면으로 침잠한 사람들을 위로할 징후도 없이 음울한 날들만 계속해서 쌓여가고 있었다. 이집트의 끝없는 압제로부터 이루어낸 해방이든 구세주의 피를 통한 구원이든, 하루하루의 피라미드에 그 육체를 감금한 영혼이 어느 쪽이든 맞아들일 준비를 못 하고 주저하는 것도 당연했다. 아직 찾아오지 않았고 앞으로도 찾아오지 않을 순간 때문에 살결이 떨리는 가운데, 헤어 양은 재너두로부터 뻗어나가며 초록을 갈라붙이는 탈출구들을 따라 깊숙이, 그러나 헛되이 굴속으로 숨어들었다. 고드볼드 부인은 김이 올라오는 피복들 사이에 서서 부활절의 매서운 바람을 기다렸다. 그 바람은 소택지들 바깥으로 하얀 체리나무 가지를 흔들며, 진동하는 판유리 뒤편에서 찬송가를 읊는 목소리를 떨리게 하며 아직까지도 가끔씩 그녀의 기억을 휩쓸곤 했다. 하지만 올해에는 그 바람이 불어오지 않았다. 플랙

---

1) 로마에서 예수를 처형했던 때가 유월절 기간이었기에, 기독교인들과 유대인들은 매년 거의 비슷한 시기에 각각 부활절과 유월절을 기념한다.

부인과 졸리 부인은 카르마라는 이름의 집에 심어놓은 달리아들 사이에서 몸을 닦으며, 규칙적으로 영성체를 받는 여성협회의 회원으로서 그들의 처지에 맞게 부활절을 염원하는 게 당연히 더 간단한 일이었다. 그러나 공장의 간이 사무실에 있는 해리 로즈트리는 그 기간만 되면 늘 혼란을 느꼈다. 그는 과로, 신성 모독, 그리고 사타구니를 사납게 긁는 습관으로 이를 극복했다. 날씨는 습한데 주문들은 급박했으며, 그러는 동안 사타구니에서 자꾸만 주름지는 바지 때문에 그는 한없이 불편했다.

"빌어먹을." 해리 로즈트리는 등받이를 기울일 수 있는 크로뮴도금 회전의자에 앉은 채 쿵쾅거리며, 또 불편한 사타구니를 느슨하게 당기며 우렁차게 외쳤다. "올해에는 부활절이 어쩌자고 이따위로 빨리 오는 거지? 주문을 소화할 수가 없잖아."

사무실 바깥에서 쏜살같이 타자기를 두드리는 두 여자 가운데 통통한 쪽인 위블리 양이 비난조가 역력하게 이빨을 빨아대고 있었다.

반면에 머지 양은 상대가 사장이기 때문에 키득거리는 웃음으로 대응했다.

"위블리 양, 부탁인데 자기가 나한테 좀 알려줄래?"

로즈트리는 다그치곤 했다. 그가 참을성을 잃어가는 것일 수도 있었겠으나, 그 대신 그만한 보수를 치렀으니까.

"부활절은 날짜가 따로 정해져 있지 않은 축일이니까요." 위블리 양이 대꾸했다.

그녀는 아마도 자기 대답이 전혀 무례하지 않고 똑똑하게 들리리라 생각했을 것이다. 위블리 양은 안 그래 보이도록 능숙하게 방자한 태도를 유지할 줄 아는 사람이었다.

"그럼 옮겨봐. 옮겨보라고, 위블리 양. 제발 좀. 아니면 옮겨지게 좀

해보든가." 로즈트리는 서류 뭉치들 사이를 천천히 지나면서 다그쳤다. "내년에는 뒤로 좀 밀리도록 부탁해, 위블리 양."

머지 양이 킬킬거리면서 개인용 수건으로 팔을 닦았다. 사장은 장난스럽게 까불기 시작해서는 오후 내내 그러곤 했다. 머지 양은 그렇듯 활기찬 남자들을 좋아하면서도 죄책감을 느꼈다. 그녀는 병약한 몸으로 남편을 잃고서 수당을 받는 여동생과 함께 살았고, 동생의 어마어마한 불행은 자매 모두를 무너뜨렸다.

"왜냐하면, 난 절대 부활절이라며 나 자신까지 달걀처럼 깨뜨리진 않을 거란 말이야. 위블리 양, 날짜가 정해져 있든 이리저리 움직이든."

로즈트리는 자기의 재치 덕분에 누구든 숨이 넘어가야 직성이 풀렸다.

위블리 양이 좀더 세게 이빨을 빨아댔다.

"어머, 어머, 로즈트리 씨, 우리 가운데 종교적인 사람이 아무도 없어서 다행이네요. 머지 양이야 뭐 저보다도 더하고."

"난 종교적이야." 로즈트리가 턱 하고 서류를 팽개쳤다.

"종교적이지! 종교적이고말고!" 그는 숫제 노래했다.

실제로 그는 일요일이면 파라다이스이스트에 있는 성 앨로이시어스 가톨릭교회에 나갔다. 그리고 중요한 행사들이 열릴 때마다, 눈을 내리깔 분별조차 없이 마치 일종의 불미스러운 짓을 함께 치렀다는 듯 수녀들의 손에 지폐를 쥐어주었다.

"종교적인 사람이 되어야 해, 위블리 양." 로즈트리는 웃어댔다. "그러지 않으면 지옥에 갈 텐데, 그 꼴이 어떻겠어?"

이제 위블리 양이 얼굴을 붉힐 차례였다. 목 주위로 처진 살이 더이상 짙어질 수 없을 만큼 연보랏빛으로 변했다. 그녀는 자그마한 콤팩트를 꺼내더니 고양이 같은 몸짓으로 이마에서 원피스 덧천에 이르기까지 분을 칠하기 시작했다.

"글쎄요, 저는 전혀 종교적이지가 못해서." 그녀가 입술에 슬그머니 침을 바르며 대꾸했다. "아마 제 친구가 변증법적 유물론자라 그런 모양이에요."

로즈트리의 웃음은 그 어느 때보다도 커졌다. 그가 참지 못하고 물었다. "그래서 그게 대체 뭔데?"

그날 오후에 그는 정말이지 이상할 정도로 행복했다.

"제가 **모든** 걸 다 설명해드릴 거라고 기대하시면 안 되지요." 위블리 양이 샐쭉하게 대꾸했다.

"어이구, 지성인들이란!" 로즈트리는 한숨을 쉬었다.

머지 양이 기침을 하더니 목에 좋다는 사탕을 먹었다. 그녀는 다른 사람들의 이야기를 듣고 그들을 바라보는 게 좋았다. 인생에 어떻게 기여해야 할지 한 번도 생각해본 적이 없는 그녀로서는, 그럼으로써 어딘가에 참여하는 기분이었다. 이제 그녀는 자기 동료가 짜증을 내는 모습을 관찰했다. 머지 양은 다소 힘줄이 불거진 자기의 목 안에서 동정심 때문에 가슴앓이가 올라오는 것을 느낄 수 있었다.

"제 친구는 공무원이에요." 위블리 양이 이렇게 이야기하고 있었다. "세무서에서 일해요. 예납세[2] 분야에서는 전문가 소리를 좀 듣나 봐요."

그러고서 다소 엉뚱하게, 자기가 다만 시험 삼아서 한동안 그것을 절약한 적이 있다고 덧붙였다. "그리고 그 친구는 반의 반쪽짜리 유대인이에요."

---

2) 아직 종료되지 않은 회계 연도의 소득세를 전해 기준으로 일부분 미리 납부하는 제도. 혹은 그 금액.

로즈트리는 서류 뭉치들을 풀어놓고 있었는데, 그 무렵이면 서류들은 언제나 비틀려 흩어지기만 하는 것 같았다. 위블리 양은 쳐다보지 않고도 느낄 수 있었다.

"반의 반쪽짜리 유대인? 저런! 반의 반쪽짜리 유대인이라니! 위블리 양, 만약 자기가 알고 싶다면 말해주겠는데, 난 반의 반쪽짜리 구두 숭배자야. 조울증은 8분지 5 앓고 있지. 그러고도 아직 설명해야 할 분수들이 조금 남는다고. 그래서 우리는, 당최 내가 과연 무엇인지 산출할 수가 없는 거야."

그러자 위블리 양이 타자기 운반구를 있는 힘껏 밀어냈다. 머지 양은 이해할 수 없었으나 위블리 양은 자기가 불쾌감을 표출해야 한다는 사실을 알았다. 그리고 전문가다운 효율성을 발휘해 몸소 실천했다.

"반의 반쪽짜리 유대인이라!" 로즈트리가 거듭 외쳤다.

하지만 위블리 양은 듣지 않았다. 속으로는 현실과 분노의 경계를 넘나들었으나 실제로는 속기 노트를 들여다보느라 그저 고개를 떨굴 따름이었다.

머지않아 그녀들도 퇴근할 시간이 되었다. 이들은 그날 오후따라 몹시 돋보이게 밖으로 나갔다. 작업장에서는 사내들이 일을 마치고 있었다. 몇몇은 버스 정류장으로, 몇몇은 금방이라도 내려앉을 듯한 자동차들이 가득한 차고로 향하기 시작했다. 고지식해 보이는 태도로 행군하듯 걷는 이들도 있고, 자루 같은 가방을 어깨에 늘어뜨리고서 느긋이 걷는 이들도 있었다. 어느 쪽이든 간에, 그날 하루 동안 했던 다른 어떤 활동보다도 분명하게 그네들의 해방을 선언하고 있었다. 오직 사장만이, 나간 사람은 틀림없이 돌아오기 마련이라고 생각하는 것 같았다.

더 이상 벽들도 흔들리지 않고, 서류상 그가 소유한 작업 창고 안으로는 정적이 역류했다. 이제 떠나야 하는데도 사장인 해리 로즈트리는 가만히 앉아 있었다. 계속 남아서 작업하기로 마음을 먹었기 때문이다. 그러나 진짜로 일을 하지는 않았다. 그 정적이 너무도 인상적이라서, 로즈트리는 '브라이타 램프', '보로니아 제도기 세트', '플란넬 꽃핀', '나만의 나비 클럽'과 함께 정적마저 자기가 만들어냈다고 믿게 되었다. 만약 공장에서 사람들이 빠져나가기 한참 전부터 그렇듯 비합리적인 즐거움에 매혹되지 않았다면 당연히 그러한 허상은 오래가지 않았으리라. 그랬다면 그는 정적 때문에 십중팔구 난처함을 느꼈을 테지만, 지금은 바로 그 정적이 힘과 자유에 대한 감각을 북돋워주고 있었다. 하지만 그의 즐거움은 한쪽에서 따로 통통 튀도록 놔두기에는 너무 탄력 있고 저돌적이었다. 그가 고용한 타이피스트 여인들은 오후 내내 그 점 때문에 로즈트리를 끔찍하게 느꼈지만 말이다. 사순절 마지막 주를 통과하며 째깍째깍 흐르는 시간을 멈출 수 없듯이, 그리고 영혼이 다시 태어나는 순간의 경이로운 정적을 멈출 수 없듯이, 그로서는 자신의 즐거움을 억누를 수도 없었다.

로즈트리의 회사가 늘 법을 엄수하는 것은 아니었다. 그래도 해리 로즈트리는 정직한 사내였다. 계약서에 서명했다면 거기 적힌 조항들을 준수해야 하는 법이다. 종교 역시 다른 사업이나 매한가지였다. 로즈트리 집안은 이제 기독교를 믿었다. 그들은 필요한 일을 할 터였다. 셜이 불평을 하긴 했으나, 그녀는 천생 여자였다. 셜은 자기가 남자들처럼 기도를 올리는 게 아니라 집에 있으면서 생선 속을 채우고 경단을 반죽하도록 교육받았다고 말했다. 그녀는 아침 미사에 자주 나가지 않았지만, 가끔 해리가 프랑스산 향수나 스타킹을 선물하며 설득할 때도 있었다. 그러면 셜은 금빛 고리처럼 손쉽게 치장할 수 있는 장신구를 걸치고서, 차분하고 경건한——성체를 들어 올리는 의례는 매력적이었다——분위기, 그리고 값비싼 옷을 걸친 고위 행정관들의 부인들로부터 많은 것을 얻어내곤 했다.

하지만 그해 부활절에 로즈트리 가족은 마이블루 산장을 예약해두었다. 셜은 이야기했다. 기독교인이 되는 것은 아주 좋은 일이지만, 맹세코 그들은 오스트레일리아 사람이기도 하다고 말이다. 그래서 그들은 차를 마신 다음, 「작은 갈색 물병」과 「왈칭 마틸다」,[3] 「걱정은 치워놓고」 등을 노래할 생각이었다. 빌어먹을 이주자 놈들도 여럿이 함께할 거라고, 해리는 말했다. 그가 가장 잘 이해하는 것은 대개 그가 가장 의심하는 대상이기도 했다.

따라서 해리 로즈트리가 늦은 오후의 놋쇠 같은 빛을 받으며 일하는 동안, 혹은 사무실에 앉아 있는 동안, 그의 영혼 속에 가득히 밀려든 것은 달콤한 부활절 향기가 전혀 아니었다. 이리저리 서성거리고 있자면 어렴풋하게 변칙적인 무언가 때문에 기분이 들떠왔다. 마침내 정신이 멍해질 때까지 말이다. 그저 시나몬 때문이었는지도 모른다. 머지 양이 했던 말 때문이었는지도 모른다. 날씨가 습한 걸 제가 미처 신경 쓰지 못한 건 사실이지만, 이렇게 냄새가 스며드는 건 사장님께서 양해해주시면 좋겠네요. 실제로 냄새가 올라왔으나, 상관없었다. 이제 그녀가 돌아갔는데도 기억의 회랑들을 따라 가장 내밀한 장소까지 새된 목소리가 미쳤다.

그들은 갈변한 사과 여러 조각을 입가로 집어 올리면서 그 기다랗지만 무척이나 좁고 어두운 거실에 다시금 앉아 있었다. 어머니는 특별한

---

3) 「Waltzing Matilda」: 마틸다는 여성의 이름이지만 여기에서는 떠돌이들이 등에 지고 다니는 꾸러미를 가리키므로, 「보따리만 매고서 떠도네」 정도로 해석할 수 있는 제목이다. 이 노래는 오스트레일리아의 시인 밴조 패터슨이 한 노동자의 죽음에 영감을 받아 1895년에 가사를 쓴 이래 오스트레일리아에서 비공식적인 국가 구실을 할 정도로 널리 불리게 되었다.

쿠션들을 정리했었다. 아버지가 기대고 있거나 아예 축 늘어져 있던 쿠션들이었다. 보풀들이 닳아지기 시작한 핏빛의 플러시 천이 너무 커다랗게 의자를 덮고 있어서 불편했다. 그것은 중요한 문제였으나 아버지는 불가피한 일들을 즐길 줄 아는 사람이었다. 집안의 재정 상태가 어떻든, 유대인이 아닌 이교도들의 심기가 어떻든, 아버지는 고만고만한 설교를 늘어놓곤 했다. 우리의 역사야말로 우리가 가진 전부란다, 하임. 안식일과 각종 축일들에 느낄 수 있는 평화로운 즐거움, 시나몬의 풍미와 향신료들의 내음, 토라의 지혜와 『탈무드』의 가르침도 마찬가지지.

하임 벤 야코프[4]가 떠올려보려 할 때마다, 분명히 살아 있는 것이었던 아버지의 말들에는 양피지처럼 잔금이 져 있었다. 좀더 나쁘게는, 인간의 피부로 된 두루마리에 세로로 쓰여 있는 것처럼 보이기도 했다.

하지만 그때 만연해 있던 것은 바로 언어의 **내음**이었다. 어떤 상황에서든—그리고 사람들이 얼마나 많이 있든—아버지는 야물커[5]를 머리에 썼다. 오른쪽 콧구멍 옆에는 검은 털이 네 가닥 난 조그만 사마귀가 돋아 있었다. 유월절에 아버지는 이렇게 설명하곤 했다. 하임, 이건 이집트의 갈색 점토를 기억하자는 사과니까 먹어버려야 해. 시나몬 맛이 좋으니까, 먹어라. 소년 시절의 하임 로젠바움은 한 번도 그것을 좋아해본 적이 없었다. 하지만 그가 성인이 되고도 한참이 지나 공식적으로 성궤에서 유월절 장식을 벗기고 자신의 소망들에 새하얀 부활절 로브를 입혀야 했던 그다음에도, 시나몬 향기는 여전히 유월절의 커다란 기쁨과 밀접하게 이어져 있었다.

해리 로즈트리가 앉아 있는 사무실로 누그러진 빛이 쏟아지는 지금,

---

4) '야코프의 아들 하임'. 즉 해리 로즈트리 혹은 하임 로젠바움을 히브리식으로 부르는 말.
5) 유대인 남성이 정수리를 가리기 위해 쓰는, 챙이 없고 동그란 모자.

그를 바라보고 있는 두 눈이 어긋난 각도를 이루는 듯했다. 이는 적어도 두 사람 이상이 안면을 내보이며 거기 있다는 뜻이었다. 하지만 더 가까이에서 살펴보니 조금씩 다듬어진 형태들은, 그리고 각도가 어긋난 눈에서 나오는 것 같던 시선들 모두는 하나의 초점으로 모여 뚜렷해졌다. 일부러 왜곡하고 분리한 것처럼 보였던 각각의 요소들이 결국 몹시 전형적인 하나의 얼굴을 꽤 자연스럽게 이루었다. 무섭다고까지 할 정도는 아니지만, 가슴깨나 두근거리고 불안한 모습이었다.

로즈트리는 최근에 회사에 고용한 늙은 유대인이 거기에 있음을 알아차렸다. 히멜파르프인지 모르데카이인지 하던 그 남자는 그때까지 기별도 없이 복도를 따라 다가와서 쪽창을 통해 이쪽을 바라보고 있었다. 주저주저하면서도 몇 번이나 왔다가, 갔다가. 그 결과 시야에 포착된 쪽창으로 그 순간도 고착되어버렸다. 으레 그러하듯 면실 같던 안락함과 작별할 시간이었다.

로즈트리는 몸이 떨려왔다. 화가 치밀어서—너무도 초라하고 나이든 그 유대인의 얼굴을 도저히 참을 수 없었다—그랬는지, 아니면 머릿속 추억에서 사무실 쪽창으로 옮아가는 동안 알아차린 친숙한 특색들이 반가워서 그랬는지, 그로서는 단정할 수 없었지만 말이다.

로즈트리의 바짝 마른 목은 마지못해 말을 꺼내야 했으나 아직도 상당히 떨리고 있었다. 그는 즐거움과 안도감, 공포와 분노가 아슬아슬하게 뒤흔들리는 가운데 이렇게 웅얼거릴 수밖에 없었다. "샬롬!⁶⁾ 샬롬! 모르데카이!"

그러자 곧바로 유대인 히멜파르프의 얼굴에서 빛이 넘치는 듯했다.

---

6) 유대인들이 일상적으로 주고받는 인사말. 히브리어로 평화를 뜻한다. 여기서부터 해리 로즈트리는 동포인 히멜파르프를 상대로 모어인 독일어를 섞어 쓰기 시작한다.

늦은 시간인데도 창문들마저 정말로 그 빛을 받아 눈부시게 반짝였다.

"샬롬, 로젠바움 씨!"[7] 유대인 모르데카이가 화답했다.

하지만 로즈트리는 자신의 지위를 위협할지도 모를 모든 것을 떨쳐 내느라 헛기침했다.

"도대체 왜……" 그가 물었다. "다른 사람들처럼 문을 노크하지 않 는 거예요?"

그는 자리에서 일어났다. 그러더니 작은 발을 엄지로 지탱해 균형을 잡고서, 맥없이 화를 내며 어슬렁거렸다.

"내가 조합과 마찰을 빚으면 좋겠어요?" 로즈트리가 물었다.

"제가 늦은 겁니다." 히멜파르프는 해명했다. "왜냐하면 이 가방을 못 찾았었거든요."

학교에 다니는 아이들, 아니면 어쩌다 노동자들이 들고 다닐 법한 섬유 가방을 그가 내보이더니 구체적인 물증이라도 되는 양 쪽창 틀에다 올려놓았다.

로즈트리는 화가 치밀었으나, 이미 어마어마하게 중요해 보이기 시 작한 그 꾀죄죄한 물건에 마음을 빼앗기고 말았다.

"어쩌다……" 그가 갑자기 물었다. "이따위 가방을 못 찾았다는 거 예요?"

만지지도 못할 만큼 꺼림칙하지만 않았더라면 그것을 내동댕이쳤을 지도 모른다.

"제자리에 없었습니다." 늙은 유대인은 무척 침착하게 대답했다. "아 무래도 누가 숨겨놓았던 모양입니다. 물론 장난으로요."

---

7) "Shalom, Herr Rosenbaum!"

"누가 그딴 형편없는 장난을 치는데요?"

"아." 히멜파르프가 대꾸했다. "젊은이입니다."

"어떤?"

방 전체가 진저리치고 있었다.

"음." 히멜파르프는 말했다. "제가 이름을 아는 것 같지는 않군요. 다른 사람들이 블루라고 부르기는 합니다만."

명백히 바보 같은 상황임에도 로즈트리는 점점 그 문제에 사로잡혔다.

"빌어먹을." 그가 물었다. "이 망할 놈의 가방이 당신한테 왜 그렇게 필요한데요?"

그가 비참한 유대인 이주자들을 어찌나 역겹게 생각했던가. 특히나 이 남자, 찌그러진 싸구려 가방의 주인.

그러자 늙은 유대인은 그의 광대뼈를 내려다보았다. 그가 안쪽 호주머니에서 열쇠를 꺼냈다. 가방은 금속성의 소리를 내며 거의 상스럽게 열렸다.

"이것들을 집에다 두고 출근하고 싶지 않았습니다." 히멜파르프가 설명했다.

해리 로즈트리는 숨을 죽였다. 그로서는 피할 길이 없었다. 아무래도 가방 안을 들여다보아야 할 것 같았다. 그리고 그는 그렇게 했다. 힐끔. 거기에서 자기가 두려워하는 것들을 분명히 보았다. 탈릿에 달린 술과 테필린의 검은 가죽끈이 주님의 이름을 휘휘 감고 있었다.

로즈트리는 가히 단말마라 할 고통을 느끼는 듯했다.

"치워요, 당장!" 그가 부르르 몸을 떨었다. "어디서 허튼수작[8]이야!

_____

8) 'Quatsch.'

당신네 유대인들은 그러다 다음번에도 똑같이 핍박받는다는 걸 도저히 못 배워먹으려나?"

"정 그래야 한다면야……" 히멜파르프가 가방에 달린 걸쇠를 매만지며 대답했다.

"죄다 허튼수작이라고!" 로즈트리가 되뇌었다.

참을 수 없이 눅눅하던 그날의 날씨는 그에게 최악의 영향을 미쳤다. 그의 얼굴에도 드러났듯이.

형편없는 유대인은 물러나려 했다.

"히멜파르프!" 로즈트리가 좀처럼 뜻대로 움직이지 않는 고무 같은 입술 사이로 상대를 불렀다. "당신은 이틀 동안 휴가를 내는 게 좋겠어요." 그는 이렇게 지시했다. "유월절 의례를 지내야 하니까. 그렇지만 어째서 휴가를 내는지는 비밀로 하세요. 누구라도 알게 되었다가는……" 여기서 그는 혐오감이 치밀어 울컥했다. "그랬다가는 어쩌면……" 여전히 숨 가쁘게, 가래 때문인지 내뱉는 말 때문인지 모를 넌더리를 내며.

보랏빛이 된 피부는 말할 것도 없거니와 그의 혈관들까지 무언으로 선언하고 있었다.

"……**큰일** 날 수도 있거든." 그는 마침내 겨우겨우 소리쳤다.

고용된 입장인 그 유대인은 그게 마땅히 받을 만한 호의인지 신중하게 고개를 갸웃했다. 고용주 입장에서는 자기가 너무 공격적이었던 것 같기도 했으나, 그는 이미 정신적으로 지친 데다 혈압 때문에 고생하는 뚱뚱한 남자였다.

"모를 일이잖아요?" 그가 한숨지었다. "어떤 큰일이 날지."

제법 부드러운 어조였다. 그렇다고 편안해지는 건 아니지만.

"이봐요, 히멜파르프!"[9] 고용된 유대인이 다시 한 번 나갈 채비를 할 때 로즈트리가 독일어로 소리쳤다.

로즈트리는 쑥스러운 생각이지만 간신히 애써서 뭔가를 기억해냈다. 그가 상의 주머니를 뒤적거렸다. 그러더니 지갑을 꺼내 팔락거렸다.

"유월절을 위한 거요!"[10] 로즈트리가 내뱉듯 중얼거렸다.

늙은 유대인은 적잖이 당황했다. 그의 고용주가 5파운드짜리로 보이는 지폐를 흔들어 보이고 있었다.

"받아요! 받아!"[11] 로즈트리가 재촉했다. "히멜파르프! 유월절을 위한 거라고!"

해리 로즈트리는 그다지 순수한 사람이 아니었기에, 한 인간한테 속죄가 가능하다고는 믿지 않았다. 하지만 지긋지긋할 정도의 순수가 히멜파르프의 얼굴에서 그 어떤 의혹이든 정말로, 정말로 말끔하게 씻어낸 것만 같았다.

유대인이 다시 돌아왔다. 그리고 말했다. "로즈트리 씨, 이걸 누군가한테, 그러니까 필요한 사람한테 주라고 부탁드리고 싶습니다."

그의 순수함은 감미로웠으나, 정작 맛보는 이들로서는 쓰디쓰기 그지없었다.

이에 로즈트리는 정말로 화가 치밀었다. 그래서 빌어먹을 유대인 족속 전체를 저주하기 시작했다. 그 자신의 어리석음도 저주했다. 감히 제 아버지의 아랫도리까지 저주할 정도였다.

"여기서 내가 이 빌어먹을 몇 푼을 주겠다잖아!" 해리 로즈트리가 소리쳤다.

---

9) "Hier, Himmelfarb!"
10) "Für Pesach!"
11) "Nehmen Sie! Nehmen Sie!"

그러면서 지폐를 구겨버렸다. 그러더니 양쪽을 잡아 뜯었다. 정확히 말해 찢었다고는 할 수 없었다. 너무 분개한 나머지 그렇게 꼼꼼한 행동까지는 할 수 없었기 때문이다.

"그래서!"

앙심 때문에 목쉰 소리가 났다.

자기가 일으킨 파괴적인 발작을 어떤 식으로든 보상할 수 있었다면 히멜파르프는 그렇게 했을 터이나, 그 시점에는 어쩔 수가 없었다. 무엇을 내보이든 벽에 부딪힐 수밖에 없었기 때문이다. 그는 너저분한 지폐 조각을 집을 수도 없었다. 보자니 그것들은 고용주의 발밑에 흐트러져 있었다.

따라서 그저 이렇게 말할 수밖에 없었다. "사장님을 이토록 괴롭게 해서 죄송합니다."

그리고 겸손함이 이따금 그 자체로 오만함보다 오히려 공격적으로 느껴질 수 있다는 사실을 의식했기에, 한마디를 덧붙여서 충격을 완화하려 했다.

"샬롬, 로젠바움 씨!"

그리고 떠나갔다.

활기는 없으나 달라붙는 듯한 열기가 해방의 기간[12]을 열어젖혔다. 여름이 오면서 풀들은 머리를 숙였다. 버드나무들은 갈라진 곳은 검게 남긴 채 타래마다 노랗게 물들었고, 늘어진 가발 같은 그 모습은 그때쯤 몹시 허술한 변장에 불과했다. 유월절 밤을 앞둔 오후에 카펫들이 깔렸

---

12) 이집트로부터의 해방을 기념하는 기간, 즉 유월절 기간을 뜻한다.

으나 그 조잡한 것들은 지난여름에 빛을 받아 누렇게 바랠 대로 바랬다. 더구나 고작 깔개일 뿐이었다. 하지만 묵직한 펠트 같은 빛이, 쓰러진 초목들과 지저분한 잡초 무더기들을 넘어, 사스퍼릴러의 유대인이 들어가 살기로 결정한 갈색 집으로 이어졌다. 적어도 그 시각의 빛은 그렇게 비치는 것처럼 보였다.

당연히 이웃들은 사실상 버려진 그 꼴사나운 집의 주인이 기이한 의례를 벌이려 한다는 사실을 알아차리지 못했다. 응집된 금관악기의 환희로운 소리가 필요한 축전의 자리에서 그의 외딴 트럼펫 소리가 얼마나 얄팍하고 애처롭게 들릴지 잘 알았으므로, 이 유대인은 유월절 기간이 제공하는 자유를 몇 년 동안 누리지 못했다. 이제야 그는 일종의 정신적 분출 때문에, 영혼의 정체성을 분명히 하고자 하는 욕구 때문에, 그리고 임박한 사건에 대한 예감 때문에 단 하나의 음이라도 보태고 싶다고 갈망하게 된 것이었다.

그래서 그날 오후에 히멜파르프는 음식이 다 된 것을 확인하고서 유월절 식탁을 준비하기 시작했다. 그는 이웃의 고드볼드 부인이 뻣뻣하게 풀을 먹여 납작하게 다림질한 다음 깨끗하게 다잡아놓은 식탁보를 깔았다. 그리고 일종의 기계적인 흥분이 섞인 차분한 몸짓으로 오가며 양의 정강뼈와 구운 달걀을 올려놓았다. 납작한 마초[13], 쌉쌀한 허브, 와인 잔도 올렸다. 하지만 그는 마술처럼 마음속에 떠오르는 문제들로 괴로웠다. 보다 암시적인 어떤 신비를 떠올리는 것만으로도, 하던 일을 더 이상 손에 잡지 못할 것만 같았다. 관객들의 부재 때문일 수도 있었다. 어쩌면 유령들의 존재 때문일 수도. 여러 명의 사촌들과 아주머니들, 칸토어 카

---

13) 유대인들이 유월절 기간에 먹는, 누룩을 넣지 않은 빵.

츠만, 체르노비츠 출신의 숙녀, 유년기에 그토록 무서워했던 염색업자. 얼굴을 떠올리지 않고 남겨두고픈 한 사람만 제외하고는, 그의 능력을 기대하던 사람들 모두.

그때 히멜파르프는 방문객을 떠올렸다. 안에 들어오기로 마음먹은 이들을 위해 문을 열어놓곤 하지 않았던가. 기억을 따라 그도 자기 집 문을 열고서 돌을 하나 대어놓았다. 그로서는 심기를 어지럽히거나 와인을 엎지를까 두려운 나머지 감히 낯선 사람의 입가로 잔을 들어 올릴 수 있을지도 의심스러웠지만 말이다. 그래서 그는 파피에마세에 불과한 유월절의 상징들이 올라간, 버크럼[14] 천이 안타깝게 주름진 그 식탁을 더 이상은 도저히 쳐다볼 수가 없었다. 그가 기획한 웃음거리극이 진행되는 가운데 한스부르스트[15]가 바닥에서 솟아나더니 오줌을 한 방 내갈겨 식탁을 깨부순다 해도 부조리해 보이지 않았으리라. 새 한 마리가 무언가를 내다보고서 덤불 밖으로 소리를 내질렀다. 열린 출입구를 통해 히멜파르프는 이해했으니, 개별 인간에게 주어지는 선택권이란 풀의 바다에 삼켜질 것이냐, 아니면 하늘이라는 거대한 볼록렌즈에 까발려질 것이냐 정도에 불과한 것이었다.

젊은 시절 무엇이 위에 있고 무엇이 아래에 있는지를 탐구하곤 하던 이 유대인은, 그를 향해 닥쳐올지도 모르는 어떤 전망에 겁을 먹었다. 그리고 집 안을 잰걸음으로 서성거리기 시작했다. 그는 완전히 상자에 갇혀버렸다. 그를 둘러싼 도처에, 나뭇가지 뒤쪽에, 다른 생명들을 가두고 있지만 동시에 그 자체의 비밀스러운 의례 혹은 진부한 신비적 합일과도 관련된 상자들이 있었다. 그는 감히 침해하지 못할 터였으나 반드시 결

---

14) 풀을 먹여 뻣뻣하게 만든 아마포.
15) 독일의 희극에 등장하는 전형적인 어릿광대 캐릭터.

합을 이룰 필요가 있었다.

어느 출입구에선가 맞아들이기를 기다리고 있었을 이방인이 바로 그라는 점을 마침내 깨우쳐준 것은, 아까 열어놓은 문이었다. 그러면 질 문들과 시나몬과 노래들이 감도는 장소로 곧장 걸어 들어갔을 것이다. 그 렇게 하는 게 당연하므로 누가 권하지 않더라도 자리에 앉았을 것이다.

히멜파르프가 모자를 가져오는 데는 얼마 걸리지 않았다. 처음에는 급한 마음에 현관 계단에서 허둥댔으나 곧 침착하게 진정하고 길을 나 설 수 있었다. 문단속을 잊었다는 사실을 떠올리고도 당황하지 않았다.

히멜파르프는 사스퍼릴러에서 버스를 잡아탔다. 버스를 타는 건 언 제든 불편하지 않았다. 다만 열차는 출발할 때 타고 있던 승객들이 다른 사람들로 바뀐다는 점 때문에 아직도 이따금씩 불안하게 느껴졌다. 그 래도 버래너글리에서 기다리던 열차가 있어서 그는 어려움을 겪지 않았 다. 이 유대인은 길을 나서겠다는 엄청난 결정을 내린 덕분에 믿음직한 온화함을 되찾았다. 난생처음 보는 얼굴들을 향해 미소를 지어 보이기도 했다. 잘하면 키두시에 맞춰 제때에 도착할 수 있을 것 같았다.

그렇게 그들이 탄 열차는 다시금 출발했다.

온통 뭉개진 민들레 빛깔로 계단들이 뒤덮인 무척 온화한 저녁 시간 이었다. 열차 안을 채운 사람 대부분은 얌전한 숙녀들이었다. 케이크, 병 치레, 친척 등등에 대해 서로 이야기를 나누며 앉아 있는 그들은, 입속 에서 그런 말들을 마치 애정 어린 빵 혹은 설탕 뿌린 사탕처럼 놀렸다. 잇몸에 씌운 연보랏빛 틀니가 반짝거렸다. 코르셋을 착용한 엉덩이들이 열차의 좌석 덮개에 난 홈집들을 일시적으로 가려주었고, 나무랄 데는 없지만 대용품으로 놓인 조화들의 냄새가 썩은 과일들이 갈변하는 냄새 들을 덮어주었다.

유대인 히멜파르프는 자리에 앉아서 모두의 얼굴을 향해, 심지어 그를 불쾌하게 보는 이들을 향해서도 미소 지었다. 기도가 그러했듯 여행 역시 좀처럼 그를 구원하지 못했다. 여행을 위해서는 약속이 있어야 하는데, 그는 이를 배웠고 또 알고 있으면서도 감히 인정하지 않았다. 그로서는 아직 떠올릴 엄두를 내지 못했을 약속. 쉬는 시간에 오가던 이야기에서 얻어들은 약속의 집, 그 아름다운 집의 주소만이 있었을 뿐. 파라다이스이스트의 퍼시먼 거리에 있는 집. 그래서 그는 그 주소에 집착했다. 축제 분위기가 완연한 열차 안에서 그 주소를 애지중지 보듬고 있었다.

바깥의 습도는 내내 93프로 정도였고, 풍경의 획일성 또한 시종 그 정도였다. 집채들 주변에는 달리아들이 축 늘어져 있었다. 누구의 집이 가장 큰지 누가 가릴 수 있었을까? 누가 누구인지 누가 가릴 수 있었을까? 틀니를 착용한 여자들은 아니었으니, 그들 가운데 다수가 남자들 앞에 갈비 토막들을 내놓으려 기다리며 울타리 너머로 이야기를 주고받거나 잡지에 고개를 파묻고서 질문들에 대한 답을 찾고 있었다.

강렬한 빛에 의해, 히멜파르프는 자기가 그것들 중 많은 수에 대답할 수도 있었다는 것을 납득했다.

곁에 앉은 한 숙녀는 부활절을 고대하며 다정함 그 자체를 투명한 배지로 만들어 가슴에 달고 있는 듯했다. 그리고 이제는 그런 걸 찾아볼 수 없지만 한때 축음기 바늘이 있던 시절에 자기가 그것들을 어떻게 수국 덤불 아래 묻어놓곤 했는지 들려주었다.

"이제는 이렇게 되었네요." 그녀가 말했다. "저는 회중교도를 길러냈지만 침례교회에 다니고 있답니다. 그래야 사위가 좋아하거든요. 어쩌면 당신도 침례교도일지 모르겠네요?" 그녀가 물었다.

"전 유대인입니다." 유대인이 대꾸했다.

"아아!" 숙녀는 이렇게 반응했다.

제대로 들은 것도 아니었고 그 말은 그저 우습게 느껴졌을 뿐이다. 자못 무섭다는 듯 그녀의 피부가 저절로 오므라졌다.

모든 숙녀가 일순간 숨을 멈추었던 것 같았다. 그들은 틀니 위로 침을 흘리고 있었다. 다시금 떠들어대기 시작할 때까지 말이다.

이윽고 열차는 도시 아래를 통해 이동했고, 히멜파르프의 곁에 있던 여자를 포함해 여러 명의 숙녀들이 하차했다. 스스로의 믿음에 떠밀리는 이들을 싣고서 열차는 한층 가볍게 땅 밖으로 나왔다.

열차가 물을 건널 준비를 하는 동안 유대인은 좌석에서 내앉았다. 하늘은 사람들 위로 열려 있고 기둥 사이로 다리가 내뻗어 있었으며, 그들은 반짝이는 물 위를 어려움 없이 지나갔다. 이전에도 그러했던 것처럼 그것은 그날을 위해 다시 정비되어 있었다.

유대인은 감사의 마음을 품어야 했다. 열차는 웅덩이처럼 깊은 저녁의 무성한 덤불숲 안에서 약속의 집들이 모여 있는 축복된 풍경을 통과해 건너편으로 올라갔다.

마침내 히멜파르프가 열차에서 내리자 장미들이 그를 맞이하며 계속 이끌어주었다. 설령 장님이라 해도 장미들이 이은 줄을 붙들고서 걸어갈 수 있을 정도였다. 그러하기에 그물처럼 엮인 나뭇잎들 사이로 새어 드는 장밋빛은 부드러운 술이 되어 사람을 취하게 했다. 유월절 방문을 나선 그 유대인이 상기되어 비틀거릴 때까지 말이다. 그는 점점 약해졌다. 대문 앞에 도착한 그는 정말로 기둥을 붙들고 서야 했고, 비둘기 없는 비둘기장 모양의 조그만 철제 우체통이 미세하게 구부러지기까지 했다.

살구색 벽돌집 바깥을 살펴보다 그 광경을 목격한 사람은 셜 로즈트리였다.

그녀는 곧바로 소리쳤다. "해—리! 저게 누구야? 그 유대인 늙은이잖아. 이런 시간에. 지금 대체 뭐 하자는 거지? 못 참아주겠네! 빨리 어떻게든 해봐!"

"유대인 늙은이라니, 누구?" 해리 로즈트리가 물었다.

그는 침착해졌다. 흥분은 좋지 않았다.

"그야 공장에서 온 사람이지, 당연히."

"그렇지만 당신은 그 사람 본 적도 없잖아." 남편이 반박했다.

"난 알아. 그냥 안다고. 그 사람일 수밖에 없어."

히멜파르프의 복잡한 배경에도 불구하고 거기에 그저 한 명의 유대인이 서 있을 뿐이라는 사실은 변하지 않았다. 그것은 그녀의 아버지였고, 가짜 콧수염을 붙인 그녀의 할머니였으며, 그녀의 친척이자, 친척의 친척이었다. 그녀가 폴란드의 어느 마을에서 탈출하기 위해 어둠을 틈타 수레 뒤로 기어 들어가 동물처럼 낳았던 태아였다.

슐라미트 로젠바움은 젖가슴 바로 위를 손바닥으로 때렸다. 너무나 세게. 충격 때문에 그녀가 기침했다.

"해리, 당신이 저 사람을 어떻게든 하지 않으면 난 아파서 드러눕게 될 거야."

그녀는 이런저런 여성 질환에 시달리며 알게 된 것들이 있기에 이렇게 덧붙였다. "뭐가 되었든 유대인들의 논리에는 절대 휘말리지 않을 거야. 그런 건 날 긁어놓는다고. 아직도 끝장내려고 벼르고 있지. 난 박해받지 않을래. 처음에는 이교도들이 그러더니 이제는 유대인이 이러는군. 난 그저 평화와 아늑한 집만 있으면 돼."

그녀는 가련한 인상을 풍기고 싶었으나 늘 불만 때문에 통통 불어 보였다.

"알았어! 알았다고!" 해리 로즈트리가 말했다. "셜, 대체 왜 그렇게 히스테리를 부리는 거야?"

이제 로즈트리도 몸을 꿈지럭거리고 있었다. 저 유대인 남자, 모르데카이가 자갈길 진입로로 막 들어섰기 때문이다. 방문자의 발걸음은 어기적거렸으나 그 고갯짓은 어떠한 힘에 사로잡힌 듯했다.

"왜냐고?" 로즈트리 부인이 쏘아붙였다. "나야 나를 알고 내 남편을 아니까!"

"맙소사!" 남편은 웃어버렸다. 혹은 움직거렸다.

"그리고 저 사람은 **물렁**하잖아!" 셜 로즈트리가 소리쳤다. "유월절 밤이니까 아무 유대인한테나 알아서 옮겨 가도록 해. 그러려면 누가 저 사람을 밀어내야겠어?"

"알았어, 셜." 그녀의 남편은 그다지 대단치 않은 상황이라고 생각하며 대답했다. "우리는 그냥 저치한테 이야기할 거야. 여행을 떠나려고 짐을 싸던 중이라고."

"**우리**라니!" 셜 로즈트리가 웃어젖혔다. "유대인한테든 기독교인한테든, 싫은 소리를 해야 할 사람은 나잖아. 왜냐하면, 하임, 당신은 그러는 걸 좋아하지 않으니까. 사람들이 찾아올 때마다 닭고기 수프를 따라주는 게 더 쉽지. **내**가 만든 닭고기 수프, 게필테피시,[16] 라트케[17] 등등! 당신은 그냥 사람 좋은 거물이고. 어쨌든, 난 저 늙은 놈팡이한테 오늘 밤 이 집에 오는 건 헛수고라고 말해줄 거야. 심지어 우리는 저 사람이

---

16) 송어나 잉어 같은 생선에 다양한 재료를 넣어 끓인 유대인식 요리.
17) 감자를 주재료로 하는 일종의 팬케이크.

무슨 속셈으로 왔는지도 몰라. 십자가의 길[18]을 마친 다음 성금요일[19]을 우리 차에서 보내고 부활절을 지내려고 산장까지 예약해둔 마당이잖아."

그녀는 그쯤에서 말을 멈추었지만, 이는 저 혼자서 충격을 받았기 때문이었으리라. 두 사람은 제자리에 선 채 서로를 쳐다보면서도 그 같은 상황의 밑바닥에 완전히 잠겨버렸고, 겉으로 드러난 온몸의 땀구멍에서 땀이 흐르고 있다는 사실도 깨닫지 못했다. 살빛까지 노래져 있었다.

"수녀원에서 가르쳐주었는데, 이유가 어떻든 간에 우리는 평정을 잃으면 안 된다고 했어요." 방으로 들어온 그들의 딸, 로지 로즈트리가 말했다.

로지는 가냘픈 몸집의 아이로 자라나고 있었다.

"그렇게 건방지게 굴면 안 된다는 걸 배우는 편이 낫겠구나." 아이어머니가 말했다. "아무도 평정을 잃지 않았거든."

"지금 막 찾아오신 어른이 계셔서 그래." 아버지가 덧붙였다.

"웬 어른요?" 가늘게 뜬 눈으로 연푸른빛 베니션블라인드 사이를 내다보며 로지가 의아하다는 듯 물었다.

그 아이는 사람들한테는 관심이 없었다.

"내 말이!" 어머니도 참지 못하고 소리쳤다.

그러더니 정말로 씁쓸한 투로 웃음을 터뜨렸다.

아이아버지가 아무래도 설명 같지 않은 몇 마디를 웅얼웅얼 내뱉고 있었다.

아이는 블라인드 뒤로 가려진 낯선 남자의 얼굴 쪽으로 자기 얼굴을 가까이 가져갔다. 그리고 블라인드 널 사이로 그를 똑바로 보기 위해

---

18) 예수가 수난을 당하다 십자가에 매달리고 무덤에 묻히기까지 일어난 열네 개의 사건을 묵상하는 과정.
19) 부활절에서 이틀 전날로, 예수가 십자가에 못 박혀 죽은 날이다.

위아래를 살폈다.

"옷차림이 끔찍해요." 로지 로즈트리가 말했다.

그러고서는 완전히 흥미를 잃었기에 그냥 가버렸다. 자선은 그저 추상적인 관념, 기껏해야 그녀 입장에서 받아들일 이유를 찾을 수 없는 미덕에 불과했다. 수녀들이나 이야기할 법한, 아름답지만 불필요한 미덕 말이다.

하지만 그녀의 아버지는 선한 사람이었다.

이제 그가 문을 열어주었다. 그의 목소리는 우스울 정도로 커다랗지만 명료하지 못했다.

해리 로즈트리는 말을 걸었다. "이런, 히멜파르프. 이건 정말 예상치 못했던 방문이군요."

그들은 의례적인 인사를 주고받았다.

설명할 필요가 없으리라고 생각하며 들어왔으나, 결국 히멜파르프는 자기의 행동을 해명해야만 했다. 하지만 당장은 아니었다. 그는 그냥 너무 지쳐 있었다. 그저 그들의 상식을 언외의 즐거움으로서 함께 나눌 수 있기를 희망할 따름이었다.

"자리에 앉겠습니다. 괜찮다면요." 누구도 기대치 않았던 손님이 말했다.

그러고서 로즈트리 부인이 절대 내놓을 생각이 없었던 조그마한 장미 나무 의자에 대뜸 앉았다. 의자의 주인은 그 모습을 보고서 앞으로 나서려 했다.

하지만 그녀의 남편이 끼어들었다.

"거기 잠깐 앉아서 쉬는 게 좋겠어요. 많이 욕봤겠네요." 전에는 동원해본 기억이 없는 것 같은 표현들을 구사하며 로즈트리가 말했다.

그럼에도 로즈트리 부인은 앞으로 다가섰다. 여러 가지 색깔의 실내복 가운데 이따금 하나를 골라 푹 빠져드는 게 그녀의 행복이었는데, 이제 그녀의 실내복은 통통한 몸을 가려주기만 하는 게 아니라, 극적인 효과를, 정확히는 비극을 연출했다. 그날 오후 일찌감치 손톱을 칠했었다. 이제 그녀는 의례적으로 죄스럽다는 태도를 취하며, 뻣뻣하게 손가락을 뻗고서 버텨 서야 했다. 처음부터 그녀의 손끝에서는 피가 떨어지고 있는 것 같기도 했다.

"안타깝게도 제 남편이 제대로 설명을 안 했네요, 히멜파르프 씨." 로즈트리 부인이 말했다.

아무도 서로를 서로에게 소개하지 않았다는 사실도 별문제가 아닌 듯했다. 왜냐하면 그때쯤에는 이미 모두가 각자 연기하기로 되어 있는 역할을 파악하고 있었기 때문이다.

"무슨 설명을 안 했느냐 하면……" 로즈트리 부인이 말을 이어나갔다. "우리는 나갈 채비 중이었거든요. 부활절 때문요. 댁도 당연히 아시겠지만, 모레면 벌써 성금요일이랍니다."

로즈트리 부인은 설명을 거드느라 미소를 지었다. 화장기 없는 얼굴에 딱 하나 바른 촉촉해 보이는 립스틱이 우연처럼 반들거렸다.

"야박한 사람처럼 보이고 싶지는 않아요." 그녀는 계속 말을 이었다. "누구한테든 말이에요. 그래도 히멜파르프 씨, 이건 뭐랄까, 집을 싹 단속해야 하는 일이거든요. 사소한 것 하나하나까지. 아이들도 있고요. 구운 콩 통조림 하나 내드릴 겨를도 없지 뭐예요. 신선 식품들을 집에다가 쌓아놓고 나가지도 말아야 하니까요. 그랬다가는 쥐들만 잔뜩 포식하고 우리 가족은 아마 황달에 걸리고 말 거예요."

웨이브 진 머리를 딱 붙이느라 엄청나게 규칙적인 간격으로 꽂아놓은 작은 핀들 때문에 로즈트리 부인의 머리는 온통 삐죽삐죽했다.

해리 로즈트리는 자기 부인의 영락없이 무정한 물질주의적 태도에 탄복해야 했다. 그로서는 사업상의 이유로만 연마해 보여줄 수 있을 법한 태도였다. 그러나 셜에게 있어서는 당연히 인생이야말로 하나의 사업이었다.

로즈트리는 가만히 선 채로 늙은 유대인의 정수리를 내려다보면서 말했다. "음, 히멜파르프가 봉축하도록 기운 날 만한 것 한잔 내줄 여유도 없나?"

로즈트리 부인이 따지는 듯한, 혹은 불만스러운 듯한 목소리로 이야기하기 시작했다.

"봉축에 대해서는 잘 모르겠어. 그래도 일단 이 양반을 좀 앉아 계시게 하는 편이 낫겠다. 힘쓰고 난 노인들한테 술을 마시라고 권하는 건 옳은 생각이 아냐. 난 무슨 문제라도 생길까 봐 무서워서 아버지한테도 그래본 적 없다고."

그러더니 마치 제단에 제물이라도 바치는 느낌으로, 문제들이 알아서 해결되기를 바라며 나가버렸다.

그래서 하임 벤 야코프는 유월절 밤의 방문객인 모르데카이와 단둘이 남았다.

아무런 달가움도 없는 그가 꽉 찬 것 같은 자신의 집 안에서 손님에게 내줄 수 있는 것은 아무것도 없었다. 확실히 유대인에게 속할 수 있는 것은 오직 스스로의 피부와 그가 물려받은 어떤 진실뿐이며, 그 집 역시 더 이상 그의 소유가 아니었을지도 모른다.

방문객은 부정하려 들지 않았다. 기진맥진한 듯, 혹은 납득한다는 듯 고개를 숙인 채 앉아 있었다. 그런 식으로 속을 넌지시 내비칠 만큼 적극적인 성격도 아니건만.

누가 뭐라 해도 유대인이 아니었던 해리 로즈트리는 그래서 조급해지기 시작했다. 좀더 정확히 말해 신경질이 난 게 아니었다면 말이다. 덧붙이 판자를 배경으로 놓인 방문객의 신발이 얌전하고 칙칙해 보이는 것도 점점 짜증이 났다.

그때 히멜파르프가 문득 자기 때문에 집주인이 처한 어색한 상황을 알아차렸다는 듯 고개를 들었다.

"괜찮습니다." 그는 이렇게 말하며 미소를 지었다. "저는 금방 갈 테니까."

"저기 말이에요, 히멜파르프." 로즈트리는 대답하는 쪽이 차라리 쉽다는 사실을 깨달았다. "솔직히 말해서 전혀 예상을 못 하고 있었으니까요. 게다가 생활이라는 게 가만히 서서 기다려주는 게 아니잖아요. 미안하지만 잠시만 혼자 있어요. 어두워지기 전에 나무 몇 그루에다 물을 좀 줘야겠네요."

로즈트리는 자기가 한동안 속하게 된 교외 지역의 생활에서 해두어야 하는 일이 무엇인지를 익혔기 때문이다.

"그래도……" 그가 덧붙였다. "필요하다고 느껴지는 만큼 얼마든지 여기에서 쉬어도 괜찮아요. 당신 나이의 남자는 건강을 무시할 형편이 안 되니까."

히멜파르프는 로즈트리의 객실에 계속 앉아 있었고, 그 객실은 방이라기보다는 집주인 부부를 달갑지 않은 대상으로부터 지켜줄 수단이었다. 가만히 숨어 있는 한 그들의 힘은 도전받을 여지가 없었기 때문이다. 빛이 희미해진 시간이었다. 유리처럼 매끄럽던 표면들도 많은 수가 이미 칙칙해졌다. 하지만 여전히 뒤편의 집에서는 성공한 삶을 표상하는 소리들이 기계적으로 들려오고 풍족하게 반짝이는 빛도 함께 흘러나왔다.

그때 남자아이 하나가 나타났다. 아직 어엿하지는 않지만 벌써 키가 꽤 자란 아이였다. 희미한 빛이 소년의 얼굴 윤곽을 마치 노란 밀랍처럼 비추었다. 마치 두루마리를, 혹은 가느다란 초를 자기 안에 품고 있는 아이 같았다.

소년은 방문객이 있으리라고 예상하지 못했기에 얼굴을 찡그렸다.

히멜파르프는 상대의 존재 자체만으로도 감사한 기분이었다.

"바르미츠바로구나." 스스로를 주체할 수 없었다.

"에?" 소년이 소리치더니 한층 인상을 구겼다.

소년은 이 모든 상황에 어느 정도 성질을 내야 한다고 느꼈으나, 일단은 표출하지 않았다.

"이제 열세 살일 테고." 방문객이 확신에 찬 목소리로 말했다.

소년은 그렇다고 나직하게 툴툴거렸으나 말투에는 혐오가 가득했다.

"이름이 뭐니?"

"스티브." 소년이 대답했다.

당장이라도 나가버릴 기세였다.

"다른 건?" 남자가 다그쳤다. "진짜 이름이 따로 없어?"

소년의 목구멍은 실룩거리고 있었다.

"우리 민족 사람이지?" 방문객이 질문을 계속했다.

소년의 기분은 두려움까지는 아니어도 역겨움으로 가득했다. 그는 객실에 있는 이 미치광이가 싫었다.

그래서 아무런 대꾸 없이 고무창 신발을 신은 채로 방을 나가버렸다.

이제 방문객이 함께할 사람은 아무도 남지 않았다. 사지가 말만 듣는다면 그도 그 집을 떠났을 것이다.

하지만 이번에는 여자아이 하나가 안으로 들어왔다. 들뜬 기색이었다. 그리고 가냘픈 몸이었다. 살며시 말린 채 흔들리는 머리칼이 곱슬머리를 이루고 있었다.

"안녕, 애야." 그가 먼저 말을 붙였다. "네가 이 집 딸이구나."

"오, 맞아요." 소녀가 긍정했으나, 그런 건 중요하지 않았다. "저는 작은 꽃[20]의 일생에 대해 읽고 있었어요." 아이는 자기에 대해 이야기하는 걸 좋아했기에 계속 말을 이었다. "아름다운 이야기예요. 제가 가장 좋아하는 책이지요. 성인들의 이야기는 모두 다 흥미롭지만요."

"제파트[21]와 갈리시아의 성인들에 대해서도 알고 있니?"

"어……" 소녀가 대답했다. "**그런 것**들에 대해서는 한 번도 못 들어봤어요. 그런 건 가톨릭 성인들이 아니고, 진짜 성인들도 아닐 거예요."

하지만 그런 것 역시 중요하지 않았다.

소녀가 신앙 고백을 위해 그에게 좀더 가까이 다가왔다.

"그러니까, 저는 소명을 가질 거예요. 제 소명을 위해 기도하고 있어요. 정말로 간절하게 기도한다면 그건 이루어지는 법이거든요. 저는 제 두 손에 성흔[22]이 열리게 해달라고 기도하고 있어요."

반쯤 내리쬐는 빛 속에서 그녀는 마른 손바닥을 서로 비비고서 보여주고 있었다.

하지만 전화벨이 울리며 어머니가 나타났기에 딸은 손을 숨겼다.

로즈트리 부인은 아직도 실내복을 입고 있었는데, 그 색깔은 한없이

---

20) 19세기에 빈민 구제에 앞서며 기적을 행했다고 하는 프랑스의 수녀 테레즈의 예칭.

21) 이스라엘 북부의 도시. 유대교의 성지 가운데 하나이다.

22) 기독교에서 성인의 몸에 생겨난다고 생각하는 상처. 십자가에 못 박힌 예수의 상처를 이어받는다는 종교적 의미가 있다.

이어졌던 기진맥진한 여정 전체를 늙은 유대인의 마음속에 갑자기 환히 밝혀주었다. 그녀가 꼬여 있는 전화선을 무척이나 조심스럽게 풀더니 모퉁이를 돌아 전화기를 가져갔다. 다른 이의 눈을 피해. 그럼에도 로즈트리 부인의 엉덩이는 모퉁이에서 강렬한 하늘빛을 드러냈다.

"여보세요?" 부인이 전화를 받았다. "여기는 563의…… 마지! 왜 그래, 마지!" 그녀가 소리쳤다. "뭐라고 하는 건지 모르겠네. 전화기를 좀더 가까이 대봐."

객실에 있던 딸은 인상을 찡그렸다.

"엄마의 친구예요." 그녀가 설명했다. "골칫거리죠."

"아니, 마지, 너한테 전화할 수도 있었는데……" 로즈트리 부인은 변명하고 있었다. "미용실에 갔거든…… 그래. 그래. 거기. 이제 그 사람한테 안 가려고, 마지. 그 사람 부인한테 문제가 있거든. 늘 똑같지. 매번……"

소녀는 황혼 속에서 방문객의 몸을 밀어붙였다. 그녀는 속삭여 말해야 했다.

"성녀 테레즈와 장미에 대해 아세요? 저도 장미를 한 번 본 것 같아요. 하얀 장미."

"아아, 아냐, 아냐, 마지! 너한테 **전화할** 뻔했는데!" 로즈트리 부인이 계속 통화했다. "그렇지만 영화를 보러 갔어…… 그래. 그렇지…… 사랑 이야기…… 그래. 그다지 대단할 건 없지만 기분이 좋아지는 영화……"

황혼 속에서 종이 장미들이 히멜파르프를 둘러싸고서 지저귀는 듯했다. 그 사랑의 목소리들은 인위적인 헬리오트로프23) 향기를 풍겼다.

---

23) 선명한 보랏빛 꽃을 피우며 향이 강해서 향수의 원료로 많이 쓰이는 식물.

"그래, 마지." 로즈트리 부인이 웃음을 터뜨렸다. "나한테도 내 몫의 양식이 있어야지. 사랑의 양식 말이야."

"어째서 나한테 이런 이야기들을 다 들려주는 거니?" 히멜파르프는 작은 소녀에게 속삭여 물었다. "장미들, 그리고 상처들에 대해?"

"성금요일에, 나중에……, 그래. 십자가의 길을 마치고……, 그래." 로즈트리 부인이 무척이나 참을성 있게 말했다. "그래, 자기야, 우리한테는 교인으로서 의무가 있거든. 음, 그건 있잖아, 마지, 자기가 아예 다른 사람이 되지 않고서야 절대 이해하지 못할 문제야."

그 딸은 입안을 빨며 생각에 잠겨 있었다.

"누군가한테 이야기하고 싶었어요." 그녀가 말했다. "한 번쯤은 말이에요. 제가 다시 보지 못할 사람한테요."

사실 그녀는 이미 자기와 어울리던 상대를 머릿속에서 지운 다음이었다.

하지만 그녀만의 독특한 히스테리가 일어나면서 잠시 그에게 관심이 되돌아왔다.

"게다가……" 그녀가 킥킥거렸다. "아저씨는 말하자면 도깨비 같은 거니까!"

"아냐, 마지." 로즈트리 부인은 통화하고 있었다. "아무도 없어…… 당연하지…… 음, 그래, 웬 남자가 한 명 오긴 했는데, 이제…… 아무도…… 그래, 자기야, 말해줄게. 그 사람은 지금 **가는** 중이거든……"

그 말을 들은 방문객은 일어나서 밖으로 나갔다. 문은 그가 들어올 때 모습 그대로 열려 있었다.

통화를 마친 로즈트리 부인은 전화기를 들고서 모퉁이를 돌아오더니 말했다. "그 남자 설마 가버린 건 아니겠지! 넌 대체 그 사람이랑 할 일이 뭐가 있었던 거니?"

부모가 묻는 말에 대답하기를 진작 포기했던 딸은 열리지 않은 창문 주위를 손가락으로 가만히 문지르기만 했다.

"이놈의 유대인 늙은이들……" 로즈트리 부인이 훈계하듯 말했다. "그런 사람들이 너한테 올라서려고 할 때가 있을 텐데, 그냥 됐다가는 너도 끝장나는 거야."

"그 아저씨, 유대인이었어요?" 소녀가 물었다.

"유대인이었냐니!"

로즈트리 부인이 이렇게 말하며 무척이나 부드럽게 웃었다. 그녀는 방문객이 아니라, 자기 자신과 의사만의 비밀인 신체 부위—예를 들면 자궁—를 가리키고 있었는지도 모른다.

"우리 구세주처럼요!" 작은 소녀가 소리쳤다.

소녀는 터무니없이 울부짖기 시작했다. 왜냐하면 한 번도 기적을 경험한 적이 없었기 때문이다. 그녀에게 접촉해올 손길을 얼마나 오래도록 기다렸든.

"아아, 로지, 자." 어머니가 분명히 말했다. "마그네시아유[24]를 가져오마. 울어! 울라고! 아무것도 아닌 걸 가지고서. 아무래도 그럴 만한 나이인 모양이구나." 그녀는 한숨을 내쉬었다.

그리고 크네이델[25]을 곁들인 닭고기 수프를 데우기 위해, 그리고 파출부를 욱대겨서 훌륭하게 다져놓은 닭 간을 맛보기 위해, 사뿐사뿐 부엌으로 향했다.

그녀의 남편이 나타나지 않았지만—대개 그는 음식 냄새가 풍겨올

---

24) 수산화마그네슘이 주성분인 약재로, 대개 제산제로 이용된다.
25) 유대인들이 수프에 주로 띄워 먹는 일종의 경단.

때쯤 나타났다—이는 그가 부시하우스[26]에 나가 있기 때문이었다. 부시하우스 덕분에 로즈트리는 모르데카이가 돌아갈 때까지 그와 더 이상 말을 섞지 않을 수 있었다. 손에 넣을 때까지 로즈트리 부인이 그토록 갈구했던 그곳—그리고 온실—은 처음부터 남편의 마음 역시 사로잡았었는데, 이전에도 가끔 도피처가 되어주었거니와 그날 밤처럼 유용하게 활용된 날은 다시 없기도 했다. 잔가지들 사이로 친숙한 별들이 나타나는 가운데, 떠나가는 방문객의 발소리가 자갈길 쪽에서 들려왔다.

과거 그들이 살던 집은 좁은 도로 위로 발코니 한쪽 끝이 나와 있었는데, 그들은 거기다 줄기 몇 개를 투박하게 엮어 천막을 만들었다. 평소 그 끝에는 행주가 걸려 있었고 초막절 기간에도 지독한 구정물 냄새가 남아 있었다. 그들은 그 안으로 매트리스를 끌고 가서 누워 있곤 했다. 가족 모두가. 그들의 피가 한데 섞이다시피 했다. 초막절 기간 동안 그들은 절대 자신들의 예배소를 떠나지 않는 것처럼 보였다. 무척 불쾌한 비가 내려서 그들이 흩어지고, 나이 든 사람들이 위험한지 판단하느라 서로의 옷을 토닥거리게 되는 경우라면 모를까. 하지만 평소라면 그들은 초막절마다 밤새 구정물 냄새를 맡으며 누워 있었고, 할아버지가 끙끙거리며 코를 골고 방귀를 뀌는 가운데 소년 시절의 하임 벤 야코프는 저 한결같은 별들을 바라보고 있었다.

이제 로즈트리 부인이 그를 불렀다. "해—리? 여기 맛있는 수프가 전부 식어버릴라. 당신, 불안해서 그러는 거지. 그 사람은 갔어. 쯧! 해—리! 밤공기 때문에 당신 몸 버리겠다!"

---

26) 수풀 곁에 별채처럼 딸려 있는 단순한 목조 건물.

히멜파르프가 파라다이스이스트의 거리를 따라 돌아올 무렵 밧줄처럼 엉킨 장미들은 허물어져 있었다. 꽉 찬 빛의 형상으로 박혀 있는 창문들이 무언가 살아남았음을 입증하긴 했으나 건물들 역시 어둠에 녹아 사라져버렸다. 어떤 확신으로 가득 찬, 혹은 저녁에 먹은 스테이크로 가득 찬 증권 중개인들의 배가 가스탱크처럼 부풀었다. 증권 중개인들은 수압을 높이느라 호스 노즐을 엄지로 꾹 누르고 서서 측백나무와 화백나무가 서로 필적하는 장점이 무엇인지를 논했다. 파라다이스이스트의 모든 정원은 다음 세대를 위해 조성되어 있었다. 집들도 모두 계획대로 건축되어 있었다. 한쪽 창문에서 뜬금없이 보아뱀 같은 장미에 목이라도 졸린 듯한 괴성이 분명히 들려오기 시작했는데, 그 소리는 오히려 중심지 바깥에서 들려오는 것 같기도 했다.

히멜파르프는 역에 도착해 조그만 열차를 잡아탔다. 도망칠 곳 없는 땅으로 그를 인질 삼아 돌려보내기로 약속이라도 되어 있었다는 듯, 다시 한 번 열차는 그가 오길 기다리고 있는 것 같았다.

그는 불만을 표출하지 않았다. 그냥 열차였다. 열차는 흔들리고 덜컹거렸으며, 여전히 소극적인 그의 몸에 적막한 밤의 어떤 기운을 전달했다. 틀니를 낀 숙녀들은 너무도 은은한 존재들이었기에 그때쯤에는 더 남아 있지 않고 저무는 하루 속에서 스르르 사라졌다. 밤에는 남자들이 열차에서 세를 부리며 소란을 피웠다. 오가는 이야기들이 야만스럽게 들렸겠으나, 떠드는 사내들한테는 이미 닳고 닳은 화제들이었다. 몸이 야윈 구릿빛의 사내들, 찢어진 좌석 덮개 같은 머리칼을 주체하지 못하는 푸르뎅뎅하고 뚱뚱한 사내들. 그들이 몸을 흔들 때마다 땅콩, 젖은 종이 가방, 맥주, 터널의 냄새가 풍겼다.

이리저리 요동치는 열차는 각자의 삶을 살아가는 사람들한테 달려

들어 부딪칠 듯했다. 수많은 가정집의 부엌에서 러닝셔츠를 입은 신사들은 이제 그냥 플라스틱 같은 소시지를 능욕하고 있었고, 숙녀들은 무척 조심스레 올려둔 토스트 위로 스파게티를 유연하게 뒤덮고 있었으며, 제 어머니보다도 얌전한 딸들은 식사를 끝내려 서두르고 있었다. 언제까지고, 언제까지고. 곳곳에서 소고기 기름의 정령이 푸른빛 로브를 입은 채로 가만히 서성거렸다. 하지만 마술은 없었다. 소년들은 비좁은 방에 붙은 색 바랜 핀업 사진[27]의 끈적끈적한 시선에서 벗어나 어둠을 탐구하려 채비했다.

열차는 기적적으로 밤에 매달렸고, 물 위를 지나서 그 밤을 가로질렀다. 그들이 실제로는 절대 벗어나지 못할 구속 상태로 돌아간다는 사실을, 유대인을 제외하면 객실에 있는 그 누구도 알아차리지 못하는 모양이었다. 하지만 그 유대인은 자기가 다른 무엇도 기대하지 말아야 했다는 사실을 이제는 깨달았다.

열차는 계속해서 배어 나오는 온갖 주스—빨간빛, 초록빛, 보랏빛—와 함께 차려내기 위해 칼들로 잘라놓은 도시들을 지나 천천히 나아갔다. 선디 아이스크림에 올린 시럽이 죄다 스며 나와 거리를 달콤하게 했다. 네온 색의 시럽은 웅덩이를 이룬 토사물과 선원들의 오줌을 물들였다. 개버딘[28] 옷을 입은 젊은이들의 눈은 정말로 꺼져버린 게 아니라면 조명 아래에서 눈부시게, 더욱 눈부시게 푸른빛이었다. 머리칼이 파래 보이는 할멈들이 머리칼 뿌리부터 바지 밑단까지 보랏빛으로 보이는 건 부끄러움이 아니라 네온 때문이었으며, 그들의 젖가슴은 새미 가죽에서 벗어나 젊음을 되찾으려 안달하거나 단단한 요강처럼 강력하게

---

27) 패션모델이나 여배우들의 대량 생산된 포스터를 핀으로 꽂아놓은 것.
28) 소모사나 면사를 사용하여 능직으로 짠 옷감. 코트를 만드는 데 많이 쓰인다.

뻗대고 있었다. 젊은 여자들이야말로 거기 없어서는 안 됐다. 오락가락하거나 모퉁이를 어슬렁거리거나 팔을 붙들린 그들은 생각과 멜론이 뒤섞인 총체 같았다. 개버딘을 입은 남자들의 생각이 그들의 서로 융합된 안구 뒤쪽의 잿더미에서 솟아올라, 마침내 보랏빛, 빨간빛, 출렁이는 초록빛의 살을 뒤집어썼던 것처럼 말이다. 거기에는 아이들도 있었다. 아이들은 시계 보는 법을 배울 때까지, 다른 달콤한 것들을 입에 넣는 순간이 올 때까지, 그네들의 네온 쪼가리를 끊임없이 빨아댈 것 같았다.

술 취한 열차는 마그네슘 합금으로 된 철로를 따라 흔들렸다. 그날 밤 자체가 취해 있었으니, 그 밤이 초래했을 피해자들도 그저 똑같이 따라갈 수밖에 없었다. 히멜파르프 역시 취했으나 짐승으로 전락할 정도는 아니었다. 아직 그 지경에 이르지는 않았던 것이다. 보랏빛의 포옹에서 벗어난 그는 이따금 휘청거렸다. 부닥뜨리기도 했다. 가만히 지켜보면서.

어둠이 불꽃을 뱉어내고 아스팔트로 된 힘줄들이 짜디짠 땀을 흘리며 이어지는 가운데, 술 취한 열차 차량들은 털로 덮인 듯한 대기 사이로 더 멀리 굴을 뚫고 있는 것 같았다. 철로에 놓인 병뚜껑 위를 지나, 찌부러진 동전들의 냄새를 통과하며, 끽끽거리는 소켓에서 간간이 가로대를 떼어내는 것도 빼먹지 않으면서 말이다. 하지만 종국에는 프랜지파니[29] 나무 아래에, 스펀지 같은 입으로 휘감는 산들바람 아래에 당도할 터였다. 소돔조차도 그날 밤 시드니의 바다 공원보다 부드럽고 매끈하지는 않았다. 니네베의 거리라 해도 그만큼이나 금속성으로 쩽그렁거리지 않았다. 바빌론의 물소리마저도 프랑스식 편지[30]들의 거품 속에서 허물어진 해변으로 마무리되는 바다보다 더 구슬프게 들리지는 않았다.

---

29) 향기로운 꽃이 피며 잎이 커다란 협죽도과의 나무.
30) 영국에서 콘돔을 이르는 은어.

히멜파르프가 집으로 향하는 여정을 위해 급하게 잡아탄 열차는 어느 순간 훌륭하기 그지없게 방귀를 뿜었다. 그리고 제자리에 멈추었다.

반대쪽에 있던 사내가 차갑게 식은 감자튀김을 입에 넣다가 멈추었다.

"워워, 마틸다![31]" 제법 몸집 있는 그 사내가 소리치고 시끄럽게 웃어댔다.

으깨진 차가운 감자를 입에 물고서.

하지만 외국 출신의 남자는 농담을 알아듣지 못했다.

어쩌면 미동 없는 밤 속으로 노래를 내보내기 시작한 라디오에 귀를 기울이고 있었는지도 모른다. 감자를 먹는 사내로서는 알아들을 생각조차 없는 어떤 노래.

"오, 나긋나긋한 키스와 뒷걸음질하는 꿈의 도시여!"

선창자가 노래했다.

"오, 토사물의 강물, 오, 붕긋한 욕정의 언덕, 오, 무사안일의 광야여!

오, 위대한, 허우적거리는 몸이여, 그대 영혼이 바구미 꼬인 말랑한 땅콩에 불과하다면, 그 얼마나 속죄하려나?

오 냉─엄한 도시여……"

---

31) 오스트레일리아의 비공식 국가와도 같은 「왈칭 마틸다」에서는 등짐 꾸러미를 가리키지만, 전형적인 여성의 이름이기도 하다.

하지만 열차가 출발하면서 그 목소리를 묻어버렸다. 그리고 나아갔다. 계속 나아갔다. 한참 더 나아간 끝에야 늙은 유대인은 자기가 살던 좁은 길—혹은 대로—을 내려가고 있음을 깨달았다. 그는 이제 몸을 떨며, 낮질한 패스페일럼 사이로 떨어질지 모른다고 위협을 느꼈다. 그것은 언제나 그를 압도하려 했었다. 그날 밤 보고 겪은 모든 것 때문에 그는 거의 울부짖을 지경이었다. 그 자체로 존재하기 때문이 아니라, 그가 그것들을 가슴속에 살아 있게 했기 때문이다.

그리하여 그는 자기 집 문에 당도해 문설주에 있는 메주자를 더듬었다. 그저 만지기 위해, 셰마를 만지기 위해, 구원받으리라는 희망 때문이라기보다는, 혐오를 몰아내기 위해.

그때 정말로 기적이 일어났다. 거의 같은 순간 그는 이리저리 뒤흔들리며 다가오는 빛을 알아차렸으니, 불빛을 손에 쥔 사람이 울퉁불퉁한 길을 넘어오고 있었다. 간격과 그림자, 그리고 빛 그 자체가 마침내 길을 만들어내자, 히멜파르프는 램프를 들고 있는 고드볼드 부인의 모습을 알아보았다. 그녀가 밤에 나갈 일이 있으면 그 낡은 허리케인 램프를 먼저 챙긴다는 사실을 그도 알고 있었다.

"선생님, 집에 오시는지 귀를 기울이고 있다가 소리를 들었어요. 혹시 방해가 되었다면……" 그녀가 사과했다. "죄송해요. 그렇지만 그럴 만한 사정이 있어서요."

그러면서도 고드볼드 부인은 아직 당황한 상태였다.

히멜파르프는 좀더 행복할 수도 있었다. 무엇이 되었든 살아 있는 피조물에게 그가 돌려주어야 했었던 사랑은 여전히 추레하게 망가진 것이었다.

그때 그는 이웃이 접시를 들고 있음을 알아차렸다. 접시 위에는 소박하고 검은 음식물이 담겨 있었다.

고드볼드 부인이 눈을 내리깔았다. 실낱같은 빛을 받은 그녀의 모습은 무척이나 단단했다. 그럼에도 하얗고 투명한 빛 때문에 평소라면 우중충했을 살빛이 성스러워 보였다.

"양고기를 좀 가져왔어요, 선생님." 그녀가 무거우면서도 떨리는 목소리로 단호하게 설명했다. "어떤 부인께서 부활절마다 저희 가족한테 주는 거예요."

"양고기라고요." 현재의 상황 때문이 아니라 아무래도 곧바로는 떠올릴 수 없을 지난날의 어떤 사건 때문에, 히멜파르프는 다소 절박하게 멀미를 느끼며 그 말을 되풀이했다.

"네." 그녀가 대답하더니 재차 설명했다. "부활절이니까요. 잊고 계셨어요? 내일모레면……, 아니지, 벌써 내일이면 성금요일이에요. 공장도 문을 닫을 테고요. 며칠간, 제법 긴 시간을 어떻게 지낼지 생각하셔야 할 거예요."

"아." 그가 말했다. "그렇겠네요. 부활절이기도 하니까."

고드볼드 부인은 다시금 혼란스러웠다. 그녀는 아직 완전히 설명하지 못한 접시의 내용물을 내려다보았다.

"그 부인은 저희한테 다리 고기를 줘요." 랜턴 불빛 때문에 붉어진 얼굴로 그녀가 말했다. "그런데 올해에는 강아지가 그걸 물고 가버렸지 뭐예요. 죄다 가져간 건 아니지만. 어쨌든 우리는 다른 부분을 먹으려고 손질했어요. 정강뼈는 건드리지 않았어요. 그걸 가져온 거예요, 선생님. 어쩌면 간단하게라도 기념을 하실지 모른다고 생각했거든요."

"부활절이니까."

이제 목이 턱 막혔기에 그로서는 상대의 말을 되풀이할 도리밖에 없었다.

"그런 건 중요하지 않아요." 고드볼드 부인이 대답하며 다시금 얼굴을 붉혔다. "누구나 먹을 걸 챙겨 먹잖아요. 1년 중 어느 때든."

그러자 히멜파르프는 접시를 받아 들었다. 위아래로 흔들리는 랜턴에서 뻗어 나온 그림자가 길게 널뛰는 통에 두 사람은 무척 어색해 보였다.

그는 긴장 섞여 빨라진 신랄한 목소리로, 혀를 많이 내밀며 말하기 시작했다.

"부인께서는 즐겁겠지요. 이게, 그러니까……" 그가 조심스럽게 말을 골랐다. "정확히 말해 휴가는 아니더라도요. 부인한테는. 저도 기대한답니다. 저한테 그게 의미하는 바 때문입니다만."

"어머." 그녀는 대답했다. "저는 늘 부활 주일이 즐거워요. 그러니까, 괴로움이 끝나잖아요. 적어도 우리한테 그렇게들 이야기하지요. 잠시 동안은 그렇다고."

고드볼드 부인은 그녀 자신의 다른 모습을 드러낸 것처럼 보여서는 안 되었기 때문에 오히려 빠르게 말을 이었다.

"물론, 집에서 보내는 부활절은 더 즐거워요. 꽃들도 있고요. 꽃향기. 수선화들. 숲을 지나다 하얀 아네모네들을 따 오기도 해요. 아, 야생 자두들도!" 그녀는 떠올렸다. 분명코 즐거운 발견이었다. "전 야생 자두가 가장 좋은 것 같아요. 검은 가지에 달린 자두 꽃들이 가장 하얗죠. 가끔 식탁을 장식하려고 우리 아이들이 꽃들을 가져와요. 그래, 아이들이 촛불을 밝히면 정말로 사랑스럽지요. 촛불은 꼭 살아 있는 것처럼 보이곤 해요. 그러고 나면 마치 세계가 다시 태어난 것 같아. 야생 자두 더미는 꼭 우리 교회 제단 위에서 꽃피운 나무 한 그루를 그대로 보는 것 같아요. 엄밀하게 보자면 그다지 대단한 것은 아니지요, 선생님. 그렇지만 우리는 주님께서 부활절에 되살아나셨다는 사실을 알아요."

트럼펫 즉흥곡 같은 고드볼드 부인의 이야기는 외로우면서도 진실하게 울렸다.

"그렇지만, 당연히……" 그녀가 서둘러 말을 이었다. "그 모든 게 없더라도 우린 알았을 거예요. 세상의 온갖 꽃이 완전히 시들어버릴 수도 있겠지만, 그래도 우리는 여전히 알 거라고요."

그 말에 유대인이 고개를 숙였다.

하지만 그녀는 이를 보고서 곧바로 자신의 목소리로 그를 달랬다. "너그럽게 이해해주세요. 저 때문에 시간을 허비하시면 안 되는데. 아마 일을 하러 나가지는 않으시겠지요. 이건 비록 아무것도 아닌 양고기지만 모쪼록 잘 드시고요. 괜찮으시다면."

고드볼드 부인은 돌아갔고 히멜파르프는 안으로 들어가 전등을 켰다. 텅 비다시피 한 거실에 불빛이 쏟아졌을 때, 그는 유월절 식탁 위에 놓인 재앙과 마주해야 한다는 사실을 떠올렸다. 손도 대지 않고 방치한 몇 시간 동안 그것은 기쁨이 아닌 비탄의 조각품이 되어버린 듯했다. 그곳은 숫제 그 자신을 포함해 귀로에서 살아남지 못한 모든 이가 묻힌 무덤이었으며, 죽음에서 깨어난 그는 그곳의 묘지기였다. 그는 자기가 알고 있다는 것을 알았다. 시간이 지나 갈색이 짙어진 이집트의 점토[32]를 그가 건드렸다. 결코 현실만큼 씁쓸하지는 않은 허브들도. 그는 분명히 알았다.

그때 유대인은 자기가 아직 고드볼드 부인이 건넨 접시를 들고 있음을 깨달았으며, 이웃이 제물로 준 그 형편없는 정강뼈가 그날 오후 자기

---

32) 유대인들이 이집트에서 노예 생활을 하는 동안 벽돌을 빚던 것을 기억하기 위한 유월절 의례.

집 유월절 식탁에 올렸던 것과 거의 쌍둥이처럼 똑같다는 사실을 깨달았다.

13장

전화기란 그 무엇보다도 어둡고 음침한 신탁이기에, 플랙 부인은 소환을 받아들이도록 설복되기 전까지 한동안 전화기를 붙들고서 서성거리곤 했다. 그녀가 아무리 유력한 여제사장이라 해도, 우월한 힘을 마주하기 전에는 일단 기원을 올려야 한다고 생각했는지도 모른다. 어쩌면 그녀는 단지 그녀한테 직접 말을 걸어오는 파멸의 목소리를 두려워했던 것은 아닐까?

어느 쪽이든, 마침내 그녀의 목소리가 들려오곤 했다.

"오? 아? 그래. 아니, 아니지! **그럼**! 어쩌면. 아무도 몰라! 고민해보고 대답할 수밖에 없겠네. 음, 지금! 알고 있으면 물어볼 필요도 없잖아."

그녀는 경직된 말을 방패 삼아 슬며시 얼버무렸다. 그러나 출중한 칼을 엉뚱한 곳에 내버려둔 것처럼, 또 평소 조심스럽게 몸에 두르던 불신의 갑옷도 휜히 소리 내는 버크럼이 되어버린 것처럼 느껴지기 시작했으리라.

졸리 부인은 직접 귀를 기울이지 않더라도 훌륭하게 엿들을 줄 아는 재주를 즐겨 부렸기에, 심지어 자기 친구가 대답하는 것도 알아들었다. "그렇게 생각하면 안 되지. 그렇잖아, 지금? 내가 사사건건 다 알고 있어야 하는 것도 아니고."

그 말을 들은 졸리 부인은 궁금증을 더했으나 가만히 설거지를 계속했다. 설거지는 그녀가 우정과 쥐꼬리만 한 보수를 대가로 맡아주는 임무 가운데 하나였다.

머지않아 졸리 부인은, 전화를 걸어오는 목소리들 가운데 플랙 부인이 진심으로 응대할 수 있는 상대는 아무래도 하나뿐인 것 같다고 생각하게 되었다. 그러한 경우면 플랙 부인은 깔때기 모양의 전화기와 빗나간 질문들 속으로 진정 아교질의 예언을 쏟아부어 돌려보냈다. 졸리 부인은 자기 친구의 주근깨 가득하고 메마른 두 손이 따뜻한 베이클라이트를 완전히 다른 모양으로 주조하고 있다고도 말할 수 있었다.

졸리 부인은 듣곤 했다. "러닝셔츠를 빼먹을 정도로 미련하게 굴면 당연히 그렇지 않겠니? 어머, 세상에, 세상에! 충고하는데, 잠자리에 들기 전 가슴을 문지르고, 담요가 똑바로 치켜져 있는지 확인하고, 마실 것 한 모금이랑 아스프로 두 알을 삼켜서 땀을 내렴. 누가 뭐라고 하든 다 소용없고, 네 건강 책임질 사람은 너밖에 없어."

이런 내용을 듣는 날도 있었다. "나는 저절로 우러나지도 않는 마음을 바라는 게 아냐. 정말로 그런 마음이 있다면 인정받아 마땅하겠지만. 응? 아니, 이해 못 할걸. 이해 못 하고말고. 미국식으로 표현하는 게 아닌 바에야, 그 이상은 아무도 이해 못 하지."

친구가 부엌으로 돌아오자 졸리 부인은 참지 못하고 이렇게 말했다. "저런, 세상에, 끔찍한 사람들이 다 있다니깐요."

하지만 플랙 부인은 듣고 있는 기색이 아니었다.

"요즘 젊은 애들은⋯⋯" 졸리 부인이 조심스럽게 좀더 밀어붙였다. "너무 자기 본위란 말이에요."

겉보기에는 정신을 찾은 것 같았으나 플랙 부인의 생각은 여전히 그녀의 뒤를 둥둥 떠다녔다.

"부인도 조카 때문에 많이 골치 아프잖아요." 졸리 부인이 이렇게 말하며 접시 가장자리를 수도꼭지에 부딪쳤다.

"아무 문제도 없어." 플랙 부인은 대꾸했다. "각자 자기 인생이 있는 마당엔."

"어머, 그럼요. 각자 자기 인생이 있는 마당에." 졸리 부인이 한숨을 내쉬었다.

그녀는 그런 게 어떤 마당인지가 궁금했다.

전화기가 몹시 날카롭게 울리는 아침—졸리 부인의 기억으로는 부활절인 목요일이었다—이었으며, 그녀는 검너트[33]를 올린 조그만 버터 접시를 깨뜨리고는 나중에 편할 때 처리하려고 찬장 뒤에 숨겼다.

전화벨이 숙녀의 신경 말단 하나하나를 울려놓기 시작하고서야 플랙 부인은 평소처럼 전화를 받았다.

졸리 부인은 통화 내용을 엿들었다. "어머나! 전혀 몰랐지! 세상에, 나도 기쁘구나, 블루! 하지만 이제 조심해야 해. 알았지? 사람들이 전과 다르게 굴 거라는 뜻이야. 사람들은 원래 다른 사람한테서 행운의 냄새를 맡으면 정말, 정말로 달라지는 법이거든. 아무리 좋은 사람이라 해도 옷가지 밑에서는 또 달라. 응? 있잖니, 블루, 난 돌려 말하지 않았단다. 어떻게든 저속하게 타락하는 내 모습을 볼 일은 절대 없을 거다. 생각이

---

33) 유칼리속 식물에 열리는 단단한 열매.

되었든 말이 되었든, 절대로 말이야. 왜냐하면 고상함과는 거리가 먼 것들이 너무나 많거든. 그러고 보니 블루, 뭔가가 떠오르는구나. 랜턴 빛을 보고 알았는데, 우리가 알고 있는 누군가가 누군가를 찾아가더란 말이지. 그래, 세상에. 지금이 1년 중 어떤 시기인지도 잊어버린 것처럼. 우리 구세주를 십자가에 못 박은 게 바로 **그자들**이었지. 내일이야. 생각해보렴. 내일! 그런데도 우리가 그런 자들과 **어울려** 지내야 한다고들 하지. 솔직히 말해서. 뭐? 블루! 블루! 그러면 안 돼! 정말 궁금하구나. 너 지금 대체 누구랑 이야기하고 있는 거라 생각하니? 너 어디야, 블루? 아무래도 잔뜩 취한 것 같아. 일터 맞은편에 있는 곳? 블루, 너 오늘 오전에 할 일이 아주 잔뜩 있을 텐데. 별일이지!"

여기서 플랙 부인은 오토바이처럼 요란하게 웃음을 터뜨렸다.

"네 탓을 하는 게 아니야. 건강만 완벽한 젊은이들이라면 즐거움을 누려야 한대도 전혀 문제없지. 그러다 만약 그 아이들이 슬픈 결과를 맞게 되면, 글쎄, 그 상처를 간직하는 건 부모들이지만. 죄악들을 저지른 아이들이 아니라 말이지. 오, 세상에, 아냐! 뭐든 간에. 어쩌다 그래 보였다고 해서 내가 분통스러워한다고 생각하지는 말렴. 그렇지 않다. 난 그저 현실적인 사람일 뿐이고, 사물들을 본디 모습대로 바라본 결과를 감내해야 하지. 그리고 유대인들이 우리 주님을 십자가에 매달았다는 것을 이해하기 위해 부활절마다 고통받는 거야. 또다시. 블루? 젊은이들은 그런 걸 이해할 필요가 없어요. 아름다운 육체를 가지고 있는 한은 말이야. 응? 블루? 즐기렴, 얘야, 그러니까, 즐기도록 해! 원한다면 살에서 피가 날 때까지! 사람 몸에 피가 얼마나 많은데 그것 좀 흘린다 해봐야 그냥 장난일 뿐이지. 그렇게 혈기가 붉을 때. 네가 먼저 그렇게 보려는 게 아니면 아무것도 잔인할 것 없어. 게다가 그러면 나쁜 것들이 많이 배출

될 거다. 나는 누구의 핏줄 속에든 고름으로 바뀌기를 기다리는 피가 아주 많다는 걸 절대 부정하지 않는 사람이란다. 응? 블루?" 플랙 부인이 상대를 부르고 있었다. 즐거운 목소리 같기도 하고 절망적인 목소리 같기도 했다.

부엌으로 돌아온 그녀는 끔찍하게 번득이고 있었다.

졸리 부인은 자기가 엿들은 내용 때문에 흥분하고 당황하고 겁에 질려서 그냥 싱크대만 쭉 쳐다보기로 마음먹었다.

"블루하고……" 플랙 부인은 제대로 말을 잇지 못했다. "일터 동료 여섯 명이서……" 여기서 그녀는 똑바른 의자에 힘껏 주저앉았다. "복권에 당첨됐다는 거야. 그 녀석들을 '러키세븐'이라고 한다더라."

졸리 부인은 싱크대를 쳐다보고 있었으며, 갑자기 잠잠해진 그 잿빛 개숫물은 계속해서 다양한 것들을 숨기고 있었다.

"자기는 기쁘지도 않구나." 플랙 부인이 몽롱하기만 한 상태로 아쉬운 소리를 했다.

넋이 나간 그녀는 눈길을 줄 필요도 없었다. 졸리 부인은 생기를 잃어버렸다. 그녀의 낯빛이 아침나절 개숫물 같은 잿빛으로 변했다. 이제 그녀로서는 종일 물컵에 틀니를 담아놓고서 침대 곁에 손수건으로 덮어두는 게 예삿일이었다.

"어떤 사람들은……" 플랙 부인이 말했다. "좋은 소식 듣는 걸 싫어하더라."

졸리 부인은 개숫물을 툭툭 건드렸다.

"그냥 생각을 좀 하던 중이었어요." 그녀가 말했다.

이제 그녀도 그렇게까지 칙칙해 보이지 않았다.

"그 아이의 가엾은 어머니에 대해 생각하고 있었지요."

비난조는 아니고 그저 안쓰럽다는 목소리였다.

"이름이 뭐랬더라?" 그녀가 물었다. "플랙 부인, 부인네 여동생 있잖아요. 전에 알려줬던."

플랙 부인은 점점 더 꿈에 빠져든 사람 같았다.

"뭐?" 그녀가 되묻더니 대꾸했다. "내 여동생. 내 여동생 데이지. 데이지."

"이런 생각을 하고 있었거든요." 졸리 부인은 설명했다. "만약 아들이 행운을 맞았다는 사실을 알게 되면, 부인네 여동생도 정말 기뻐할 거라고."

이따금 다른 사람들이 적확한 의견을 제시할 때면, 플랙 부인은 어떻게 이야기의 빈틈을 메울지 몰라서 갈팡질팡하곤 했다. 그런 순간이 찾아오는 것을 막을 수 없다면 그녀는 자기도 모르게 눈을 찡그리고서 자기 앞—아무것도 없는데—을 내려다보았다.

아침나절에서도 가장 눈부신 그 시각에 졸리 부인은 어둠을 택했다. 친구인 플랙 부인은, 상대가 심지어 금고를 부수어 열고 오래된 편지들과 증서들을 훔치기 위해 모종의 장기적인 계획을 숨기고 있을지도 모른다고 의심할 정도였다.

그래서 플랙 부인은 그녀의 티 없는 겉모습을 매만지고서 기다렸다.

"내 생각에는 부인네 남편도 분명히 저 튼실한 아이를 좋아했을 것 같아요. 이모 못지않게, 이모부로서 말이에요."

"윌이?" 플랙 부인의 대답은 멀찍이서 들려오는 듯했다. "윌이 죽었을 때 블루는 아직 어린아이였는걸."

졸리 부인이 잇몸을 혀로 훑었다.

"그런 뜻은 아니었어요." 그녀는 변명했다. "그런 걸 떠올리게 할 생각은 아니었는데. 그렇게 끔찍한 죽음을."

하지만 플랙 부인은 어떻게도 호응해줄 수가 없었다. 죽음은 몹시도 실제적인 문제인 법이다.

"부인하지 않을게." 그녀가 말했다. "월은 시장에서 평판이 무척 좋았고, 좋은 보수를 받았고, 최고의 기와장이었고, 그건 예기치 못한 방식의 죽음이었어. 그렇지만 졸리 부인, 어떤 사람이 지붕에서 미끄러졌든, 자기 집 거실 편안한 의자에 앉아 숨을 거두었든, 중요한 건 어떻게 죽었느냐가 아니야. 그 끝, 글쎄, 그 끝은 똑같다고."

졸리 부인은 그 네모반듯한 부엌에서 도망칠 곳이 없으리라는 점을 똑똑히 알아차리기 시작했다.

"어마." 그녀가 소리쳤다. "우리 꼭 한 쌍의 까마귀 같아!"

"병적인 어림짐작에 빠져들기로 마음먹은 건 내가 아니야." 플랙 부인은 한층 꼿꼿하게 대꾸했다.

졸리 부인이 손으로 개숫물 표면을 툭툭 때렸다.

"이런 날이면!" 그녀는 시계를 쳐다보며 새된 소리로 말했다. "부인 조카라는 녀석이 11시쯤에는 버러지처럼 취할 거라고 내가 장담할게요."

"블루는 착한 아이야." 플랙 부인이 반박했다.

"누가 뭐래나요." 졸리 부인은 물러났다.

"블루는 한 번도 말썽 부린 적 없어. 적어도 심하게는."

"모르는 건 모르는 거지만서도!" 졸리 부인이 웃음을 터뜨렸다.

"블루는 사람을 죽이지도 않았어." 플랙 부인은 말했다.

"누가 누구를 죽였다고 그래요?" 용수철이라도 달린 듯 고개를 돌리며 졸리 부인이 물었다.

"매일같이 일어나는 일이야. 사람이 신문도 좀 읽고 해야지."

"신문을 진실이라고만 생각하면 안 돼요."

"사람이라면 진실을 알아볼 수 있지, 언제나 그럴 수는 없더라도."

그날 아침 두 여인은 그런 식으로 한데 휘말려 있었다. 그들의 행동은 생각과 빛살 때문에 몸에서 떨어져 나와 더 이상 통제되지 않았다.

늦게 잠자리에 들었던 히멜파르프는 그날 아침 일찍 깨어났다. 그는 상황이 어떻든 간에 언제나처럼 성구함을 내놓기 전에는 결코 무언가를 깊이 생각하려 들지 않았다. 말씀을 둘러매고 숄로 어깨를 덮고 거기 달린 술로 마음과 눈의 다른 욕망들을 차단한 다음에라야 그의 하루는 비로소 시작될 수 있었다. 혹은 다시금 창조되고, 정화되고, 찬송될 수 있었다. 감은 눈 안쪽 가장 내밀한 일부분에서부터 셰마와 축도를 암송하며 그가 일어서자, 그 얼굴은 창조주의 형상으로 지어진 모습으로서, 그것을 반영한 조그만 거울의 홈집들로서 나타나기 시작했다. 언제까지고 미루어질지 모르는 창조주의 인정을 받겠다고 그 얼굴 자체를 내밀면서 말이다.

하지만 유대인은 이렇게 기도했다.

"찬송을 받으실 주님, 오 하느님, 삼라만상의 왕이시여, 수탉에게 낮과 밤을 구분할 지혜를 주셨으니……"[34]

그리고 사스퍼릴러의 방 안 네 모퉁이로 빛이 쏟아졌다. 빛이 소리 없이 비쳐 들지언정, 인간은 신이나 레위족보다 그것을 더 잘 알거니와

---

34) 유대교의 구전 율법을 망라한 『미쉬나』에 전하는 아침 기도문.

수탉을 키워온 존재이니. 하지만 순수하기 그지없는 잎사귀가 유대인의 눈꺼풀을 건드렸다. 그의 눈꺼풀은 황금의 형상으로 빚어졌다. 그의 핏줄은 황금의 바닷속 청금석, 성구함의 가죽끈들은 흑요석이 되었으나, 그의 입에서 떨어지는 말들은, 그 말들 안에 다시 말들이 품고 있는 무한성을 하나하나가 반영하는, 솟아오르는 수정이었다.

유대인은 기도했으며, 시간의 페디먼트에서 떨어져 나와 그 아침의 끝자락에 내려앉은 조각상은 이제 사람이 되었다. 제법 튼 입술은 육체 자체로 언어들을 말하고 있었다.

"당신의 눈에서, 그리고 우리를 지켜보는 모든 이의 눈에서, 오늘과 매일을, 은총을, 은혜를, 자비를 얻게 하소서, 또한 우리에게 자애심을 드리우소서. 찬송을 받으실 주님……"

그 빛은 여태껏 광물성의 질서에 속했고, 모호한 장석에서 떨어지는 차가운 조각과 마찬가지로 바스러지는 황금으로 된 물질이었고, 단단한 창공에 줄무늬를 이은 마노와 반암의 광맥 위로 형체를 이루었으나, 이제는 마침내 출렁이는 진홍빛의 바닷속으로 녹아들었다. 진홍빛 바다는 기도하며 서 있는 남자의 피부에서 찰랑거렸고, 그의 귓가와 움푹 꺼진 관자놀이는 점차 투명해졌으며, 그의 뺨은 진홍빛으로 혹은 강렬한 탄원으로 물들었다.

유대인은 단호히 선언했다.

"저는 메시아께서 도래하시리라 굳게 믿사오며, 그분이 지체하실지라도, 그분의 도래를 매일매일 기다리겠나이다. 그렇게 저는 구원을 희망하나니, 오 주여! 오 주여, 그리해 제가 구원을 희망하나이다! 오 주여, 그러하기에 구원을 희망하나이다!"

완전한 합치의 순간에 그의 어깨에서 또다시 숄이 떨어지고 창문으로부터 불어온 산들바람이 낡은 로브 자락을 홱 잡아당겼다. 이는 분명히 그가 고통과 모욕에 시달려야 했던 사람임을 확인시켰다. 그의 가슴 사이 움푹 파인 자리에 난 털은 얇고 반백이 된 가닥들이었다. 발목부터 무릎까지 앙상한 다리를 감싼 가죽끈 같은 혈관은, 엉망으로 얼키설키 엮여 있을 정도는 아니더라도 그야말로 제멋대로였다.

기도를 마치고 난 히멜파르프는 허술한 집의 창문 밖을 내다보았다. 간밤에 잠을 제대로 이루지 못했기에, 그가 관찰한 매 행동은 가장 순수한 것이었고 매 윤곽은 가장 깔끔한 것이었으며 매 형태는 가장 단순한 것이었다. 길 맞은편 두둑 위에서 하얀 암탉 한 마리가 아카시아의 검은 줄기 사이를 벌써부터 쪼고 있었다. 거리에서는 신문을 펼쳐 든 어느 노인이 그사이 일어났을지 모를 최악의 사건조차 무관심하게 읽을 채비를 하고 있었다. 우유 줄기가 계량컵과 운반통 사이에서 고정된 듯 정확히 흘러 들어가고 있었다. 유대인은 까칠한 뺨을 문지르며 서 있었다. 모든 것이 명백하게 이치에 맞았기에, 이제야 그는 준비가 될 수 있었다.

히멜파르프는 나갈 채비를 시작했다. 이따금 떨리며 더듬거리는 손을 어찌할 수가 없었는데, 단순히 자기가 건드려야 했던 사물들의 순수성에 감동을 받아서가 아니라, 그것들이 일련의 기억들에 의해 그가 경험했던 사건들과 결부되기 때문이었다. 그래도 그는 뭐라도 먹어보려 시도했다. 한 잔 가득 따른 커피를 조금 마셨더니 그날따라 특히 입에 쓰게 느껴졌다. 유월절 식탁에 찌꺼기처럼 남아 있던 음식물 가운데 씁쓸한 파슬리를 조금 맛보았다. 똑같이 생긴 정강뼈들에서 각각 토막들을 뜯어내보기도 했다. 입으로 씹고 겸손과 갈망에 적셔낸 다음에야 고기를 느낄 수 있었다. 이어서 그는 큼직하고 뜨거운 온전한 덩어리들에서 살점을 뜯어 삼켰다.

여느 때와 같은 시간에 히멜파르프는 작은 섬유 가방에다 탈릿과 테필린을 넣었다. 공식적으로는 유월절 기간 동안 출근하지 않아도 된다고 헤어 로젠바움이 양해해주었으나, 히멜파르프는 사실상 그가 출근하는 것으로 되어 있음을 당연히 잘 알고 있었다. 다른 사람들은 그렇게 생각할 터였다. 어쩌면 로젠바움도 포함해서. 히멜파르프는 고용주의 눈빛에 드러났던 위협받은 듯한 표정을 절대 떠올리려 하지 않았으며, 그저 버래너글리로 가는 버스를 잡아타기 위해 회색빛 말뚝 울타리 그늘 아래에서 언덕을 걸어 올라갔다.

그날 오전은 이내 반발하는 듯한 회색빛으로, 느슨하면서 내키지 않는, 혹은 긴장되고 절박한, 후들거리는 움직임으로 변했다. 로즈트리의 공장에 있는 기계들은 이미 이완되어 있었다. 그것들은 움직이며 빨아내고 내뱉었으나 마지못한 움직임일 뿐이었다. 작업대에 앉은 여자들은 불만으로 얼굴을 찡그리고 있었다. 한 여자를 보니 전날 밤이 얼마나 그녀에게 상처를 남겼는지 알 수 있었다. 모든 것이 평소와 같았다. 다만 이날 오전은 다르리라는 점을 모두가 알고 있었을 뿐.

무엇보다도 그날은 성금요일 전날이었으니, 부활절이 다 온 거나 진배없는 마당에 누가 제대로 일을 손에 잡을 심산이었겠는가? 차라리 공장을 닫고 집까지 고기를 가져가도록 잘 조처하고서 휴일 내내 취하자는 편이 대다수의 의견이었다. 하지만 상식도 이치도 없는 현실에, 모두들 앉아서 내심 기대만 하고 있을 따름이었다. 아니면 그들이 습관처럼 조립하는 금속 부품들을 슬그머니 만지작거리기도 했다. 이날은 접철들이 분노했고 대못이 살을 꿰뚫고 싶어 했다. 빛나는 도금판 위로 습기가 응축되어 얼룩을 이루었다.

그러다 사람들은 도금 작업장에 블루가 없다는 점을, 그리고 젊은 남자들 몇몇이 눈에 띄지 않는다는 점을, 적어도 그들이 언제나처럼 활달하게 싱글거리며 바늘판을 문 주변에 밀어놓고서 변덕스럽게 어슬렁거리지 않는다는 점을 깨달았다. 사라진 녀석들은 바로 러키세븐이었다. 그들만큼 운이 좋지 못했던 사람들 가운데 한두 명은 아까부터 그들의 부재를 알고 있었다. 시어볼즈는 겨드랑이 털을 가지고 놀며, 또 상황이 어떻게 전개될지를 두고 보며 웃고 있었다. 그는 인생 경험에 비해서는 부드러운 남자처럼 보였다. 사내들 가운데 몇 명이 복권에 당첨되었다는 소문이, 할멈들과 좀더 샐쭉한 젊은 여자들이 앉아 있는 작업 라인을 따라 이내 퍼져나갔다. 뭐, 그 녀석들은 좋겠네! 하지만 어떤 사람들은 소리를 질렀을지도 모른다. 그리고 한 여인은 그날 아침에 곁탁자에서 발견했던, 집배원이나 쓸 것 같은 호루라기를 호주머니에서 꺼냈다. 그리고 관자놀이에서 흉측하게 핏줄이 도드라질 때까지, 우체통처럼 빨간 피부에 덮여 있던 입술이 창백하게 갈라질 때까지 그것을 불어댔다.

작업장 바닥은 눅눅했다. 누가 일을 하려 들겠는가? 습관이 단단히 밴 직원 몇몇이 깨지락거리긴 했지만 말이다. 축축한 박막들을, 혹은 겉면이 기름투성이인 기다란 장갑들을 당장이라도 팔에서 떼어놓을 수도 있었을 것이다.

오직 그 유대인만이 시종 재미없이 바깥 상황에 휘둘리지 않고 있었다. 그의 두 손은 따끔거리는 통증을 느끼면서도 대비가 되어 있었고, 누가 부르지 않는 한 자기가 해야 하는 대로 천공기에 앉아 구멍을 뚫고 또 뚫어대기만 했다. 그런 상황에서도 집중력을 보이는 히멜파르프의 모습은, 특히 그가 혈액순환을 위해 천공기 주변에서 쿵쿵거리며 저릿저 릿한 몸을 푸는 꼴은, 어쨌든 그 빌어먹을 유대인을 쳐다보지 않고는 못 배길 많은 이의 눈에 맞갖잖고 가증스러웠다. 그가 두 손을 맞비고 있 으면, 비누처럼 미끄러지는 다른 이들의 피부에서와 달리 사포처럼 메마 른 소리가 났다. 어떤 이들은 자기네와 정반대인 대상을 도저히 눈뜨고 보아주지 못하는 법이다.

하지만 그 유대인은 제자리로 돌아갔고, 가능한 한 고통을 주지 않 으려 노력했다. 비록 서로 알은척하지 않기로 한 두 사람 사이의 암묵적 인 동의에도 불구하고 검둥이에게 고개를 한번 끄덕했지만 말이다.

그 원주민 쪽에서는 이제 이쪽의 신호를 알아보지 않았다.

원주민은 명백히 병들어 있는 데다 수척해 보일 정도로 살까지 빠졌 음에도, 지독한 습기 때문에 계속 윗도리를 벗고 있었다. 병든 존재나 검 둥이─그들 자신과는 극단적으로 정반대인 형태─를 가장 역겨워하는 이들조차도 누구 하나 그의 겉모습에 대해 언급하지 않았다면, 이는 그 때쯤 그가 한 사람의 인간에서 추출된 비현실적인 관념이 되어버렸기 때 문이었으리라. 대화하는 이들의 시선은 그 갈비뼈의 형체 위를 다만 멍 하니 맴돌 뿐이었다. 그 갈비뼈는 인류가 이루어낸 설거지 기계나 벽돌집 에서의 생활과는 아무런 상관이 없었다.

그럼에도 원주민은 이따금 몸을 떨었다. 특히 유대인이 그를 알아보 았을 때. 그는 그런 것을 원하지 않았다. 자기가 견디지 못할 것 같은 상 황에 엮여 들고 싶지 않았다. 하지만 궁극적으로는 그것을 표현하는 법 을 배워야 했다.

그래서 그는 몸을 떨었으며, 훤히 드러난 그의 갈비뼈들은 분명 맞은편과 붙어 있음에도 어느 순간 경련하며 분리되는 것처럼 보였다.

대략 10시쯤 로즈트리는 작업장의 쪽창 사이로 먼저 한번 눈길을 준 다음, 몸소 모습을 드러내도 명분상 문제가 없겠다고 판단하고서 사무실 밖으로 나왔다. 그러나 아무도 그를 신경 쓰지 않았다. 그래서 로즈트리는 조그만 발바닥 엄지에 힘을 주어 점잔을 빼며 걸었다. 그리고 정신이 딴 데 가 있는 여자들 한둘한테 말을 붙였다.

이날 해리 로즈트리는 조심스럽게 이발한 목덜미의 예민한 피부를 따라 주르륵 땀이 흐르는데도 마냥 즐거웠다. 옷깃 아래로도 땀이 흘러내렸다. 그래도 로즈트리는 무척이나 즐겁게 웃으며, 일곱 명의 친구가 복권에 당첨되다니 공장으로서 얼마나 대단한 날이냐고 말했다. 그것도 부활절 무렵에. 그러더니 그는 시계를 쳐다보았다. 그리고 금니 뒤로부터 또다시 웃음을 터뜨렸다. 라디오는 벽 쪽으로부터 시종 용을 쓰고 있었으며, 그것은 정말로 그날 아침이 아니라면 언젠가 교수형이 예정된 바로 그 순간에야 떨어져 나올 터였다.

바로 그때 러키세븐 가운데 한 녀석이 거리를 가로질러 선술집으로 돌아가기에 앞서 공장에 들렀다. 그는 다른 사내들이 자축하고 있다고 알려주었고, 맥주, 옛 아일랜드, 혹은 어머니들에 대해 이야기하느라 보조개를 지으며 웃었다. 그렇게 멋진 부활절은 결코 없었다. 그들은 파리 떼처럼 곤드레만드레 취했다.

로즈트리는 기계가 다 흔들리도록 웃어댔다.

하지만 유대인 히멜파르프를 발견하고서 인상을 찡그렸다.

자기 공장 안에서 벌어지고 있는 상황들 때문에 온전한 심리적 기제를 위협받은 사장으로서는, 그 문제에 대해 누군가를 비난해야만 했다. 노동자들은 당연히 논외였다. 그들은 신성불가침이었으니까. 남은 건 해리 로즈트리 자신, 혹은 그의 양심인 하임 벤 야코프, 혹은 쿡쿡 찔러 대는 막대기인 히멜파르프뿐이었다. 혈압, 열기, 소음, 그 모든 것 때문에 그는 더욱 고통스러웠고, 동기를 파악해보려는 시도도 혼란스럽게 좌절되었다.

"유월절 기간에 쉬라고 했는데 어쩌자고 여기 나온 거요?" 로즈트리가 식식거리며 물었다.

히멜파르프는 대답했다. "피한다고 해서 그 결과를 벗어난 적은 한 번도 없습니다."

"뭐?" 해리 로즈트리가 소리쳤다.

하지만 그때쯤에는 주변이 너무 시끄러웠다.

끊임없이 항변하는 히멜파르프의 천공기와 종합적인 감동의 대축제를 벌이는 기계 부품들에 더해 바깥쪽 거리에서 무슨 일이 벌어지고 있었다. 북소리, 코넷 소리, 어쩌면 파이프 소리도 들려오는 듯했다. 짐승들의 날카로운 악취가 기름 냄새를 압도하며 섞여 들기 시작했다.

바깥쪽 사무실에서 아침 내내 분칠을 하고 있던 위블리 양이 움직임을 멈추며 소리쳤다. "어쩜, 저기, 서커스야!"

머지 양도 맞장구쳤고 두 사람은 함께 창가로 달려들었다. 마치 창구멍을 넓히려는 듯, 그럼으로써 그네가 보고 싶은 풍경 속으로 뚫고 들어가려는 듯했다.

그와 동시에 사람들이 제법 높은 곳에 난 통풍창을 통해 그 장관을 보려고 발판을 세우는 바람에, 작업장 안에서는 의자가 끽끽거리고 작업대들이 쿵쾅거렸다. 어떤 사내들은 난리 통을 이용해 젊은 여자들 몇몇에게 몸을 밀착하기도 했다. 모든 것이 너무 딱 붙은 채로 여름철 블라우스 소매들이 블라망제[35]처럼 정신없이 휘날렸다. 호루라기를 든 여자

208

가 쉴 새 없이 그것을 불어대는데도 말이다.

말라 죽은 풀밭에 서커스 천막이 설치되는 모습을 전날 밤 본 사람들도 있었다. 서커스가 그 풀밭으로 돌아오자, 결코 원인을 밝힐 수 없던 열기 때문에 수많은 관중의 손과 얼굴에서 땀이 흘렀다. 새틴 술 사이로 드러난 소녀들의 새하얀 배를 보려는 사람들, 혹은 원숭이의 냄새를 맡으려는 사람들. 얼룩무늬 말을 타고서 팽팽한 바지 옆면을 따라 성냥을 그으며 불타버린 것 같은 눈으로 얼핏 시선을 주던 어떤 녀석은, 지금은 거의 사라져버렸으되 한때는 모두가 꾸었던 꿈이었을는지도 모른다.

가장 우스꽝스러운 구경거리는 광대들 가운데 하나가 화물차 뒤 칸에 서서 공개 교수형을 연출하는 모습이었다. 올가미에 목이 걸리지 않으려면 덜컹거림을 이용하며 광대 스스로 재간을 발휘해야만 했다. 그는 비틀거리다가—빗나가게—쓰러졌다. 그러나 그 모습은 마치 허공에서 목이 매달린 것처럼 보였다. 보이지 않는 파편들을 핥아 기력을 되찾기도 전에 광대의 혀가 입 밖으로 축 늘어졌다.

"저러다 저 바보 같은 녀석을 죽이겠어!" 로즈트리의 브라이타 자전거 램프사에서 일하는 할멈들 가운데 하나가 소리쳤다. "봐! 내가 뭐랬어, 응? 저 녀석 부활절을 망쳐버릴 거라고!"

마침내 광대의 연기가 다음 행렬을 위해 마무리되는 듯싶더니, 더욱 길고 매끄러우며 짜임새가 분명한 두번째 행렬이 어느 틈에 첫번째 행렬과 이어졌다. 마치 실제 장례식 행렬 같은 그 두번째 행렬이 나타나면서 삐걱거림과 외침 사이로 꽃들이 흩날리고 있었다. 굉장히 공을 들였고 굉장히 음침하며, 훌륭한 품질의 의상들과 수상한 배역의 표정들을 갖

---

35) 우유를 주재료로 부드럽게 만든 프랑스식 디저트 푸딩.

춘 행렬이었는데, 어쩌면 배역을 맡은 이는 그저 휴일이 시작되기 전부터 그들이 지체 없이 깔아뭉개고 있던 시의원이었는지도 모른다.

광대가 밧줄 끝에서 빙빙 돌고 작은 소품 관이 화물차 칸 끄트머리에서 주춤거리고 있을 때, 또한 사람들의 목소리와 마차 소리와 말의 콧바람 소리가 혼란 통에서 새된 소리로 높아질 때, 한 여인이 첫번째 영구차 안에서 일어났다. 어쩌면 창문 안에서 스스로 박제가 되었다는 게 더 정확하겠다. 몸집이 크고 피부가 하얀 그 여자—과부였을지도 모른다—는 이제는 죽어버린 그녀의 남편인 까다로운 남자와의 관계에서 파악하지 못했던 슬픔의 깊이와 지속과 진실을 마치 그 광대의 형상 속에서 깨달았다는 듯 손짓했다. 여자가 메마른 비명을 뺙 내지르고 있었다. 대리석 기념상이 먼지 긴 목구멍을 가다듬는 듯한 그 비명은, 일단 터득한 이상 끊이지 않을 터였다.

맞물린 행렬이 모퉁이를 지나 시야 밖으로 서로를 이끌고 갈 때까지 그 광대가 정말로 죽었는지 아니면 그런 척하고 있는 것인지는 밝혀지지 않았다. 쇼를 원하던 이들이 원한 것은 진짜 사람이었는데 아무래도 그 광대는 다소 인형 같았기에 그들은 자기네 욕구가 만족된 건지도 알 수 없었다. 반면에 좀더 생각 많은 사람들의 시선은 그들의 머릿속으로 물러났으니, 말썽 많은 광대의 두 손이 그들의 마음속 커튼을 잡아채는 것만 같았다.

사람들은 사장과 유대인이 작업 창고 맞은편 끝에서 여태껏 옴짝달싹하지 않고 가만히 있었음을, 그리고 두 남자의 소리 없는 태도가 사건들과 전면적으로 관련된 동시에 아무 상관도 없는 것임을 떠올렸다.

해리 로즈트리는 그럼으로써 문제의 핵심에 접근할 수 있다는 듯 두 손으로 허공을 가르려 하고 있었다.

사실 그는, 그저 이렇게 말했을 뿐이다. "여길 나가라고 당신한테 요구를, 아니 명령을 해야겠군요!"

물론 기계장치의 진동은 누구의 입에서 나온 말이든 지워버리기에 충분했다.

"그러는 편이 당신한테도 좋을 거고." 로즈트리가 위협했다.

하지만 유대인은 구슬프게 미소만 지어 보였다. 그는 확신하지 못했다.

"당장. 어서." 사장이 굵은 목소리로 말하며 땀을 흘렸다.

조용하지만 형체를 갖춘 말들이 깨어진 달걀 껍데기처럼 튀었다.

유대인은 스스로 슬픈 아이러니를 느끼며 대답했다. "사장님이 비난받을 일은 없을 겁니다."

기계의 벨트 장치도 때로는 벨벳처럼 부드럽게 마음을 어루만지는 법이었다.

"저 말고는 아무도……" 히멜파르프는 이렇게 이야기할 수도 있었을 것이다. "일어날지 모를 그 어떤 문제에 대해서도 비난을 받지 않을 겁니다. 사장님께 거듭 보장합니다."

고용주는 허공으로부터 무언가를 뽑아내어 그것을 직원들 중에서도 가장 숙련이 부족한 이에게 은밀한 형태로 건네려 애쓰고 있었다. 상황의 그 같은 어색함은 주위의 호기심을 불러일으켰을 것이다. 흐트러뜨린 게 아니었다면 말이다. 주목하던 사람들이 눈길을 돌렸다.

다행히도 다른 일들이 벌어지는 중이었다. 휴식 시간이 거의 다가왔다. 기계들이 속도를 줄이고 있었다. 노동자들은 서커스 행렬의 장관을 즐기느라 사용했던 작업대 발판에서 내려오고 있었다. 이제 쉴 시간이었다.

광대가 목을 매다는 소란도 지나가고 거리 건너편 선술집에서 러키세븐이 돌아왔다. 결국 블루도 패거리에 끼어 나타났다. 블루가 행운의 아침을 맞은 날이거늘 많은 이가 그를 축하해주기는커녕 여태 그 얼굴도 보지 못했었다. 많은 노동자, 특히 여자들이 그를 만지고 그에게 입 맞추고 그와 어울려보려고 밀려들었으며, 이들보다 숫기 없는 자들은 블루가 어떤 식으로든 자기가 어떤 사람인지 보여주기만을 가만히 기다리고 있었다. 그런 걸 보여주기에는 너무 많이 취해버린 상태였지만.

블루는 완전히 고주망태였다. 맥주가 그의 배꼽에서 흘러나오고 있었다.

함께 행운을 잡은 이들이 앞으로 나섰다. 우두머리를 제외하면 모두들 평범하게 러닝셔츠와 바지를 입고 있었다. 그들의 우두머리는 도금 작업장의 산성 물질 사이를 걷는 데 적합한 고무장화를 신고, 직물임을 알아볼 수 없을 정도로 얼룩져 본래부터 표면이 벗겨진 물건 같은 낡은 반바지를 입고 있었다. 언제나 블루는 차가운 대리석이나 로마의 사암에다가 조각한 다부지게 가슴이 갈라진 토르소, 교외에 사는 안티노오스[36]였다. 다만 누군가 그 조각상의 머리통을 호되게 후려쳤든가, 조각가가 스스로 창피스럽게 생각한 모습에 차마 정교한 형태를 부여하지는 못하고 움찔했던 것이리라. 누구한테 얻어맞은 것이든 완성이 덜 된 것이든, 블루의 머리는 영락없이 도발적이었다. 침투할 수 없는 그의 두 눈은 기껏해야 석재의 유한한 아름다움밖에 담아내지 못했겠지만, 그 눈 밖으로는 무한한 추잡함을 담은 짧은 눈빛이 여과되었다. 술집의 엎질러진 오물, 타드는 담배꽁초, 회색빛 단조로움의 반영, 초록빛의 욕망. 그

---

36) 호메로스의 『오디세이아』에 등장하는 무뢰배들의 우두머리. 아버지가 입은 은혜를 잊고 오디세우스의 아내 페넬로페에게 구혼하다가, 귀향한 오디세우스의 손에 가장 먼저 죽는다.

입은 무언가를 집어삼키기 위한 수단이었다. 설사 말하느라 입이 열렸다 해도—가끔은 소통할 필요가 있었으니까—그의 말마디는 썩은 이뿌리 사이에서 맥주의 놋쇠 빛과 함께 튀어나왔다.

이제 블루는 그를 찬미하며 밀려드는 이들에게 전혀 신경 쓰는 기색 없이 소리쳤다. "뭣들한다냐?"

그럼에도 여자들은 마치 블루와 가장 가까운 혈육이라도 되는 양 갈망에 차서 그를 받아들였다. 생기다 만 것 같은 그의 입술에 이내 붉은빛이 번졌다.

"잘했어, 친구!" 가장 쾌활한 성격의 여자 하나는, 여자답게 굴어 실패할 바에는 차라리 남자답게 굴어서 성공할 수 있지 않을까 생각하고서 이렇게 외쳤다.

하지만 블루는 이뿌리 사이로 웃음을 내뱉으며 자기네끼리 발을 짓밟도록 여자들을 옆으로 밀쳐버렸다.

이제 러키세븐이 작업장의 분위기를 지배하고 있다는 점은 명백했다. 적어도 하임 로젠바움이 보기에 그들은 취기 때문에 더욱 거대해졌으며, 기억을 더듬어보건대 그런 몸짓과 표정을 보이는 군중은 종종 위험한 형세를 취하곤 했다. 이제 그는 몇 주 전에 자기가 걸기로 약속했던 전화를 떠올렸다.

"쉬엄쉬엄하라고, 블루!" 로즈트리가 지나가는 말로 소리쳤다.

모두가 사장의 존재를 잊고 있었지만 몇몇은 그 말의 의미심장함에 놀라 주춤하기도 했다.

로즈트리는 최선을 다했음에도 불구하고 거기 걸맞은 비호를 받지 못한 채 계단 위로 걸음을 옮겼다. 합리성을 거스른 장애물이 하나 있다면, 그건 바로 그 결과를 이제는 받아들여야 할 빌어먹을 유대인 히멜파르프였다.

히멜파르프는 방금 가방을 집어 들고서, 이전에 일종의 정신적 안식처가 되어주었던 세면장에 가기 위해 마당을 가로지르려던 차였다.

하임 벤 야코프가 뒤를 돌아보았다. 그는 모종의 기적 덕택에 배우의 위치에서 빠져나와 관중의 위치로 옮아갈 수 있었던가? 곧이어 새로이 되살아난 공포가 그를 계속 움직였고, 그는 나머지 계단들을 한걸음에 뛰어넘어 사무실에 도착했다.

히멜파르프는 느릿느릿 걷고 있었다. 환경이나 기후 때문에 더 노쇠하긴 했어도 그의 존재감은 그가 서서히, 정말로 서서히 엮여 들고 있는 상대들과 엇비슷하게 커졌다. 적어도 거기까지는 원주민에게도 명백했으며, 본능 덕분에 그는 넌더리 나는 확신으로 배에 신호를 느꼈다.

평평한 바닥에 서 있으면서도 앨프 더보는 마치 고지에 주둔하고 있는 듯 자리 잡은 채, 좋은 의미로든 나쁜 의미로든 그 혼자만 볼 수 있도록 타고난 무언가를 지켜보고 있었다. 그는 배우도 관중도 아닌 가장 끔찍한 인간형, 곧 예술가였다. 모든 양상과 모든 가능성이 더보 안에서 이미 쪼개졌다가 조합되고 있었다. 그의 야윈 배 속은 메스껍게 뒤집어지는 중이었다.

히멜파르프는 팔꿈치를 들어 올리다가 러키세븐 가운데 가장 가까이 있던 이를 하마터면 건드릴 뻔했다. 하지만 그대로 지나갔다. 그러고서 마당을 가로지르기 시작했다. 원주민 말고는 아무도 고개를 축 늘어뜨린 유대인에게 아직 의미를 두지 않았다.

그때 고개를 늘어뜨리고 있던 블루가, 외로움을 느끼고, 슬픔을 느끼기 시작했다. 독설이 작은 분출을 이루며 샘솟는 어떤 여윈 가슴에 고개를 기댈 수도 있었을 것이다. 동시에 그는 기억해내려 애쓰고 있었다—도덕적인 요소들이 연관되어 있는, 늘 어려운 문제를. 기억 속의 전화기에다 바짝 가져다 대느라 한쪽 귀가 아려왔다. 마침내 한없이 희미한 내용이나마 떠올릴 수 있었다. '……유대인들이 우리 주님을 십자가에 매달았다는 것을 이해하기 위해 부활절마다 고통받는 거야.' 그 모든 슬픔이 신경 어딘가를 짓누르고 또 짓눌렀다. '바로 그자들이었지, 블루.' 지금껏 그가 받아온 온갖 부당함이 뚜렷한 크기로 자라났다. 그는 부당한 짓들을 많이 저질렀으나 어떤 이는 더 심한 짓을 저질렀었다. 그가 듣기로는, 최악도 아니고 최최악. 그러고도 처벌을 받지 않아서는 아니 될 일이었다.

"어이, 믹!" 블루가 소리쳤다.

이제 러키세븐 가운데 몇몇은 그 유대인 남자의 겉모습이 얼마나 말라빠졌고 비루하며 우스꽝스러운지를 깨달았다. 어떤 녀석은 농담이 이어질 줄 알고서 짧고 새된 소리로 지레 웃음을 터뜨렸으나, 겁을 먹은 다른 녀석은 트림을 하며 질색했다.

유대인이 몸을 돌렸다.

"제대로 못 들었구나. 네가 얘기한 거니?" 그가 물었다.

그러나 거의 불필요한 반응이었다. 그쪽에서도 상황을 완벽하게 이해하고 있다고 볼 수밖에 없었다.

블루는 합리적인 이유를 찾아내려면 늘 마음속을 샅샅이 돌아보아야 했기에, 이번에도 좀처럼 빠르게 그 이유를 발견할 수 없었다. 그럼에도 그는 알고 있었다. 핏속이나 뱃속, 혹은 국부에서 비롯하는 이유야말로 가장 집요하게 사람을 부추기는 법. 유대인을 쳐다보자니 블루의 몸에 정말로 경련이 일었다.

"어디, 대화 좀 해보자고." 블루는 말했다. "언젠가 벌어졌던 문제에 대해서 말이야."

유대인의 셔츠 단추를 만지면서. 다만 가볍게, 정확히는 종잡을 수 없는 태도로.

블루는 대변자이자 노동자 패거리의 일원이기도 했기 때문이다. 웬만해서는 모두가 짓궂은 농담이라며 웃어넘길 별별 종류의 잔인한 짓들을 실행에 옮기는 것도 가능했다. 딸기코한테야 아무럼 어떤 비극이 내려지든 상관없는 법. 어쩌면 블루는 셔츠 단추를 가볍게 만지작거리다가 이를 감지했던 것이리라. 똥파리들에다 대고 웅얼거리며 엄숙함도 유지시키지 못하던 신부의 흥 깨지는 설교들을 얼마간 떠올렸을지도 모른다.

"한번 듣고 씹어볼 이야기가 좀 있달까." 블루가 말했다.

한패거리들 몇몇은 어떤 상황이 펼쳐지든 그네 우두머리가 행동에 옮길 선택을 지지하느라 한 잔씩 꺾고 있었다.

"신부가 나한테 그러더라고." 블루가 잠시 말을 멈추었다. "아니면 누구였든." 그리고 얼굴을 찡그리며 더듬거렸다. "우리 이모였나." 그는 좀더 밝은 목소리로 덧붙였다.

덕분에 사그라질 뻔한 불길이 되살아났다. 이제 그것은 산성을 띤 초록빛의 불꽃으로 새로이 명멸했다.

블루는 웃어대기 시작했다. 잇몸이 다 보이도록, 목젖이 다 보이도록.

"야 이 빌어먹을 새끼!" 블루가 계속 웃으며 소리쳤다. "깜둥이 개자식아!"

유대인의 셔츠는 너무도 우스꽝스럽게 길고 힘없는 한 줌 조각으로 블루의 손에 넘어갔다.

더보가 자기 손을 들여다보았다. 그의 손에는 무기가 없었고, 무기

없이 그는 심하게 겁을 먹었다. 물론 그는 공식적으로 사람이 아니라 검둥이에 불과했다. 그는 자신의 온갖 실책에 대해 절규했었을 것이나, 그중에서도 최악은 이 문제였다.

손에 셔츠를 한 줌 붙든 블루는 아직 그것으로 무슨 짓을 할지 생각이 미치지 못했다.

그러자 러키세븐이 움직이기 시작했다. 처음에는 자기들끼리 밀치고 있는 것 같았으나, 유대인을 공격하는 것이 그들의 공통된 목표였다. 그들은 팔랑크스를 이룬 코끼리 떼처럼 밀집한 채 비비적거리고 부딪쳤다. 그럼에도 이는 진지한 행동이었다. 한두 녀석이 킥킥거리는 소리를 냈다 해도, 이는 가래나 그 비슷한 것을 뱉어 목을 틔우는 소리였으리라. 진지하게 말해 그들은 제정신이었다.

"젠장!" 누군가는 웃음을 터뜨리려 했으나, 그것이야말로 아픈 곳을 찌르는 것만 같았다.

그 소리가 더보를 덮쳤다. 몸싸움이 벌어지는 곳 언저리에서 마당 전체로 쏟아져 나오기 시작한 소리는 개인적이고도 방대하면서, 두렵고 오싹한 톤으로 뒤바뀌었다. 그것을 몸싸움이라고 부를 수 있을지도 의문이었다. 유대인이 저항하지 않았기 때문이다. 한쪽에서는 심지어 가해자들까지 생채기를 입을 정도로 정의로운 구타가 벌어졌다. 다른 한쪽에는 비록 거칠게 떠밀릴망정 움츠러들지 않는 유대인이 있었다. 그의 표정에는 거의 안도감마저 머물러 있었다.

더보는 그저 생각할 줄 아는 나무토막이 되어 지켜보고 실룩거리며 몸부림칠 뿐이었고, 군중은 도금 작업장에서 나온 찌꺼기들을 넘어 마당을 가로지르며 몰려들었다. 몇몇은 낄낄거리며 연호하고 있었다. 주저하거나 말리고 싶은 사람들도 누구 하나 그 불미스러운 구경거리를 아직 포기하려 들지 않았으며, 다만 자신들한테는 결단력이 부족하다며 나직한 소리로 숙덕숙덕 투덜댈 뿐이었다.

"꺼져라! 꺼져!" 어린 소녀들이 낄낄대며 구호를 외쳤다.

"독일로 도로 꺼져버리라고!" 좀더 나이 든 여자들이 노래했다.

남자들의 코러스가 "꺼져! 꺼져! 지옥으로 꺼져!" 하고 덧붙일 때는 박수 소리와 발 구르는 소리가 뒤따랐다.

그네 인생의 꼭두각시가 드디어 살과 피를 지닌 인간으로 대체되었으므로, 기쁨에 넘쳐 쇳소리가 나도록 공명하면서 말이다.

잎이 푸르러지는 시기가 되기 전에 사람들이 마치 일부러 그러듯 가지를 쳐낸 오래된 자카란다[37] 나무가 마당에 있다는 사실을, 더보는 문득 깨달았다. 하지만 그들이 아무리 형태를 망쳐놓아도 화가는 거기 웅덩이에 숄을 두른 듯 서 있는 강렬한 푸른빛의 모습으로 신성한 나무를 마음속에 그리게 되었다. 훼손된 큰 가지들, 돌처럼 칙칙한 빛깔의 이끼들, 둥치 여기저기서 튀어나온 못들, 어째서인지 거기 두들겨 박아놓은 다 녹슨 깡통 조각들이 지금은 나무를 군데군데 덮고 있었다. 마당에 모여든 사람들은 그 회화화된 나무를 향해 유대인 희생자를 밀어붙이겠노라 하나같이 충동적으로 마음을 모았다. 이제는 더욱 거세게. 어느 순간 정말로 그 유대인이 쓰러졌다. 그리고 한참 동안 짓밟혔다. 이 떼거리들 가운데 몇몇은, 자칫하다 상대를 죽일지도 모른다는 위험을 무릅쓰면서까지 그네가 간절히 따고 싶었던 버섯이 얼마나 탄력 있는지 시험해보고픈 유혹을 이겨낼 수가 없었다. 그리고 남들보다 한층 대담했던 어느 사내는, 쓰러진 희생자의 갈빗대를 걷어차고서 갑자기 인간의 육체가 얼마

---

37) 오스트레일리아에서 흔히 볼 수 있는 낙엽수로 짙푸른 꽃이 핀다.

나 지독하게 허약한지를 깨닫게 되었다.

그때 블루가 몸을 아래로 뻗어 유대인을 위로 홱 잡아 올렸다. 유대인의 왼쪽 눈 위에서 피가 흐르기 시작했고, 그 모습은 구경꾼 떼거리에게 역겹고도 보람차게 느껴졌다.

이제 그 어느 때보다도 플라스틱처럼 보이는 블루의 몸이 땀으로 번들거리고 있었다. 몇몇 젊은 여자와 유부녀는 그런 블루의 모습에 스스로 굴복하며 자기네 영혼을 흔쾌히 화톳불에 던져 넣었다. 남자들 가운데 몇몇은 망치든 칼이든 만약 손에 잡히기만 했더라면 그 흉기를 찔러 넣었을 것이다. 물론 그 유대인의 몸에다가 말이다.

설령 그런다 해도 유대인은 저항하지 않았으리라. 군중을 미치게 만드는 것도 바로 그 지점이었다. 그의 입은 고통을 참아내려 굳어지지도 않고 마치 그보다 더한 아픔조차 받아들이려는 듯 오히려 아주 살짝 벌어져 있었다.

그래서 그들은 그의 몸을 나무둥치에다 밀어붙였다. 억지로 들이받으며. 난폭하게 떠밀며. 그의 머리에서 소리가 한 번 났다.

"어이, 기다려봐!" 블루가 외쳤다.

꼭 말리려는 것은 아니었지만, 적어도 일터 패거리들 사이에서 잔혹성은 장난 수준으로 유지되어야 한다는 암묵적 관례까지 못 본 척할 수는 없었다.

아마도 그 점을 염두에 두었는지 블루는 잠시 자리를 벗어나 도금 작업장으로 뛰어갔다. 그러더니 밧줄, 혹은 유연하게 말리는 노끈 한 사리를 가지고 돌아왔다.

다른 이들은 찬동해야 할지 말아야 할지 갈피를 잡지 못했다. 사실 몇몇은 비극의 정점을 찍어볼 수 있으리라고, 그 어느 때보다도 붉고 풍부하게 피를 볼 수 있으리라고 느꼈다. 하지만 대다수는 지금까지의 경험을 뛰어넘어 그들을 타락시킬 어떤 사건에 연루될지도 모른다는 생각에 열의를 잃고 가라앉았다. 그런 정점은 이들에게 어울리지 않았다.

블루는 무척이나 의욕적이었다. 고정시키고 붙들어 매면서. 소리쳐 명령하면서.

더보는 사람들이 유대인을 끌어 올리기 시작하는 모습을 보았다. 그들이 더보의 나무에 그를 묶을 터였다. 이미 군중 위로 올라간 유대인은 나무에 박힌 못이며 깡통에 쓸렸고, 피가, 그것도 상당히 많이 흘렀다. 찢어진 셔츠 사이로 치욕스럽게 드러난 갈비뼈들에서 깊이 베인 상처를 볼 수 있었다.

군중은 악을 쓰며 다그쳤다.

한 숙녀는 메스꺼움을 느꼈으나 이 말을 떠올림으로써 스스로를 다잡았다. "외국인들만 집을 독차지하지. 유대인 놈들 말이야. 우리 블루이! 그 자식을 끝장내! 일이 끝나면 내가 한잔 사지."

곱슬곱슬한 연보랏빛 머리칼이 그녀의 나이 든 머리 위에서 단정치 못하게 흔들렸다.

이제 더보는 깨달았으니, 자기는 절대, 절대로 행동하지 못할 터이며, 또한 꿈을 꾸고, 고통받고, 그 고통 가운데 일부를 그림으로 표현할 터였다. 하지만 그는 결국, 무력했다. 순진하게 자신의 검은 피부를 탓할 뿐.

어딘가에서 시계들이 울리고 있었다.

그 시각 재너두의 계단을 내려오던 헤어 양은 대리석이 진동하고 균열이 약간 더 벌어졌음을 확인했다. 그녀는 대저택이 무너지기를 기다렸다. 하지만 그런 일은 일어나지 않았다. 계단 아래 도달하자 그녀는 일종의 비애와도 같은 나무들 사이로 계속 걸어 들어갔다. 그녀의 피부는 공기를 읽어낼 수 있었다. 자극받고 초조해하며, 또한 자극하고 초조하게 하며, 그녀는 나아갔다. 그렇게 그날 아침의 비탄을 뚫고 스스로 그 같은 비탄의 힘겨운 한 조각이 되어 터덜터덜 걸어갔다. 실상 나뭇잎들 위로 발을 질질 끄는 동안, 그녀는 점점 날카로워지는 불안의 소용돌이를 따라가다 거의 그 핵심에까지 이르렀다.

그 시각 고드볼드 부인은 일찌감치 세탁해두었기에 이제 다 말라서 특유의 산뜻한 냄새를 내는 시트들을 집었다. 그리고 그 시트들을 다림질한 후 곧바로 차곡차곡 포개어 한 더미로 정돈해두었다. 그녀는 이따금 고통스러운 것들을 떠올릴 때조차 빠르고 능숙하게 자기 일을 하곤 했다. 예컨대 주님의 시신을 여인들이 어떻게 받아 내렸는지에 대한 생각 같은 것들. 해마다 그때쯤이면 고드볼드 부인은 가장 혹독한 잔재부터 기쁨의 증거에 이르기까지, 이미 일어났던 모든 일을 몸소 느끼곤 했다.

또한 그로써 더없이 깊게 찢어지는 아픔을 느꼈다. 언제나 그러했듯 그것을 감내하면서도.

그녀는 오직 자신만이 감당할 수 있는 사랑으로, 그녀의 가장 하얀 시트 안에 그분의 몸을 눕힐 터였다.

방금 차를 한 잔씩 따른 플랙 부인은 그 표면을 확인하기 위해 쳐다보았다.

"진실은 언젠가 드러나기 마련이야." 그녀가 말했다.

"상황 나름이지요." 졸리 부인은 조심스럽게 반박했다.

"뭐가 나름인데?" 플랙 부인이 숨을 들이마시며 대꾸했다.

"무엇을 진실이라고 믿느냐에 달려 있다는 뜻이에요."

플랙 부인은 끔찍한 기분이었다.

"진실이란……" 그녀가 말했다. "점잖은 사람이라면 본능적으로 알 수 있는 거야. 당연히 그렇잖아?"

"그야 그렇지요." 그녀의 친구도 동의해야 했다.

졸리 부인은 이제 때때로, 특히 몬스테라[38] 이파리와 그 색 짙은 표면에 난 구멍 때문에 겁을 먹었다. 갑자기 창턱보다 높은 데서 어렴풋이 나타나는 그 모습을 언뜻 볼 때마다 깜짝 놀랐으나, 그것들을 잘라낸다면 플랙 부인이 감정을 상할 것 같았다.

유대인은 그 엉망이 된 나무에 매달릴 수 있는 높이까지 올라갔다. 밧줄로 만든 도르래는 정지된 상태로 단단히 고정되었다. 블루에게 협조한 공범들 가운데 하나가 어설프게나마 결국 유대인의 발목을 동여맸다. 그는 거기에 매달려 있었고, 누구도 그가 십자가에 못 박혔다고는 말하지 않았을 터이니, 애초에 그것은 장난이었으며 설령 피가 좀 흘러나왔더라도 어차피 금방 말라버렸기 때문이다. 파리들이 꼬이기에는 너무 바짝 말라붙은 손과 관자놀이와 옆구리의 시커먼 핏덩이와 얼룩을 보면 알 수 있었다. 구경꾼들 가운데 일부가 계속 벌어져 있는 그의 상처들을 모르는 척했다면, 아마도 유년기부터 비어져 나오길 기다리고 있던 병든 양심의 상태 때문이었을 것이다. 몇 안 되는 그들의 눈에 핏방울들은 생생하게 떨리고 있었다. 그들이 얼마나 간절히, 남모르게 그녀들의 손수건을 적시고 싶어 했던가.

---

38) 향기로운 꽃과 과실이 달리는 덩굴성 식물. 잎에 달걀 모양의 구멍이 나 있다.

다른 이들은 이 같은 익살극을 보며 행여 신성모독이 아닐까 싶은 의혹을 숨기느라 얼굴을 한편으로 돌리면서도 킥킥거릴 수밖에 없었다.

블루는 과도하게 흐르는 침을 삼키면서 웃어대고 있었다. 그리고 이제쯤 숫제 부들부들 떨리는 그의 몸통, 그 데카당스적인 토르소 조각상 위로 목을 쭉 늘인 채 위쪽을 올려다보고 있었다.

그가 땅바닥에서 위쪽을 향해 소리쳤다. "거기 있자니 어떠신가? 응? 이제 충분하셔? 어? 암소가 안 대주면 나한테 붙어보든가!"

누구보다도 끔찍한 박해자는 한숨을 돌리려 하는데, 정작 유대인은 사람들과 완전히 동떨어져 있는 상태 같았다. 이따금 완화될망정 어차피 언제나 그를 괴롭혀오던 고문이었다. 그 대리석 같은 몸은 형태가 변하는 밀랍처럼 나무 밑동에서 뒤틀렸다.

유대인은 매달려 있었다. 그렇듯 경멸받을 대상이 아니었다면 그 모습은 사람들의 연민을 자극했을지도 모른다. 묶어서 높이 끌어 올린 손목이 그의 몸무게 때문에 끊어질 지경이었다. 두 팔은 천상과 지상 사이의 불안한 접촉을 유지하느라 한계에 이르러 있었다. 찢어진 셔츠 사이로 노출된 피부가 팽팽하게 늘어나 갈비뼈들 위에서 속을 내비칠 정도였다. 제대로 숨이 붙어 있을 때보다 훨씬 무겁게 머리가 축 늘어졌다. 현실이나 관습에 계속 발을 딛고 있는 사람이라면 그가 죽었다고 생각했을지도 모른다. 하지만 그의 눈은 고정되어 있다기보다는 환상을 보는 듯했다. 사색에 잠긴 입으로는, 정신이 말하는 숨 가쁜 몇 마디를 곱씹었다.

사람들이 십자가에 매단 남자 못지않게 군중 속에서 홀로 외떨어져 있었기에, 그 모든 것을 가장 분명하게 목격한 이는 다시금 그 원주민이었다. 지금껏 아프게 감내했던 모든 것, 지금껏 이해하지 못했던 모든 것이 더보의 마음속에서 떠올랐다. 그의 본능과 백인에게 배운 가르침은 더 이상 서로를 짓밟지 않았다. 그가 지켜보는 가운데, 싸늘한 어릴 적 예수 그리스도의 핏줄을 타고 색채가 흘렀으며, 마침내 그래야 한다고 정해진 어디로든 못들이 박혔다. 그래서 더보는 그 누런 손으로 칼데론 신부한테서 잔을 빼앗았고, 이제는 그가 군중 속에서 알아볼 수 있는 성찬의 참석자들에게 그것을 내놓았을지도 모른다. 그렇게 그는 피라는 개념을 이해했으니, 그것은 때때로 그의 베개 위에 묻은 갈색빛의 병든 얼룩이었고, 때때로 선명한 속죄의 진홍빛이었다. 이제 앞이 보이지 않았다. 숨이 막혀왔다. 알고 있다고 해서 구세주를 나무에 묶은 끈을 끊어낼 수는 절대 없으리라는 사실이 분명했기에 육체적으로는 더욱 움츠러들 뿐이었다. 누가 그런 걸 요구한 것은 아니었다. 아무것도 요구되지 않았다. 그래서 그는 또한 순응을 이해하기 시작했다. 자주색의 망토 안에, 파란빛의 나무로, 초연하고 명상적인 수난의 초록빛 상흔으로, 어떻게 그것을 마침내 담아낼 수 있었던가.

그리고 더보가 바라보고 있는 동안 저 다양한 종류의 사랑이 그를 어지럽히기 시작했다. 그는 늙은 남자를, 잃어버린 젊음의 표상을 찾아 넘버라의 침대 위에서 소년의 몸을 더듬는 성직자를, 끝없이 이어지는 감자 자루들의 춤 속에서 부패를 향하여 선회하는 스파이스 부인을, 그리고 창녀 한나가 그녀의 불깐 수탉 같은 노먼 퍼셀과 함께 불완전하지는 않으나 결실 없는 육욕의 알 속에서 몸을 말고 있는 모습을 보았다. 아무것도 기대하지 않고 눈살을 찌푸리지도 않는 이름 모를 여러 얼굴들이 또한 나타났다. 그렇듯 한없이 침착한 사랑의 체험이 있었다. 희뿌연 오전의 빛살이 그의 드러난 어깨 위로 섞여 들었다. 물감들 역시 소용돌이치며 섞여 들었고, 그는 때로는 안개처럼 미약하게, 때로는 돌로 요새를 쌓듯 손가락으로 모양을 만들며 맨 판자 위에다가 그것들을 뒤덮었다. 아마도 이것, 사랑에 대한 더보 나름의 기여가, 설령 아무리 포괄적이고 명료한들, 가장 불가해한 것이었으리라.

이제 그 유대인은 사람들이 그를 묶어놓은 흉측한 나무 둥치에 돋은 혹 위에서 몸을 움직거렸다.

사람들이 앞으로 몰려들면서, 군중의 어느 일원으로도 존재하지 못하고 막대기처럼 뻣뻣하게 서 있는 하프카스트 원주민을 거칠게 밀쳤다.

유대인이 고개를 들었다. 그는 묵직하고 힘겨운 눈꺼풀 아래로 내다보았다.

애초부터 히멜파르프는 자기한테 힘이 있다는 것을 알고 있었음에도 어떤 표지가 내려오기를 빌었다. 그들이 저주하고 유린하고 조소하고 끌어 올리고 고통을 주고 몸을 뒤트는 내내, 그는 계속해서 기다려야만 했다. 어쩌면 그때쯤 그것이 내려올 것 같았다. 그래서 그는 머리를 들어 올렸다. 그리고 고요와 투명함을 자각했으니, 그 중심에 그가 모시는 하느님이 비치는, 청정한 물의 고요와 투명함이었다.

사람들은 자기네가 직접 나무에 얽어맨 남자를 지켜보았다. 그렇게 내몰렸음에도 상대가 한마디 생각조차 내뱉지 않는다는 사실이, 사람들로서는 실망스러울 정도는 아니어도 이상하게 느껴지는 점이었다. 긴장감이 팽배했다. 만약 어떻게 이어나가야 할지를 알았더라면, 그들은 말을 대신해 입술로부터 침묵을 핥았을 것이다.

그때 입가가 야위고 머리칼이 매끈한 젊은 여자가 구경꾼들에게 달려들더니, 길을 막고서 비키려 하지 않는 이들의 등을 뚫고 나가려고 기를 쓰기 시작했다. 사람들은 길을 내주어야 했다. 히스테리 때문에 어떻게든 지나가고 말 기세였으니까. 실처럼 가느다란 새빨간 입술은 무슨 일이 있어도 그녀가 저버리지 않을 어떤 마귀한테 단단히 이끌린 듯했다. 나무 밑동에 도달한 그녀는 자기가 가져온 오렌지를 쥐고서, 아직 어린 여자답게 서툰 동작으로 유대인의 입을 향해 던졌으나, 그 오렌지는 당연히 거기까지 닿지 못하고 유대인의 여읜 가슴팍을 맞혔다.

군중 가운데는 웃어대는 사람도 아까워하는 사람도 있었다.

그러자 러키세븐 가운데 한 명인 롤리 브럿이라는 젊은이가, 자기 어머니가 대장암으로 사망했다는 사실을 기억해내고서 다가왔다. 그가 자기 입에 물을 채우더니 이제 십자가에 매달린 빌어먹을 유대인의 입에다 뱉으려 했다. 하지만 물은 빗나갔다. 그리고 유대인의 턱을 따라 흘러내렸다.

그 젊은 남자는 아직 취해 있었기에, 나무 밑에 선 채로 몸을 크게 들썩이며 흐느꼈다.

자신들이 아이들을 학교에 보내는 선량한 시민이라는 점을 떠올리기 시작한 구경꾼 여럿은 이미 돌아서고 있었다. 하지만 힘을 가진 자가 마무리를 짓지 않았더라면 그 쇼가 얼마나 더 늘어졌을 것이며 또 어떻게 끝이 났을지, 도대체 어찌 알 수 있었으랴.

공장 사무실은 내부에 있는 세 사람이 유리로 된 쪽창이나 작업장 출입구를 통해서 바깥을 훌륭하게 내다볼 수 있도록 배치되어 있었다. 그리고 그 안에 있는 이들 역시, 애써 무시하겠다는 의지에도 불구하고, 밖에서 당장 벌어지는 불미스러운 사태에 적극적으로든 소극적으로든 어느 정도 연루되어 있었다.

로즈트리는 갑자기 제도기 세트들을 주문해야 한다는 게 생각나 거래처에 전화를 걸려던 차였다. 위블리 양이 전화교환기를 만지작거리는 동안, 그는 압력을 받은 고무주머니처럼 줄었다 팽창했다 하며 앉아서 땀을 흘렸다.

"이런 젠장, 위블리 양." 로즈트리가 소리쳤다. "내가 이 녀석 번호를 기다리고 있잖아!"

"빌어먹을!" 위블리 양이 불쑥 내뱉었다. "**교환기** 문제예요!"

몹시 이례적인 일이었다. 위블리 양은 절대 그런 말을 입에 담지 않았으니까.

"교환기 문제라고요! 교환기!" 그녀가 애써 소리쳤다.

그녀의 목소리는 끈적끈적한 엿가락 같기도 했다.

그때 쪽창 너머를 감히 내다본 머지 양이 너무도 요란하게 외쳤다. "아, 저것 봐요! 저기, 히멜슨 씨 있잖아요. 뭔가 끔찍한 일이 벌어질 것 같은데요."

그러잖아도 로즈트리와 위블리 양은, 머지 양 같은 귀하신 영혼한테는 거리낌 없는 자유를 허용해서는 안 된다고 늘 생각하곤 했었다. 하지만 지금은 둘이서 그런 의견을 공유하고 있을 시점이 아니었다.

"교환기 문제라니까요! 교환기!" 위블리 양이 직접 시연해 보이며 같은 말을 되풀이했다.

확실히 그 장치는 전혀 제대로 작동하지 못하는 듯했다.

로즈트리는 몸이 터질 것만 같았다.

"사람들이 히멜슨 씨에게 무슨 짓을 하고 있다고요!" 머지 양이 유리에다 대고 되풀이해서 주절거렸다.

그녀가 너무도 창백하다 보니 그녀의 설명도 뭐가 되었든 더욱 견딜 수 없게 느껴졌다.

"사람들이 끌어 올리고 있어요. 나무 위로요. 그 자카란다 나무. 오, 안 돼! 저 사람들이. 로즈트리 씨, 저 사람들이 히멜슨 씨를 **십자가에 매**

달고 있어요!"

비로소 칼날이 머지 양을 파고들기 시작하고, 그 고통이 너무도 극심해 공포에 질린 모양이었다. 그녀가 알던 모든 것—병약한 여동생, 수당 문제, 물이 새는 지붕—이 그녀로부터 가느다랗게 찢어져 나오고, 그녀는 숨을 억누른 채 몸서리치고 있었다.

로즈트리는 아직도 가만히 앉아 있었다.

위블리 양이 전화교환기를 아예 내주었다. 그리고 입을 열었다. "전 안 볼래요. 아무도 나한테 강요 못 해." 자기 몸이 별수 없이 자줏빛으로 물들었다는 사실을 깨달은 그녀가 분을 바르느라 콤팩트를 꺼냈다. "아무도……" 그녀는 말을 이었다. "보라고 강요할 수 없다고요. 로즈트리 씨, 휴일부터 해서 전 사표를 낼래요."

로즈트리는 쳐다보지 않았으나 그럼에도 알고 있었다. 인간들이 그 어떤 짓을 벌이고 있든, 누구도 그 문제에 대해 그한테 말해줄 필요가 없었다. 지금처럼 충분한 방어막을 성공적으로 두르기 전에, 그 또한 이미 죄다 경험했으니까.

"사람들이 물을 뱉고 있어요." 머지 양이 간신히 말했다.

설령 오줌이었다 한들 그토록 뜨겁게 델 듯하지는 않았으리라.

"저 사람한테!" 그녀가 항변했다. "저렇게 선량한 사람한테!"

머지 양이 어느 정도의 선량함을 뜻한 것인지 로즈트리로서는 이해할 수 없었다. 하지만 그녀의 말을 듣고 아무래도 살펴보아야 하겠다는 느낌은 들었다.

머지 양은 그 순간 알아차린 새로운 사실 때문에 끔찍하게 떨고 있었다. 꽤나 떳떳하게 살아온 그녀가, 어떤 인간 때문에, 심지어 모든 인간 때문에, 책임을 져야 할지도 모른다는 사실이었다. 이제 책임감이 그녀를 잡아 찢고 있었다. 종두 자국들이 있을 뿐 거위처럼 하얗고 지금껏 깨끗했던 그녀의 육체는, 어떻게 대처해야 할지 알 수 없었다.

로즈트리가 문 쪽으로 슬그머니 다가갔다. 그는 쳐다보고 또 쳐다보았다.

"전 안 볼 거예요." 위블리 양이 분별없이 분가루를 콤팩트 거울 밖으로 날리며 단언했다.

"제발 어떻게든 좀 해보세요, 로즈트리 씨!" 머지 양이 상사로부터 자기를 갈라놓는 1미터 남짓한 거리에서 소리치고 있었다. "사람 잡겠어요. 어떻게 해봐요. 어서요."

그러나 로즈트리는 쳐다보고 또 쳐다보고만 있을 뿐이었다. 그러다가 넘어질 정도였다.

"히멜슨 씨한테요. 그 사람보고 유대인이래요."

로즈트리는 웃음을 터뜨릴 뻔했다. 그 대신 그는 고함치기 시작했다. "제기랄! 시어볼즈! 어니! 뭐라도 좀 해봐! 질서 하나 바로잡지 못할 거면 어떻게 월급을 받고 일하나? 제발, 구내 전체를 당장 원 상태로 되돌려놓아야겠어."

그러자 바람직한 동료는 못 되지만 질 나쁜 감독관이라고도 할 수 없을 어니 시어볼즈가, 서 있던 자리에서 어슬렁거리며 나왔다. 그는 러닝셔츠 아래로 살집을 만지작거리며 사태를 주시하고 있었다.

"알았어요, 해리!" 그가 외쳤다. "화내지 마십쇼! 그렇게 핏대 올릴 필요 없으니까."

그는 편안한 틀니를 드러내며, 제법 나태하지만 전혀 무례하지 않은 웃음을 지었다. 그리고 가로질러 걸어가서는, 한쪽에 서 있던 사내 두어 명의 엉덩이를 걷어찼다. 다른 구경꾼들도 곧바로 몸을 돌리기 시작하더니 무리 전체가 현장 감독을 위해 길을 내주었고, 그들의 각성하는 눈빛들은 행여 그가 책임을 떠맡아줄지도 모른다고 희망하고 있었다.

"거기, 뭔 일이야?" 어니 시어볼즈가 쾌활한 말투로 물었다.

마치 자기는 전혀 모르겠다는 듯. 마치 아무도 모르는 일이라는 듯.

모두가 모르는 일이었다.

시어볼즈는 피투성이 남자가 묶인 나무 바로 밑에 섰다. 그리고 이제 본래 얼굴을 되찾은 러키세븐 두어 명의 도움을 받아, 군데군데 엮인 매듭을 무척이나 쉽사리 풀며 밧줄 도르래를 헐겁게 하기 시작했다. 퍼스 톰슨은 제대로 돕지 못했으나 그 대신 주머니칼을 펼쳐서 밧줄 한 귀퉁이를 톱질하듯 썰었다. 만약 시어볼즈가 제대로 받아 들지 못했더라면 유대인의 형체는 그저 뼈와 옷과 침묵이 뭉친 덩어리로 바닥에 떨어졌을지도 모른다.

"가만있어요!" 뚱뚱하고 친절한 시어볼즈는 이렇게 말하며, 커다랗지만 부드러운, 주황빛 털과 기미로 덮인 팔로 유대인을 떠받쳤다.

히멜파르프는 그렇듯 그의 동료이기를 그만둔 적이 한 번도 없었던 이들의 친절과 배려 덕분에, 너무 이르게 부활하고 말았다. 따라서 그는 해답에 의문을 품어서도, 그것을 갈구해서도 안 된다는 것을 명심해야만 했다. 애당초 자기가 제시하기로 정해진 적도 결코 없는 해답이거늘.

"조심조심!" 현장 감독이 이렇게 말하며 웃었다.

히멜파르프도 웃어보아야 하겠다고 생각했으나, 뼈들이 덜거덕거릴 뿐만 아니라 그 때문에 통증이 심했다.

그럼에도 그는 간신히 말했다. "고맙습니다, 시어볼즈 씨."

이에 현장 감독이 대꾸했다. "믹, 당신은 절대 못 알아들을 것 같지만, 나는 여기 모인 녀석들 모두한테 어니라는 이름으로 통해요. 댁한테도 마찬가지라면 좋겠고요. 누가 누구보다 잘났느니 할 것 없어요. 오스트레일리아 사람들은 아주 진즉에 그걸 알게 되었다고요. 우리가 그 문제에 대해 벌써 충분히 이야기했다고 말할지도 모르지만, 그렇다고 해서, 말하자면 우리가 창안한 걸 자랑스럽게 여기지 말라고 요구할 수는 없는 거잖아요. 그걸 명심하라고요." 어니 시어볼즈가 동료의 등에 손바닥을 평평하게 대고서 충고했다.

"그래요." 히멜파르프가 대꾸하고서 고개를 끄덕였다.

하지만 되돌아온 현실의 높이에서 그는 불안하게 휘청거렸다.

덜커덕거리며 요동치게 하던 분노에서 정화된 기계들은 기름칠 된 채 더욱 매끄럽게 돌아가고 있는 모양이었다. 잠잠해진 다이스 틀은 금속 대신 펠트를 자르는 것만 같았다.

"명심하세요." 어니 시어볼즈가 계속해 말했다. "우리한테는 장난기가 있고, 사내놈들이 법석을 떨기 시작할 때는 장난기에 사로잡혀 있다는 걸요. 녀석들은 장난질을 참을 수가 없어요. 댁도 알게 되겠지만, 맥주로 몸이 가득 찼다 해도 속에서는 그놈의 장난기가 요동을 치고 있거든요. 장난을 쳐야만 직성이 풀린다 이겁니다. 알겠죠? 장난질이 목적이었다면야 무슨 짓을 벌이든 진짜로 잘못했다 볼 수가 없단 말이에요."

현장 감독이 그렇게 말했고, 모두가 그렇게 믿었다. 만약 블루가 도금 작업장으로 들어가 제 머리처럼 보이는 것을 붙들고 있었다면, 정말로 몸이 아픈 기분이 들기 때문이었다. 맥주였다. 맥주가 문제였다. 맥주는 파랗고 빨간 불똥의 샘이었다. 가장 메마른 기억 속에서, 혹은 그 순간에도 그의 입술에 닿지 못한 피였다. 그럼에도 그것이 정말로 그를 뒤집어놓은 것 같았다. 그래서 블루는 열망과 반감에 함께 사로잡힌 채 구석으로 향하더니 딸꾹질은 물론이요 토악질까지 해댔다.

어니 시어볼즈는 상냥하고도 합당한 연설을 마치고서, 그 연설의 대상이 되었던 유대인의 팔꿈치를 손으로 꼭 쥐었다.

"댁은 이제 가봐야겠네요." 시어볼즈가 말했다. "아파서 쉬어야 한다고 사장님한테도 이야기해둘 테니까."

히멜파르프도 자기 몸 상태가 전혀 괜찮지 못하다는 점은 인정했다. 하지만 그의 몸에서 뛰는 맥박은, 어느새 자기가 그저 가만히 자연스럽게 있을 수 있는 상태로 돌아왔다는 사실에 감사를 표시하는 듯했다.

그리고 그의 소유물도 돌려받았다.

검둥이 앨프 더보가, 요란한 드잡이가 벌어지는 사이 작은 섬유 가방에서 빠져나와 다소 짓밟힌 성구함들과 숄을 챙겨 온 덕분이었다. 성구함 가운데 하나는 가죽 통 부분이 짜부라졌으며 숄에 달린 술 장식에는 피까지 묻어 있었다.

검둥이가 그것을 되찾아주었다. 그러나 아무 말도 하지 않았다. 지금은, 혹은 앞으로도, 그는 말하지 않을 터였다. 자신의 내면에 있다고 믿는 모든 것에게 더보의 입은 절대 길을 열어줄 수 없었다.

"자, 됐네요!" 현장 감독이 기계들의 소음보다 커다랗게 외쳤다. "그놈의 물건들도 죄다 그대로 있겠다!"

그러면서도 살며시 눈살을 찌푸리는 것으로 보아 그것들을 만지고 싶지는 않은 모양이었다. 도저히 유대인한테는 그럴 힘이 없어 보였기에, 그 찝찝한 물건들이 무사히 가방 안에 들어간 다음에야 어니 시어볼즈는 요행히 망가지지 않은 자물쇠를 잠가주었다.

기계들이 끊임없이 돌아가고 또 돌아가고 있었다.

검둥이는 무언가를 알아낸 것 같았으나 그게 무엇인지 말하지는 않았다.

달걀 껍데기가 흐르는 물에 흔들리듯 조심스럽고 불안정하게 멀어지는 유대인의 모습이 그의 눈에 들어왔다.

검둥이는 자기가 보고 이해한 것을 말하기 위해 그를 따라가고 싶었다. 하지만 그럴 수가 없었다. 손가락 끝에서 터져 나온다면 모를까. 입으로는 절대 표현할 수 없었다.

히멜파르프는 그곳에서 세상의 죄악을 속죄하도록 기회를 받지 못한 채, 몹시도 조용히 공장을 떠났다.

아무도 쳐다보지 않았으나 모두가 알고 있었다.

14장

플랙 부인이 뒤뜰로 돌아왔을 때, 그녀의 친구인 졸리 부인은 아직
도 불길을 지켜보고 있었다. 때는 여름이 나뭇잎에서 강렬한 빛을 추출
해 동판 같은 저녁을 부식시키는 초록의 시간이었다. 팔을 앞치마 아래
에 둔 졸리 부인의 모습이 마치 임신한 사람 같았다. 하지만 다른 이들
의 임신은 플랙 부인에게 아무런 감흥을 주지 않았다.

"난 정말 불이 좋더라." 졸리 부인은 기묘한 빛이 주름살 찌꺼기를
걷어낸 덕분에 소녀 같은 얼굴로 말했다. "내 말은……" 그녀가 말을 이
었다. "**좋은** 불 말이에요. 그러니까, 화재를 겪는 사람들이 안쓰럽지 않
다는 뜻은 아니에요. 물론 **그렇게** 생각하지요. 그래도 불이 좋다는 것뿐
이고."

"자기가 필요로 하는 게 있다면……" 플랙 부인은 단언했다. "그게
곧 이로운 것이기도 하지."

"네?" 졸리 부인이 물었다.

플랙 부인은 대꾸하지 않았으며 졸리 부인도 신경 쓰지 않았다. 어

차피 서서 불을 지켜볼 수 있는 데다, 대답을 듣는다 해서 그녀의 끝없는 불안감, 하나뿐인 진짜 만성질환이 해결되지는 않으리라는 사실도 알았기 때문이다.

녹색을 띤 저녁 빛은 황금색 불꽃의 꼭대기 속으로 이따금 부글거리며 올라오는 주황빛 묘약을 한 잔 만들어냈다. 아주 멀리 떨어진 곳에서 불이 난 것은 아니었으나, 그 불길을 원한 사람들은 누가 되었든 꽤나 멀리 있었다.

"그래도, 어떤 사람들은……" 플랙 부인이 중얼거렸으나 꼭 친구를 향해 하는 말은 아니었다. "어떤 사람들은 자기네한테 닥쳐오는 것을 미리 맛볼 필요가 있어. 기껏해야 그 정도로 불타버리지는 않겠지만."

여기까지 이야기한 그녀는 뒤를 돌아보았다.

"그러니까……" 그리고 말을 이었다. "불길에서 태어났다면."

졸리 부인은 예언의 정점에서 내려오고 싶었겠지만 차마 그럴 수가 없어 계속 그 큰불만 응시할 뿐이었다. 어찌나 여념이 없었는지 그녀의 고개가 부드럽게 흔들리기 시작했다. 그래서 플랙 부인도 이를 의식했다. 이따금 그녀는 친구를 밀어붙이며 그 심적 기제에 미칠 피해까지 감수할 수도 있었다.

졸리 부인은 마침내 순진하게도 이렇게까지 발언했다. "저게 누구네 집에 난 불인지 알 수 있다면 뭐든 다 내놓고 싶네요."

플랙 부인이 목을 가다듬었다.

"내가 분명히 알려주었는데도?" 그녀는 딱 부러지게 말했다. "내가 말했고, 계속 말하는데도."

졸리 부인은 대답하지 않았다.

대답을 더 분명하게 내뱉고자 플랙 부인이 주변 공기를 힘껏 들이마셨다.

"**그 남자**네 불이야." 그녀는 말했다. "바로 그 사람. 몬테벨로 대로에서 사람들이 말해줬어. 그 유대인네 집이라고."

"그 사람이라니!" 이제 제법 경쾌하고 소녀 같게 졸리 부인이 소리쳤다. 새끼손가락을 구부리고서 엄지와 다른 한 손가락으로 앞치마 한 귀퉁이를 붙들고 있기까지 했다.

"말할 것도 없이 보험 때문이겠지요." 졸리 부인은 이렇게 소리치며 킥킥 웃었다.

소녀처럼 앞치마를 꼬집어 올리며 춤출 수도 있었다.

"글쎄." 플랙 부인이 대답했다. "사실 난 저게 보험이랑 상관없다는 걸 알거든."

그녀는 몇 안 되는 말끔한 관목들 밑에서 엉겨 붙고 있는 주위의 어둠을 둘러보았다.

"졸리 부인." 그녀가 말했다. "이건 없는 이야기나 마찬가지야." 그리고 말을 이었다. "아니면 분명히 우리끼리만 아는 이야기라고."

"어마, 그럼요!" 졸리 부인이 말했다.

플랙 부인은 새가 흩뜨려놓은 상록수 이파리를 떼어냈다.

"젊은 애들 떼거리가 벌인 짓이야." 그녀가 설명하기 시작했다. "어떤 사람 때문에 체면에 생채기가 난 아이들이지. 그러니까, 내가 듣기로는 그랬다는 거야. 누가 와서 알려줬어. 아이들 말로는 그냥 경고를 좀 하려는 것뿐이었대. 조그만 종이 뭉치를 어디에다 흠뻑 적셔서 유대인네 집 안에다 툭툭 날리고 있었다지. 말하자면 겁만 한번 줘보려고. 그러다 사태가 걷잡을 수 없게 된 거야. 물막이 판자를 댄 집이다 보니."

플랙 부인은 버릇을 참지 못하고 입속을 빨아댔다.

마지막으로 비추어오는 빛 속에서 졸리 부인은 불길로 상기되었다.

"끔찍해라." 그녀가 말했다.

"끔찍하지, 정말." 플랙 부인도 동의했다. "그렇지만 저것 때문에 누가 불탈지를 결정하는 건 우리가 아니니까."

플랙 부인이 결정할 수 없다고 느껴야 했다니—졸리 부인은 기묘하다고 생각했다.

재너두에서 헤어 양도 불빛을 발견하게 되었다. 낙엽이 지는 외래종과 그보다 비루한 토종 나무들 사이에서 나팔 모양으로 요란하게 올라오는 그 불빛은 무시하기에는 너무도 득의양양했다. 직접적인 문제만 빼고 보자면 그 같은 불길의 양상은 불그스름하고 활기차며 조야한 아름다움을 전달했을지도 모른다. 그러나 모든 불길은 덤불 속 은신처에서 지켜보고 귀 기울이며 킁킁 냄새 맡는 온갖 동물에게 직접적인 문제인 법이다. 불은 마지막 경고다. 물론 헤어 양은 대기 그리고 땅과 평등한 관계에 있으며 나뭇잎들의 움직임에 손을 대는 대로 반응하는 사람이기에, 직접 눈으로 확인하기 조금 전부터 이미 불이 났다는 사실을 알 수 있었다. 그냥 그녀의 거대한 저택 한가운데에 있다가도 얼마간은 자연력의 합일된 작용을 통해, 또 얼마간은 자신감이 쪼그라드는 경험을 통해, 도랑 밖으로 올라오는 연무—무릎 뒤로 그게 느껴지곤 했다—를 감지하거나 낯선 사람들의 접근을 알아차릴 수 있는 것처럼 말이다.

불이 났던 그날 저녁에도 그녀는 알고 있었다. 오래 묵은 편지들, 노란 실타래들, 구부러진 못들, 호박씨들 사이로 기억해낼 수 없는 무언가를 찾아 내밀한 어둠 속 어딘가에 있는 서랍 속을 헤집다가, 그녀의 고개가 갑자기 위로 들렸다. 처음에 그녀는 무척 천천히 재너두의 좁은 방들과 복도를 뚫고 나가기 시작했으며, 동시에 머릿속은 소용돌이치고 있었고, 아직 남아 있는 커튼 조각들 밖으로 갑자기 몰아치는 공포와 증오가 그녀의 허점을 노릴 힘을 모으고 있었다. 그래서 그녀는 이내 어쩔수 없이 내달렸고, 테라스로 나자빠질 때쯤에는 불길을 짐작하게 하는 온갖 영향 때문에 피부가 따끔거리고 작은 털들이 거의 그슬릴 준비를 하고서 턱 선을 따라 일어나 있었다.

거기서, 평소 같은 나무들의 모습 위로, 그녀가 예상했듯 탁탁거리는 소리를 내며 흔들리는 놋쇠 빛의 형상이 보였다. 멀리 떨어져 있음에도 그녀는 연기 때문에 혼란스러웠다.

헤어 양은 중얼거리기 시작했다. 그리고 우왕좌왕 뛰어다녔다. 어쩔 줄 몰라 하는 망설임이 털가죽처럼 대기에 끼어 있었다.

불 비슷한 그것은 지쳐버린 저녁 내내 줄곧 노래하며, 그녀로 하여금 그녀 자신과 그 장소 사이의 완전한 연결을 감히 거부하게 하려 들었다. 혹은 그녀의 정신이 일종의 고통스러운 병자 성사에 참석하도록 불려 갈지도 모른다는 생각을 잊게 하려 들었다.

그때 그녀의 발이 조그마한 뼛조각을 으스러뜨렸다. 확인해보니 토끼의 넙다리뼈였다. 민들레와 모래에 섞여 테라스에 놓여 있던 그 뼈는 새하얗게 변색되어 있었으며, 그 빛깔은 그 순간을 태우고 있는 주황빛의 불처럼 기억을 교란했다. 헤어 양은 괴로움의 실마리를 찾아 발끝으로 뼈를 움직여보았다. 기억을 상기시키는 그 날카롭고 하얀 물체를 집어 올리기까지 했다.

당연히도, 그녀는 즉시 기억해냈다. 그 사람이 세상을 보는 방식이 어땠는지, 또 그녀가 어떻게 그 사람의 손을 잡고서 안으로 이끌었는지. 마치 그의 손이 그녀가 발견해낸, 그 형태와 내력을 익혀야 할 뼈나 나뭇잎 같은 진기한 물체라도 되는 듯이.

덕분에 헤어 양은 이제 확실히 알았으니, 이는 그 유대인에 대한 문제였고, 저 불도 그 유대인 때문에 붙은 불이었다. 지나간 위험들과 당장의 위험들로 한번에 대기가 고동치고 있었다. 터무니없는 불을 직면한 새들은 입을 다물었다. 외딴 교회 종이 울리며 기도를 위한 그 고딕풍의 잡목림으로 신자들을 불러들이기 시작했다는 점만 제외하면 그 순간은 몹시도 고요했다.

헤어 양은 시간을 낭비하지 않고—늘 모자를 걸치고 다녔으니 새삼 집어 쓸 필요도 없었다—평소 그녀와 동물들이 기다란 풀숲 사이로 평평하게 다져놓은 여러 갈래의 지름길 가운데 가장 직선으로 뚫린 길을 따라 나섰다. 어느 곳을 가장 쉬이 비집고 들어갈 수 있으며 기어갈 수 있는지는 언제나 잘 알고 있었다. 도처에서 그녀의 왕국이 하나같이 흔들리고 있었다. 그녀의 피부는 따끔하게 찌르는 통증이 아니라 존재의 확증에 복종하게 되었다. 다른 불청객들을 세차게 때렸을 나뭇잎들이 그녀에게 기운찬 애무를 보내왔다. 개울물이 그녀의 발목을 달래었다. 마침내 괴로움에 짓눌리지만 않았더라면, 그녀의 세계가 이룬 구조는 부차적이기만 한 갈빗대를 벗어난 호흡과 함께 더욱 방대하게 차올랐을지도 모른다. 그 괴로움 때문에, 터덜거리는 벙어리 짐승의 육체 안으로 상처 입고 의심 가득한 정신이 돌아왔다.

한순간 헤어 양은 토끼 굴에 발을 헛디뎌 떨어졌다. 그리고 지독한 호흡곤란 탓에 겁에 질렸다. 헐떡임은 이내 지나갔다. 그녀는 계속 움직였다. 이따금 끙끙거리면서. 눈앞의 상황 때문이 아니라, 늙은 하녀의 이름—메그였던가?—을 기억해보려 애쓰느라. 그 하녀의 힘이 필요해졌다. 늙은 메그—잠깐, 페그 아니었나? 페그! 페그!—는 쇠테 안경 뒤에서 제법 분명하게 진실을 알아보는 것만 같았다. 물론 헤어 양이 짐작하기에 진실이란 다양한 형태를 취하는 것이었다. 아니면 그녀 자신이 가장 잘 이해하는 무정형으로 표현되기도 했다. 바람과 비, 떨어지는 나뭇잎, 소용돌이치는 하얀 하늘 같은 것들. 반면 페그에게 진실은 완벽한 조각상이었다. 어린 시절에 위로를 받고 싶어서 그러곤 했듯, 이제 헤어 양은 하녀의 치마를 만지고 싶었다. 그 옛날 페그가 자두를 병조림하곤 했듯, 헤어 양은 유대인의 손을 잡아 오직 사랑으로만 보존될 그 모든 이미지와 더불어 그녀의 시든 가슴속에 가두고 싶었다. 사랑하는 방법에 대해 자기가 얼마나 요령이 부족한지를 떠올리며, 경험을 통해 오직 분열만이 영구적이자 어쩌면 유일하게 바람직한 상태임을 배웠다는 사실을 떠올리며, 헤어 양은 그 지점에서 다시금 거의 넘어질 뻔했다. 언제나 그런 건 아닐지라도 결국 진실은 정적과 빛이었다. 따라서 그녀는 쿵쿵거리며, 장애물만 없다면 허둥지둥 달리며, 모양을 다잡기 위해서라기보다는 그냥 습관처럼 젤리 같은 입술을 훑으며, 불길과 그녀 사이를 가로막은 광대한 왕국을 통과하느라 피부가 쓸릴지라도 계속해서 나아갔다.

마침내 덤불숲에서 뛰쳐나온 이 존재는 몬테벨로 대로에서 상당한 크기로 올라오는 화염을 발견했다. 그녀가 이미 알고 있었듯, 그것은 친구가 살고 있는 갈색 집이었다. 보긴 했지만 안에 들어가본 적은 없었던.

하지만 지금은 들어가야 했다. 분명했다. 더 많은 것을 존중하고 사랑하기 위해, 헤어 양은 그 유대인에게 선함이라는 미덕을 둘러주었다. 능란한 형태의 악에 맞서기에는 당사자를 사실상 무력하게 만들 정도로 순수한 선함이었다. 황금 종유석들이 드리운 차양을 아랑곳하지 않고 위로 들린 채 불로 된 베개 위에 놓인 그 죽은 듯한 얼굴이 벌써부터 그녀의 눈에는 보였다.

구경하기 위해, 혹은 한 번도 수도꼭지에 연결된 적 없는 호스들을 질질 끌기 위해 많은 사람이 내려왔다. 그들은 소방대가 이미 실패했거나 연휴를 맞아 아예 멀리 떠나버린 모양이라고 확신했다. 그럼에도 이들 가운데 일부는 화재의 추이를 계속해서 즐기면서 어깨 너머로는 계속 망을 보았다.

"그렇지만 저 안에 만약 사람이 있으면!" 헤어 양이 다그쳤다.

비록 그 문제는 분명치 않았으나, 몹시 궁금해하는 사람들이 있긴 했다.

헤어 양은 완전히 부스스한 모습의 사랑 그 자체였다.

그녀는 불타는 집으로 들어서면서, 말하자면 위험한 거미들을 잡기 위해 손을 뻗고 있었다. 벌레에 대해 공포를 경험한 적은 한 번도 없었고 불에 대해서도 그저 순간적인 두려움을 느껴보았을 뿐이니, 어쨌든 자연의 요소는 자연력과 합치에 이를 수밖에 없기 때문이었다.

그래서 지켜보던 이들은, 그네가 지금까지 인간이라 생각했던 이가 초인간적으로 행동하는 장면을 목격했다.

"헤어 아가씨!" 그들이 외쳤다. "미쳤어요?"

흡사 그때까지 늘 그녀를 제정신이라고 생각해왔다는 듯이.

이제 커다란 고리버들 모자를 쓴 그 여자가 불타는 집 안으로 걸어들어가자 그들은 두려움과 끔찍함에 압도당했다.

이때쯤 그 집의 뼈대는 사실상 불의 신전이 되어 있었으며 신전의 페디먼트 위에서는 디오니소스적인 훌륭한 프리즈가 고통에 몸부림치고 있었다. 그 모든 금빛 기둥도 함께 춤을 추었다. 그러나 내면의 비극에 몰두해 있던 헤어 양은 어느 것에도 주목하지 않았다.

처음에 불길은 헤어 양을 밀어내기 위해 달려들었다가, 다음에는 안으로 빨아들이려는 듯 물러났다. 그녀는 비틀거리며 안쪽으로 끌려들고 또 끌려들었다. 그녀 자신이 녹아 없어지지 않았더라면 고통은 더욱 격렬했으리라. 쭉 뻗은 손과 뺨을 따라 그녀의 격정은 녹아버린 줄기가 되어 흘러내리고 눈에서는 불살라질 눈물이 흘러나왔다.

그렇게 그녀는 영원히 계속되는 순간 속에 서 있었다. 그녀처럼 특별한 힘을 지닌 이에게는 계시가 이루어져야만 했으며, 이치에 좀더 부합하는 불길의 장막은 분명히 그녀가 볼 수 있도록 휙 젖혀지다시피 했다. 이제 투명해진 눈꺼풀 아래로 그녀는 거의 들여다볼 수 있었다. 불길이 주춤했다. 그녀는 친구의 몸을, 무척이나 쇠약한 그 늙은 남자를, 하다못해 쉽사리 불이 붙어 갈빗대가 그 집의 들보처럼 타고 있는 예언자를 거의 알아본 것 같기도 했다. 하지만 마음먹은 대로 그에게 다가간다는 건 불가능하다고 신음했다. 적어도 아직은 그럴 수 없었다. 결국 그녀는 오그라들고 있었다. 불길에 위협받으며 그녀의 나뭇가지 같은 팔이 비틀리고 있었다. 그녀의 그슬린 몸통은, 일렁이고 회전하며 달려드는 불의 이빨 앞에 내놓였다.

다행히도 그 순간 헤어 양은 동물적인 본모습으로 되돌아갔다. 그녀가 비명을 내지르기 시작했다. 불타는 털이나 깃털 냄새를 맡으면 그녀는 언제나 겁에 질렸다.

그때 그 광경을 보았던 사람이라면 누구든, 헤어 양이 불타는 집에서 어떻게 빠져나왔는지를 결코 잊지 못할 것이다. 그녀는 새카맣게 그을린 데다 끔찍하기까지 했다. 고리버들 모자는 쉭쉭거리는 회전 폭죽이 되었고, 카디건 어깨 부분에서 날개 같은 불길이 돋아났으며, 소모사로 감싼 뒤축에서는 불이 박차를 이루고 있었다. 무엇보다도 무시무시한 것은 부어오른 목구멍이었다. 거기에서는 공포가, 관중이 느끼기엔 명령이

나 비난에 좀더 가까운 뭔가가 당장이라도 쏟아져 나올 것 같았다. 헤어 양은 앞으로 나아갔고, 그녀를 맞으러 다가왔을 사람들은 이 때문에 멈칫했다. 그러자 좀더 분별 있는 사람 한두 명이 자제력을 되찾고서 앞으로 달려와 그 복수의 사자를 그들의 외투로 두드리기 시작했다. 그녀가 적어도 육체적으로는 진화될 때까지.

이 진실의 괴물은 줄곧 제 감정을 터뜨리고자 분투하다가 마침내 끌어내어 소리쳤다. "당신들이 그 사람을 죽였어!"

"누구를?" 그들은 물었다.

"저기 꼭 사람이 있으리라는 법도 없잖아요." 그들이 말을 이었다. "저 집 안에."

그리고 이제 외투에다 반감과 가책까지 담아 계속해서 그녀를 세게 두드렸다.

헤어 양은 우느라 숨이 막히고 목이 메었다. 그녀를 구조해준 사람들이 증오스러웠다.

"내 둘도 없는 친구를 불태워버렸잖아!" 그녀가 울부짖었다. "내가 경찰에 고발할 거야."

몸을 두들기는 가증스러운 외투들을 피하면서.

"필요하다면 법정으로라도 끌고 갈 거야. 돈을 마련해서. 어떻게 해서든지. 저지섬에 사는 내 친척한테라도."

그때 마침 장관을 즐기려고 두번째로 좋은 모자를 쓰고 내려온 두 숙녀가 화재 현장 가장자리에 당도했다. 아아, 더 좋은 순간을 고르기에는 너무 늦어버렸으나, 두 사람은 곧바로 현재 정황이 어떠한지를 알아차렸다.

헤어 양도 그들을 보았고, 앞으로 다가섰다.

"너희들은……" 그녀가 외쳤다. "마귀야!"

더 소리칠 말도 없었다.

졸리 부인은 몇 발짝 물러났고, 만약 곁에서 지켜주는 이가 붙들지 않았다면 완전히 달아나버렸을지도 모른다. 플랙 부인은 가만히 서서 그네를 비난하는 이에게 발끝을 겨누었다. 그녀는 아무래도 더 누렇고 마른 몸이었겠으나, 자기가 훌륭하게 에둘러 말할 줄 안다고 제법 굳게 믿고 있었다.

플랙 부인은 이렇게 말했다. "당신을 위해서라도, 자꾸만 반복하는 그 말씀을 개의치 않고 계속 들어드리렵니다. 아씨, 비난이라는 건 곧잘 자기 고백인 셈이니까요."

군중은 감탄하며 조금씩 술렁거렸다.

하지만 헤어 양은, 아마도 자신의 무력함 때문에, 또 한 번 감히 도전했다.

"마귀들!" 그리고 거품과 물집 사이로 분명하게 그 말을 마구 되풀이했다.

그러고서 띠처럼 이어지는 연기를 질질 끌며 떠나가기 시작했다. 당연히 실성한 듯 통곡하면서 말이다.

맥패컷 순경은 그날 밤을, 그리고 본부 출입구에 나타난 이상한 존재를 다른 어느 목격자보다도 오랫동안 기억하게 될 터였다.

"당신은 아무 일도 안 했어요." 그 존재가 소리쳤다. "내 친구를 박해와 방화로부터 지켜주지 않았다고."

헤어 양은 간신히 친구의 이름을 입에서 떼는 데 성공했다. "히멜파르프." 그리고 말을 이었다. "히멜파르프가 불에 타 죽었는데!"

맥패컷은 멋진 치아에 튼튼한 다리와 하얀 눈동자를 소유한 매력적인 남자로서, 그날 저녁이 얼마나 중요했던가를 감안하면 다소 단정치 못한 차림이었다. 이제 그는 가슴에 난 털 속에 묻혀 있는 신성한 메달을 만지작거렸으니, 이는 도저히 가망 없어 보이는 상황들을 통과하며 그때까지 그와 함께해온 메달이었다.

"당신한테 책임을 물을 거야!" 미친 여자가 소리치고 있었다.

"조심하시지요!" 순경은 사람들이 좋아하는 높고 부드러운 테너 톤의 목소리로 외쳤다. "명예훼손 같은 문제에 걸릴 수도 있습니다, 아가씨!"

"진실이라는 문제도 있고요." 헤어 양이 대꾸했다. "법의 입구로 들어설 때까지는. 거기서 좌우되는 것 같은데."

불이 난 그날 저녁에 아내와 다투느라 평소보다 늦게 칼릴 부인네를 찾아가게 된 것이 맥패것으로서는 행운이었다. 아내의 불손한 품행 덕택에 그는 기자들을 상대하는 것은 물론이요 사건을 조사할 수도 있었다. 이제 비록 지쳤으나 그의 태도는 부드러웠다. 미친 여자가 앞에 서자 심지어 그녀를 건드리기까지 했다. 평범한 숙녀들이라면 블라우스 안에서 몸을 떨, 부드러우면서도 남자다운 권위가 담긴 손길로 말이다.

맥패것은 말했다. "죄다 팔자랍니다. 아시겠지요, 헤어 아가씨."

승진이 다가오고 있었으므로, 상대를 다른 이름으로 부를 만큼 분별없이 굴 생각도 없었으리라.

"소방차에, 그건 도착하지도 않았던데, 기계 결함을 일으킨 게, 댁은 팔자라고 말할 수도 있겠군요. 아니면, 이키, 그게 저기 있네!"

실제로 몬테벨로 대로의 돌바닥을 타이어로 호되게 짓누르며 소방차가 땡그랑거리는 소리를 들을 수 있었다.

"그 유대인 신사분의 집이 불타버리지 않도록 해야 할 소방차가, 제

때 도착하지 못했다고 말씀하실 수는 있겠지요."

헤어 양은 스스로의 감정과 순경이 꺼내는 말마디들의 바닷속에 갇혀버렸다.

"큰불이 번지기 전에 바로 그 신사분을 집에서 *끄*집어낸 것 역시 팔자였고요."

"*끄*집어냈다고요?" 헤어 양이 신음했다.

순경은 자신이 알고 있는 정보와 힘이 낳은 열매를 거두어들였다. 그리고 웃어 보였다. 어쩌면 그저 훌륭한—모두가 알고 있듯 진짜인—치아를 내보인 것이었는지도 모른다.

"바로 그겁니다." 순경이 말했다. "고드볼드 부인이랑 밥 태너, 그러니까 그 집 큰딸이랑 사귀는 젊은 친구 덕분에요."

"그럼 히멜파르프 씨는 어디 있는데요?" 헤어 양은 다그쳤다.

"고드볼드 부인이 사는 가건물에요." 순경이 알려주었다.

"오." 헤어 양은 탄식했다. "그래요." 그리고 말을 이었다. "미리 짐작할 수도 있었는데. 고드볼드 부인이라면 무슨 일이든 그냥 벌어지게 놔두지 않을 것. 그러니까, 막을 수 있는 일이라면."

순경은 다시금 웃어야 했다.

"고드볼드 부인은 그냥 평범한 여자예요." 그가 말했다.

"나도 여자고요." 헤어 양이 대꾸했다. "그렇지만 부인과 동등한 사람이라고 내세우지는 못하겠어요."

맥패컷 순경은 자기 눈주름이 얼마나 자글자글해 보일지 알았기에, 웃으려면 얼굴을 찌푸려야 했다. 이제 그는 너무 많이 웃을 수가 없었다.

"아가씨, 나중에 말입니다." 그는 이렇게 말을 떼며 전혀 부드럽지 않게 웃어 보였다. "우리 남자들에 대해서는 어떻게 생각하시는지 당신한테 여쭤봐야 하겠네요."

그러나 멀찍이서 다시금 전화벨이 그를 부르고 있었다.

"어, 남자들에 대해서라면……" 헤어 양은 변명했다. "난 몰라요." 더듬더듬 중얼거리며. "남자들을 몰라요. 수탉은 암탉을 덮치려고 있는 거잖아요."

밖으로 나왔을 때는 별들 속으로 다시 불똥들이 자리 잡고 있었다. 축축한 블랙베리 같은 어둠이 헤어 양의 꺼칠한 피부에 코를 비벼댔다. 그녀는 더 이상 뛸 수가 없어 그저 터벅터벅 허우적거리며, 거기 있다고 알고 있는 사물들을 지나 앞으로 나아갈 뿐이었다. 친구의 집을 이루고 있던 뼈대는 이제 뿜어져 나오는 물 밑에서 쉭 하는 소리를 내고 있었으나, 그녀는 불길이 진화되었는지 그다지 신경 쓰지 않았다.

고드볼드 부인의 오두막에 도착한 헤어 양은 노크하는 것도 잊고 마치 그들이 그녀를 기다리고 있으리라는 듯 그냥 들어갔으며, 실제로 그들은 그녀를 기다리고 있었다.

"아, 왔군요." 집주인이 말했다.

고드볼드 부인은 한 칸짜리 방 깊숙한 곳에 미소 지으며 앉아 있었고, 그녀의 튼튼한 형체는 앞치마처럼 드리운 반짝이는 빛 속에서 파도처럼 움직였다. 아이들은 상황을 지켜보며, 혹은 아무렇지도 않게 여기며 사방에 퍼져 있었다. 그 이상은 헤어 양도 굳이 신경 쓰려 들지 않았다. 그녀는 조금도 시간을 낭비하지 않고 마지막 남은 힘을 분출하며 앞으로 밀고 나갔다. 하지만 커다란 철제 침대의 발치로 가 면직 이불 앞에 무릎을 꿇고서 그슬린 얼굴을 누일 때, 그녀의 본능은 그 비축된 힘을 열어젖혀야만 할 것 같았다.

히멜파르프는 정오 무렵에 자기 집으로 돌아왔었다. 그때쯤에는 몸의 통증도 상당히 심해졌으나, 그것은 공장에서 입은 타박상, 자상, 아마도 부러졌을 한두 대의 갈비뼈 때문만은 아니었다. 오히려 그보다 더 깊고 감각을 마비시키는 고통, 그의 정신을 아세틸렌[39] 불꽃의 지나치리만치 선명한 푸른빛으로 불태우며 명멸할 고통 때문이었다.

그러했기에 나무로 지은 그 집의 공허함과 고요함은 완벽하게 히멜파르프를 위로했다. 아무리 섬세하고 부드럽다 한들, 호두나무 표면에 새긴 무늬들은 우울함만을 안기고 플러시 천의 손길들은 적막감만을 안기지 않던가. 그 대신 그는 휑한 방에 놓인 좁은 침대에 드러누웠다. 그의 얼굴은 칙칙하지만 확신 있는 노란색 밀랍으로 그야말로 간결하게 조각되어 있었다. 히멜파르프는 한 번씩 경련하며 그 같은 상태에서 빠져나와, 아세틸렌 성운 속에서 애타게 명멸하는 아버지 모셰의 형체와 씨름했다. 허상과도 같은 인생이 지속되는 동안 언제나 동떨어져 있었음에도 이제 그들은 파탄의 순간에 서로 맞닿는 것만 같았다.

모르데카이 히멜파르프가 아버지로부터 사랑과 고통을 함께 받으며 얼마나 오랫동안 거기 누워 있었는지 그 자신은 짐작할 수도 없었으리라. 하지만 그가 눈을 떴을 때 사물들은 여전히 분명한 형태를 유지하고 있었으며, 그는 멀찍이 놓인 하나뿐인 의자의 형체를 그 사소한 흠집과 친숙한 마멸까지 살펴보고서 안도했다.

동시에 그는 자기가 혼자가 아니라는 사실을 깨달았다. 누군가가 그의 이마와 손목을 어루만지고 있었다. 순간적으로 산란해진 그의 존재를, 확고하게 현존하는 어떤 힘이 감싸기 시작했다.

---

39) 무색의 가연성 기체. 주로 산소를 혼합해 용접에 이용하며, 이때 푸른 불꽃과 강한 열을 낸다.

히멜파르프는 그것이 이웃의 고드볼드 부인임을 알아차렸다.

"방해하려는 건 절대 아닌데……" 분명하면서도 멍한 어조로 그녀는 말했다. "다만 어떻게 하는 게 최선인지 몰라서요."

고드볼드 부인은 확신 없는 태도로 얼굴을 돌리고 침대 옆에 서서, 여전히 혼잡한 딴생각에 빠진 채 그에게 말을 붙이는 둥 마는 둥했다. 그녀는 조각상이 되어 탁 트인 넓은 공간의 한구석에 놓여 있는 것만 같았다. 히멜파르프로서는 그곳이 호수인지 평원인지 굳이 알아보려 들지도 않았으니, 다만 얼굴에 드러난 표정과 오후의 거칠 것 없는 파동으로 보건대 광대한 곳임을 알 수 있을 뿐이었다.

"그래요." 아직도 머뭇거리기는 했으나 고드볼드 부인은 마침내 결심했다. "괜찮으시다면 제가 선생님을 저희 집으로 데려가야겠어요. 거기가 가깝기도 하고, 선생님을 충분히 돌볼 수도 있는 곳이니까요."

두껍지만 적당한 목덜미에 묵직하게 틀어 올린 머리칼을 쳐다보며, 그는 이의를 제기하지 않았다.

"저 먼저 일단 갈게요." 여전히 다른 누군가를 향한 듯 말을 걸며 그녀가 조용히 말했다. "갔다가 금방 다른 사람들을 데리고 돌아올게요."

그는 대답하지 않았으나 그녀가 돌아오기를, 그리고 무엇이 되었든 장차 일어날 더 많은 일을 기다렸다.

히멜파르프는 이제 그의 아내 레하가 소박하게 이해할 수 있었던 모든 것의 올바름과 필요성을, 그녀가 모자란 말주변보다는 신념의 빛을 통해 담아내려 애썼던 바로 그것을 알아볼 수 있었다. 그가 보기에 사그라진다는 것의 수수께끼를 간파할 수 있는 이들은 오직 한없이 소박한 영혼의 사람들, 혹은 너무 커져버린 육체의 외피를 벗어던지기 직전의 사람들뿐인 것 같았다. 확실히 그는 그때쯤 최후의 힘을 요구해봐야 할 만큼 약해져 있었다.

준비를 하는 동안, 하찮은 반발을 떨쳐내는 동안, 히멜파르프는 레하가 그의 목소리와 손이 되어야 한다는 점에 서슴없이 공감했다. 바다에서 바람이 일어나 그 집의 뼈대를 한층 얇아지도록 후벼 파는 오후가 지나가는 동안, 그들은 그 같은 영혼의 내밀함을 좀처럼 누리지 못했다. 버드나무들은 광적으로 흔들렸다. 그가 발작적으로 느끼는 통증이 없었더라면, 또한 한없는 무색을 규칙적으로 분할하며 줄 그은 콩 자루들이 없었더라면, 세차게 밀려드는 공기가 모든 것을 압도했을지도 모른다.

그러다 어느 순간 그녀가 그의 어깨에 손을 올렸고, 눈을 뜬 그는 다시 돌아온 고드볼드 부인을 알아보았다.

바로 위에서 몸을 숙이고 있던 그 여인이 수줍음 때문인 듯 즉시 자세를 바로 고쳤다.

고드볼드 부인은 말했다. "선생님, 약속했던 대로 저희가 왔어요. 엘스는 알고 계실 테고, 이쪽은 엘스의 친구 밥 태너예요."

엘스는 상기된 얼굴로 방구석들을 들여다보고 있었는데, 무언가를 찾아내려는 게 아니라 오히려 억지스럽지 않게 시선을 피하려는 생각이었으리라. 그녀는 우윳빛 피부를 따라 산울타리를 이룬 듯한 장밋빛으로 무척이나 곱게 얼굴을 붉히고 있었다. 히멜파르프는 이전에 그를 재너두로 불러들이려고 찾아왔던 밥 태너를 알아보았다. 장화와 근육이 유독 눈에 띄는 청년이었다. 밥 태너는 자기가 맨바닥 위를 움직이며 내는 소리를, 혹은 그저 숨소리마저도 부끄러워했다.

"이제……" 고드볼드 부인이 설명했다. "선생님을 이 기구 위로 옮길 거예요."

그들은 묘목 두 그루와 왕겨 포대 몇 개를 이어 들것 비슷한 물건을 만들어 왔고, 그 위로 조심조심 서투르게 유대인을 옮기기 시작했다. 가득 찬 자루들도 등에 지고서 옮길 줄 아는 밥 태너는 자기 식으로 혼자일을 처리할 수도 있었겠으나, 여자들도 자기 몫을 분담해야 했다.

고드볼드 부인은 거의 피가 흘러나오도록 입술을 깨물었다.

엘스는 제 연인의 힘이 어설프다며 소리를 쳤는지도 모른다.

"바보 같은 게! 멍청해가지고서!" 엘스가 야유하며 팔꿈치로 밥 태너의 갈빗대를 때리는 모양이었다.

그녀는 얼마든지 모질게 굴 수 있었다. 얼마든지 은밀히 굴 수 있었다. 그녀는 밥 태너의 강인하지만 어설픈 팔에서 터질 듯 팽창하는 핏줄들을 사랑했다.

그렇게 그들은 히멜파르프를 집 밖으로 옮겼으며, 그는 아주 잠깐뿐 그 이상을 밖에서 지내게 되리라고는 전혀 생각하지 않았다.

히멜파르프는 들것에 실려 고드볼드 부인의 집으로 내려갔다. 고개가 축 늘어져 있었다. 버드나무들이 달려들고 풀숲이 속삭였다. 그가 지나가자 죽은 풀들이 창끝처럼 손목을 찔렀으나 더 이상 적의는 느껴지지 않았다. 그 여정이 얼마나 길었든, 아픈 남자에게 이는 그가 속한 민족의 동참과 사랑으로써 신성화되었다. 그렇게 그들은 광야 전체를 건널 수 있었다. 그가 눈을 떴을 때 광야의 가장 고통스러운 지점은 이미 저 뒤에 남겨진 후였다. 카데시의 변방으로부터, 푸른 아지랑이가 그 오른편 너머로 느보산을 암시했다.[40] 그들은 어찌나 심하게 덜컹덜컹 흔들렸던가. 끝없이. 하지만 발치에서 그를 옮기고 있는 젊은 남자의 등은 단단

---

40) 『구약성경』에서 모세의 인도에 따라 이집트를 탈출한 유대인들의 여정을 나타낸다. 모세는 카데시의 광야에서 물을 구하지 못해 군중과 갈등을 빚고, 느보산에서 임종을 맞았다.

한 육체의 기둥이었으며, 머리 쪽에서 몸을 숙인 여자는 팔 힘보다는 숫제 따스하게 스며드는 영혼으로 그를 떠받쳤다.

"저기예요, 선생님." 그녀가 기운차게 내뱉었다. "이제 그리 멀지 않아요."

때때로 그녀는 휘청거렸으나 넘어지지는 않을 터였다.

자기가 감당하도록 주어졌던 짐 덕분에 고드볼드 부인은 크게 고양되었다. 이 충실한 신자들의 행렬이 마침내 그녀의 오두막 지붕 밑에서 비틀거리며 멈춰 섰을 때, 그녀의 큼직한 가슴은 빛바랜 면 원피스 안에서 자부심을 느꼈다.

이전에 서로 밀치고 노래하던 모습을 히멜파르프가 기억하고 있는 심각한 표정의 어린 여자아이 둘이서, 시키는 대로 잠자리를 준비해놓고서 기다리고 있었다. 뭉개진 풀에서 배어 나온 초록빛으로 얼룩덜룩해진 아이들의 팔은 하얀 시트와 대비되어 금색으로 빛났다. 빛살의 금색과 덩굴의 초록색이 창문 안쪽에서 한데 엉키는 바람에, 그 그림자가 매달린 커튼은 커다란 침대 위쪽 벽에서 실체가 없는 것처럼 아른아른 빛났다. 부드럽고도 사려 깊게 누군가 그의 옷을 벗기고 있었다. 만약 고통의 죔쇠가 그를 해방시켜주었더라면, 햇볕에 딱딱하게 마른 따끔한 시트 안에서 그는 무의식적인 기쁨에 완전히 몸을 내맡겼을지도 모른다.

한순간 히멜파르프는 고통으로 인해 거의 으스러졌다가 깜짝 놀라며 눈을 떴다. 이를 지켜보던 사람들 몇몇은 그 바람에 움찔했으며, 고드볼드 부인의 어린 두 딸은 미처 대비하지 못했던 심연을 감히 들여다보고서 울기 시작했다.

아이어머니가 쉿 하고 아이들을 조용히 시키며 밀어냈다.

그러고서 그녀는 환자에게 말을 걸었다. "의사 선생님인 허번 씨를

252

모셔 오도록 아이 한 녀석을 보낼게요."

하지만 아픈 남자의 표정은 고드볼드 부인의 제안을 거부했고, 그녀는 일단 그의 기분을 맞춰주어야 하겠다고 마음먹었다.

자기가 알고 있는 요령대로 그녀는 벽돌 하나를 데우더니 그의 발에 바싹 붙여 침대 안에 넣었다. 그러자 그가 미소를 지었다. 고통 때문에 건조하게 갈라진 그의 입술이 다시금 해석하지 못할 무언가를 요청하느라 열렸을 때, 그녀는 양의 목살로 그날 끓인 묽은 수프를 가져와 조금이라도 그에게 먹이려고 애쓰기도 했다. 하지만 메스꺼워하는 그의 표정 때문에 그녀는 단념했고, 자기가 끓인 수프의 하찮음이, 그리고 정말이지 더 하찮은 방문자들에게도 어울리지 않을 그녀의 오두막 전체가 부끄러워졌다.

아마도 그 같은 속내를 알아차렸는지 히멜파르프가 그녀를 향해 눈을 뜨고서 약간 뜻밖의 태도로 말했다.

"저는 만족해요. 고맙습니다."

그때 고드볼드 부인은 모든 고통이 그녀 안에 일깨운 연민을 주체하지 못했다. 갑작스러운 격통 때문에 그녀는 컵 받침에 부딪쳐 덜거덕거리기 시작한 컵을 내려놓아야만 했다.

오후 내내 히멜파르프는 한 번씩 선잠에 빠져들었다. 창백한 기운이 그를 집어삼켰다. 그는 좀처럼 반응을 보이지 않았다. 물론 그는 스스로에게 허락했을 다른 상황 속에 들어가 있었을지도 모른다. 저녁 빛 속에서 갈색의 베개들을 펼치는 시온의 언덕들은 완전히 트여 있다시피 했었다. 그가 마지막까지 지냈던 수수한 집의 고요함은 곧잘 탈출할 수 있는 사다리를 약속했었다. 앞을 볼 수 없는 상태로 돌밭 위에 무릎을 꿇었을 때 프리덴스도르프의 불길은 모종의 해방감을 제공했었다. 그러나 헌신의 밧줄 채찍이 끊임없이 그를 몰아붙여왔다. 염소 가면과 머리에 덮은 천이 벗겨졌음에도, 그 순간까지 그것은 히멜파르프를 나무에 매달아둔 채 옆구리를 고문하고 있었다. 다시금 그는 신부를 맞아들이기 위해 빛의 나무에서 내려오는 원초적 인간이었다. 상대는 살갗이 튼 손에 잔을 쥐고 창백하게 떨면서 후파 아래 서기 위해 나아갔다. 그들은 그렇게 오롯이 원초적인 벨벳 냄새 속에서 결합되었다. 사촌들과 숙모들이 설명하기를, 마침내 이야말로 네가 지금까지 왼쪽 가슴 아래에 지니고 다니던 셰키나일지라. 그가 그녀를 맞아들이자 그녀는 몸을 구부리고 그의 손에 난 상처에다 입을 맞추었다. 그러고 나면 그들은 진정으로 하나였다. 하객들의 기대와는 달리, 둘은 잔을 깨뜨리는 대신 거듭 잔을 들어 비웠을 뿐이다.

나중에 엘스 고드볼드가 히멜파르프의 베개를 바로 정돈해주었다. 엘스는 자기가 얼마나 미숙한지 숨기기 위해 그저 생각나는 대로 소소하게 간호를 해줄 뿐이었다. 향유의 감촉을, 우둘투둘한 고통의 표면을 거의 감지할 수 없을 만큼 살그머니 스치는 이슬방울을, 아픈 남자는 감사히 여겼다.

하지만 엘스는 자기 역시 종국에는 분명코 겪게 되리라 느낀 무언가로부터 재빨리 물러섰다. 그들 모두가 안에 모여 있는 무쇠 같은 오두막이, 위협적일 정도는 아니더라도 숨을 조여오기 시작했다. 그녀는 어찌나 간절히 밖으로 빠져나가고 싶었던가. 의도로부터 의도를 구별하는 게 불가능해질 때까지, 골목길을 배회하며, 팔과 목을 따라 미끄러지는 달빛을 느끼며, 그 달빛의 손길에 회답하며.

그때 먼저 나갔던 밥 태너가 돌아오더니 유대인의 집에서 일어난 화재 — 끊임없이 쌓여 올라오는 주황색 빛이 그 사실을 확인해주었다—에 대해 들려주었다. 엘스는 자기 연인이 스스로를 바꾸어놓게 될 일을 경험하고 있음을 알아차렸다. 그녀가 처음부터 사랑하고 또 비웃었던 그의 사내다운 서투른 솔직함이, 그녀조차 바꾸지 못할 형체를 갖추고 있다는 점도 알아차렸다. 밥 태너 또한 자기 연인이 연민 때문에 오히려 못나 보인다는 점을, 그리고 앞으로도 몇 번이고 변화해나가리라는 점을 알아차렸다. 두 사람은 각자 발견하게 된 사실 때문에 숨이 막혔다. 그럼에도 두 연인은 그네가 여전히 서로를 알아볼 수 있다는 점을 이해하기에 감사했고, 어떤 눈속임이 있든 계속해서 나아가야 한다는 점을 의심하지 않았다.

이제 엘스 고드볼드는 참을 수 없는 생각들로 포위되던 상황을 헤쳐나왔다. 그녀가 아파하는 남자에게 몸을 기울이고서 말했다. "히멜파르프 아저씨, 제가 해드릴 수 있거나 가져다드릴 수 있는 거라면, 원하시는 게 뭐든 저한테 말씀해주신다면 좋겠어요."

자신이 아직 너무 어리다는 점을 쓰라리게 깨달았기에 그녀의 목소리는 마치 그를 위협하고 있는 것처럼 들렸다.

"차가운 물을 가져다드리면 어떨까요?" 엘스가 절박하게 제안했다. "그걸로 얼굴을 닦아드리게요. 네?"

그러나 히멜파르프는 아무것도 요구하지 않았다.

깜박 잠이 들지 않았을 때, 몸이라는 칸막이를 벗어나 시공간의 자유로 옮아가지 않았을 때, 이제 고통을 막아주는 갑옷 안에서 얼굴 가리개를 통해 바깥을 내다보는 그의 표정은 평온하고 빈틈없어 보였다. 그다지 신기할 것도 없는 주황색 빛을 받으며 먼 곳에서 벌어지고 있는 사건을 눈으로 좇기 위해 한두 번쯤 창가를 흘깃 보기도 했으나 별로 신경을 쓰지는 않았다. 마찬가지로 그는 감은 눈꺼풀 아래에서 헤어 양의 허상을 보았다. 놀라지는 않았다. 무감각한 발 위에서 헌신적으로 그를 신봉하는 이의 무게가 무겁게 부담이 되는 것도 아니었다.

헤어 양이 안으로 들어왔고, 그러자 나이가 많은 몇몇 아이마저 겁을 먹었다. 그 아이들은 기억할 수 있는 처음부터 이 미친 여자를 쭉 알고 지냈으며, 어딘가의 나무 안쪽에 앉은 올빼미처럼, 혹은 어딘가의 헛간이나 굴뚝을 점거한 늙은 주머니쥐처럼, 창가나 덤불 안팎에서 늘 발견되는 그녀를 찾아다니곤 했었다. 이제 이 부드럽고 친근한 짐승은 훌쩍이고 웅얼거리며 아이어머니의 침대 발치에 자리 잡았다. 몸에서 아직도 타는 냄새가 났으나, 그녀의 고통을 생각하면 불은 정말이지 아무것도 아니었다.

물론 고드볼드 부인은 이 상황을 여느 문제들과 마찬가지로 다루었다. 그녀가 앞으로 나서서 말했다. "여기로 와줘서 기뻐요, 아가씨. 와주리라고 생각했답니다. 이분을 위해 아가씨만이 해줄 수 있는 일이 뭔가 있을 거예요."

그리고 헤어 양의 그을린 어깨를 만졌다.

처음에 헤어 양은 아무런 대답도 없이 단지 신음할 뿐이었으나, 어쩌면 이는 다른 존재의 영혼과 소통하는 방법이었을는지도 모른다.

하지만 아픈 남자는 알아보는 기색 없이 그저 눈을 감은 채 누워 있었다.

"혹시 재킷을 벗으시겠어요?" 고드볼드 부인이 마지막 방문자에게 물었다.

그럼에도 헤어 양은 신음할 뿐이었다. 고통 때문이 아니라, 다시금 그녀의 머릿속에서 기쁨의 동그라미를 완성하는 데 성공했기 때문인 모양이었다. 그렇지만 가장 가까이 다가갔던 아이들은 그녀의 턱을 따라 바싹 그을린 붉은 솜털과 불에 익는 가운데 양념이라도 친 듯 반짝거리는 피부를 보았으며, 그 모습으로 판단하건대 헤어 양은 분명히 고통을 받고 있었을 것이다.

헤어 양의 겉모습은 무시무시했으나 주변 사람들은 모두 그녀를 존중하며 여전히 꼼짝하지 않았다. 커다란 고리버들 모자도 삐딱해진 데다 군데군데 단단한 부분들이 검게 탔지만, 고드볼드 부인조차도 차마 그것을 벗어버리라고 권하지 못했다. 여러 해 전에 몸져누운 그녀를 보살폈던 고드볼드 부인 말고는, 누구도 헤어 양이 그 모자를 벗은 모습을 본 적이 없었다. 누구도 그 밑에 무엇이 숨겨져 있을지 추측하려 들지 않았다.

그때 헤어 양이 땅딸막한 몸을 최대한 곧게 펴며 일어났다.

"이 사람 발이……" 그녀는 말했다. "차가워요."

담요 아래 손을 찔러 넣고 있었기 때문에 알 수 있었다.

"아주, 아주 차가워요." 헤어 양의 느릿한 말을 손가락들이 뒤따라 몸서리로 마무리했다.

"그래요." 고드볼드 부인은 회피할 수 없었다. "그래도 아가씨가 데워주세요."

그러자 헤어 양은 기운을 냈고 모두가 이를 느낄 수 있었다. 그녀는 앉아서 몸을 문지르며 정신을 되찾았다. 서서히 몸을 낮추더니, 남자의 발이 뺨에 자국을 남기도록 얼굴을 가져다 대기도 했다.

그러는 동안 내내 남자의 얼굴은 베개 위에서 부드럽게 호흡하고 있었으나, 숨 쉴 기운이 희박해질 것 같기도 했다.

"그레이시가 허번 선생님을 모시러 갈 거예요." 고드볼드 부인이 마침내 마음먹고서 말했다.

그러나 히멜파르프는 눈을 떴다. 그가 말했다. "아니. 아니에요. 지금은 아닙니다. 고맙습니다만. 당장은 어떤 의사한테든 진찰받을 기운이 없네요."

그리고 불필요한 생각을 품었던 사람이 누구든 그 사람을 용서하고자 최대한 냉소를 덜어내고서 미소 지었다.

그는 이제껏 인생에서 스스로에게 용납해왔던 만큼은 오롯이 충만함을 느꼈다. 아이들과 의자들도 그와 친근하게 소통했다. 바알 셈 토브[41]가 언제나 단언했듯, 동물들의 언어도 그 피부의 감촉에 의지하면 더 이상 수수께끼가 아니었다.

그래서 그는 더욱 부드럽게 숨을 쉬며 여정을 재개했다.

헤어 양은 그렇게 이해받았다. 호흡하는 생각들이 실재하게 되면서, 그녀의 동물적인 몸은 아무것도 아닌 문제가 되었다.

밤이 찾아와 어둠을 드리웠고, 사그라드는 불길은 덩굴과 엉킨 창틀을 통해 거기에 자줏빛으로 마지막 손길을 더했다.

모디 고드볼드는 한순간 자기가 어떤 얼굴을 보았노라고 생각했으나, 지켜보던 모두가 그 시각쯤에는 졸고 있거나 몇몇은 실제로 자고 있었다.

하나같이 애타게 기다리던 휴일 전야에 사람들이 공장을 떠난 후, 더보는 버래너글리 변두리에 있는 셋방으로 곧장 돌아갔다. 예년에는 부활절에 대비할 먹거리를 사러 상점에 들렀을지도 모르나, 지금은 무슨 일인가가 벌어졌기에 그의 고무창 운동화도 황급히 움직이고 있었다. 극

---

41) Baal Shem Tov(?1698~1760): '선한 이름의 주인'이라는 뜻으로, 지금의 우크라이나 땅에 있던 빈민가에서 태어나 근대 하시디즘 운동을 이끌었던 랍비의 호칭이기도 하다.

도로 중요한 일이 벌어졌음에도 그는 그것을 떨쳐버리고자 애썼다. 더보는 우선 손을 씻었다. 그리고 침대 가장자리에 잠시 앉아 있었다. 차가운 소시지와 함께 빵을 좀 먹었는데 거기에서는 톱밥 맛이 났다. 그는 빵을 뱉어냈다. 하지만 곧바로 그것을 바닥에서 주워 모았다. 그가 행한 짓은 배워왔던 내용과 어긋났다. 그는 앉았다. 저물녘에 다시 한 번 손을 씻었다. 그것은 무척이나 중요했다. 더보는 적어도 교육을 받아 청결했다. 그는 어스름 속에 앉아 있었고, 죄다 벽을 향해 뒤집어놓은 최근 그림들 몇 점을 살펴보고 싶었으나, 그것들이 액자 속으로 사라졌음을 확인하게 되리라는 걸 알았다. 점차 어둠에 묻히는 방이 그를 절망 속에 버려두었다. 그런 시간에 그림자들은 마치 실체가 없는 박쥐들처럼 펄럭였다. 할아버지의 영혼이 어째서 그가 의지할 수호신인지, 더보는 언젠가 어머니가 들려주었던 이야기를 떠올렸다. 그러나 여정에서 여러 국면들을 지나던 어느 순간 그 수호신과 헤어지게 된 게 아닐까 의심스러웠다. 어쨌든 꽤 오랫동안 더보는 스스로가 혼자라고 느꼈다.

이제 그는 벌벌 떨기 시작했다. 캔버스 테두리가 자꾸만 삐거덕거렸다. 당연히 그는 병들었다. 패스크 부인이라면 기운이 쇠했다며 강장제를 처방해주었으리라. 그는 당장이라도 무너질 것 같은 그 방의 이음매들이 색색거리며 저항하는 소리를 낼 정도로 심하게, 한바탕 너무 오랫동안 기침했다. 그리고 다시 한 번 손을 씻었다. 패스크 부인이 어깨 너머로 칭찬을 속삭여주었다.

그러고서 그는 세면대에 기대선 채, 가득 고인 물 위로 병들고 공허한 울음을 터뜨리기 시작했다. 피가 멈추지 않을 것 같은 나날이었다.

그 피는 손마디를 따라 흘러내렸다. 옆구리에서 다시금 통증이 시작되고 있었다.

무릎을 꿇고 고통에 시달리던 더보는 자기가 주 예수를 기억하고 있음을 깨달았다. 스스로의 죄악이 그를 깨부수고 있었다. 그는 자기 손마디를, 나무에 몸을 묶은 밧줄의 매듭을 풀지 못했던 손가락뼈를 부러뜨리기 시작했다.

그는 증인 역할을 맡지 않았다. 그럼에도 사랑하지 않은 것은 아니었다. 그것은 마치 피처럼, 혹은 물감처럼 그한테서 쏟아져 나왔다. 이윽고 그 같은 작업을 감당할 만큼 힘을 끌어낼 수 있게 되자, 그는 파란빛으로 생동감 있게 나무를 붓질했다. 누구도 그가 구사하던 파란빛의 비밀을 알지 못했다. 그 자신의 피가 햇빛 아래서 반짝이며 천천히 마르는 모습을 지켜보지 않은 사람이라면, 누구도 그러한 보석이 상처라고는 의심하지 않았을 것이다.

더보는 이제 일어났다. 그는 단호하게 움직이기 시작했다. 어둠에 마침표를 찍어야 했다. 그는 전등을 켰고, 적어도 거기에는 나무로 만들어진 사각의 방, 제법 정돈된 그의 방이 있었다. 그는 러닝셔츠를 갈아입고 가장 좋은 바지를 입었으며, 손에 물을 묻혀 곱슬곱슬한 머리카락을 매끄럽게 매만지더니, 항상 신던 고무창 운동화를 신고서 밖으로 나갔다.

찌는 듯하고 푸르스름한 밤에 더보는 사스퍼릴러로 가는 버스를 잡아탔다. 다른 누구도 이동할 생각을 하지 않는 시간이었고, 그 원주민은 기우뚱하는 깡통 속의 딱정벌레처럼 매달려 있어야 했다. 다른 사람들은 이미 모두 저쪽에 있었다. 나이 든 여자들도 어린 여자들도 모두 벽돌로 지은 교회로 들어가는 길을 따라 부활절 전야 예배를 지내기 위해 행렬을 이루었다. 그 모래 빛깔의 얼굴들은 자기네가 살인에 동조했다고는 전혀 생각지 않았으며, 공개적으로 청소가 이루어져도 그들에게는 손해될 게 없으리라고 이해했다. 그들은 나무랄 데 없는 엷은 빛깔의 옷을 걸치고 모자를 쓰는 등, 예배에 귀를 기울이고자 훌륭하게 단장했다. 몇몇은 유리로 만든 장신구들을 달고 있었다.

더보는 눈으로 보는 동시에 꿈을 꾸면서 이러한 요소들을 하나하나 가슴에 새기고 있었다. 그는 버섯들이 안쪽에 덮여 있는 모습으로 사스퍼릴러의 집들을 그려냈다. 행정 부처들에서 빠져나오고 있는 신사들의 두터운 허벅지가 서지 재질로 덮인 모습을 아직 마르지 않은 잉크로 그려냈었다. 그는 또한 석류처럼 입을 벌리고 쓴맛 나는 석류씨 같은 이빨을 드러낸, 칼릴 부인의 육감적인 두 딸을 그렸었다. 서지 차림의 신사들이 그 반짝이는 육체를 계속해서 펄프처럼 곤죽이 되게 하므로 모든 것은 물거품이자 혈관이 막혀 뛰지 못하는 심장과 같았다. 그래서 더보는 그려내기 위해 눈으로 보았었다.

때때로 그 화가는 사스퍼릴러를 헤매고 다니며 사람들이 오염시키지 못했던 자신의 진정한 실체 안으로 깊이 밀고 들어갔다. 집들이 중단되는 자리에서 다시금 생각이 나뭇가지들처럼 툭 끊어지는 것을 느끼기도 했었다. 침묵 속에서. 다만 침묵에 종속된 채로. 침묵이야말로 모든 것이므로. 그러고서 돌아온 그는 사색에 빠진 나뭇잎들의 아라베스크를 그렸었다. 바람이 변하는 대로 코를 씰룩거리며 덤불 밖을 내다보는 여우 같은 살빛의 여자를 그렸었다.

그는 대기의 촉감을 그려내고 싶었으리라. 한번 시도해본 적은 있었으나, 나무에 못 박힌 침묵의 외피를 전달하는 데는 비참하게 실패했다.

이제 밤중에 사스퍼릴러를 방문한 진짜 목적을 떠올리자, 텅 빈 버스의 크롬 난간을 붙든 더보의 손이 점차 미끄러워졌다. 겉으로만 보면 그는 마치 스스로를 진정시키고 있는 것 같았다. 버스는 텅 비어 있었으며, 마침내 차장이 다가오더니 헛기침을 한 다음 체면을 버리고서 검둥이에게 말을 붙였다.

차장은 유난히 커다란 목소리로 사스퍼릴러에 불이 났다고 이야기해주었다. 어떤 유대인의 집이라고도.

"그래요?" 더보는 대답했다.

그리고 미소를 지었다.

"어, 그렇다니까!" 차장은 거의 열렬하게 말을 되받았다.

"사정을 좀 아냐?" 그가 물었다. "그 작자를 혹시 알아? 로즈트리네 공장에서 일했다는데."

"아뇨." 더보는 부정했다. "몰라요. 저는 모릅니다."

두려움이 심해지는 가운데, 배반하는 게 자기 천성이라는 것을 알았기 때문이다.

그래서 그는 미소 지었다.

"좌우지간……" 차장이 말했다. "염병할 외국 놈들. 나라에 그런 자식들이 우글우글하다니까."

더보는 웃어 보였다. 하지만 새장 같은 흉곽이 그를 으스러뜨리고 있었다.

"그 양반한테 무슨 일이 있었대요?" 그가 물었다.

목소리가 다소 지나칠 만큼 새되게 올라갔다.

"아아……" 차장은 말했다. "난 몰라." 그리고 하품했다. "들은 게 없거든."

그는 피로했고, 열쇠를 가지고서 귀를 후비기 시작했다.

더보는 계속해서 그의 사랑과 신념을 웃어넘겼다. 일찍이 사람들은 더보를 보며 배반이 그의 천성이라고 말해주었고, 이후로도 종종 그 사실을 확인시켜주었다. 심지어 그는 단 한 번뿐이지만 자신의 비밀스러운 재능마저 배반했으니, 그로 인하여 마침내 대가를 치르리라는 점을 거의 확실하게 알고 있었다. 그것이 그의 믿음에 대한 증인 역할을 맡았다. 부활한 주님에 대한 믿음뿐 아니라, 사람들이 십자가에 못 박은 남자에 대한 믿음까지 말이다.

버스가 사스퍼릴러에 도착하자 원주민은 우체국 모퉁이에서 하차했고, 그 유대인의 거주지라고 알고 있는 쪽을 향해 언덕을 내려갔다. 그곳에는 아니나 다를까 집이었던 건물의 잔해가 남아 있었다. 조그마한 연푸른빛의 구슬 같은 불이, 아직 남아 있던 자리에서 미끄러지듯 떨어지며 날렸다. 뒤틀린 철판들은 이제 전보다 희미하게 달아오르는 채로 쉭쉭 소리를 냈다. 그렇지만 어떤 식으로든 살아나는 불꽃들은 여전히 무척 아름다웠다.

몇몇 여인은 개별적인 성격의 뭐라도 잿더미 속에서 터져 나와 그들을 다시 재미나게 해주기를 기대하며 우두커니 서 있었다. 봉사자들 두어 명은 축 처진 것 같은 호스 한 가닥을 살펴보고 있었다. 이 사람들을 향해 원주민은 소리쳤다.

"어디에……" 그는 멀찍이서 묻기 시작했다.

모두가 몸을 돌려 그쪽을 바라보았다. 이상한 검둥이가 내는 목소리는 미약한 바람을 맞아 선회하고 있었다.

소방관들은 너무 지쳐서 제대로 신경을 쓸 수가 없었으나, 그래도 맥 빠진 얼굴을 하고서 다음에 이어질 말을 잠시 기다려주었다.

"어디에 있는지……" 원주민이 다시 말을 이었다. "우리한테 알려주실 수 있는지요." 그의 질문은 부서진 채 무너졌다.

그가 기침을 시작하더니 창피함을 느끼며 비틀비틀 사라져버렸기 때문이다. 앨프 더보는 다만 기침하며, 그를 쓰러뜨리려고 계획된 것인지도 모를 땅 위를 휘청거리며 나아갈 수밖에 없었다. 그리고 블랙베리 덤불들을 잠시 통과한 끝에 갑작스럽게 어느 오두막을 맞닥뜨렸다.

안에서 빛이 비쳤다. 그는 자기 몸을 추슬렀다. 손으로는 창턱을 붙들고 있었다.

더보는 안을 들여다보았으며, 그곳이 고드볼드 부인의 오두막이라는 사실을 떠올리고 또 확인했다. 그가 칼릴 부인의 집에서 처음 그녀와 마주쳤을 당시 그녀는 다른 누구도 보여준 적 없는 태도로 몸을 숙여 그의 입을 닦아주었다. 따라서 그녀는 이미 자신의 자애로움을 증명했고, 여기에서 유대인을 보살피고 있는 모습도 새삼 놀랍지 않았다. 꾸벅꾸벅 조는 아이들은 똑바로 서 있기만 하다면 아무 데든 기대고서 전에 없었던 광경을 지켜보았으며, 그렇게 조는 아이들과 잠든 아이들 여럿 사이에, 그리고 고드볼드 부인이 발하는 빛의 한복판에, 유대인이 누워 있었다. 그리고 재너두에서 온 여우 같은 살빛의 여인이 유대인의 발에 가로걸쳐 엎드린 채 본능이 시키는 대로 그 발들을 따뜻하게 데우고 있었다.

더보가 지켜보는 동안 그의 그림이 그를 몰아붙였다. 그가 항상 희망했으며 또 그래야만 한다고 이해했던 대로 그림의 기적적인 세부 양식들이 더욱 강화되는 가운데 말이다. 사실 그 유대인은 무엇인가―어쩌면 침구의 무게였을지도 모른다―에 저항하고 있었고, 여자들이 그를 일으켜 세우려 준비하고 있었다. 굳건하고 하얀 여자가 가슴으로 그를 떠받쳤으며, 초록빛이 감도는 하얀 피부의 무척이나 섬세한 소녀가 어머니를 돕고자 몸을 구부리는 바람에 그 머리칼 일부가 유대인의 뺨에서 가만히 움직였다. 그리고 무게를 받치느라 등 모양이 그대로 드러난 젊은 사내가 거의 자기 힘만을 이용해 아픈 남자의 몸을 시트 밖으로, 잔뜩 쌓인 베개들 위로 높이 일으켜 세우고 있었다.

그 자체로는 대수롭지 않은 행동이었으나, 관찰자가 지켜보는 동안 그것은 지대하게 자애로운 행동이 되었다.

그래서 이 관찰자는 마음속에서 찬양의 뜻을 담은 파란빛으로 나무를 채웠다. 그들의 주님을 청년인 제자와 다른 여인들이 끌어 내리는 나무였다. 나무의 뿌리들이 뻗은 쪽 깊어지는 파란빛의 웅덩이 속에는 꽃들이 피어 있었다. 파란빛은 여자들과 어린 소녀의 피부에서도 반사되었다. 그들이 거의 숨 막힐 듯한 사랑으로 주님을 끌어 내렸을 때, 첫번째 마리아는 지극히 하얀 리넨 천으로 그를 받아들였으며, 그의 두 발을 지키기로 자청한 두번째 마리아는 차갑고 누런 살결을 통해 드러난 뼈에 입을 맞추었다.[42]

창가에서 이 같은 광경에 함께한 더보는 마침내 떠올린 이 십자가 강하에서 자기가 헤어날 수 있으리라고 생각하지 않았다. 그는 땀을 흘리며 거기 서 있었으나, 그러다 결국 기침을 하게 될 것 같았다. 그래서 그는 그곳에 찾아왔던 대로 다시 자리를 떴다. 그 자리에 머물렀더라면 사람들 눈에 띄었을 테고, 자신의 비밀스러운 사랑을 선언할 수 없듯 그가 본 환상도 설명할 수가 없었을 것이다.

여자들이 그네가 보살피던 남자를 가만히 진정시키자 그의 머리는 놀라우리만치 잠잠히 바닥에 누웠다.

누런 턱 밑으로 시트를 단정하게 정돈했던 고드볼드 부인이 손끝으로 그를 매만졌다. 그녀는 생기를 느낄 수 없었으나 아직 거기에 생명이 붙어 있다는 사실을 알았다. 남동생의 시신을 직접 옮기고 여러 아기들

---

42) 예수를 십자가에서 내리는 자리에 함께했다는 성모 마리아와 막달라 마리아를 뜻한다.

의 눈을 감겨보았기 때문에 알 수 있었다.

가늘지만 여전히 믿음직한 물줄기를 그 근원까지 따라가려는 모르데카이 벤 모셰의 뜻을, 이제 정말이지 무엇도 돌려놓을 수 없을 것 같았다. 그러니 그는 주의를 흩뜨리고 매달리기 위해 챙 없는 모자 쪽을 비틀거나 하얀 가운의 늘어진 주름들에 얽혀 들게 된 여러 개의 손들을 무시할 터였다. 성큼성큼 나아가는 그의 얼굴에서 신을 향한 기원의 조각들은 쩽그렁거리는 파편이 되어 나부끼며 뜨거운 피부에 부딪쳐 녹아들었다. 시간의 압박은 그가 멈추고 짜 맞추고 소통하기를 허락하지 않을 것 같았으나, 그럼에도 그는 그럴 작정이었고 또 이해할 작정이었다.

그리고 이제는, 정말로 그랬다.

그는 가능한 모든 순열과 조합을 이해했다. 비넨슈타트에서 그의 순종적인 초록빛 영혼은 해방을 위해 투쟁할 수밖에 없었던 반면, 흉터 나고 질긴 것이 되어버린 그것은 이제 거의 아무런 노력 없이도 나아갔다. 그러니 그는 또한 자신의 것까지 포함하여 혀들을 건드리기만 하면 되었고 그러면 그것들이 말을 했다.

보랏빛의 줄기—이제 저녁이었으므로—가 돌투성이 언덕들을 뚫고 굽이치는 동안, 가까운 과거를 들려주기를 청하는 수천 명이 그에게 다가왔다. 그들 중 많은 수는 자신들이 곧 되돌아가게 될지도 몰라 걱정이었기에 그럼으로써 미래를 대비하고자 했던 것이다. 이상한 점은, 그가 안다는 점, 알고 있다는 점이었다. 절벽들은 그의 두루마리 책이었다. 식물의 영혼들과 공감하고자 한다면 그 잎들의 표면을 열어보는 걸로 충분했다. 끝없이 이어지는 강둑을 따라 그렇게 수천 명이 그를 기다렸다. 그 얼굴들은 때때로 유대인의 얼굴이었고 때때로 비유대인의 얼굴이었으나 아무래도 상관없었다. 그저 조그마한 셔터를 휙 잡아당기는 것만으로도 한쪽에서 반대쪽으로 변화가 이루어질 수 있었다. 다만 천공기로 구멍을 뚫는 사람이었던 그는, 의지와 사랑이 어떻든 간에 이제는 영혼들을 위해 더 이상 머무를 수가 없었다. 그 자신의 영혼이 그를 앞으로 실어 나르고 있었다. 암흑의 산들을 넘어야만 했다.

그렇듯 걱정스럽고 조급했기에 히멜파르프는 침구 아래에서 발을 움직거렸다. 살며시 뼈들이 떨릴 정도에 불과했으나, 바싹 붙어 있던 헤어 양의 볼이 감지하지 못할 만큼 미약하지는 않았다. 고드볼드 부인은 행여 헤어 양의 나이 든 몸이 발작 증세를 보일까 봐 잠시 걱정했다. 검게 그을린 모자가 거꾸러질 정도로 몸에 경련이 일었기 때문이다. 하지만 헤어 양은, 너무 신중한 그녀의 친구로서는 따라가기 어려운 상태 속으로 더욱 깊숙이 빠져들었을 뿐이다. 그녀가 다른 문제들에 빠져들어 있음이 드러나자, 고드볼드 부인은 물집이 잡힌 그 입가에서 그 무엇보다도 온화한 환희의 흔적을 확인했다.

헤어 양은 정말로 자신의 본성이 지금껏 한 번도 이른 적 없던 완벽한 합일의 상태에 들어갔다. 그녀의 기억이 끌어모을 수 있는 가장 부드러운 물질—떨어진 가슴 깃털들, 구애에서 쥐어뜯긴 털가죽 타래들, 갈색 고사리의 보송보송한 갈고리들—은, 이제 그녀가 자신이 가진 사랑의 정신을 위해 남겨놓는 것이었다. 그것들의 가장 내밀한 합일을 그녀는 침묵의 시트들 속에 감추었다. 새벽빛이 다가오는 것을 보거나, 돌에다 귀를 대거나, 겹겹이 쌓인 부패한 낙엽을 밟고 걸으면서 배웠던 것처럼. 그녀는 페그가 이야기했듯 제법 단순하고 고통 없이 자기 안으로 들어온 거룩한 정신을 감싸 안았다. 그러자 공작 깃털을 걸치고 춤추던 온갖 마귀가 그 간사한 허벅지를 채우고서 쩽그렁거리던 변덕스러운 반사경 조각들을 매단 채로 달아났다. 재너두의 돌들이 부스러질지도 모르지만, 그녀는 그 고와진 흙먼지를 매만질 터였다. 그리고 그 흙먼지를, 마침내 이해할 수 있게 된 그 영혼을, 기꺼이 받아들일 터였다.

엘스 고드볼드가 지켜보는 사이 히멜파르프의 얼굴이 베개 깊숙이 가라앉는 듯했다. 그의 몸이 곧게, 무서우리만치 꼿꼿하게 늘어졌다.

그러나 이제 좀더 따뜻했다. 히멜파르프가 곁눈으로 지상의 마지막 불꽃을 흘끗 본 것이 바로 이 순간이었기 때문이다. 그 불꽃은 이제 색깔 없는 대지의 균열을 통해, 태워버리기 위해서가 아니라 떠나가는 영혼을 비추기 위해 솟아올랐다. 기쁨의 불길이 작은 발찌를 이루어 그의 발목을 둥글게 감쌌다. 그는 자신이 두 그루의 대추야자와도 같은 연기 기둥[43]을 지나쳤음을 알아차렸다. 인간의 이해력으로 받아들일 수 있는 가장 비참하고 가공할 사건들조차도, 그것들의 조각상이 그가 막 떠나려는 벌판에 함께 모여 서 있는 가운데, 그 빛에 의하여 사함을 받는 것처럼 보였다.

그래서 그는 몸을 돌렸고 하얀 키틀을 가지런히 갖추며 계속 나아갔다. 벌써 여러 해 전에 홀룬데르탈의 홀츠그라벤에 있던 집에서 버렸다고만 생각했는데, 자기도 모르게 다시 그 옷을 입고 있었다.

그러자 헤어 양이 엄청난 소리를 지르면서 펑퍼짐한 손으로 이불을 때리기 시작했고, 그렇게 내지른 소리는 마치 단말마의 비명처럼 무쇠 같은 오두막 안에 가득 울려 퍼졌다.

"히멜파르프." 그녀는 울부짖었다. "히멜파르프." 그 이름 때문에 목이 메었다. "히멜파르프가 죽었어! 아! 으아아아아아!"

소리는 서서히 잦아들었으나 헤어 양은 계속해서 엉엉 울었으며, 남

---

43) 「요엘서」에 따르면 피, 불과 함께 종말 내지는 신의 임재를 상징하는 이적이다.

겨졌을지도 모른다고 그녀가 소망하는 무언가를 찾아 이불의 촉감을 느꼈다.

어린 딸들도 죄다 잠에서 깼지만 누구 하나 울 엄두를 내지 못했다.

그리고 이제 고드볼드 부인이 가까이 다가와 손을 대고 귀를 기울이더니, 직감이 사실임을 확인하고서 이렇게 선언하는 쪽이 좋겠다고 마음 먹었다. "가엾은 사람, 이분께서는 더 이상 고통받지 않으실 거예요. 헤어 아가씨, 이분께서 결국 무척이나 평화롭게 떠나셨다는 사실에 우리도 감사를 드려야 할 것 같네요."

바로 그때, 자명종이 곤히 잠든 사람마저 깨울 만큼 신이 나서 양철 소리를 내며 평소보다 이른 시간에 울리기 시작했다. 아이들 가운데 하나가 낮에 서툴게 만지작거린 게 분명했고, 이에 고드볼드 부인이 벽난로 선반 쪽으로 다가갔다.

그녀는 알겠다는 듯 납득하더니 이렇게 말했다. "히멜파르프 선생님도 역시, 금요일에 돌아가셨네요."

그녀는 무척이나 사려 깊게 자기 생각[44]을 표했으나, 그 말이 암시하는 바는 누구에게도 제대로 전달되지 않았다. 확신이라 하기에는 너무도 소중한 생각을 다른 이들과 꼭 공유할 심산도 아니었다.

곧이어 모디 고드볼드가 뻣뻣한 신발을 질질 끌고서 먼젓번엔 거부당했던 허번 선생을 데리러 언덕을 올라가는 동안, 고드볼드 부인과 그 큰딸은 죽은 남자를 위해 해야 할 몇 가지 간단한 일을 수행하기 시작했다.

이제 주위는 매우 고요했으며 그맘때치고 꽤나 추운 날씨였다. 달빛의 백합들이 그 차갑고 더딘 진주들을 떨구었다. 블랙베리 덤불이 반짝

---

44) 히멜파르프는 예수가 십자가에 못 박힌 날을 기념하는 성금요일에 사망했다.

반짝 빛나고 있었다. 사스퍼릴러에 그런 새가 살아남아 있다면 말이지만 첫닭이 울기 전인 그 시각에, 유일한 움직임은 이슬과 달빛의 움직임뿐이었고 유일한 소리는 알갱이 같은 똥을 흩뿌리는 염소의 소리뿐이었다.

그 시각, 헤어 양은 더 이상 남아 있을 이유가 없었기에 고드볼드 가족의 오두막에서 빠져나왔다. 그녀는 의사가 서명하는 모습 말고는 모든 것을 지켜보았다. 푸석푸석한 백색의 빛 속에서 그녀 역시 바스러지는 것처럼 보였으나, 언제나처럼 꾸물거리면서도 그녀는 더 이상 짐승 혹은 인간의 삶을 지배하는 숱한 목적들에 구속되지 않았다. 이성적인 판단력을 늘 불신하지만 않았더라면 자신의 목적을 완수했노라 판단했을지도 모른다. 헤어 양의 본능은 오히려 그녀가 흩어져 없어지고 있다고, 하지만 그러한 경험을 통해 궁극적인 황홀경에 들어서고 있다고 넌지시 암시했다. 저항하지 않는 가시들과 잔가지들 사이를 걷고 또 걸으면서. 오팔처럼 부드럽게 빛나는 밤의 잔여물들을 가까스로 헤치고 나가면서. 냄새, 소리, 무정한 이슬, 바위 아래로 희푸른 빛, 그것들 속에 그녀 자신이 완전히 스며들어버렸기에, 어쩌면 당연히도, 목적지에 결코 정말로 도달하지는 못하면서. 그녀는 거의 일체가 되었다.

그리하여 헤어 양은 밤을 헤치며 비틀비틀 걸어갔다. 만일 그녀가 분명한 방향을 택하지 않았다면, 이는 마침내 방향이 그녀를 선택한 까닭이었다.

15장

로즈트리 부부는 부활절에 집을 벗어나지 않았다. 해리 로즈트리는 견딜 수가 없다고 말했다.

"그렇지만 예약을 해두었는걸." 아내가 자꾸만 다그쳤다.

"보증금을 날릴 거라고, 해리." 로즈트리 부인은 이렇게 지적했다. "그 헝가리 치들이 어떤지 당신도 알잖아."

해리 로즈트리는 몸이 좋지 않다고 말했다. 계약금이 걸려 있든 아니든, 그로서는 그저 떠날 수가 없었을 뿐이다. 그 대신 그는 거실로 들어가 블라인드를 끌어 내렸다.

"몸이 안 좋다고?" 로즈트리 부인이 결국 소리쳤다. "당신은 그냥 신경과민이야! 오히려 병이 날 사람은, 신경과민 상태인 남자랑 같이 사는 내 쪽이라고."

부인은 이내 울기 시작했다. 그녀는 며칠이나 제대로 몸치장을 하지 않고서, 이전에 늙은 유대인이 찾아왔던 날 저녁에 입었던 하늘색 실내복을 아직도 입고 돌아다녔다. 그 옷은 이제 로즈트리 부인의 몸에서 아무래도 빛나지 않았거니와 겨드랑이 쪽에서는 솔기가 닳아 끊어지고 있었다.

해리 로즈트리 또한 제대로 차려입지 않고 속옷 위에다 파자마만 걸친 채 앉아서 담배를 태웠다. 아니면 그저 양쪽 허벅지에 손을 올리고 가만히 앉아 있곤 했다. 그는 정말로 피로했다. 그게 다였다. 그는 차라리 순무가 되고 싶은 심정이었다.

로즈트리 부인이 한 번씩 들어와서 곁에 앉았다.

"신경과민이야." 그녀는 이 말을 꽤나 자주 반복했으며, 이는 '유대인들한테 도대체 뭘 기대하겠어?'라는 말 다음으로 견디기 힘들었다.

그러더니 그녀가 베니션블라인드의 살 사이로 바깥을 응시했다. 어떤 각도에서 보면 셜 로즈트리는 여전히 광택제를 바른 것처럼 보였다. 하지만 한편으로 남편이 갑작스럽게 생활을 방기하는 바람에 파마머리는 헝클리고 찌부러졌으며 그런 모습은 마치 불구가 된 한 마리 새 같았다. 하임 벤 야코프가 보기에는, 컵과 양초를 준비하고서 안식일 신부를 맞아들이는 게 거의 유일하고도 순수한 즐거움이었던 까무잡잡한 노파, 즉 아내의 할머니를 떠올리게 하는 모습이기도 했다. 그래서 해리 로즈트리는 평소라면 문제없게 느껴질 파라다이스이스트의 어느 방—회백색의 새틴, 로즈우드 목재, 레이스 커튼이 있는 곳—에서, 번거롭게 내리쬐는 햇빛이나 심기 고약하게 퍼덕거리는 새를 피하기 위해 눈을 가리고 있었다.

그의 아내는 평소라면 여기저기 돌아다니거나 옆구리를 매만지거나 숨소리가 괜찮은지 걱정하거나 가구를 재배치하거나 다시금 온갖 문제 때문에 징징거리기를 절대 그치지 않았을 것이다. 그러나 남편이 저렇듯 자기가 겪은 사건의 격렬한 영향을 못 이기다 보니, 그녀 쪽에서도 가만히 앉아 헝클어진 머리 한쪽을 조그마한 로즈우드 테이블에 기대고서, 속으로는 경멸하지만 아직은 곁에 필요한 남편을 손가락 틈 사이로 한 번씩 지켜보곤 했다. 슐라미트 로젠바움은 도대체 무엇이 하임을 집어삼키고 있는지, 빛나는 이성과 어두컴컴한 방을 통해서는 도통 이해할 수가 없었다. 물론 그녀의 몸에도 흐르고 있을 피가 한 번씩 올라오면서 거의 알 듯한 암시를 문득문득 보내오기도 했다. 그럼에도 그녀는 인정하지 않았다. 그리고 벌떡 일어서서 베니션블라인드 앞으로 돌아갔다.

로즈트리 부인은 행여 외부로부터 퍼시먼 거리의 집 안으로 비정상적인 영향이 유입된 건 아닐까 노심초사했다. 말할 것도 없이 그런 일은 없었다. 파라다이스이스트에서는 오직 정상성만이 인정되었다. 그러니 주님의 사자가 내려와 칼로 집들을 쪼개 열거나 폭탄이 떨어져 신식 가구 세트를 망가뜨리며 개미집 같은 구조를 허물어뜨리지 않는 한, 참사며 타락이며 응징 따위는 여전히 터무니없는 소리 같았다. 당장 외부에서 보더라도 현실은 애초에 구축된 그대로 정확히 각이 잡혀 있었다. 아침은 끝없이 윙윙거렸다. 여느 휴일에 그러듯 스티브 로즈트리가 정원수로 기른 장미 사이를 뛰어다니고 얼룩덜룩한 섬엄나무 뒤에서 코를 후볐다. 로지 로즈트리는 책갈피가 자꾸만 흐트러지는 책과 우아한 종이 장미 꽃잎을 손에 쥐고서 다시금—그랬던가?—아니면 또다시?—미사를 지내러 갔다.

로지 로즈트리는 매번 미사에 참여했다. 자아가 지복을 누리게 되는 그 즐거운 경계 위에 아슬아슬하게 위치한 이에게는 아무런 걱정이 없었다. 그것이 설령 불필요한 질문들로 귀결된다 해도 부활절의 행복을 무너뜨릴 정도는 아니었다.

"우리가 왜 거기 못 갔는지 펠르티어 신부님이 궁금해하시던?" 로즈트리 부인이 물었다.

"신부님께서 엄마가 아픈지 물어보셨어요."

"그래서 뭐라고 말했니, 로지?"

"아빠가 정신적인 위기를 겪고 있다고 말씀드렸지요." 로지 로즈트리
가 대답했다.

그리고 최근에 개척한, 부모로서는 따라잡을 수 없는 자기만의 영역
에 틀어박혔다.

로즈트리 부인은 현실적인 사람이라 자식들 안에 있는 약간의 냉
담함을 존중할 줄 알았으니, 말하자면 그럴 만한 대가를 치러보았기 때
문이다. 하지만 그녀는 뭐가 되었든 화를 풀 곳이 필요했다. 그래서 남
편이 피난처로 삼고자 했던, 그때쯤엔 황량하기가 당연하게 느껴지던
거실로 돌아왔다. 그녀가 로즈우드 테이블 위에 두 팔뚝을 기대자 엉덩
이가 툭 튀어나왔다. 하늘색 새틴 차림의 그녀는 의례적인 동시에 극적
이었다.

그녀가 다소 강압적으로 말을 꺼냈다. "해리, 나한테 이야기해야 해.
안 그러면 난 완전히 미쳐버릴 거니까. 그 늙은 유대인에게 무슨 일이 일
어난 거지?"

아무도 담배를 피우고 있지 않았는데도 해리 로즈트리가 연기를 몰
아내듯 눈앞에서 손짓했다. 그녀는 자기가 그 작고 푹신해 보이는 손을
쭉 증오해왔을지도 모른다는 사실을 슬며시 두려워하며 깨달았다.

"응?" 로즈트리 부인이 다그치자 기대어 있던 테이블이 휘청거렸다.

하지만 그녀의 남편은 이렇게 대꾸할 뿐이었다. "혼자 좀 내버려둬,
셜."

이에 그녀는 겁이 났다. 이제껏 어둠과 통곡 속에서 겪었던 모든 것

이 갑자기 그녀의 배 속을 휘감는 것만 같았다. 그녀는 실내복만 입은 채 밖으로, 아예 건물 밖으로 나가더니 다른 사람들이 들을 만큼——그녀 때문에 면역이 생긴 아이들한테도 귀가 먹먹하고 무섭게 들렸다——끙끙대며 이리저리 서성거렸다. 바비큐 그릴 옆에서, 있는지도 몰랐던 이주민용 토런스타이틀[45]이 붙어 있는 흙바닥을 짓밟으면서 말이다.

로즈트리 가족은 부활절 기간을 그렇게 지냈다. 반면에 그들만큼 어수선하지 않은 가족들한테는 그사이 예수 그리스도가 관습적 효율과 가지각색의 취향을 반영해 내려왔다가 치워진 다음에 다시 부활했다. 교회 바깥에서 모두들 그것으로 일이 마무리되었음을 확인하며 미소 지었다. 그들은 본분을 다했으며 자연스러운 그네들의 방식을 앞으로도 고수할 터였다.

그러는 동안에도 해리 로즈트리는 가만히 앉아 있었다.

수요일에 다시 한 번 옷을 차려입기 시작하던 로즈트리 부인이 다가와, 너무 무심하지도 너무 요란하지도 않은 목소리로 말했다. "시어볼즈 씨한테서 전화가 왔어."

해리는 전화를 받아야 했다. 빠져나갈 구멍이 없었다.

그렇지만 그의 아내는 상황을 따라잡지 못했다. 대화는 모두 시어볼즈 쪽에서 주도했고 해리는 대답을 한다 해도 개구리처럼 냉담했다.

통화를 마친 해리는 실트크라우트에게 전화를 걸었다. 모르데카이 히멜파르프를 위한 민얀[46]이 용건이었다.

그렇게 되는 것이 얼마나 두려운 일이든, 셜 로즈트리는 자기가 만족하고 있다는 사실을 알았다. 그녀는 육체의 위협들로부터 살아남았으

---

45) 오스트레일리아 정부가 부동산 소유권을 인정했음을 보여주는 표지.
46) 유대교의 가장 기본적인 예배 공동체로, 성인 남성 열 명으로 구성된다.

나 영혼의 신문을 견딜 수 있었으리라고는 생각하지 않았다. 이따금 자기 소유의 가구들과 함께 있을 때 가장 행복하다는 생각이 들 때가 있었다. 그래서 그녀는 이제 목재가 더없이 깨끗하게 빛을 반사할 정도가 될 때까지 섀미 가죽으로 로즈우드와 단풍나무 베니어판 위를 훑기 시작했다. 그 끝에 딸꾹질이 올라왔다.

해리 로즈트리는 아내에게 따로 알리지 않고 면도를 마치자마자 밖으로 나갔으나, 아내 역시 그 문제에 대해 알고 있었다. 꽉 닫힌 현관 창문을 통해 그녀는 남편이 차 안에 들어가는 모습을 지켜보았다. 그가 무척이나 머뭇거린다는 사실도 알아차릴 수 있었다. 그는 매끄러운 차의 후방 점멸등을 마치 밤에 나가는 사람처럼 몇 번이나 깜박였다. 그러다 마침내 홱 하고 차를 몰아 떠나버렸다.

로즈트리는 간선도로를 따라 사스퍼릴러를 향해 차를 몰았다. 사치스러운 튜더 양식의 주택들과 공모한 아침이 그것들을 셀로판으로 감쌈으로써 시장 가치를 높여주는 곳이었다. 하지만 그는 머지않아 좀더 좁은 길들을 선택했고 그 길은 옛 모습을 유지하는 전원으로 점차 이어졌다. 잿빛 오두막, 철조망, 초라한 언덕들의 반복—그는 그런 것들을 보고 싶지 않았다. 은근한 빛이 드는 숲을 제외한 시골 풍경은 그를 초조하게 만들었다. 그는 수녀원의 얼룩덜룩한 벽 아래쪽에서 산딸기를 따모으며, 기억 속의 모습인지 환상 속의 모습인지 결코 분간하지 못할 그런 숲을 어슬렁거리곤 했었다. 명백한 형태들은 그것이 지형이든 인간이든 이 작고 연약한 남자를 늘 의기소침하게 했으며, 그는 자기가 비참하게 실패할지도 모른다는 점을 잘 알고 있었다. 그러하기에 도끼 같은 얼굴의 여자들과 근육질의 남자들한테서는 비켜나는 것을 원칙으로 삼았었다. 그는 간스브라텐[47]과 토르테를 먹는 게 좋았다. 아래쪽이 갈라진 그의 입술은 상당히 붉고 통통했다. 하지만 상황의 골자를 접하자 지난 며칠간처럼 담즙이 올라왔다. 소름이 끼쳤다.

해리 로즈트리는 압박 때문이라기보다는 스스로 믿으려 애썼던 인간적인 심성 때문에, 자기가 받아들인 임무를 향해서 차——그의 기다랗고 매끄러운 차는 지나치리만큼 고분고분하게 움직였다——를 계속 운전했다. 하지만 이 대단한 차를 몰고 가는 동안 하임 벤 야코프는 강철과 플라스틱 같은 그 순간의 인상적인 구조까지는 아니더라도 숨 막히는 기억의 공간들 때문에 자기가 이성의 통제를 벗어나고 있다는 점을 깨달았다. 결코 그다지 먼 곳에 있지 않았던 그의 아버지가 너저분하고 곱슬곱슬한 구레나룻을 드리우고 야물커를 쓴 채 거의 한걸음에 들어왔다. 그가 소년의 손을 잡았고 이제 부자는 성궤 앞에 섰으며, 관리자가 호의를 발휘해 커튼을 치워두었기에 그들은 덮개에 적힌 명문을 읽을 수 있었다. 아버지는 말하고 있었으니, 보아라, 하임, 두루마리를 감싼 너의 덮개를 읽도록 해라. 그는 또한 강조했으니, 네가 글자를 깨우치는 비용을 내가 지불했으므로, 읽어라. 그가 계속해 말하기를, 읽어서, 내가 들을 수 있게 해다오. 그래서 소년은 두려워하며 읽었다. '주님의 계명은 명징하도다.' 그러자 관리자가 끈을 잡아당겼고 작은 커튼이 다시금 경이감과 공포를 가렸다. 그렇게 경이감과 공포가 교차했다. 이런, 너 떨고 있구나, 하임. 그들이 오줌이 밴 게 틀림없는 나무 냄새를 맡으며 변소 밖에 서 있는 가운데, 이는 다시 아버지가 꺼낸 말이었다. 하지만 전혀 그럴 이유가 없단다. 들판에 계속 서 있으면서 아버지는 이렇게 설복하고

---

47) 독일식 거위 통구이.

심지어 팔꿈치까지 꽉 붙들려 했다. 비좁은 집들 사이로 새어 들어오는 파리한 빛의 끄트머리를 받은 그의 눈망울은 초록빛으로 반짝였다. 내가 네게 비밀을 가르쳐주마. 그는 그 자리에서 분명히 단언했다. 약속된 것을 적잖이 이해하기에는 너무 이를지도 모르겠다만, 네게 용기를 주기 위해서 말이야. 그 같은 빛이 비치며 아버지의 번쩍이는 눈망울에 집중되었다. 아버지는 털어놓았다. 랍반[48] 두 분과 함께, 예기된 그분에 대해 논하다가 지금 막 나온 참이란다. 여기까지 이야기한 그의 눈망울은 위협적이었고, 오줌 냄새는 지독하기 그지없었다. 우리가 확신하고 있는 그분은 우리 시대에 반드시 나타나셔야 한다. 비록 너는 **이 모든 걸** 들어본 적도 없겠지만, 다윗도 히스기아도, 사바타이 체비[49]는 더더욱, 절대 그분이 아니었거든. 이건 너와도 관련이 있는 이야기니까 들어보거라, 하임. 우리 구세주를 처음으로 영접하게 될 사람들 사이에 너도 있을 거야. 나는 그러기를 기도하고 또 기도하다가 알게 되었지. 너라는 걸. **너** 말이다. 지고하게 하얀 저 하늘 한 조각 위에 적혀 있었다. 그때 사람들이 가게에서 일을 처리하느라 아버지에게 커다랗게 소리쳤다. 이내 쇠붙이 소리가 들렸으며, 충격을 받은 소년은 크나큰 경이감과 무엇에도 비할 수 없는 공포를 떠맡은 채 남겨졌다.

이제 해리 로즈트리는 현기증 나는 차에 타고서 사스퍼릴러 변두리까지 나오게 되었고, 입천장에 혀가 들러붙었음을 깨달았다. 목구멍은 한 줌의 먼지를 삼킨 것 같았으며 손톱들은 부서질 정도로 연약했다. 사람들이 우체국에서 이야기해주기를, 고드볼드 부인이라는 여자가 바로

---

48) '큰 스승'이라는 뜻으로 위대한 랍비를 높여 부르는 표현이다.
49) Sabbatai Zvi(1626~1676): 카발라에 심취하여 스스로를 메시아라 칭하며 종교개혁을 주장했다. 이후 오스만 제국에 체포된 후 이슬람으로 개종했다.

저 아래에 산다고 했다. 오두막에. 블랙베리 덤불 맞은편에. 그는 차에서 나와 울퉁불퉁한 땅 위를 비틀거리며 걷기 시작했으니, 아치처럼 휜 그의 두 다리는 비참한 사타구니에 다만 불안하게 매달려 있을 뿐이었다.

헛간에 붙어 있는 일종의 달개 안쪽으로, 고드볼드 부인으로 보이는 여자가 핼쑥한 얼굴을 붉게 물들이며 구리 솥에 불을 지피려 몸을 수그리고 있었다. 종종 그런 경우가 있었지만, 로즈트리는 그렇게 보잘것없는 사람이라면 그의 말투를 알아듣지 못할지도 모른다고 생각했다. 그렇게 되면 사과하고서 자리를 뜨면 될 일이었다. 하지만 상황은 계속 전개되었다. 이제 그녀가 몸을 돌려 그를 마주 보았다. 한창 세탁 일로 바쁜 통에 팔은 젖고 머리칼은 헝클어지고 몸은 위축된 상태였다.

"저는 로즈트리라고 합니다." 방문객이 인사를 붙였으나, 평소 습관처럼 다음과 같은 말을 덧붙이지는 않았다. "그 왜, 버래너글리에 있는 브라이타 자전거 램프사 있잖습니까."

"아, 네." 고드볼드 부인이 또렷하고 가벼운 목소리로 대답했다. 평상시답지 않았을 그 목소리는 속을 드러내지도, 무엇 하나 요구하지도 않을 것 같았다.

"여기 아래에 공장을 하나 가지고 있습니다만……" 로즈트리가 웅얼거리면서 되는대로 팔을 흔들었다. "제 직장에서 일하는 어떤 한 사람[50]과 관련된 불미스러운 사건 때문에 찾아왔습니다."

고드볼드 부인은 흠뻑 젖은 세탁물을 다시 정리하기 시작했다. 그녀가 묵직한 빨랫감들을 함석 빨래 통에 담긴 파란 물속에서 이리저리 밀쳤다. 한두 번인가 두 팔을 담그기도 했는데, 팔을 빼내면 실타래처럼 엉

---

50) Individuum: 로즈트리는 이 단어를 독일어로 말하고 있다.

겨 붙은 비누 거품이 이내 쪼그라들었다. 그 태도가 하도 열심이다 보니 로즈트리는 그녀의 관심을 끌 수 있을지 자신이 없었다.

"왜, 한 사람이 사망하지 않았잖습니까." 그가 다소 절망적으로 덧붙였다.

그 말을 듣고 고드볼드 부인은 마침내 말을 받아주기로 마음을 돌렸다.

"성금요일이었어요. 이른 시간이었고요. 히멜파르프 선생님 말이에요." 그녀가 말했다.

그것은 너무도 확고한 사실이기에 딱히 방문객을 쳐다볼 이유도 없는 듯했다.

그러자 로즈트리는 원치 않음에도 이런 질문을 해야 했다. "그럼, 실례지만 어디에, 그, 히멜파르프의 시신이 있습니까?"

그 무엇도 함석 빨래 통의 표면만큼 그렇게 무자비해 보인 적이 없었다.

"그러니까……" 그가 다시 물었다. "부인께서 어느 장례 시설에다 시신을 안치했는지 알고 싶습니다. 그런 걸 맡아줄 친구들이 있거든요."

고드볼드 부인은 어쩌면 눈에 보이지 않는 것들을 드러낼지도 모르는 한 줄기 빛을 살펴보고 있었다.

"그렇지만 그분은 매장되셨는걸요." 마침내 그녀가 설명했다. "여느 기독교인들처럼요."

로즈트리는 그 어느 때보다도 절박하게 사용하고 싶었던 입을 열었다.

"하지만 이 히멜파르프라는 사람은……" 그가 말했다. "유대인이란 말입니다."

두껍고 땀구멍이 많은 피부 안쪽에서 고드볼드 부인의 목이 콱 막혔다. 그녀를 찾아온 불청객은 온몸이 오싹해지는 느낌이었다. 그가 보기에는 그녀의 몸에도 역시 흉측한 소름이 잔뜩 돋아 있었다.

"마찬가지예요." 그녀는 이렇게 대답하고서 쉰 목소리를 가다듬더니, 마치 훨씬 앞서는 문제 때문에 어쩔 수 없다는 듯 말을 이었다. "태어나기 전에는 다 똑같아요. 선생님도 그렇게 생각하시겠지만 태어날 때에도 다 똑같고요. 몸에 걸치도록 당부받은 외투가 사람들을 다르게 만들 뿐이에요. 물론 가끔은 그 옷이 자기와 잘 어울리지 않는다고 느끼는 사람들도 있지요. 그런 사람들은 외투를 바꿔야 하겠다고 생각하고요. 그래도 그 사람들은 자기 모습 그대로 남아 있는 거예요. 그저 마지막에야, 모든 게 빠져나간 다음에야 아무것도 필요 없어지는 것 같아요. 영면에 든, 그리고 맨 처음에 그랬듯 다시금 완전히 벌거벗은 가련한 영혼들이 있는 거지요. 저는 그런 식으로 생각합니다, 선생님. 곰곰이 생각해보시면, 그게 바로 우리 주님께서 원하시는 이해 방식이라는 걸 선생님도 유념하시게 될 거예요."

로즈트리는 혼란스러웠다.

"그렇지만 히멜파르프는 유대인이었는데." 어째서인지 이 말을 되풀이해야만 했다.

고드볼드 부인이 함석 통 가장자리를 매만졌다.

"사람들 말로는, 우리가 묻었던 구세주 역시 유대인이었다고 하지요."

로즈트리는 더 이상 자기가 통지하고 싶었던 사실들을 연결할 수가 없었다. 그러는 사이 입에서는 당혹스러운 거품이 터져 나왔다.

"실트크라우트가 기다리고 있는데. 나머지 아홉 명도. 민얀을 맡아주려고."

"저는 히멜파르프 선생님한테 각별한 친구분들이 따로 있는지 몰랐어요. 그분은 모두에게 너무 친절하셨지요." 고드볼드 부인이 중얼거리더니 명확한 말을 덧붙였다. "그 친구분들한테, 우리가 그분을 묻은 아침은 무척이나 아름다웠다고 전해주세요. 어제였던 것 같네요. 이른 시간이라 목사님인 파지터 씨와 장의사들이 시간을 낼 수 있었어요. 물론 저는 모든 걸 직접 할 수도 있었고, 또 전문적인 장의사들이 알아보지 못할 사소한 일들을 실제로 제가 많이 맡긴 했답니다. 그래도 공식적으로는 버래너글리의 바운더리 거리에 있는 유명한 장의사 토머스앤토머스에서 그분을 매장했어요."

고드볼드 부인의 방문객은 바닥을 보고 있는 동안, 그녀가 고취되었다는 사실을 감지했다.

"저는 분별이 있는 딸아이 두엇을 데리고서 묘지로 갔어요. 멀지 않은 곳이에요. 우리는 그분을 맞아들이려고 거기 있었지요. 무척이나 맑았어요. 무척이나 고요했어요. 사방에서 까치 소리를 들을 수 있더군요. 토끼들은 굳이 움직이려 들지 않았고요. 풀이며 덤불에 밤사이 이슬이 많이 맺혀 있었어요. 어제 아침에 우리가 참여해서 치른, 그렇게나 평화로운 장례식에서는 누구도 울지 않았을 거예요, 선생님. 장례를 치른 다음에 우리는 기꺼이 어정거렸고, 등 뒤에 닿는 햇살을 무척 기분 좋게 느꼈지요."

그렇게 그들은 히멜파르프를 다시 한 번 묻었다.

고드볼드 부인이 파란 물속에서 흠뻑 불어 있는 시트들을 휘저었다.

"어쩌면 사람들이 그분을 제대로 알아보지 못했다고도 말할 수 있겠지요." 그녀가 감히 자기 생각을 밝혔다. "그래도 우리 가운데 몇 사람은 그분을 기억하고 사랑할 겁니다."

그러자 그녀를 찾아왔던 방문객은 걸음을 옮기기 시작했다. 그는 자기가 불필요하다고 느꼈다. 고드볼드 부인의 이야기가 오롯이 치유력을 품고서 더욱 따뜻하고 더욱 굳세게 흐르는 동안 말이다. 오직 하임 벤 야코프만이 후회에 젖었으니, 어떤 상처들은 아물지 않는 법이리라.

"아!" 갑자기 고드볼드 부인이 소리쳤다.

삶은 몹시도 고집스럽게 계속됐다.

"잊고 있었네요!" 그녀가 헐떡이며 말했다.

그러더니 오두막이 다 뒤흔들리도록 밀고 들어갔다.

"빵이에요." 그녀는 이렇게 말했다.

급히 오븐을 열어젖히자, 거기에, 정말로, 빵이 있었다. 빵 덩이들이 금빛으로 부풀었다. 거기서 향긋한 내음이 밀려들었다.

"간단히 한잔 만들어드릴까요?" 고드볼드 부인은 물었다. "갓 구운 빵을 한 조각 곁들이면 어때요? 모과잼도 있어요." 그녀가 이렇게 구슬렸다.

"아닙니다." 로즈트리는 대답했다. "볼일이 있어서요. 다른 볼일."

그녀는 다시 나오더니 그에게 부쩍 다가왔다. 고통스러운 빵 내음을 그도 맡을 수 있을 정도로.

"기분 상하진 않으셨지요?" 그녀가 물었다. "제가 한 일 때문에요. 기독교 묘지에 그분을 묻었잖아요."

"제가 화낼 이유가 뭐가 있겠습니까?" 로즈트리는 반발했다. "실트크라우트라는 사람이 화를 내야지. 저는 유대인도 아닌데."

"그렇네요." 고드볼드 부인이 말했다.

로즈트리는 상대가 자기를 동정하기 시작했다는 점을 감지할 수 있었기에, 울퉁불퉁한 땅에 걸려 비틀거리며 재빠르게 자리를 떴다.

그러면서도 그는 그녀의 목소리를 들었다.

"허번 선생님이 검진해주시기로는 심장 문제였다고 했어요."

해리 로즈트리는 누구도 짐작하지 못할 만큼 차분하게 집 쪽으로 차를 몰았다. 그 완벽한 크로뮴도금. 그 훌륭해 보이는 분홍빛 도장. 그가 습관대로 라디오를 틀자 자동차는 그것이 바람에서 벗겨내는 소리에 더해 듣기 좋은 음악을 색 테이프처럼 휘날렸다. 실상 음악은 쩔그렁거리는 금속 박편과 신경질적인 유리 파편, 그리고 흉하게 뜯긴 함석 박판으로 부서졌으나, 이는 어디까지나 차 안의 베이지색 좌석 덮개와 계기판 앞에서만 일어나는 일이었다.

그는 도착하기 위해 더욱 빨리 차를 몰았고, 결국 당도했다. 목적지는 자기 집이었을 뿐인데도.

셜이 말했다. "음, 해리, 당신 꼭 사고나 그 비슷한 거라도 목격하고 온 사람 같다. 독한 스카치에다 아스프로 두어 알이라도 먹는 게 어떨까 나. 권할 만한 처방이 아니라는 건 나도 알지만."

그녀는 남편을 유심히 지켜보고 싶었겠으나 그는 집 안을 가로질러 걸어가고 있었다. 그가 어째 우습게 뭔가 중얼거리고 있었다. 그리고 끙끙거리는지 트림을 하는지 알 수 없는 소리를 내뱉으며—잿빛이 되어—이미 잡동사니로 가득한 의자 끄트머리에 걸쳐 앉았다.

"어머." 그를 따라온 셜은 말했다. "나를 놀래려는 건 아니겠지, 응?"

해리 로즈트리가 울음을 터뜨리자 처음에 그녀는 몹시 충격을 받아서 말을 이을 수 없었다. 로즈트리 부인은 몸통을 드러내는 운동복을 입은 건장한 금발 남자들을 은밀히 동경하곤 했다. 하지만 그녀가 계약 때문에, 아니, 맹세컨대 충동 때문에 사랑했던, 이 물러터진 계집애의 모습이라니.

해리는 흐느껴 울면서 무릎뼈를 문지르고 있었다.

"마찬가지야!" 그가 이렇게 말하는 것 같았다.

그녀는 그 모습을 빤히 쳐다보았다.

"마찬가지라고!" 그는 계속해서 흐느껴 울고 있었다.

그러자 아내도 화를 냈다.

"마찬가지? 마찬가지라고?" 그녀는 이렇게 대거리했다. "나야말로 마찬가지 얼간이라서 늘 눌어붙어 있기만 했지!"

그리고 쿠션들을 주먹으로 때리기 시작했다.

"그렇지만 이제는 신물이 나! 적어도……" 그녀가 말을 이었다. "마지 펜들버리한테 전화해서 괜찮은 영화나 보러 가야겠다. 머릿속을 좀 비우려면. 오!" 그녀는 소리쳤다. "나한텐 의무감이 있으니까. 난 그걸 잊어버리지 않을 거야."

아내가 집을 나갈 때까지 해리 로즈트리는 덮개를 너무 크게 씌운 회색 의자에 앉아 있었다. 그녀가 한번 안쪽을 들여다보기는 했으나 서로에게 말을 걸기에 그들은 너무 많은 속내를 드러내놓은 상태였다. 아내가 떠나자 그는 그녀가 분칠이나 양치질을 하던 욕실로 들어갔다. 거울에 김이 서려 있었고, 그는 그 안에 커다란 글자로 적기, 혹은 새기기 시작했다.

'모르데……' 그는 이렇게 썼다.

하지만 문질러 닦아냈다.

그러나 다시 울기 시작했다.

그러다 멈추었다.

돌연 그가 유리에다 이를 드러내자, 끔찍한 눈망울에 퍼진 가장 작은 실핏줄까지도 그 앞에 완전히 드러났다.

로즈트리 부인은 손에 든 꾸러미들의 손잡이 줄들이 장갑을 불룩하게 하며 파고들 때쯤 집에 돌아왔다. 그녀는 자기가 즐기다 온 허풍을 감당하기 힘들었다는 듯 여우 모피를 질질 끌었다.

"후―우!" 그녀가 소리쳤다. "안녕하세요?"

이는 리버모어 대령을 부르는 소리였고, 그 남자도 조심스럽게 되받는 신호를 보냈다. 대령의 부인은 로즈트리네 집 쪽을 외면하곤 했으나, 온화하고 공정한 남자인 그 대령은 베어낸 갯버들가지들을 먼저 내놓고, 라틴어 이름 몇 가지를 알려준 바 있었다.

"집에 돌아왔군요!" 대령이 평소대로 빈틈없이 대답했다.

하지만 로즈트리 부인은 이웃이 하는 말을 제대로 듣고 있지 않았다. 그녀는 대령의 쭈글쭈글한 풍채가 가까스로 발산하는, 다소 재미는 없어도 개성 있는 매력에 기꺼이 빠져들었다.

이제 로즈트리 부인은 홍가시나무 쪽에 서서 각별히 상냥하게 말하기로 마음먹었다. "늘 생각하는데, 저거, 저게 아주 자그맣고 예쁘더라고요."

지긋지긋한 나무 따위는 뭐가 되었든 즐기고 싶은 기분이 아니었지만.

"저건……" 대령이 대답했다. "괭이밥이랍니다."

그리고 선뜻 그것을 잡아당겼다.

로즈트리 부인은 도저히 거기에 관심을 가질 수가 없었다.

"어머……" 그녀가 말했다. "제가 완전히 녹초가 되었지 뭐예요."

리버모어 대령한테서 배운 표현이었다.

"솔직히 말하면, 저는 좀 눕혀야, 아니, 누워야겠어요, 대령님." 그녀는 말을 이었다. "아이들이 오기 전에, 고단한 이 불쌍한 발도 쉬게 해줘야겠네요."

셜 로즈트리가 단 한 번도 편안하게 느껴본 적이 없던 정원의 형체는 그런 시간에 흩어지듯 사라지기 시작하고, 저택을 이루는 벽돌들도 무너져 내리고 있었다. 만약 저택 내부가 이를 견뎌냈다면, 그것은 그녀의 본능 덕분에 그 방들이, 적어도 그 필수적인 부분이나 기분을 북돋우는 원초적 형태가 팽팽한 상태를 유지했기 때문이리라. 그녀의 영혼이 안도감을, 그리고 지나치게 웅대한 전형을 채워줄 물질적 혜택을 갈망할 때면, 그녀는 황혼 녘에 그녀 나름의 숨 막히는 펠트 재질 천막 속을 한없이 더듬으며 헤매고 다녔을는지도 모른다.

그래서 그녀는 이제 느릿느릿 다리를 끌었다. 그렇지만 남편 때문에 눈살이 찌푸려졌다. 자기가 돌아왔다는 사실을 절대 알리고 싶지 않았다. 그 대신 그가 그늘 속에서 알아서 나와, 그녀의 보조개나 목덜미에 입을 맞추도록 놔둘 참이었다.

그러면서도 그녀는 도무지 인상을 펼 수가 없었다. 이번에는, 내내 똑바로 그녀를 쳐다보지 못하던 마지 때문이었다. 어째서인지 자꾸만 곁눈질이라니. 이상하게끔. 그 형편없는 영화를 보는 동안 줄곧.

그래서 로즈트리 부인은 욕실로 들어가면서도 눈살을 찌푸렸다. 자꾸만 양치질을 하지 않으면 자기 입 냄새에도 좀처럼 자신이 없었다.

욕실은 파스텔 색조의 반투명한 플라스틱뿐 아니라 유리가 가득했기에 당연히 다른 방들보다 더 밝았다. 하지만 그만큼 더 삭막하기도 했다. 또한 갑갑한 곳이었다. 창문이 닫혀 있을 때면 통풍이 되지 않아서 이따금 숨이 막히곤 했다.

갑자기 로즈트리 부인은 밧줄이 목을 빙 둘러 단단히 죄는 느낌을 받았을는지도 모른다. 그녀가 완전히 숨이 끊어질 것처럼 비명을 내지르기 시작했다. 비명으로 몸이 부풀어 오르고 있었다.

"아아아!"[51] 그녀는 소리쳤다.

그러고서 아직 남아 있는 말들을 속에 억눌렀다. 최대한 끌어모은 다음에야 그 말들을 쥐어짜기 위해서였다.

그녀는 중간에 살며시 신음을 흘렸다.

"으아아악!"[52]

숨겨져 있던 연약함 때문이었다. 하지만 수치심이 너무도 무겁게 그 녀를 옥죄었다. 그것은 막대하게 그녀를 향해 부딪쳐왔다.

"너! 너!"[53] 그녀가 타일들을 보며 소리치고 있었다. "너 이 빌어먹을 후레자식!"[54]

로즈트리 부인은 익숙한 가구들의 존재마저 잊은 채로 집 안을 뛰어다녔다. 특히나 인정사정없는 의자 하나가 눈에 띄지 않는 곳에서 그녀와 부딪쳤다. 그녀는 부드러운 그림자인지 여우 모피로 된 망토인지에 걸려서 한 번 더 벗어나려고 발길질했다.

그리고 적의를 품은 장소, 정원에 도달했다. 그녀는 자기가 그곳을 언제나 증오했었다는 사실을 깨달았다. 그곳에서는 잔가지들이 머리칼을 엉망으로 헝클고, 거미들이 눈앞에 불쑥 내려오고, 무성한 나무들 틈으로 공연히 웃어대는 이교도들의 목소리가 들려오기 때문이었다.

"도와줘요! 도와줘! 들어봐요!"[55] 홍가시나무 산울타리에 도착할

---

51) "Aacccchhhh!" 충격을 받은 셸 로즈트리는 여기서부터 모어인 독일어와 이디시어를 섞어서 말하고 있다.

52) "Oÿ-yoÿ-yoÿ-yoÿ!"

53) "Du! Du!"

54) "Du verwiester Mamzer!"

55) "Hilfe! Hilfe! Hören Sie!"

때쯤 로즈트리 부인은 몹시 신경질적으로 애원하고 있었다. "정신 나간 내 남편이……"56)

리버모어 대령의 수척한 얼굴은 그렇듯 통제가 불가능한 상대의 상태를 보고서 충격에 빠졌다.

로즈트리 부인은 잊어버렸던 만큼 빠르게 기억해냈다. "대령님." 그녀가 말했다. "끔찍하게 괴롭네요. 이해해주세요, 리버모어 대령님. 그렇지만 제 남편이. 제발 좀 부탁드리는데, 저한테 좀 와주신다면. 남편이 목을 매달았어요. 욕실에서요. 가운 끈으로."

"세상에!" 리버모어 대령이 소리치더니 홍가시나무 사이로 넘어오기 시작했다. "욕실이라고요!"

순간적으로 로즈트리 부인은 혹시 그것이 세련되지 못한 건 아닐까 염려했다.

"남편은 신경이 과민했어요, 리버모어 대령님. 병을 앓았던 거죠. 아악!57) 누구의 책임도 아니에요. 마음이 병든 건 절대 남의 책임이 아니잖아요. 네?"

집으로 찾아왔던 그 늙은 유대인의 책임이 아니라면 말이다. 슐라미트는 기억해냈다. 축축한 나뭇잎 다발로 어둠이 그녀의 뺨을 후려치기 전에.

"안 돼!"58) 그녀가 가슴속 아주 깊은 곳으로부터 신음을 흘렸다. 그리고 곁에 있는 대령으로서는 떠올리기는커녕 짐작조차 하지 못할 어떤 지점으로부터 솟아나는 항변을 계속했다. "처음부터 우리한테 이야기해

---

56) "Mein verrückter Mann hat sich……"
57) 'yoÿ-yoÿ!'
58) "Nein!"

준 사악한 힘이 또 있는데, 아, 오래도록! 오래도록! 우리가 이렇게 현대
적인 생활을 하고 있다 보니까, 그걸 잊어버리고 마는 거예요. 다시 생각
해내게 될 때까지는."

리버모어 대령은 아내가 마침 보클루스[59]에 있는 친척들을 만나러
간 덕분에 이렇게 불편한 경험을 피할 수 있었다는 사실에 안도했다. 누
가 건드리는 것을 싫어하던 그는, 신경질적인 유대인 여자가 긴 반지들이
그의 메마른 피부로 파고드는 감촉을 느낄 수 있었다. 그래서 그는 거리
를 두고서 따라갔고, 냄새 나는 까무잡잡한 몸에 지저깨비가 박혔다.

뒤엉킴과 벌레들로 밤은 빙글빙글 돌고 있었다. 벽돌 계단의 불쾌한
삐걱거림이 남자의 발가락 위에서부터 시작되어 인간의 형체 안쪽으로
까지 메아리치지 않았더라면, 그는 자기 정신을 언제까지고 경직된 상태
로 놓아두었을지도 모른다. 여자 역시 퍼뜩 제정신으로 돌아왔다. 두 사
람 모두 정신을 차리다가 몸의 균형을 잃은 듯했고, 그들은 계단을 올라
가며 거의 서로를 때려누일 기세로 어깨와 팔꿈치를 맞부딪치며 밀치고
있었다.

"죄송해요, 대령님!" 로즈트리 부인이 웃음을 지었다가 곧바로 얼굴
에서 지워냈다.

어떤 불확실한 힘 덕분에 원기를 회복한 그녀는 깔끔함이 필요하다
는 생각에 사로잡히고 있었다.

"갑작스럽게 가족이 사망하면 별별 잡다한 문제들이 다 생긴답니
다." 그녀는 설명해야 했다. "시어볼즈 씨한테 연락해야 돼요. 그 사람이
건너와야 해. 나한테 상황 설명을 해줘야지. 그래야 당연하잖아요. 그래

---

59) 시드니의 북동쪽 외곽에 있는 도시.

야 타당하고. 어린아이 둘이 딸렸는데. 내 입장이 어떤지 보여주려면."

그러니 잡다한 문제들은 줄줄이 쌓였고, 그들의 손끝에는 피가 몰리고 있었으나, 결국에는 목매달아 죽은 남자의 집으로 들어가는 것을 지체할 이유가 없었다.

16장

그가 누운 자리에서 보면 창문 속에는 그저 하늘만이 담겨 있었고, 그는 그 점에 만족했다.

창틀 주변의 한때 하얗던 텅 빈 벽들은 날벌레들이 있긴 하지만 아직은 깔끔했으며, 유리의 흠결 때문에 생겨나 사라지지 않는 추상적 형태를 훼손하지도 않았다. 어느 정도 빛이 비칠 때면 좀더 상세한 부분들이 더해졌다. 색깔 없는 기포들이 여태껏 흠 하나 없이 파랗던 풍경에 일련의 분화구를 남기느라 파열하는 모습이 드러났고, 그것은 더 나아가 장밋빛의 언덕으로 부풀어 오르며 연보랏빛의 함몰을 남겼다. 이따금 그는 마지못해 작업에 착수해야 했다. 다른 사람들이라면 성공할 수 없는 작업이라는 것을 그는 알고 있었다. 그는 구도를 살피거나, 기억을 더듬어 붉은빛의 대지에 납작하게 퍼지는 채색을 더하거나, 넘버라의 강둑을 따라 서 있는 샐러드 빛깔의 나뭇잎들에다 얇고 희미하게 색을 덧발랐으며, 그러고 있을 때 그의 목젖은 자기도 모르는 사이 오만하게 움직이곤 했다. 그는 하루하루를 이런 식으로 보냈다. 만약 육체적인 무력감이 없었더라면, 또 여전히 스스로를 억눌러야 한다는 사실을 알지 못했더라면, 그도 행복감을 느꼈을지 모른다. 그러고서 그는 이불을 억지로 비틀기 시작하곤 했다. 누넌 부인이 내어준 이불은 손가락 닿는 곳마다 보풀을 일으켰다.

더보는 부활절 연휴가 지나고도 로즈트리의 공장에 돌아가지 않았다. 다른 비극적 사건들이 없었더라면 누구라도 그를 찾으러 왔을지 모르나, 상황이 그러했기에 그는 사람들에게 잊힌 채로 홀로 남겨졌다. 이는 다분히 그가 원하는 바이기도 했다. 이전에도 그는 몇 번이나 그림을 그리기 위해 직장을 그만두었다. 그런 사연을 알게 되면 사람들은 자지러지도록 웃어댔을 것이다. 다소간의 차이는 있더라도 아주 잠깐뿐이었겠지만 말이다. 그러고 나면 그들은 가래침을 퉤 뱉자마자 당연히 몸을 돌리고서 작업용 기계장치들을 계속 손질했을 것이다. 하지만 그는 과묵함을 종교처럼 추구했기에 조롱을 받지 않고 늘 스스로를 지킬 수 있었다. 그리고 이제는, 침묵의 벽들조차 그 어느 때보다도 의심스러웠다.

드러누운 지 벌써 이틀이 지났을 때—완전히 빠져들어버릴지도 모르니 무력함을 곱씹지는 말자고 그는 스스로를 설득했다—문을 두드리는 소리가 들려왔고, 그는 문을 열기 위해 화를 내며 기어갔다.

문을 두드린 사람은 바로 집주인인 누넌 부인이었다. 이전에는 한 번도 그런 적이 없었던 사람이었다.

그가 좁은 문틈으로 그녀를 쏘아보았다.

"아." 부인이 입을 열더니 미소 지었다. 숫기가 없이 모래 같은 인상이었다.

"그러니까, 네가 어디 아플지도 모르겠다는 생각이 들었거든. 집에 있는 차를 한 주전자 가져왔는데……" 그녀가 설명했다. "네가 차라도 한잔하겠다면, 그렇게 오래 걸리는 일도 아니니까."

그는 각질이 인 그녀의 눈꺼풀이 모래같이 꺼칠꺼칠한 암탉의 눈꺼풀처럼 껌벅거리는 모습을 보았다.

"됐어요." 그가 잔인하게 대꾸했다.

"어, 그래." 누넌 부인은 말했다.

눈을 껌벅거리고 다시 웃음 지으며.

그녀가 다시 현관의 어둠에 둘러싸였을 때, 더보가 층계참 가장자리로 달려가더니 난간 너머로 소리쳤다. "직장은 그만뒀어요. 이제 다른 할 일이 좀 생겼거든요. 며칠 동안. 조용히 혼자 있어야 하는 일이에요."

"아." 그녀의 목소리가 위쪽으로 떠올랐다. "할 일."

더보는 그 목소리를 듣고 누넌 부인의 입가가 모래 같은 웃음 위에서 흔들리고 있으리라는 점을 알 수 있었다.

"고마워요." 그는 뒤늦게 생각이 나서 다소 뻣뻣하게 소리쳤다.

그러나 그녀는 이미 가버린 게 분명했다.

층계참에서 오도 가도 못하던 더보는 부인이 사라졌을지 모른다고 생각하자 쓸쓸해졌으나 그대로 방에 되돌아갔다. 그는 간이침대에 앉았다. 한 번도 드러눕지는 않았고, 며칠 동안 마음의 눈앞에는 누넌 부인이 지었던 둥둥 떠 있는 듯한 미소의 어렴풋한 형상이 다시금 떠올랐다.

닷새째 되는 날 아침에는 지독하게 우울하고 배도 쪼그라든 데다 상황마저 답이 보이지 않았기에, 더보는 큰맘 먹고 일어나서 거리로 나갔다. 그는 시칠리아 사람이 운영하는 가게에서 우유를 반 리터 정도 마시고, 토마토 1킬로그램과 베이컨 한 꾸러미를 구입했다. 마치 가을 같은 온화한 빛 덕분에 버래너글리의 구조는 더 이상 그 목적들을 외면할 수 없을 정도로 단순화되었다. 거리에 있는 모든 이의 얼굴에서 땀구멍 하나까지 발견할 수 있을 정도였다.

이를 통해 더보는 자기가 강박적인 지경에 이르렀음을 깨닫고 또 이해했다. 누넌 부인의 집으로 돌아오는 동안 그의 정신은 그 자신을 앞서 달리고 있었으며, 그의 차가운 손은 계단을 얼마나 올랐는지 알려주던 난간의 가장자리 장식들 위로 느릿느릿 나아가고 있었다.

도착했을 때, 텅 빈 방은 한없이 노란빛으로 가득했다. 아래쪽 마당에 있는 황갈색 플라타너스 나무가 갑자기 터지는 초록빛을 그 평평한 이파리로 던져 올렸다. 화물차 앞 유리가 번쩍거렸다. 이처럼 갑자기 도움을 받은 덕분에 그는 눈을 달랠 수 있었다. 그리고 그다운 꼼꼼함을 발휘해 물건들을 정리하기 시작했다. 깨끗한 붓들을 더욱 깨끗이 닦았다. 토마토 하나를 먹어 들어갔고, 그러자 약간의 금빛 과즙이 턱까지 주르르 흘러내렸다. 그는 얇게 저민 분홍색 베이컨을 껍데기의 끈까지 삼키면서 아직 튼튼한 치아로 씹어 먹었다.

그제야 그는 몇 달 전에 미리 사두었던 캔버스 두 폭 가운데 하나를 꺼냈다. 평소에 쓰던 나무판이나 메이소나이트[60]보다 한층 당당한 표면의 빈 캔버스를 봐도 더 이상 두렵지 않았다.

그는 천천히 시간을 들이며 표면을 준비했다. 그러는 동안 무색의 황무지에 바르고 있는 셸락[61]의 향이 그를 달래었고, 장차 그려내려는 그림의 비례가 그를 매료했다. 그 같은 비례는 갑자기 너무도 명백하고 확고하게 나타났기에 마치 그의 마음속에 수년 동안 존재해왔던 것처럼 느껴졌다. 얄팍한 의심들과 최근의 육체적인 무기력 이면에서 그러한 구도가 차근차근 형성되고 있었던 것이다. 어느새 그의 손가락이 냉철하고

---

60) 나무로 된 칩을 압착해서 만든 일종의 파이버보드.

61) 바니시를 제조하는 데 사용하는 동물성 수지.

놀랍게 뻗어나가고 있었다. 물론 그 자신까지 놀라지는 않았다. 더 이상 어떻게도 놀라지 않았다. 다만 알았다. 그는 항상 알고 있었다.

더보는 자기가 며칠이나 작업에 매달리고 있는지도 자각하지 못했다. 시간과 관습이 만들어낸 인위적 구획들을 그 같은 행동 자체가 부서뜨렸다. 온갖 감정의 소용돌이가 부식시킬 듯한 초록빛의 기다란 깔때기를 통해 나선형의 파란빛과 진홍빛으로 그를 삼켜버리려 도사리고 있었으나, 그는 집요하게 자기가 그리는 그림의 구도에 매달림으로써 재앙을 면했다. 그는 평평한 면들의 장애물에서 일단 빠져나오더니, 인생에서 한 번도 표출할 엄두를 내지 못했던 사랑으로, 죽은 예수의 상처에 과감하게 붓을 댔다. 이내 그 피는 더보 자신의 입에서 쏟아지고 있었고 화폭 안의 상처는 그의 확신을 머금은 채로 빛을 내며 고동쳤다.

그러고 나서 그는 잠시 숨을 돌렸다. 밀려오는 피로의 파도 가운데 아무것 하나에나 몸을 맡길 수도 있었다. 하지만 그의 따끔따끔한 눈꺼풀은 그렇게나 부드러운 해방조차 거부했다.

날이 저물 무렵 더보는 일어나 세면대에 얼굴을 담갔다가 눈에 묻은 물을 털어냈다. 곧이어 자신이 목격했으며 그 틀림없는 실재를 언제나 알고 있었던 사랑을 다시금 뭔가에 홀린 듯 표현하기 시작했다. 그는 첫번째 마리아의 뺨을 붓질했다. 몰리 칼릴의 집에 찾아갔던 날 밤, 리놀륨 바닥 위에 쓰러져 있을 때 그녀가 손수건으로 그의 입을 닦아주었던 것처럼 말이다. 가냘프면서도 필요한 만큼은 거칠게 돌 같은 힘을 담아 그를 매만지던 그녀의 팔에는 온통 멍든 육체의 녹색 증표가 있었다. 그림을 그리는 동안 더보의 꽉 막힌 콧구멍은 어느새 부드럽게 스며드는 젖 냄새를 물리칠 것을 각오하고 있었다. 실상 태곳적 여인의 가슴에서는 한 번도 마른 적 없는 젖이 흐르고 있었기 때문이다. 만약 그가 풍요를 이해했더라면 그것을 연민과 조화시킬 수 있었을지도 모른다. 하지만 그 같은 육체의 풍만함이 실제로 그에게는 맞갖잖았기에, 더보는 화폭을 마구 그어대기 시작했다. 채색된 물감을 잘게 나눔으로써 그것을 소박하게 낮추었다. 그리고 그녀의 외투 솔기를, 그녀의 옷단을, 닳아진 신발 위의 먼지를, 그의 입가를 닦아주기 위해 의자에서 몸을 숙였을 때 겨드랑이 아래로 삐져나왔던 살을 떠올리려 애썼다. 어느 순간 그는 성공한 것 같았다. 그가 자신이 이루어낸 것, 죽은 예수를 흰 수의로 덮어주고자 기다리는 성모의 형상을 보며 미소를 머금었기 때문이다. 곧바로 그는 방 안 다른 쪽으로 가더니 몸을 떨고 땀을 흘리며 가만히 서 있었다. 어쩌면 계속해나갈 수 없을지도 모르겠다는 생각이 들었다.

때때로 더보는 그 같은 공포에 극심하게 시달렸다. 그는 거리로 나가곤 했다. 거기에서 음식을 사고, 그것을 먹었다. 가끔은 길모퉁이에 선 채로 조미된 닭고기 조각을 잡아 뜯고 분홍색 팝콘 알갱이를 심란하게 깨작거렸다. 남녀들이 묵직한 삶을 밀고 나가며 느릿느릿 그를 지나치는 동안 내내 말이다.

빛이 사라지면 그는 대개의 경우 방을 나섰다. 그럴듯한 도시의 거리들도 밤이 되면 거의 황폐한 풍경이었으며, 그 모든 악덕이 제거된 자리에는 다만 공허감과 바지직거리는 네온만이 남아 있었다. 심령체 같은 배관 아래로 고무창 운동화를 신고서 바삐 움직이는 이 고독한 검둥이는 어쩌면 범죄로부터 달아나고 있었는지도 모른다. 그 같은 범죄의 광분이 그의 눈망울과 판유리에 아직도 비치고 있었다. 불타는 듯한 의자에 이제 막 법관들이 앉으려는 빛의 법정들을 지나서, 그리고 플라스틱 같은 양치식물이 회색빛 대리석 위에 시든 채 놓여 있는 어둑해진 동굴들을 지나서 그는 내몰렸다. 그렇게 그는 어쩌면 음울한 정신을 줄곧 고문했던 모든 밤의 사색이 남긴 잔여물일지도 모를 한 조각 클링커[62]를 따라 마지막 수백 미터를 저벅저벅 따라간 끝에 어둠의 바깥에 다다른 것 같았다.

그러한 밤이 지나고, 또 지연된 새벽이 지나고, 더보는 두번째 여자의 형체와 씨름하기 위해 일어났다. 그녀의 뼈대는 나무 아랫부분에서 움츠러들어 있었다. 아예 오그라들어 있었다고도 할 수 있겠다. 죽은 주님의 발을 단단히 붙들 준비를 하는 그 두 손을 통해 그는 인간의 절망을 한번 표현해보려 했는지도 모른다. 하지만 어둠의 막을 헝클어버린 이래로 그의 마음은 작고 분명한 불꽃을 발하고 있었다. 이제 그는 재녀두의 미친 여자를 그리기 시작했다. 나뭇잎들로 된 길옆 은신처 속에서 본 모습이 아니라, 빛처럼 미묘하고 갑작스럽게 그녀의 얼룩진 영혼에 들어가 짧은 교감을 이루었을 때 알게 된 모습대로였다. 그래서 그는 그녀의 손을 곱슬한 털로 덮인 갈고리 모양의 양치류처럼 묘사했다. 꿈의 시대[63]의 투명한 자궁 속, 혹은 미약하게 감지되는 돌개바람의 가운데에 놓인 반지꼬리주머니쥐처럼, 두번째 마리아를 털이 곱슬한 모습으로 그렸다. 작업하는 동안 그의 기억은 부주의한 습성의 여러 동물들이 보이곤 하는 신뢰 가득한 태도를 되살리고 있었다. 물을 마시고, 자기 털을 긁거나 깨물고, 풀밭과 태양을 탐닉하는 동물들. 하지만 그는 또한 예상 밖의 순간에 갑자기 눈앞에서 벌어지던 꽃을 떠올리며, 여우 빛깔 여인의 입가에 감도는 기묘하다 할 미소를 그렸다. 이렇게 주님의 두번째 종을 그 나름대로 해석했다는 사실이 그의 자만심을 부추겼다. 털을 곤두

---

62) 용광로에서 다 녹지 않고 남은 덩어리.
63) 애버리지니 신화에서 만물이 창조되었다고 보는 시기. 아직 태어나지 않은 존재가 속해 있는 세계이기도 하다.

세운 존재를 거의 교묘할 정도의 채색으로, 혹은 시각적으로 표현한 바람으로 빈틈없이 채워나가는 동안, 작품을 망칠지도 모른다는 위험한 가능성조차 그의 반복되는 붓질을 막지 못했다. 거기서 그녀는 주둥이가 붉거져 눈에 거슬리는 모습임에도 불구하고, 생명의 바람에 소용돌이치는 투명한 날실 속 본능의 빛을 받아 반짝였다.

더보는 스스로의 즐거움과 구성상의 필요에 따라 그 밖에도 많은 세부 요소를 그림에 덧붙였다. 불타는 피부와 대비해놓기 좋은 차가운 색채들이 혼합되도록, 거칠게 무리를 이룬 꽃들과 그 꽃들로 된 창과 칼을 그렸다. 또한 자기가 느낀 대로 고드볼드 부인의 아이들을 그렸으니, 어떤 아이들은 그네가 대면하게 된 악몽에 대한 두려움 때문에 곧추서 있고, 또 어떤 아이들은 서로 다른 꿈을 꾸며 한데 너부러져 있었다. 그네들의 권리, 의혹, 그리고 오렌지로 무장한 노동자들도 있었다. 쓰러진 자카란다의 뭉개진 푸른빛도 있었다. 살아 있는 나뭇가지 사이에서 푸른 빛이 나타났고, 그 같은 가지들 위에는 무언의 말을 던지는 한두 마리의 새가 있었다.

그림 속 예수는 당연히 사스퍼릴러와 로즈트리의 공장에 있던 그 남루한 유대인이었다. 그는 인간을 예속하는 몸과 마음의 병들뿐 아니라 다른 세계를 경험한 것 같았다. 만약 더보가 관습이 허락하는 수준 이상으로 예수를 검은 피부로 묘사했다면, 이는 충동을 억누를 수 없었기 때문이다. 많은 것이 생략되었으나 그것은 부재를 통해 전해졌다. 유대인 그리스도의 거의 날림에 가깝도록 납작한 형체, 생략적인 입 모양, 갈라진 캔버스의 얼굴에, 그 참관인은 스스로 두려움의 상형문자들을 바쳤는지도 모른다.

화가는 자기가 마지막 붓질을 마칠 수 있으리라 생각하지 못했었다.

그러나 마침내 방 한구석으로 붓을 내던지는 순간이 찾아왔다. 그는 더듬거리며 침대 쪽으로 다가가 평소처럼 담요 밑에 들어갔다. 그리고 거기에서 단단한 잠의 석판 속에 끼인 채로 머물렀다. 티머시 칼데론 신부 곁에 서서 강둑을 따라 걸으려고 잠시 빠져나올 때를 빼면 말이다. 그러나 그는 너무 미끄러워서 붙들 수가 없는 죄악과 장어에 대해 중얼거리는 교구 신부로부터 물러났다. 이들은 결국 멀찍이서 서로를 향해 손을 흔들고 있었다. 아침의 위대하고 투명한 결백함으로 가로막힌 듯, 계속해서 손을 흔들고 다시 손을 흔들어 답했다. 신이 난 앵무새들이 축하했다. **앨프어디에있니**가 그 장난스러운 부리를 억누르지 않았더라면 앵무새들은 그의 새장 같은 갈비뼈 안으로 들어와 부리로 쪼면서 앉아 있었을 것이다.

그러다가 더보는 두려움과 웃음이 뒤섞인 상태로 깨어났다. 시간은 밤이었고 풀의 기운도 느껴지지 않았으나, 그는 가능하다면 보호받고 싶어서 구멍을 넓히며 침대 안쪽으로 더욱 깊이 몸을 움직였다. 안락함은 찾아오지 않았고, 그는 자기가 실상은 소년 시절부터 전혀 변하지 않은 상태라는 사실을 깨닫게 될까 봐 겁에 질린 채 몸서리치고 푸념하며 누워 있었다. 오직 그의 환상들만이 그 크기를 키워왔으며, 그는 그것들과 관련된 여러 가지 기술적 문제를 극복해왔었다.

더보는 십자가 강하를 직접 그려내느라 맹물처럼 진이 빠졌다. 그 시점에 느껴진 약간의 출혈 덕분에 엄연한 진실을 상기하지 않았더라면 핏줄을 따라 물이 흐른다는 생각마저 들었을 것이다. 식욕은 없었으나 앞으로 일어날지 모르는 일에 대비하고자 계속해서 억지로 무언가를 먹었다. 그러는 동안 그는 누워서 손마디를 입에 넣고 빨았다. 팔꿈치를 꽉 붙들기도 했다. 창문 안으로 비치는, 언제나 변화하되 미완성인 하늘의 추상 속에서 빛과 색채의 결합에 부응하기 위해 상상력이 되살아날 때를 빼면, 그의 힘은 그때쯤 쇠약해졌다.

다시 돌아온 여름의 노란빛 아침, 널조각들 사이의 검정 줄들이 그를 가리키고 창유리들이 잠시 눈부신 빛을 억누르지 못하고 있을 때, 더보는 자기가 한나의 집에 있는 동안 빼앗겼던 그 커다란 그림을 다시금 아까워하고 있음을 깨달았다. 이제 증오할 육체적 기운조차 남지 않았기에, 그의 호기심은 이제껏 그 자신이 찬찬히 따져보기를 거부해왔던 대상들까지 스스로 포용하게 했다. 그러니 그는 예컨대 들판에 있는 구더기 떼나 순전한 돼지기름 덩어리에 쏟았을 법한 정도의 관심을 기울여 험프리 모티머의 얼굴을 들여다볼 터였다. 마침내 모든 것이, 사랑까지는 아니어도 경탄의 원천이 되었다. 무엇보다도 경이로운 것은 물탱크와 세면대 수도꼭지 소리 위로 다시 들려온 유대인의 목소리였다.

"내가 눈을 들어 지켜보니, 북쪽으로부터 거대한 구름과 함께 회오리바람이 불어오는데, 불길이 이를 감싸고, 광휘가 사방에 미치며, 그 불 한가운데에 호박석 같은 색깔이 드러나 보이더라."

검둥이는 손등을 깨물며 침대에서 뒹굴었다. 인간으로 가장한 네 마리의 살아 있는 피조물이 비치는 창문이 그를 눈멀게 하고 있었다.

더보는 그 목소리를 기억한 것과 마찬가지로, 전차 비슷한 것의 밑그림 역시 여전히 눈앞에 떠올릴 수 있었다. 자기가 거기에 있었던 그 자리들을 절대 잊지 않았기에, 그는 세부 요소 하나하나를 속속들이 어떻게 그려야 할지도 알고 있었을 것이다. 다만 체력이 문제였다. 자기가 아직도 그림을 그릴 수 있을지 확신할 수 없었다.

그날 밤 내내 더보는 네 마리 살아 있는 피조물의 날개에 홀렸다. 그

날개 끝이 그의 눈꺼풀을 어루만졌다. 그는 그 감촉을 알 수 있도록 팔을 뻗어 깃털을 만지려 했다. 하지만 그는 짧은 잠으로부터 끔찍하게 깨어났다. 잠 속에서 그는 자신이 어떤 죽은 남자의 살결 아래 뻗어 누워 있음을 깨달았다. 그것은 침대 위쪽에서 살짝 늘어져 있었고, 그저 차갑게 똑 똑 똑 떨어지는 물방울로부터 몸을 피하려는 것처럼 보였다.

새벽녘의 미광이 비치는 동안 더보는 내내 눈을 뜬 채 누워 있었다. 그러다 해가 뜰 때에야 일어나 창가에 섰고, 다시 점화된 불길의 일부가 그의 죽은 핏줄을 타고서 골고루 퍼졌다. 손가락이 자유로워졌다. 그는 잃어버린 밑그림의 선이 아니라 드러난 그대로의 진짜 환상을 유리 위에서 선으로 추적하기 시작했다.

7시쯤에 더보는 작은 금속 잔에다 자기가 마실 차를 끓였다. 그리고 퀴퀴한 빵 약간에다 상했을지도 모르는 버터를 곁들여 먹었다. 그래도 음식 덕분에 기운이 났다. 불안하지만 제법 상쾌한 기분이 들었다. 곧바로 그는 전차의 그림을 고쳐 구상하기 시작했다. 밑그림이 너무 빨리 완성된 감이 있었으나, 그것은 흡사 인쇄되어 있던 것처럼 기억 속에서 너무도 술술 빠져나왔다. 그의 눈앞에 전차가 있었다. 그때 더보는 깨달았으니, 몸 상태가 어떻든 간에 그는 애초에 뜻했던 대로 자기만의 전차를 그림으로 그려야만 했다.

이후로 이틀 동안 정신은 허공을 맴돌았으나 말하자면 그의 움직임이—부정한 공모를 거부할 각오를 하고서, 부리처럼 뾰족하고 단호하게—육체를 지배했다. 그렇게 창공이 다시 그려졌다. 먼저 순수한 푸른 빛으로 무척이나 짙푸르게 토대가 칠해지고 그 위에 금빛이 세워져나가기 시작했다. 비스듬하게 이어진 궤도는, 거기에 발을 디디고 선 말들을 제외하고는 그 무엇이든 단념시킬 수 있을 만큼 무자비했다. 말들은 얼룩덜룩한 회색빛의 몹시 거친 야생마들 같았으며, 그 갈기와 꼬리가 도저히 불가능할 지경으로 나부끼지 않았더라면 **속세에 매여 있다**고 지적해도 온당했으리라. 그 측면에서 흘러나온 구름의 타래들은 어디에서나 신성한 금빛의 바위들에 휘감기는 것처럼 보였다.

기묘한 사실도 하나 드러났다. 그 화폭을 특정한 각도에서 보면, 마치 물길이 정지해 있는 것으로 생각하고 볼 때 강둑이 나란히 흘러가기 시작하는 것처럼, 움직임과 멈춤이 서로 반대로 나타났다. 여러 해 전 빈민굴에 누워 있는 동안 발견했던 그 기법을 더보는 거의 우연히 성취했으며 스스로 효과에 만족했다. 그는 그렇듯 진실이기도 한 환상을 불러일으켰고, 겁 많은 자들은 그저 시점을 옮김으로써 그로부터 도망칠 터였다.

더보가 그림을 그리는 나날들은 갈수록 더 온화해졌다. 한결같고 노란 정적이 계속되는 날들이었다. 두껍고 튼튼한 노란빛의 커튼이 그의 노출된 감각들을 보호하기 위해 걸려 있었으므로 매미가 삑삑거리는 소리도 그다지 시끄럽게 느껴지지 않았다. 그가 선 자세로 정신의 광휘를 화폭에 옮기는 동안, 혹은 자기가 창조한 세계에서 벌어지는 무엇 하나 놓치지 않고자 몸을 수그린 채 삐걱거리는 의자 끄트머리에 쇠약함을 이기지 못하고 앉아 있는 동안, 다른 온갖 소리는 마을의 한가운데에 공 모양으로 감겨 있는 듯했다.

그가 어느 정도 변칙을 허락한 것은 전차의 전반적인 형태였다. 그는 감히 예수의 시신을 온전히 사실적으로 묘사하지 못했듯 여기서도 조심스럽게 전차를 드러냈다. 하지만 모호한 본질이야말로 오히려 전차의 눈부신 아름다움이 되었고, 덕분에 전차는 하늘을 가로지르며, 혹은 보는 이의 영혼 속으로 들어서며 활활 타오를 수 있었다.

네 마리의 살아 있는 피조물은 물론 또 다른 과제였다. 더보는 그것들을 회피할 수 없었다. 그래서 그들의 외관을 빽빽한 물감으로 고통스럽게 새겨 넣는 작업에 착수했다. 첫번째 기수는 하얗고 육중하며 신성한 대리석으로 완성되었을 것이다. 두번째 기수는 그 속에 별을 담은 철망으로서, 역시 가시 돋친 철망으로 된 왕관을 쓴 모습으로 표현되었다. 일어날 공산이 있는 모든 것을 세번째 기수가 인간의 눈으로 비추고 있는 동안, 불어오는 바람이 기수의 산란한 여우 빛깔 털가죽을 흐트러뜨리고 돼지 같은 주둥이를 납작하게 만들었다. 네번째 기수는 피투성이 잔가지들과 흩뿌려진 잎들로 구성되었으나, 그 머리는 소용돌이치는 스펙트럼일 수도 있었다. 좌석이 마주 보는 구조의 전차 안에서 그들이 서로 마주 보며 앉아 있고, 그 네 마리 살아 있는 피조물들의 영혼은 다채로운 색채로 그들의 육체를 비추고 있었다. 더보가 그린 그들의 펼친 손은 그네가 받은 고통을 내려놓았으나 다시없을 지복을 아직 얻지는 못했다. 그렇게 그들은 비스듬한 궤도를 따라 왼쪽 위 모서리를 향해 계속해 나아갔다. 그리고 화가는 패스크 부인한테 배운 대로, 오른쪽 맨 아래에 단정한 붉은색으로 자기 이름을 적어 넣었다.

A. 더보

이름 아래 밑줄까지 포함해서.

작업을 마쳤을 때는 다시 저녁이었다. 방 안으로 빛이 쏟아졌으며, 만약 앞을 보겠다는 의지가 아직도 남아 있었다면 더보는 시력을 잃었을지도 모른다. 그는 침대 위에 뻣뻣하게 앉았다. 협소한 방의 한 공간에 예리한 고통이 진홍빛 색조로 흘러들더니 넘쳐흘렀다. 그것은 쏟아지고 또 그의 손에서 넘쳐흘렀다. 그는 지켜볼 수밖에 없었으니, 이들 역시 더보 자신의 황금빛으로 도금되었다.

누넌 부인은 자기 집에 익숙지 않은 사람이었다. 그 집은 사실 시어머니의 소유였기에, 부인은 누더기 모자를 쓰고서 미소를 지으며, 비난을 받을까 봐 조심조심 빙 둘러 다니곤 했다. 그녀에게는 친구가 없고 다만 지인이 두 사람 있었는데 이들은 배달원과 그 아내였다. 그녀는 지인들에게 좀처럼 폐를 끼치는 일을 할 수가 없었다. 그 대신 혼자서 차를 많이 마셨다. 그리고 자기가 키우는 암탉들을 귀여워했다. 또한 그녀로서는 이해할 수 없는 예의 바른 남자, 하숙인의 존재를 존중했다.

부인은 층계참 징두리 벽판을 따라 먼지떨이를 흔들다가, 세놓은 방의 문 아래쪽으로 흘러나오는 특이한 냄새를 맡고서 어찌할 줄 모르는 상태가 되고 말았다. 역겨울 정도는 아니더라도 너무나 기묘했기 때문에 결국 그녀는 조심스럽게 하숙인을 불렀다. "어, 얘—야?"

그리고 한두 번 문을 두드렸다.

그런 다음 주저하면서도 잠긴 문손잡이를 덜컹덜컹 움직여보았다. 도저히 그 셋방을 자기 소유는 물론이요 어머니의 소유라고도 생각할 계제가 아니었기 때문이다.

"얘야! 얘!" 그녀는 문을 덜컹거리고, 미소를 지어 보이며 귀를 쫑긋 세웠다. "무슨 문제라도 있니? 나야. 누넌 부인."

그녀는 좀더 희미해진 목소리로 되풀이했다. "누넌 부인이라고."

어쩌면 그녀 자신을 안심시키기 위한 말이었겠으나, 그녀는 자기 이름을 밝히는 소리만으로는 자신이 없었고, 이제 자기의 지인인 배달원과 그 아내한테 감히 폐를 끼쳐야 하는 게 아닐까 고민하며 떠났다. 그러지 말아야 하겠다고 결심하자마자 그녀는 좀더 괜찮은 모자와 신발을 착용하고서, 최근에 놋쇠 표찰을 보고 의사가 개업했음을 알게 된 곳으로 몇 블록을 나아갔다.

탐정소설을 읽으며 앞섶 사이로 몸을 긁적거리던 젊은 의사는 방해를 받자 권태로워졌으나, 한편으로 정육점에서 평판을 두고 불화를 겪은 뒤인데도 누군가 조언을 요청했다는 점에 안도했다.

"어떤 종류의 냄새길래요?" 의사가 물었다.

누넌 부인은 눈꺼풀을 깜박거렸다.

"모르겠어요, 선생님." 그녀가 이렇게 말하며 미소 지었다. "묘하다고 할 만한 냄새였는데."

그녀는 의사가 가방을 가져오자 좀더 마음을 놓았고, 아주 나란히는 아니더라도 일시적으로 그와 연결되어 있다는 사실이 드러날 만큼 가까이서 거리를 걷는 동안 자기가 중요한 사람이라도 된 듯한 기분이었다. 여전히 날은 더웠으며, 두 사람은 더보의 그림 작업을 도왔던 묵직하고 노란 햇빛이 비치는 보도를 밟고 지나갔다.

"그 사람, 우울한 기색이 있었나요?" 의사가 물었다.

"어, 아니에요." 그녀는 대답했다. "우울하다고 할 정도는 아니었어요. 말이 없는 편이긴 했지만. 늘 조용했거든요."

"병은?"

"글쎄요." 그녀는 망설였다. 그리고 찬찬히 생각하다 불현듯이 놀라며 소리쳤다. "맞아요! 병이 있어요! 제 생각에는 그 검둥이가 정말로 병들었던 것 같아요. 일이 그렇게 된 걸지도 몰라! 그 사람 죽었을지도 모른다고요!"

어차피 의사는 인간을 넘어서는 존재이기 때문에, 누넌 부인의 목소리는 길거리 한복판에서 그녀 자신만을 극심한 외로움에 빠뜨렸다. 그들은 계속해서 걸었으며, 부인은 이제 그 점잖은 친구도 세상을 떠난 마당이니 자기 암탉들을 생각하려고 애썼다.

하숙인의 방문 앞에 이르자 의사가 열쇠를 달라고 요청했으나 부인한테는 여벌의 열쇠가 없었고, 그는 더 이상 다른 것을 요청하지 않았다. 그 대신 종이처럼 허술한 문을 쾅 하고 힘으로 열어젖혔다.

그들은 한 줄기 외풍을 받으며 화급하게 안에 들어갔다가 악취 때문에 곧바로 물러섰다.

의사가 투덜거리며 창문을 열었다.

"이 사람을 마지막으로 보고서 얼마나 지났나요?"

"아마 사흘쯤 되었을 거예요." 손수건으로 입을 막은 누넌 부인은 이렇게 대답하고서 미소를 보였다.

더보는 침대 위에 누워 있었다. 흡사 동물처럼, 불가피한 죽음을 맞은 새처럼 둥글게 말려 있지만 그 모습은 자연스러워 보였다. 그러나 베개 위에 놓인 손에는 피가 많이 묻어 있었다. 그때쯤에는 그 피도 말라붙어서 그가 꼭 파피에마세로 연출한 우스꽝스러운 소품 속에서 죽은 척하고 있는 것 같았지만 말이다.

의사는 거북스러운 검사를 수행하고 있었다.

"그 사람 죽었나요?" 누넌 부인이 묻고 있었다. "어때요, 선생님? 죽었어요?"

그러다 혼자서 자문자답했다. "죽은 거군요."

"아마 결핵성 출혈이었을 겁니다." 의사가 중얼거렸다.

그는 불만을 표출하느라 더욱 거칠게 씨근거렸다.

"아." 누넌 부인이 말했다.

그때 그녀가 유화들을 발견하고서 소스라치게 놀랐다.

"이것들을 어떻게 생각하세요, 선생님?" 그녀는 이렇게 묻고서 웃음을 터뜨렸다. 웃음이 아니라면 손수건 뒤에서 목이 막혔던 것이리라.

의사는 어깨 너머로 흘끗 돌아보았으나 의례적으로 눈살을 찌푸릴 뿐이었다. 제대로 살펴볼 생각이 전혀 없는 게 분명했다.

그는 검사를 마치고 그 대수롭지 않은 시신을 위해 필요한 모든 지시 사항을 집주인에게 전달한 다음 대문을 쾅 닫고 나갔으며, 누넌 부인은 그녀의 지인인 배달원과 그 아내를 찾아 나서려 채비했다.

하지만 그 전에 다시 한 번 죽은 남자의 몸을 쳐다보았고, 그러자 그 집은 어느 순간보다도 그녀의 집 같지가 않았다.

앨프 더보의 사체는 신속하고 간단하게 처리되었다. 남겨둔 돈—연유 깡통 안에서 발견되었다—이 충분했기에 장례 비용도 해결되었고, 집주인은 잔금을 지불받았으며, 모두가 만족했다. 죽은 남자의 혼이 담긴 유품이 오히려 문제였다. 누넌 부인은 유화들 때문에 골치가 아팠다. 결국 늘 도움이 되던 배달원이 그림들을 경매에 내놓으라고 조언하더니 사례금을 약간 받고 그것들을 경매장에 가져다주었다. 거기서 그림들은 몇 실링인가에 낙찰되었으며 그 과정에서 상스러운 농담이 조금 오갔다. 누넌 부인은 일이 정리되자 안심했으나 때때로 그 그림들이 과연 어떻게 되었을지 궁금해지곤 했다.

머지않아 화재 때문에 회계장부가 소실되는 바람에 경매인들조차 부인에게 그 그림들의 행방을 이야기해줄 수 없게 되었다. 어쨌든 그림들은 사라졌고, 만약 더 이상 그 구매자들을 웃기지 못한다는 이유로 파기되지 않았다면, 아직도 어딘가에서 발견되어야 할 것이다.

7부

17장

사람들이 재너두를 허물기 시작했다. 철거업자들이 안으로 들어간 지 얼마 되지도 않았는데, 그 저택의 은밀한 생활 대부분이 드러나고 천벌을 주제로 다루는 연극 무대가 마련된 듯했다. 다만 들쭉날쭉한 방들로 들어가는 문들이 계속 닫혀 있어서 배우들이 입장하지 못할 뿐이었다. 물론, 철저한 응징이 가해지고 연극은 끝나버렸다는 게 그 이유였을지도 모른다. 거기에서 이제는 벽지가 바들바들 떨리고 찌르레기들이 코니스를 덮었다. 그럴지라도 사람들은 구경하거나 혹은 금방이라도 터질 비극적 절규에 대비하고 싶어서 사스퍼릴러에서부터 희망차게 찾아왔다. 옥구슬, 갈고리 모양의 산호, 혹은 누런빛의 과거에서 떠내려온 빛바랜 사진 따위의 기념품을 행여 발견할까 기대하며 풀밭 사이를 거니는 사람들도 있었다.

이는 그저 이삭줍기에 불과한 일이었으니, 집을 철거하고 해체하기로 결정하자마자 세간들은 곧장 처분되어버렸기 때문이다. 사무 변호사들이 일을 주재했다. 검은 옷을 입은 젊은 남자와, 좀더 고루하고 나이 든 이가 나타났다. 그들이 상속자이자 일가친척인 영국 저지섬의 클루라는 사람의 권한을 위임받아 재산 목록을 감독하고 화물차의 도착을 참관했다. 그 운 좋은 신사는 항해를 떠나기에 너무 늙은 데다—게다가 이전에 한 번 바다를 건넌 적이 있었다—이제 와서 부에 관심이 있다 해도 어디까지나 관념적인 관심이었기에, 모든 것은 서신 왕래를 통해 처리되었다. 결국 공작석 항아리들이 재너두에서 처분되었고 균형이 맞지 않는 삼나무 재목들과 금이 간 황동 재질의 상감세공 테이블도 마찬가지였다. 사스퍼릴러 주민들 일부는 그 모든 것이 상당한 금액에 팔렸다는 얘길 들었다고 주장했으나, 헐값에 팔렸다는 이야기를 들은 사람들도 있었다.

재너두에 살던 나이 든 여자가 사무 변호사들과 상의할 마음을 먹은 적이 있다는 점은 이상한 부분이었다. 그녀의 어머니가 죽은 직후에 그들을 불렀던 모양인데, 당시에 그녀의 기억력이 어떤 투명성을 발휘한 덕분에 친척인 유스터스 앞으로 남기는 유언장을 받아 적도록 한 것이었다. 한결같이 남의 속내를 읽을 줄 모르는 사람들조차도 그런 식의 상속을 단순한 재산 환원으로 이해할 리는 없었다. 혈통으로 보았을 때 좀더 메리 헤어에게 가까운 어쿼트 스미스 집안의 사람들도 몇몇 있었기 때문이다.

그러므로 헤어 양은 스스로 선택했던 모양이다. 덤불 속에 도사리고 있다가 낯선 이들의 시선으로부터 황급히 달아나던, 커튼 자락으로 얼굴을 절반 넘게 가리고서 창가에 서 있던, 재너두에 있는 명목상 자기 소유의 복도와 방 사이를 방황했던 그녀. 가장 낮잡으면 잎사귀 한 잎 정도요, 가장 높여봤자 한 마리 짐승에 불과했던 그녀. 그런 그녀는 언제나 선택해온 끝에, 사람들이 도출하게 된 결론에 따르면 유대인의 집이 불타버린 밤에 사스퍼릴러에서 떠나야겠다고 마지막으로 선택했고, 이후로는 그곳에서 목격되지 않았다.

극심한 아우성과 언론의 추측이 있었고, 시체 두 구가 나타났는데 하나는 뉴사우스웨일스 남쪽에 있는 강에서, 또 하나는 퀸즐랜드 앞바다에서 발견된 것이었다. 둘 다 신원을 식별할 수 없었다. 하지만 풀어놓기에는 너무 배배 꼬인 추론을 거쳐, 남쪽 강에서 나온 시신이 헤어 양의 것이라고 확인되었다. 누군지 알아볼 수도 없는 상태가 될 때까지 송어들이 몸을 뜯어 먹는 차가운 강물 속으로 그녀가 걸어 들어갔다는 것이었다. 그래서 그 같은 내용이 공식적으로도 발표되었다. 하지만 그 시체가 헤어 양이 아니라는 사실을 알고 있는 이들도 있었다. 고드볼드 부인은 알았다. 그녀의 딸들도 알았다. 서로 그런 문제를 화제로 삼은 적은 절대, 절대로 없었으나, 그럼에도 그들은 헤어 양이 어딘가 더 가까이에 있으며 그 지역을 떠나지 않으리라는 점을 알았다. 육신은 가련하게 일그러지고 허물어진 채일지 몰라도, 정신적으로는 그저 일시적으로만 그런 상태로. 따라서 설사 헤어 양의 최후에 대한 이야기가 사스퍼릴러 주민들의 화젯거리로 끼어든다 하더라도, 고드볼드 가족은 앞을 가린 머리칼을 걷어내고서 실눈으로 해를 바라보며 침묵을 지킬 터였다.

재너두 자체는 순식간에 신비함이라는 꿀을 몽땅 쏟아내며 부서진 벌집이었으나 얼마간의 신비는 계속해서 남았다. 사람들은 멀찍이서, 혹은 이탈리아식 모자이크 바닥이 보일 만큼은 아니지만 구리로 만든 복잡한 욕조 가열기를 구경할 수 있을 만큼은 가까이 다가가서, 다음번 폭발음을 듣기 위해 귀를 기울였다. 그 모자이크 바닥에 흑염소 모양으로 묘사되어 있던 원형 장식도 긴 세월과 졸리 부인 때문에 반쯤 흩어져버린 후였다.

배우들이 없을 때면 때때로 일꾼들이 인적 없는 무대의 평평한 바닥들 가운데 한 곳으로 나타나, 수는 적지만 열광적인 관중의 즐거움을 위해 흐릿한 색깔들을 배경으로 공연을 벌이곤 했다. 그러한 일꾼들은 모두 평범한 사내들이라서 말은 물론 감정까지 관중과 주고받을 수 있었기에 관중 또한 공연에 곧장 뛰어들곤 했다. 이는 훼손 행위를 더욱 폭력적이고 직접적으로 몰아갔으며, 말하자면 진부함이 끌어내는 파괴적인 행동력까지 더해진 셈이었다.

나무 틈으로 내리쬔 나른한 햇빛이 갈색의 벽지와 먼지 자국들에 스며들던 아침에 한 녀석—무리에 끼어 있던 장난꾸러기였다—이 자기가 발견한 다소 오래된 부채를 들고 재너두 층계참에 서서 즉흥적으로 그 자리의 역사를 기리는 춤을 추었을 때, 사스퍼릴러에서 온 숙녀들과 몇몇 어린아이, 그리고 수염이 꺼칠한 서너 명의 연금 수령자들은 열광적으로 고함쳤다. 털 빠진 부채로 그렇듯 대단한 만곡을 묘사할 만큼의 영감을 그 젊은 노동자가 어쩌다 얻게 되었는지 누구도 이해하지 못했고 예술가 자신도 깨닫지 못했다. 쾌활하게 점잔 빼는 표정을 짓고 뻔뻔하게 엉덩이를 돌리고는 있었으나, 그의 연출은 삐거덕거리는 죽음의 무도였다. 그럼에도 그 젊은이는 춤추었다. 그의 유연한 허벅지가 관중을 위해 케케묵은 집에다 삶의 외설을 들여놓았다. 하얗던 그날 아침은 사내의 엉뚱하기 그지없는 무언극을 단속하지 못했다. 사람들이 야유했으나 어디까지나 그에게 호응하는 야유였다. 끝내 너덜너덜한 부채가 갑자기 그 춤꾼의 손에서 산산이 조각나버리는 듯하더니, 잿빛을 띤 분홍색 연기가 솟구치듯 깃털 다발들이 위로 흩날리고, 젊은이가 거북딱지 손잡이 몇 조각만을 쳐다보며 남겨질 때까지 말이다.

사내는 갑자기 창피함을 느끼기 시작하더니, 퇴장하며 조심스레 문을 닫고 무대를 떠났다. 관중도 부끄러워하며 흩어졌다.

와르르 박살 날 때가 아니더라도 재너두는 계속해서 바스러졌다. 철거업자들이 돌아가고 저녁 무렵의 기다란 금빛이 차가운 푸른빛에 굴복하고 나면 다른 형체들이 등장하곤 했다. 이들은 여러 쌍의 연인들이었다. 그곳에는 모두에게 충분한 정적이 있는 데다 길게 자라 아치형으로 서로 이어진 풀들이 중국이나 페루처럼 느껴지는 세계를 조성했으므로, 결국 손쉽게 다른 연인들을 피할 수 있었다.

엘스 고드볼드도 연인인 밥 태너와 함께 거기로 걸어갔다. 무지함을 깨달을 때면 얼굴을 찌푸리기도 하며 인생 경험을 쌓아온 두 사람은, 제법 험한 지형의 방해물들을 피해서 꼿꼿하게 걸음을 옮겼다. 새끼손가락으로 불안정하게 깍지를 끼었지만 그들은 진지하게 손을 흔들며 앞날을 위한 계획을 세웠다. 마치 정말로 미래를 길들였다는 듯이.

그런데 엘스가 중간에 문득 몸을 구부리더니 종잇조각을 하나 집어들었다. 낡은 책에서 떨어진 낡은 책장이었고, 그들은 무성한 딱총나무 아래에서 그 우스우면서도 교양 있는, 손 글씨로만 적힌 내용을 일부나마 어렵사리 해독했다.

"7월 20일……" 엘스 고드볼드가 마디마디를 중얼거리기 시작했으며 밥 태너는 머리를 좀더 가까이 하기 위해 그 순간을 노렸다.

"……피렌체에서 피에솔레로, 루시 어쿼트 스미스 부부의 지인인 그란디 부인의 별장을 떠나는 동안 숨 막히는 더위. 나는 삶이 좀더 견딜 만한 것이 되기를 바란다. 비록 G. 부인은 여전히 **터무니없으리라고** 못 박았지만! 흠뻑 젖은 얼굴로, 나의 회녹색 리버티[1] 제품을 입고서.

---

1) 1875년에 설립된 런던의 고급 백화점.

한결 나아졌음을 느끼며!

불요불굴의 노버트. 그이의 **정신적 고향** 이탈리아. 불과 몇 밤 전부터 남편은 프라 안젤리코[2]를 주제로 한 장편의 시를 짓기 시작했다. 하지만 온전히 만족스러운 완결까지 이를 만한 몸 상태인지는 의심스럽다. 불쌍한 인간 같으니, 식용유 탓에 끊임없이 배탈을 겪고 있다! 우리 소유의 별장에서 지내고 있으니 아무쪼록 그이를 위해 양 갈빗살을 조리할 줄 아는 훌륭한 여자를 찾아낼 수 있길.

내 어린 딸은 불행하다. 그 아이는 골칫거리다. **자기가 나뭇가지라면** 좋겠다나! M.이 어떻게 적응해나갈지 궁금할 때가 있다. 그 아이는 너무 **숨김없다!** 그리고 대화하는 법을 배우지 못할 거다. 아이의 표현은 사람을 딱 멈칫하게 한다. M.의 발언이 대개 진실을 담고 있음을 부정하지는 않으련다. 하지만 내가 우려하는 건, 세상이 적어도 응축된 형태로는 진실을 참아주지 않는다는 점이다. 위스키를 스트레이트로 마시는 사람은 타인과 어울리기 힘들어지는 법. **개인적인 경험으로도 알 수 있듯이.**

7월 21일. 노버트가 이날은 피렌체로 돌아가자고 고집했다. 산마르코, 산타마리아델카르미네, 산타마리아노벨라, 산토스피리토 등등.[3] 진이 다 빠졌다. 토할 것 같아.

---

2) 천사 같은 신부님이라는 의미의 이탈리아어. 이탈리아의 수도사이자 화가로서 초기 르네상스에 지대한 영향을 미쳤던 귀도 디 피에트로(Guido di Pietro, ?1387~1455)를 가리킨다.

3) 모두 이탈리아의 성당이나 수도원이다.

7월 26일. 목요일부터 기록을 빠뜨렸다. 그간 너무 괴로웠다. 노버트는 술을 너무 많이 마셨다. 자기 정맥을 칼로 긋겠다고 위협하기도 했다. 하지만 결국 그러지 않기로 했다. 그이가 주장하기로는, 그거야말로 어퀴트 스미스 집안이 기대하는 일이기 때문이라나.

엊저녁, 한 사람만으로는 충분치 않다는 듯 가련한 우리 M.까지 일종의 작은 '발작'을 일으켰다. 짧지만 **끔찍했다.** 아이는 일어나 앉더니, 지금껏 이렇게 깊이 빠져든 적은 없었노라고 말했다. 그리고 자기가 초목들의 뿌리에까지, 또 **온갖 인간**의 것만 아니라면 심지어 **터럭**에까지 존재하는 **자애심**을 발견했다고 말했다.

무엇보다도 고통스러웠다. 내가 어떻게 그 아이에게, 내가 줄 수 있다는 걸 스스로도 알고 있는 그런 **애정**을 보여줄 수 있을지 고민해야 한다. 앞으로도 특별히 기도해야 한다는 걸 기억해야지.

오, 이런, 앞날을 내다보아야 한다는 것도! 잔뜩 꼬인 것 같지만 한 걸음 떨어져 보면 별것 아닐 문제라면 시간이 해결해주리라. 나는 우리 딸의 침착하면서도 사랑스러운 손길 덕분에 안락하게 노년을 보낼 수 있기를 늘 꿈꿨다.

평온한 남편을 기대할 수야 없는 노릇. 이따금 그저 하늘만이 나를 달래준다고 결론지을 따름이다. 하지만 어디에서? 피렌체에서는 아니다……"

"이게 뭐야!" 엘스 고드볼드로서는 감당하기 벅찬 발견이었다.

하지만 밥 태녀는 풀 한 포기를 뽑아서 교묘하게 연인의 귓구멍에 집어넣고 있었다.

"에이, **밥!**" 엘스가 소리쳤다.

그녀는 웃음을 터뜨렸으나 그것은 더 고상한 사색을 방해받아서 짓는 코웃음이었다.

그때 밥이 그녀의 목덜미 가까이로 얼굴을 들이밀어서, 그들 사이를 얇게 갈라놓는 건 뜨거운 공기 한 겹밖에 남지 않았다. 바깥으로는 차가운 공기가 딱총나무 덤불의 뿌리들에 이를 정도로 쏟아져 내려왔다가 거기서 밀려났다. 그들은 풀 안에 둥지를 틀고서 온기를 느꼈다.

엘스는 하마터면 울 뻔했다. 그리고 자기가 글자를 읽고 있던 누런 종이를 구겨버렸다.

그러자 밥이 그녀의 귓불을 이빨 사이에 넣고서 깨물더니, 숨을 참지 못하고 그녀의 귓속에다 뜨겁게 콧김을 내뿜었다.

"이런, 밥." 그녀는 불만스럽게 말해야 했다. "내가 소리 내서 읽고 있는 거 못 들었어?"

"그 케케묵은 것?"

그녀는 그가 화내는 모습을 한 번도 본 적이 없었다.

"와." 그녀가 소리쳤다. "우리가 어떻게 될지 알 수 있다면 뭐든지 다 내놓겠다!"

"내가 이야기해줄 수도 있는데." 밥이 말했다.

정말로 이야기하려 들지는 않았지만.

그녀는 그의 얼굴에서 육체적 욕망이 새어 나오는 것을 느꼈고, 아무것도 둘 사이를 가로막지 못하는 가운데 더욱 가까이 그에게로 이끌렸다.

그들은 이제 정말로 가까웠다. 두 사람의 입이 하나로 만나 흐르며 녹아들고 있었다.

엘스가 숨을 쉬려고 빠져나올 때까지.

"난 겁이 나, 밥."

"뭐가?" 그가 물었다.

"모르겠어." 엘스는 어둠의 세계를 전달할 수 없어서 이렇게만 대꾸했다.

올빼미들이 퍼덕거리며 재너두의 방들 사이를 지나다녔다. 어딘가에서 나뭇가지가 부러지더니 땅에 떨어졌다.

"이런 생각을 하곤 해." 엘스는 말했다. "너는 네가 원하는 미래를 손에 넣어도 된다고."

그러자 손에 잡히는 현재 앞에서 단호히 미래를 거스르기로 결심한 밥 태너가 발끈하여 대답했다. "미래가 어떻다는 거야! 난 제대로 알고 있어. 엘스, 내가 안 보여? 날 봐, 엘스. 응? 엘스!"

그녀는 그의 말대로 했다.

"괜찮아." 그가 말했다. "알았지? 괜찮다고."

현재는 두 팔을 벌려 그들을 환영했다. 그들이 딱총나무 관목 아래에서 함께 흔들릴 때, 그 무엇도 밥 태너의 우직한 확신을 거스를 성싶지 않았다.

"내가 너한테 보여줄게! 널 꼭 붙들게! 너한테 미래를 선물할게!"

"아, 밥! 밥!" 엘스가 소리쳤다.

모든 확실성이 지금 이 순간에 있으며 선량한 마음은 마치 풀과 같아 반드시 되살아난다는 것, 그녀가 이를 언제나 알고 있던 건 아니라는 듯이.

어느 날 아침, 졸리 부인은 모자를 쓰고서 재너두를 둘러보러 내려갔다. 심장병은 물론이요 담석과 하지정맥류까지 앓고 있는 자기 친구를 데려가지는 않았다. 플랙 부인이 가기에는 너무 먼 곳이었다. 그래서 졸리 부인은 조용히 나갔고, 혼자서 가슴을 두근거렸을지도 모른다. 도착하여 자신의 분노가 얼마나 누그러졌는지를 확인할 생각에 조바심이 났던 것이다.

저택은 그때쯤 상당히 허물린 상태였으며, 주변 또한 심하게 짓밟히고 많은 석재가 금빛 모래의 사막을 남긴 채 어딘가로 실려간 다음이었다. 절단된 정맥과 동맥이 아직도 떨리고 있었다. 구부러진 철제 부품들이 산산이 으스러진 슬레이트 사이에 아무렇게나 놓여 있었다. 망령처럼 그곳에 되돌아온 졸리 부인은, 자연에 대한 혐오 때문에 이전에 한 번도 들어가지 않았던 덤불숲 안쪽에서 낡고 망가진 검은색 우산을 발견했다. 그녀는 어지간히 깜짝 놀랐다. 처음에는 사람인 줄 알았기 때문이다.

천천히 거닐며 자기가 소유주인 듯한 기분을 느끼려고 찾아간 그곳에서, 졸리 부인은 마치 짓눌리지 않으려는 듯 이제 도리어 종종걸음을 쳤다. 그녀의 친구가 이미 알아차리기 시작한 대로 경미하게 머리가 떨리는 바람에 판단력마저 흐릿해졌다. 모든 것이 명확해야만 하는데도 졸리 부인의 안개 낀 머릿속에서는 사물들이, 그리고 실망감들이 어릿거리며 피어올랐다. 해체된 발코니의 한 부분 위에서 그녀는 정강이를 드러내고서, 이런저런 순간에 받았던 충격들 때문에 훌쩍거렸다.

실상은 이랬다. 재너두가 무너졌다고 해서 이 희생자의 원념까지 정화된 것은 아니었다. 그것들은 다만 다른 모습을 취하고서 나타났다. 덧없는 나일론 옷을 입고서 아득히 저 앞에서 걸어가는 세 딸들이 있었다. 그녀로서는 절대 그 거리를 좁힐 수 없었다. 할머니가 뭐라 하든 줄넘기 줄을 길에서 휘두르며 새총을 잡아당기는 생각 없는 어린아이들이 있었다. 관계를 감사히 여기지 않고 끼리끼리만 단단히 뭉친 채 달리아며 연금이며 풋볼[4]에 대해서만 떠들어대는 사위들이 있었다. 사정이 이러할진대 설령 친구의 우정이 이미 의심스럽다 한들, 그 친구를 거부할 여유가 졸리 부인에게 있었겠는가?

졸리 부인은 검댕이 풀풀 날리는 녹슨 연통 한 토막에 하마터면 발이 걸려 넘어질 뻔했고, 누군가 그 모습을 봤다면 일부러 그러는 거라고 말했으리라. 그녀의 친구라면!

손목이 부러진 아프로디테상이 버려진 길모퉁이에서 그때, 기묘한 일이지만 정말로, 플랙 부인이 마술처럼 나타났다.

"어머!" 졸리 부인이 외쳤다.

그녀는 자기 왼쪽 옆구리를 붙들어야 했다.

"하!" 플랙 부인도 소리쳤다.

혹은 딸꾹질을 했거나.

"부인이군요!"

"나야!"

그들의 안색 역시 일치를 이루었다.

"굳이 말하고 나오지 않았어요." 졸리 부인이 말했다. "부인 몸 상태를 생각해서."

"자기도 참." 플랙 부인은 대답했다. "그래도 아침이 이렇게나 아름답다 보니, 나 자신을 좀 놀래주기로 마음먹었지 뭐야. 그래서 여기까지 왔어."

그들은 느릿하지만 지체 없이, 어쩌면 두 사람 모두 특정할 수는 없을 어떤 목적지를 향해 걸음을 옮기기 시작했다. 플랙 부인이 졸리 부인

---

4) 오스트레일리아에서는 풋볼(Australian Rules)이 인기 있는 스포츠이다. 타원형의 경기장에서 각 팀당 18명의 선수들이 보호 장비 없이 경기를 치른다.

의 팔을 붙잡았다. 졸리 부인도 거부하지 않았다. 그들은 그렇게 걸었으며, 졸리 부인은 어느새 마일드레드 거리에 있는 집에 도착했음을 깨달았으니, 어쩌면 그들은 그곳을 아예 떠난 적이 없는 것 같기도 했다. 그리고 그 벽돌 상자의 뚜껑이 다시금 닫히기 전, 그곳의 수감자는 폐허가 된 재너두를 그날 아침에 방문했던 의도가 과연 무엇이었던가 잠시 의문을 떠올렸다.

두 여자는 계속해서 그들의 삶을 살아갔다. 밤에 깃이불에 몸을 넣은 채, 완전히 메마른 저 깊은 곳으로부터 목을 가다듬며 그들은 멀찍이서 서로에게 귀를 기울였다.

그렇지만 졸리 부인 쪽에서 우위를 점하는 날들도 있었다. 특히 그녀는 저녁에 일간신문을 훑어보다가 죽음이나 폭풍, 뭐가 되었든 하느님께서 행한 일들에 대한 기사를 접하고서 좀더 명랑한 기분이 되곤 했다.

졸리 부인이 신문지를 흔들며 웃던 어느 저녁이었다.

"젊은 사람들은 마귀 같다니까요." 그녀가 말했다.

그녀의 희뿌연 보조개가 돌아왔다.

"뭐라고 쓰여 있는데?" 플랙 부인이 물었으나 귀에 거슬리는 목쉰 소리였다.

만일의 사태를 피하고자 그녀의 눈은 이리저리 움직이고 있었다.

"아무것도 아니에요." 졸리 부인이 한숨지었다. "그냥 생각을 좀 하고 있었어요."

그리고 그 부스럭거리는 종이는 얇디얇은 금속판들로 변했다.

"이런 생각을 한 거예요." 그녀가 말을 이었다. "푼돈만 쥐여주면 사람들이 살인도 불사하리라는 생각."

"살해당해야 하는 사람은 언제든 존재하는 법이잖아." 플랙 부인이 대꾸했다. "그리고 누군가는, 말하자면 나이와는 상관없이 늘 그런 일을 벌이고."

플랙 부인은 그런 식으로 많은 사람에게 감명을 주곤 했었다.

하지만 졸리 부인은 웃음에 이어 한숨을 지었다.

"부인네 젊은 조카 있잖아요." 적당히 뜸을 들이다 그녀가 다시 입을 열었다. "그 **블루**라는 아이는 별난 녀석인 데다, 자기 이모를 전혀 걱정하는 것 같지도 않고, 한번 들르지도 않고 말이에요. 이렇게 훌륭한 이모한테 말이지. 늘 최고급 살코기를 사놓는 분한테."

"블루?" 플랙 부인이 소리치더니 멈칫했다.

그래서 졸리 부인은 알아차렸다. 뭔가가 그녀의 친구를 서서히 좀먹는 중이었을지도 모른다. 경험에 비추어 그녀는 거의 종양을 진단했을 정도였다.

그런데 플랙 부인이 전연 스스럼없이 이야기를 계속했다. "블루는 여기 없어. 떠났거든. 다른 주로 건너가서 여행하는 중이야."

"직장 일 때문에?" 졸리 부인은 물었다.

"아니." 플랙 부인이 대답했다. "그런 건 아니고. 따로 무슨 직장을 위해서 간 건 아니야."

"아." 졸리 부인은 한숨을 쉬면서도 웃었다. "그러니까, 고독한 늑대로구나."

플랙 부인이 자기가 품은 칼끝을 시험해보지 않았다면, 이는 잠시 그것을 잃어버렸기 때문이다.

아침이면 졸리 부인은 노래를 부르기도 했다. 제법 소녀 같은 그녀의 목소리는 거품 이는 접시들 위로 흘러넘치며 진주 같은 방울이 되어 떨어지곤 했다.

어느 날 아침 한 신사가 찾아왔다. 졸리 부인은 재빨리 물을 털어버렸다. 그녀의 희뿌연 보조개가 되살아나고 있었다.

"아뇨." 그녀는 말했다. "플랙 부인은 할인 매장에 갔답니다. 말씀하실 게 있다면……" 그녀가 말을 이었다. "제가 부인의 친구거든요."

그 신사는 제법 뚱뚱한 편이었으나, 졸리 부인은 덩치 있고 남자다운 사내들을 좋아했다.

그는 어떻게 해야 하나 생각했다. 하지만 애초 목적 때문에 결국 속내를 열었다.

"저는 시어볼즈라고 합니다." 그가 말했다. "예전에 블루가 일하던 곳에서 왔고요."

졸리 부인은 한층 더 빠져들게 되었다. 그녀가 어떤 도움이든 줄 작정이라는 점이 표정에도 그대로 드러났다.

"저는, 말하자면 현장 감독입니다." 시어볼즈가 설명했다. "블루와 항상 좋은 동료였고요. 아시겠지요? 녀석이 무사히 잘 지낸다고 편지를 몇 자 적어 보냈더군요. 퀸즐랜드에 있는 회사에 취직했다고. 저한테 스냅사진도 한 장 보냈습니다. 블루는 살쪘어요. 거기서 가만히 햇볕을 받노라면 잘 익은 바나나가 된다니까요."

"오." 졸리 부인이 몹시도 솔직하게 외치는 바람에, 방문객은 그 점잖은 여자의 얼굴을 똑바로 들여다보지 않을 수 없었다. "그 아이 이모가 **반가워**하겠어요!"

시어볼즈는 웃음을 터뜨릴 수밖에 없었다. 그 소리는 꽤 단정치 못하게 들렸다. 덩치 큰 남자들 중에서도 몇몇 뚱뚱한 사람은 자기 살집이나 웃음을 제어하지 못했다.

"그 녀석 이모님이 눈썹 하나 까딱할 성싶지는 않은데요." 시어볼즈가 대꾸했다. "관 뚜껑을 못으로 막아놓은 다음에도 털이 자라난다는 이야기야 들었습니다만."

"**관 뚜껑**요?" 졸리 부인은 깜짝 놀랐다. "이모가?"

"그 녀석 이모인 데이지가 무슨 병으론가 죽었다고 했었는데, 뭐였는지는 잊어버렸지만."

그건 이미 오래전에 일어난 일인 데다 자기와는 상관없는 사건이었기에, 시어볼즈는 유쾌한 태도일 수 있었다.

"그분이 가엾은 아이어머니라던데……" 졸리 부인이 고집스럽게 말했다.

"**그 여자**가 블루의 엄마예요." 시어볼즈는 불그스름한 술 장식을 이룬 속눈썹 사이로 시선을 보냈다.

졸리 부인은 어리둥절했다.

"에이다 플랙이 블루이의 엄마라는 사실을 모르는 사람은 아무도 없는 줄 알았는데요." 시어볼즈가 말을 이었다. "부인께서는 잊고 계셨던 모양이지만."

"**그 여자**가 어머니라고요!" 졸리 부인이 다시금 소리쳤다.

결코 용서할 수가 없었다.

"전 그렇게 멍청한 사람이 아니에요, 시어볼즈 씨." 그녀가 재빨리 항변했다. "들은 적도 없는 말을 잊어버릴 정도는 아니지요. 정말. 그건 그렇고, 이렇게 중요한 사실을 알려주셔서 감사합니다."

시어볼즈는 자기가 벌여놓은 문제를 개의치 않았다. 결과는 그가 알 바 아닐 테고.

"그럼 아버지는요?" 졸리 부인은 참지 못하고 이렇게 물었다.

"공식적으로 밝혀진 사람은 없습니다. 소문들이야 있지만."

졸리 부인은 가르랑거렸다.

"한 가지는 확실해요." 시어볼즈가 말했다. "윌 플랙은 절대 아니라는 거지요."

"지붕에서 미끄러져 떨어졌다던 분 말이군요."

졸리 부인은 그 치명적인 기왓장 위에 놓인 불운한 고무창 운동화 한 짝의 행방을 뒤쫓고 있었다. 그녀의 얼굴이 분필처럼 희푸르게 변했다.

시어볼즈가 다시 웃음을 터뜨렸다.

"윌은 절대 미끄러지지 않았어요."

"뛰어내렸나요?"

이 밀고자는 곧바로 대답하지 않았다.

"플랙 씨가, 그러면, **떠밀린** 건가요?" 졸리 부인은 거의 비명을 내지르듯 물었다.

방문객은 그 목소리에 깜짝 놀랐다.

"대답하고 싶지 않네요." 시어볼즈가 말했다. "그 어떤 법정에서도 말입니다. 떠밀린 건 아니지요. 어쨌든, 손으로는. 나약한 머저리긴 했지만, 그래도 윌 플랙은 선량한 인간이었어요. 그치로서는 추잡한 현실을 똑바로 마주할 수가 없었던 거지요. 제 생각으로는 그렇습니다."

"자기 남편을 지붕에서 밀어 떨어뜨린 거나 다름없다니! 그런 거나 매한가지라니!"

"제가 그렇게 말한 적은 없잖아요." 시어볼즈가 말했다.

그는 퍽 물렁해졌고, 몸집 덕분에 더욱 물렁해 보였다.

졸리 부인은 자기가 아직도 계단 위에 서 있음을 깨달았다. 그녀는 이렇게 청해보았다. "뭐라도 드시고 가지 않겠어요? 어⋯⋯, 선생님?"

하지만 방문객은 그러지 않았다. 기화기가 고장 나서 애먹고 있던

326

차였다. 아무래도 그것을 분해해봐야 할 것 같다고 했다.

그러자 졸리 부인은 자신이 덩치 있는 남자들을 유달리 좋아한다는 사실을 떠올렸다. 다소 물렁해 보인다 하더라도.

그녀가 다시 말했다. "당신네 남자들은 기계를 잘 알지요! 제가 엔진 안쪽을 들여다봐드리고 싶어도, 그래봐야 하나도 못 알아볼 거야."

만에 하나 도움이 된다면 얼마든지 들여다보겠지만.

그러나 이미 한 차례 붙들렸던 방문객은 그렇게 떠나버렸다.

"부인네 조카가 무척 즐겁게 잘 지내서 난 정말 기쁜 거 있지요." 졸리 부인은 친구에게 몇 번이나 되풀이해서 말했다. "그 아이가 시어볼즈 씨한테나마 편지를 써야겠다고 생각했다는 점도 기뻐요. 그 사람, 뭐 괜찮은 남자 같긴 하더라만."

플랙 부인의 입술이 그때처럼 창백하게 보인 적은 이때껏 한 번도 없었다.

"오, 어니 시어볼즈." 그녀가 말했다. "늘 아무하고나 붙어먹던 사람이지."

평소에 줄곧 앓는 소리만 안 했더라면 몸 상태가 좋지 않다는 핑계라도 댔을 터이나, 그런 상황에서는 무언가 다른 구실을 생각해내야 했다. 그래서 플랙 부인은 이마 위에 헝클어져 있는, 이상하게 생기 없는 갈색의 조그만 장미 매듭 머리칼을 계속해서 갈랐다.

모든 정황을 고려하건대 졸리 부인은 설령 플랙 부인이 가발을 쓰고 있다 한들 더 이상 놀라지 않았을 것이다.

"딱 어느 정도 선까지만 믿어야 하는 남자들이 있는 법이야." 플랙 부인이 말했다.

그리고 그녀의 누런 이마 위에서 반짝이는 무정한 땀방울을 가볍게 두드렸다.

"내 말이 그 말이에요!" 졸리 부인이 웃음을 터뜨렸다. "어떤 여자들도……" 그러면서 덧붙였다. "아주 다를 바가 있는 게 아니고요."

플랙 부인은 다소 곤란한 기색이었다.

"이런!" 그녀가 말했다. "청어가 문제라니까. 저 통조림을 딴 뒤로 몸 상태가 영 이상한 거 있지. 토마토소스에 버무린 청어는 절대 손대지 말아야겠어."

"그래요, 부인." 졸리 부인도 맞장구쳤다. "속 쓰림 때문에 고생하고 있잖아요. 어서 나아야지요."

누구도 졸리 부인이 친구를 세심하게 배려하지 않는다고는 말할 수 없었으리라. 그녀는 잔에 담은 홍차를 친구에게 가져다주었다. 그리고 집안일을 잊은 친구를 대신해 꽃병들의 물을 갈아주었다. 졸리 부인이 꽃병 속에 고인 탁한 물을 따라내고 그 냄새가 도처에 깔리고 있을 때, 플랙 부인은 상상도 못 할 무언가를 피하기 위해 벽돌집을 돌아다니며 장식물들을 살펴보았다. 그녀는 꾹 눌러 말려놓은 꽃을 닮았으니, 정확히 말해 죽은 것은 아니면서 미미하게 바스락거렸다.

마일드레드 거리의 겨울 저녁은 비스듬히 비가 내릴 때조차도 더 할 나위 없이 안락했다. 그럴 때 겨울용 가운을 걸친 두 숙녀는 모락모락 김이 올라오는 차를 몇 잔 홀짝이곤 했다. 졸리 부인은 마치 한 방울도 놓쳐서는 안 된다는 듯이 잔을 붙들었다. 그녀는 그러고 있는 게 너무 좋아서, 고마움을 표하지 않는다는 상대의 악행마저도 면죄할 수 있었다. 하지만 찻잔을 손에 든 플랙 부인은 공기를 떠받치고 있는 것만 같았다.

어느 날 저녁 졸리 부인이 잔을 내려놓고서 셔닐사 옷의 매무새를 고치더니, 고개를 들며 사색적인 목소리로 말했다. "시어볼즈 씨가 저녁이면 무얼 할는지 궁금해요. 정말로 그렇게 사내다운 남자들이 있다니까."

플랙 부인은 벌써 차로 적셔둔 입술을 다시 한 번 훑었다.

"어니 시어볼즈에 대해서는 생각하고 싶지도 않아." 그녀가 말했다. "난 안 할래."

그녀의 친구를 못 본 척, 그 너머를 바라보며.

"생각하기 싫어."

그녀는 그 누런, 목 옆 어딘가에서 뛰는 맥박을 보고 있었다.

"알았어요! 알았어!" 졸리 부인이 말했다. "그냥 잡담이나 하려던 건데."

그리고 무척 부드럽게 미소 지었다. 그녀는 예의 그 창백하고 음울한 눈을 가지고 있었다. 어머니의 살결을 가지고 있었다.

"그런 이야기들은 믿지도 않을 거야." 플랙 부인이 갑자기 소리쳤다. "어니 시어볼즈가 하는 이야기들은 뭐가 되었든."

그렇듯 돌변한 눈빛으로 보건대 졸리 부인은 잽싸게 머리를 굴린 게 분명했다. 그녀는 연푸른빛 셔닐사 옷을 입은 채 앞으로 내앉았다.

"나는, 그래도 믿어요." 그녀가 말했다. "왜냐하면 나는 엄마거든."

그야말로 기괴하게도, 플랙 부인의 혀가 그 끝을 살짝 말고서 입 밖으로 밀려 나오기 시작했다. 그녀는 찻잔을 떨어뜨렸다. 그리고 심상치 않은 소리를 내고 있었다.

졸리 부인은 몸을 일으키더니 다가가서 친구의 두 손목을 찰싹 때렸다.

"자!" 그녀가 말했다. "그래, 야단법석 떨 것 없어요. 난 이해할 줄 아는 사람이니까. 봐요." 그녀는 말을 이어나가며 허리를 숙였다. "그 잔! 깨지진 않았네. 운도 좋아라!"

그러나 플랙 부인은 벽 너머를 똑바로 보고 있었다.

"자기는 지금 그 생각에 사로잡혀 있어." 그녀가 말했다. "벌어졌던 모든 일에 죄다 책임을 져야 하는 건 아니라고."

어쩌면 졸리 부인의 존재 때문에 그녀는 좀더 천천히 덧붙였는지도 모른다. "그러니까, 세상 사람들이 모두 매사에 책임을 지는 건 아니란 말이지."

졸리 부인은 자기 쪽에서 양심의 역할을 맡고 싶지는 않았으나, 피치 못할 상황이었기에 제 나름대로 최선을 다했다. 연푸른빛 깃이불 아래에서 그녀는 그 가련하고 죄 많은 영혼인 자기 친구가 거의 오줌보만 남은 것처럼—물론 그 역시 플랙 부인이 자책해야 할 것을 잊어버린 부분이었겠지만—밤중에 몇 번인가 일어나는 소리를 들었다.

여하튼 낙인찍힌 그 여인은 베이지색 실내용 가운을 질질 끌고 물건들을 매만지며 임시 처소를 헤매곤 했다. 그때쯤 플랙 부인은 온통 베이지색의 몰골이었기 때문이다. 정말이지 끔찍하지만, 온갖 생각과 씨름하게 되길 기다리며 어둠 속을 맴돌 때에도 플랙 부인은 자기의 양심이 저기 연푸른빛 깃이불 아래에 늘어져 있다는 것을 잘 알고 있었으리라. 그녀는 때때로 혼자 남겨진 채 죄악의 쾌락을 곱씹음으로써 기운을 되찾았을는지도 모른다. 말라비틀어진 죄인이라 한들 회한까지 완전히 메마를 필요는 없으니. 플랙 부인이 바로 그런 죄인이었다. 정말이지 속옷 속에 얌전히 숨겨져 있는 게 아니었더라면 그녀의 젖가슴은 남아나지도 못했을 것이다. 밤이 그것을 지워버렸을 테니까. 시간의 칼날은 다시금 엄습했으며, 얼키설키하면서도 예리한 그 모든 격통은 한낱 허상이었을는지도 모른다.

"만약 내가 부인이라면 이런 방법을 생각해볼 거예요." 한번은 졸리 부인이 아침 식사 중에 이렇게 권고했다. "약사한테 가서 믿을 만한 알약을 좀 처방해달라고 부탁하는 거지요."

"억지로 약 먹을 생각 없어." 플랙 부인이 대꾸했다. "그런 게 옳은 일이라고 날 설득할 수는 없을 거야. 옳지 않아. 윤리적이지 못하다고."

"어마, 애써 설득하려는 건 아니에요! 그냥 부인을 위해서 한 말인 걸." 졸리 부인은 변명했다. "다른 사람이 힘들어하는 걸 차마 지켜볼 수가 없어서 그렇지."

그리고 시선을 돌렸다. 어쩌면 자기 먹잇감의 앞에 놓인 토스트를 대신 쳐다보았는지도 모른다.

"가끔 부인한테 내가 도움이 되긴 하는 건가 궁금할 때가 있더라고요." 그녀는 생각에 잠겨 중얼거렸다.

고개도 들지 않고, 다만 기다리면서.

"도움이 안 된다고?" 플랙 부인이 토스트만큼이나 메마르게 몸을 움직거렸다.

"글쎄, 우리 두 사람 성격이 정말로 딱 맞아떨어지는 건 아닐지도 모르니까요." 졸리 부인은 설명했다. "정말로 안 맞는 게 분명하다고 생각했더라면 난 떠났을 거예요. 그렇지만 부인이 박정하게 대할 때조차도 난 절대 떠나가겠노라 생각해본 적 없어요. 그렇지만 부인, 만약 어떤 식으로든 그러는 편이 서로한테 유익하리라는 생각이 들면, 나도 이제 고려해봐야지요."

졸리 부인은 쳐다보지 않았다. 그 대신 침묵이 고통 속에서 상대를 일깨우기를 기다리며 귀를 기울였다.

그때 플랙 부인이 몸을 움직이면서 의자가 리놀륨 바닥을 찢었다. 부인의 슬리퍼 아래로 모래 알갱이가 느껴졌었다. 졸리 부인은 한순간 자기 친구가 기력을 되찾은 게 아닐까 생각했다.

"난 가끔 궁금하더라." 플랙 부인이 말했다. "자기가 왜 돌아갈 생각을 안 하는지 말이야. 명목뿐인 집세만 받고 친구한테 세놓았다는 집도 있는데. 그토록 살가운 딸도 셋이나 있다는데. 손주들도 있다는데. 좋은 점들이 그렇게 많다는데. 모든 걸 다 불쌍한 나 때문에 희생했잖아."

이 말을 들은 졸리 부인은 플랙 부인이 빠져나오고 있음을, 그녀가 주어진 운명을 이겨낼 만큼 독한 인간임을 의심하지 않았다.

그래서 졸리 부인은 코를 풀었다.

"그건 좋은 점들이 아니에요." 그녀가 말했다. "추억이지."

그리고 그것이 그녀를 눈물짓게 하는 오래된 밴조 곡조임을 떠올렸다.

플랙 부인이 토스트 껍질을 잘라내더니 손가락에서 부스러기를 털어냈다.

"자기가 떠나기로 마음먹는다면 당연히 나도 괴로울 거야." 그녀가 인정했다.

졸리 부인은 고마움인지 만족감인지 모를 감정을 느끼며 고개를 숙였다. 어쩌면 그녀가 잘못 생각했는지도 모를 일이었다.

"나는 궁금증에 힘들어하겠지." 플랙 부인이 말을 이었다. "자기가 저 아래쪽에 있는 멋진 집에서 그 모든 가족과 어울리며, 사별한 남편의 추억을 품고, 어떻게 지내고 있을지 말이야."

그러자 졸리 부인은 정말로 흐느껴 울었다.

인생의 허디거디[5] 선율을 기억해내자 그녀는 더욱 헌신적인 인간이 되었다. 밤중에도 곧잘 벌떡 일어나서 식기들을 문질러 닦곤 했다. 편지를 썼다가 갈가리 찢어버리기도 했다. 그녀는 우체국까지 걸어갔다가 돌

---

5) 류트와 비슷한 모양의 현악기로, 한 손으로는 회전판을 돌리고 다른 한 손으로는 건반을 이용해 현의 음정을 조절하며 연주한다.

아오곤 했다. 때로는 약국까지.

"만약 누가 나한테 와서 자기가 떠났다고 말해주면……" 플랙 부인이 말했다. "난 그 말을 믿을걸."

"날씨 때문에 그래요." 졸리 부인이 대답했다. "그래서 부인이 자꾸 불안해지는 거라고요."

"어쩌면 나쁜 소식 때문일지도. 편지만큼 사람 마음을 어지럽히는 게 없지." 플랙 부인이 넌지시 말했다.

졸리 부인은 아무 대답도 하지 않았으며, 플랙 부인은 친구의 뺨 위에서 북받치는 감정 때문인지 찬바람 때문인지 미약하게 흔들리는 부드러운 하얀 잔털을 똑바로 보았다. 두 여인은 견디기 힘들 만큼 서로를 향해 귀를 세웠으나, 힘들어도 도저히 그러한 즐거움을 포기할 수는 없었다.

어느 날 졸리 부인이 약국에 가 있을 때였다. 플랙 부인은 친구의 방—물론 그 방의 소유주는 플랙 부인이었다—에 들어가더니, 물에 빠져 허우적거리면서도 이제 곧 구조받을 것 같은 사람처럼 굴기 시작했다. 그녀의 손놀림은 정말로 미친 듯했으나 마침내 스스로를 구해내기 위해, 어린아이가 수를 놓은 손수건 주머니 밑에서 편지 한 통을, 아마도 그 편지를 찾아냈다.

플랙 부인은 성취감에 취해 얼이 빠졌다. 그리고 종잇장을 무척이나 바짝, 필요 이상으로 가까이 붙들고 있었다. 눈에 들어오는 글자들을 그녀가 어쩌나 게걸스럽게 들이켰던가.

엄마에게〔플랙 부인은 읽었다. 혹은 되새김질했다.〕
지난주에 엄마의 편지를 받았어요. 왜 제가 더 빨리 답장하지 않았는지 궁금하시겠지만, 저도 그 문제를 곰곰이 고민하는 중이었어요.

도트와 엘마도 저만큼 고민이 많았고요. 프레드한테도 역시 이야기해 주어야 했어요. 엄마도 이해하시겠지만, 이건 그이하고도 밀접한 문제 니까요. 제가 이렇게 편지를 쓰는 동안 프레드도 무슨 경음악을 들으 며 거실에 함께 앉아 있답니다.

음, 엄마, 솔직히 말해서 우리 가운데 누구도 그게 좋은 의견이라 고 생각하지 않아요. 서로 다닥다닥 부대끼며 살자면 얼마나 신경이 쓰이는지 아실 거예요. 엘마는 특히 비좁은 데서 살고, 도트와 아치는 여러 개를 한꺼번에 갚는 것까진 아니라고 해도, 어쨌든 맨날 무슨 빚 을 갚고 있다고요. 명세서들을 관리할 수나 있는지 몰라. 어쨌든 동생 네들 처지가 이래요.

프레드로 말하자면, 그이는 엄마를 한 지붕 아래 모시는 계획에는 전혀 관여하지 않을 거래요. 프레드가 얼마나 고집스러워질 수 있는지 아시겠지만, 그이는 정말로 그럴 생각이에요. 음, 엄마, 이런 이야기가 죄다 너무 냉정하게 들리시겠죠. 저도 그걸 인정하고, 아마 실제로도 냉정한 이야기 같아요. 엄마가 우리 어머니라는 건 인정해요. 누구든 우리를 보면, 어머니는 희생했는데 딸들은 배은망덕하더라고 이야기하 겠지요. 그래요, 엄마. 그리고 저는, 엄마가 이제껏 치른 가장 큰 희생 이 아빠였을 거라고 생각해요. 피 한 방울 흘러나오지 않았지만 말이 에요. 모든 게 말끔하고 조용하게 마무리되었지요. 누구 하나 신문에 서 거기 관련된 내용을 읽지 못했고. 그래도 저는 결혼으로 묶인 사랑 때문에 죽은 그날 밤 아빠의 얼굴을 절대 잊지 않을 거예요. 그걸 심장 마비 때문이라고 하는 사람들도 있겠지만요.

이런 이야기까지 하고 말았네요. 제가 쓴 편지를 읽어보려고 기다 리는 남편이 방 안에 앉아 있고요. 저는 두렵지 않아요. 우리는 너무 많은 걸 기대하지 않고, 서로에게서 존중할 만한 무언가를 찾았으니까요. 저는 알아요. 설령 제가 민달팽이에 불과하다는 걸 그이가 알게 되더라도, 프레드는 엄마의 딸을 정말로 밟아 뭉개지 않으리라는 걸요. 엄마, 그건 대단한 유혹이잖아요. 엄마가, 아니 엄마뿐 아니라 다른 사람들도 절대 이겨낼 수 없었던 유혹.

그래, 그런 거예요. 아이들은 건강해요. 친구분이 그렇게나 끔찍하다면 유감이지만, 그분도 아마 그 이상을 면밀히 들여다볼 만한 사람일 거예요. 모든 거울은 자기와 똑같이 생긴 한 짝을 비추는 법이잖아요.

추억을 담아

엄마의 딸

며를

추신: 누가 그렇게 내몰렸던가요, 엄마.

플랙 부인이 추잡한 짓을 목격한 건 딱 한 번뿐이었다. 이것이 두번째가 될 것 같았다. 서랍은 거기에 아무렇게나 삐져나와 있었다. 그녀는 그것을 비뚤어진 대로 휙 밀쳤으나, 결국 똑바로 바로잡아놓았다.

집에 돌아온 졸리 부인은, 자기 친구가 여러 수수께끼 가운데 하나를 해결했으나 그 해답에 전적으로 만족하지는 않는 것처럼 보인다는 사실을 알아차렸다. 하지만 신경 쓸 여력이 없었다. 그녀가 먼저 이렇게 말했다. "잠깐 누워 있을래요. 코가 막혀서."

"그래, 자기." 플랙 부인은 대답했다. "내가 차 한 잔 가져다줄게."

"괜찮아요!" 졸리 부인이 말렸다. "브로드 씨가 처방해준 게 있으니까, 누워서 들이마시려고요."

그들은 실제로 그때부터 쭉 서로에게 끊임없이 차를 가져다주었고,

각자 그때마다 고마움을 표했다. 그럼에도 졸리 부인은 몇 번인가 자기 차를 변기 아래로 비워버려야 했고, 플랙 부인도 그 문제를 숙고해보다가 몇 번이나 차를 봉래초 화분에다 쏟아버려야 했다.

생각은 칼날과도 같았으니, 과거에는 예외 없이 서로를 향하던 그 칼날이 이제는 스스럼없이 그들 자신을 향하고 있었다.

"내가 가지고 있는 손수건 주머니 있잖아요. 부인도 분명히 본 적 있을 텐데, 위에 팬지꽃 무늬가 수 놓인 거." 한번은 졸리 부인이 이렇게 말했다.

플랙 부인은 마른기침을 뱉었다.

"그래, 자기, 봤던 것 같아."

"그건……" 졸리 부인이 설명했다. "엘마네 첫째 아이, 우리 꼬마 디드리가 나를 위해 수놓아준 거예요."

"난 손수건 주머니를 가져본 적이 없어." 플랙 부인은 가만히 생각하고서 말했다. "젖니를 채워놓은 작은 병을 몇 년 동안 간직한 적은 있지만."

"어머!" 졸리 부인이 거의 고통스럽게 소리쳤다. 그 병을 무척이나 보고 싶었으리라. "그래서 그 병은 어떻게 되었는데요?"

"내다 버렸지." 플랙 부인은 대꾸했다. "결국에는. 그렇게 하는 게 옳았던 걸까 가끔 궁금할 때가 있긴 해."

밤의 상념들은 무척이나 잔인했으며, 길고 부드러운 가운을 질질 끄는 그 두 여인은 통로에서 서로 부딪치거나 손가락들을 서로 마주친 다음, 상냥하게 상대를 어둠의 근원으로 데려다주었다. 미궁을 헤쳐나가기 위해서는 서로가 절실히 필요했다. 적절한 안내가 없다면 지옥의 영혼도 길을 잃을지 모를 일이었다.

재너두가 완전히 무너지기 직전에 불도저들이 그 저택의 덤불숲으로 들어갔다. 강철로 이루어진 캐터필러가 오르막을 올라갔고, 관목은 물론이요 길에 서 있는 묘목들에 이르기까지 저항하는 것들은 모두 무너졌다. 상대적으로 억센 덤불들은 뻣뻣하게 몸을 떨며 다시 일어설 수도 있었겠으나, 또 한 번 불도저가 달리고 나면 그때는 완전히 쓰러질 터였다. 잔디밭이었던 자리에 깊은 상처들이 파였다. 덤불숲 안에 생겨난 구멍들이 히죽 웃는 듯했다. 무엇보다도 살벌한 광경은 장미 정원에서 벌어진 대참사였다. 노버트 헤어가 다른 곳에서 실어 왔던 흙은 붉은 상처로 벌어져 있었으며, 뿌리 쪽이 뜯긴 채 거친 장작가리 쪽으로 순식간에 끌려가 버린 로즈우드 고목의 몸부림은, 땅을 파헤치고 바퀴를 밀며 날카롭게 끼익하는 쇠붙이 소리와 경쟁했다. 돈벌이가 될 만큼 커다란 나무들을 처리하느라 이동식 제재기까지 동원되었다. 목재를 파고드는 톱니 소리가 정적을 휘저었으며, 남모를 취기의 도움 없이 분명한 맨정신으로도 파괴의 냄새를 들이마실 수 있는 이들이 그 일을 맡았다. 많은 수의 사람이 가만히 서 있기조차 어려워했다. 사스퍼릴러의 주민들 대다수가, 이전에 저택을 철거하는 자리에 참석해야 하겠다고 느꼈듯 이번에도 정원을 제거하는 모습까지 지켜보기 위해 내려온 탓이었다. 이윽고 거기에는 무관심한 이들, 소심한 이들, 나태한 이들, 둔감한 이들, 병약한 이들까지 모두 모여들었다.

이 같은 지역 차원의 역사적 사건에 무심한 사람은 고드볼드 부인뿐인 듯했으나, 평범하고 변변치 않은 사람인 그녀를 주목하는 사람은 어차피 별로 없었다. 여인이 오두막에서 나와 빨래를 너는 모습만이 어렴풋하게 보일 뿐이었다. 그녀가 두툼한 두 팔을 몇 번씩이나 위로 뻗으면 그 자리에는 축 처진 리넨들이 속이 비치도록 고리를 이루었다. 그것들은 처음에 무척 묵직하게 걸려 있다가 모서리가 휙 펼쳐지고, 마침내 부풀어 올라 빛나는 하얀 깃발로 휘날렸다.

고드볼드 부인은 설령 조금이나마 이목을 끌더라도 그런 것과의 단절을 위해 살아가는 것만 같았다. 인생의 행로를 거치는 동안 그녀는 평범한 대상들과 사소한 행동들에 대한 사랑과 존중을 발현했다. 어쩌면 그것들은 핵심을 숨기되 그로부터 일어나는 연속을 드러내는 것이 아니었을까? 이유가 어떻든 간에 그녀는 계속해서 콩들을 한 줄로 심곤 했다. 단순히 종자들을 흙으로 덮는 게 아니라, 심오한 비밀을 거듭해 배우고 있는 것처럼 말이다. 그녀는 거미줄에 엉켜 휘어진 줄기들을 풀어주면서 양치류 화분들 사이를 오갔다. 인생의 말년에야 비로소, 그때에도 운명처럼 자기가 살고 있는 그 오두막 안에서 때때로 다림질 테이블 옆에 반 시간쯤 가만히 앉아 있는 것 같았다. 노란색 다리미판의 홈집 난 표면은, 가사 공간에 있는 여러 가지 그릇이나 도구 등과 마찬가지로 다른 어딘가에 있었다면 그렇듯 신성한 품위를 절대 유지하지 못했으리라. 그렇게 그녀는 그것들과 함께 고이 남아 있었다. 거기에서 실눈을 뜨고서, 어쩌면 그녀가 일별하도록 허락된 진실의 빛이 희미하게 가물거리는 모습을 향해 미소 지으며, 태양에 몸을 내맡기고 있곤 했다.

하기야 고드볼드 부인은 그렇듯 지극히 소박한 사람이었다. 항상 그 자리에 있는 사람. 그녀는 늘 면으로 된 원피스를 입은 모습으로, 겨울에는 카디건이나 한결같은 플레어 외투를 걸친 모습으로만 기억되었다. 임신 중에 더욱 몸이 불어나는 경우를 제외하면 그녀의 육중한 형체는 결코 변하지 않았다.

거의 식물과도 같은 상태에 스스로 빠져들 때가 오면 고드볼드 부인은 언덕 아래로 짧은 산책을 나가곤 했다. 어린아이들이 돌아오기 전에,

남쪽에서 산들바람이 일어난 다음에, 내달리는 고양이를 뒤세우고서 무심한 듯 바닥을 살피며 걸음을 옮겼다.

그러다가 돌아서며 이름을 불러줄 수도 있었다.

"팁! 팁! 팁!" 이렇게 말을 이으며. "가엾은 티비! 아무도 널 버리지 않을 거야!"

그런 다음 모난 구석이 많은 고양이를 가슴에 그러안고서, 쉼터를 제공해주었다는 기쁨 덕분에 태양을 향해 고개를 들며 웃음을 터뜨렸다. 그 모습은 마치 트럼펫을 드높이 추켜올린 듯했다.

만약 고드볼드 부인이 주목받을 만한 여인이었더라면, 그녀의 소박함은 널리 알려지게 되었을지도 모른다.

가장 멀찍이 있는 테이블들이야말로 모두가 가장 탐내는 자리였다. 그곳에 앉으면 약간 높이 솟은 단 위에서 실내를 조망할 수 있었으며 누군가의 시선 때문에 불편할 일도 없었다. 그렇듯 귀한 자리 가운데 하나가 세 숙녀를 위해 예약되어 있었으니, 숙녀들은 담뱃재로 지저분한 카펫을 따라 들어오며 행여 구두 뒷굽 때문에 목적지 앞에서 자빠질까 봐 크로뮴도금 난간을 꼭 붙들었다. 하지만 그들의 외양은 물론이요 그 난간 덕분에 숙녀들은 모종의 정신 나간 듯한 품위를 머금고 있었다. 모든 테이블 위에 놓인 모든 식기가 이들의 등장에 박수갈채를 보내는 듯했다. 오케스트라가 있었더라면 계단 아래에서 연주를 해주었을 터이나, 점심시간에는 한결같이 피치카토[6]로 흐르는 말소리 이외에는 아무런 음악도 흐른 적이 없었다. 말소리는 무방비한 고막 속으로 굴절되는 일 없

---

6) 바이올린이나 첼로처럼 활로 켜는 현악기의 현을 손가락으로 퉁겨 연주하는 주법.

이 핑 소리를 내며 공기를 가를 수 있었다.

거리 쪽의 위험한 계단들을 지나 안전한 바닥에 도착한 이들 세 숙녀는 중요한 인물들임이 분명했다. 웨이터들이 마치 둥지로 돌아가는 제비들처럼 날래게 뛰어다니는 동안 숙녀들은 시중 없이도 기분 좋게 가만히 서 있었다. 숙녀들이 기꺼이 관심받길 바라고 있었기에 망정이지, 먼저 와 있던 손님들은 테이블에 앉은 채 자칫 심기를 불편하게 할 정도로 심하게 목을 늘여 뺐다. 세 사람의 숙녀들 모두 상당히 재미있어 보이는 모자를 쓰고 있었기 때문이다. 아무래도 셋 중에 가장 자신감이 부족해 보이는 첫번째 숙녀는 신경질적인 분홍빛의 새틴 재질로 된 거대한 봉봉[7] 모양의 모자를 선택해 쓰고 왔는데, 모자가 머리 한쪽을 지나치게 감싸는 바람에 전체적으로는 불균형하고 기형적인 구근 모양의 종양 같은 인상을 풍겼다. 하지만 그 자신감 없어 보이는 숙녀는 스스로의 대담한 감각 덕분에 두근거리는 마음으로, 칭찬을 좀 받고 싶다는 듯 일행 가운데 더 가까이 있는 여인을 흘끗 쳐다보았다. 하지만 그녀의 친구는 칭찬의 말을 건네지 않았다. 두번째 숙녀는 자신의 노련한 외피에 확신을 가지고 있는 데다, 강요라도 받지 않는 이상 주위 사람을 인정해주지도 않을 것 같았다. 그녀는 옻칠한 게딱지 형상을 모자로서 뒤집어쓰고 있었다. 물론 스스로는 조금도 이를 의식하지 않았다. 그럼에도 거기에는 게딱지가 얹힌 채, 진짜 집게발 하나로는 다이아몬드 불가사리를 내밀고서, 다른 쪽으로는 조그맣게 광채를 내는 크리스털 소라고둥을 달랑거리고 있었다. 거침이 없는 그 숙녀는 관습대로 장갑을 벗더니 두 손의 나긋나긋함을 되찾고 있었다. 그녀가 허공에서 손톱을 들여다보고 있었기에, 어

---

7) 안쪽에 과즙이나 리큐어 등을 넣은 사탕.

찌 보면 꼭 그 두 손은 대담한 게딱지에서 이어지는 그림자처럼 보이기
도 했다.

웨이터들은 거만한 세 명의 숙녀들을 무척이나 깍듯이 모셨으나, 그
중에서도 가장 연장자인 게 분명한 세번째 숙녀를 향해 유난히 이탈리
아인다운 미소를 바쳤다.

이 세번째 숙녀, 아니 이제 첫째가는 숙녀라고 해야 할 여인은 무엇
보다도 우스꽝스러운 모자를 쓰고 있었다. 그녀는 푸른색 곱슬머리 위
에다가 천진한 고깔 모양의 조그만 펠트를 모자 삼아 얹었는데, 그 칙
칙한 흙색의 모자가 너무나 단순하고 얌전해서 누가 보면 그녀를 쫓겨
난 늙은 광대라고 오해했을지도 모른다. 패션을 위해 거의 눈에 띄지 않
을 만큼 모자가 개조되어 있으며, 덕분에 그 기발한 고깔에서 연기—그
러니까, 실제 연기—가 새어 나오고 있다는 사실을 알아차리기 전까지
는 말이다. 그녀는 사교계에서 천진해질 만큼 나이를 먹어 다시금 성공
에 집착했기에, 화산 모양의 모자를 쓰고서 입가에는 기쁨의 잔주름을
잡은 채 고급 레스토랑 한가운데에 서 있었다. 그리고 사진사 두 사람이
밝히는 눈부신 조명 때문에, 또 본인의 무릎 관절염을 애써 무시하느라,
그렇게 추상적으로 미소를 지었다.

숙녀들은 이내 불편한 옷차림과 잔병치레를 감당할 수 있는 선 안에
서 최대한 편안히 자리를 잡았다. 그리고 세 사람 모두 랍스터 테르미도
르[8]를 시키라는 웨이터의 조언을 받아들였다. 봉봉 모양의 새틴 모자를
뒤집어쓴 숙녀가 참지 못하고 갑각류의 인기에 대해 이단적이리만치 조
야한 언사를 내뱉긴 했지만 말이다.

---

8) 바닷가재를 크림소스와 함께 구운 요리. 프랑스 혁명을 다룬 연극 「테르미도르」의 초연
을 기리는 의미에서 붙은 이름이다.

"그래도 되려나?" 그녀는 킬킬거렸다. "시키면 잘 알아듣는 랍스터인 가 봐요?"

촌스러운 자기 농담에 무척이나 만족스러워하며.[9]

게딱지 모자는 봉봉 모자의 앞니 사이에 선천적으로 벌어진 틈 때 문에 그녀가 상스럽고 탐욕스러워 보인다고 느꼈다.

반면에 화산 모자는 더 이상 원하는 것 이상으로, 혹은 필요한 것 이상으로 무언가에 신경 쓰지 않아도 되는 사람이었다.

그녀가 앞으로 몸을 기울이더니 적잖이 진부한 매력을 담아 뜬금없 이 말했다. "얼마나 당신네 두 사람을 함께 불러 모으고 싶었는지 몰라 요. 난 당신들이 위원회에 좋은 자극이 되리라고 생각하거든요."

게딱지 모자는 의심스러운 기색이었으나 공손하게 반응했다. 애초에 화산 모자도 몇 마디를 주섬주섬 덧붙이는 것으로 보건대 자기가 한 말 을 완전히 믿는 것 같지는 않았다. "내 말은, 우정, 그러니까 개인적인 교 감을 통해 자선사업 목표를 더욱 잘 달성할 수 있다는 뜻이에요. 할리퀸 무도회가 대성공을 거두기를 진심으로 바라고 있기도 하고요."

"지니는 다정한 사람이에요. 그렇지만 이상주의자란 말이지. 저건 완전히 이상주의 아닌가요, 울프슨 부인?" 게딱지 모자가 봉봉 모자에 게 몸을 돌리며 물었다. 그러길 원해서가 아니라, 그것이 화법의 일부이 기 때문이었다.

그녀는 상대가 대답을 하게 두지 않고 망아지처럼 히힝 하고 부자연 스럽게 웃음을 터뜨렸으며, 그러자 누구보다도 까탈스러운 여자들 특유 의 홍조가 그녀의 몸을 물들였다. 그 같은 일련의 과정은 더욱이 그녀의

---

9) 봉봉 모자는 'order'에 '요리를 주문하다'와 '대상에게 명령하다'의 뜻이 함께 있다는 점 을 이용해 언어유희를 시도하고 있다.

목이 무척이나 근육질이라는 점까지 드러내고 말았다.

화산 모자가 자신의 늙고 부드러운 하얀 손을 게딱지 모자의 억센 갈색빛 손 위에다 얹었다.

"커훈 부인과 나는 오랫동안 친구로 지내서, 우리가 서로를 오해할 수나 있을지 의문이랍니다." 화산 모자는 봉봉 모자의 울프슨 부인에게 이렇게 말을 붙였다.

가까이 끌어들이려 애쓰는 듯해도, 이는 오히려 상대를 막아 세울 뿐이었지만 말이다.

"또 이상주의네!" 커훈 부인은 절대로 자기 몸에서 떠들썩한 웃음을 지우지 않으려는 듯 히힝 소리를 냈다. 그녀는 여러 해 동안 남편 없이 홀몸으로 지내왔었다.

"저도 이상주의자예요." 울프슨 부인이 조심스럽게 말했다. "차머스 로빈슨 부인처럼요. 그래서 이렇게 뇌성마비 아동들을 돕는 게 무척 중요한 일이라고 생각하는 거고요. 제 남편인 울프슨 씨도 이상주의자인데, 무도회를 통한 수입에다 덧붙여 저희한테 상당히 두둑한 수표를 써주기로 약속했어요."

"훌륭해요!" 차머스로빈슨 부인은 관용에 관용으로 보답하며 외쳤다.

"어머나, 선행을 베푸는 일이야말로 가장 중요한걸요." 울프슨 부인이 자기 몫의 바닷가재 살을 천천히 발라내며 단언했다.

과연 칭찬해 마지않을 일이었으나, 울프슨 부인이 한층 조심스럽게 단어 하나하나를 혀에서 굴릴수록, 커훈 부인은 상대한테서 도리어 드루어리 특유의 악센트가 느껴진다고 확신했다. 그녀 역시 도로시 드루어리에게 강습을 받았다가 거의 잊어버리지 않았던가. 암만해도 커훈 부인의 심기는 이웃인 울프슨 부인을 용납해줄 준비가 되어 있지 않았다.

"교회에 나가요." 울프슨 부인이 말을 이었다. "제 남편 울프슨 씨, 그러니까, 루이스는 말이에요." 그녀는 커훈 부인을 흘끗 보며 자기 말을 바로잡았다. "교회를 도와야 한다고 굳게 믿고 있거든요. 그이는 성 마르코 성공회 교당에 다녀요. 우리가 정기적으로 나가면서 형광 조명도 봉헌한 곳이지요. 아주 바쁜 사람이긴 하지만, 그래도 바비큐 파티를 개최하려는 참이에요."

차머스로빈슨 부인은 여전히 매력적인 눈을 어딘가 멀리 있고 막연한 대상에 고정했다.

"멋들어진 교회여!" 그녀가 고풍스러운 어조로 읊조렸다.

그녀는 스타사파이어와 연푸른빛을 좋아했다. 그녀에게 남은 아름다움의 지스러기는 평온을 요구하는 모양이었다.

"그럼 부인은 그 참사회 소속 '철갑 신부님'도 아시겠군요." 커훈 부인은 울프슨 부인이 맞장구칠 수 없도록 부추겼다.

커훈 부인이 심문관처럼 싸늘한 시선을 보내는 가운데, 울프슨 부인은 뮤테이션밍크[10] 모피의 보호를 받을 수 있어 다행이라 생각하며 더욱 그 안으로 파고들었다.

"그건 제가 다니기 전이라서요." 그녀가 마지못해 털어놓았다.

커훈 부인에게는 간단한 일이었다.

"그렇지만 분명히……" 커훈 부인이 계산해보았다. "그 신부님은, 그러니까 제 기억으로는, 반년 전까지는 본국으로 돌아가지 않으셨어요. 확실히 일곱 달 전까지는 계셨단 말이지요."

접시에 가득한 금지된 소스를 울프슨 부인이 가만히 응시했다. 먹을

---

10) 야생 밍크 품종과 대비해, 돌연변이를 개량한 사육 품종의 밍크를 이르는 말. 상대적으로 털색이 다양하다.

거리 문제는 그녀를 침울하게 하곤 했었다.

"네, 그래요." 봉봉 모자가 까딱거렸다. "저희 부부가 그 전에는 교회에 안 나갔었거든요."

작고 형편없는 데다 인간미까지 없는 식탁에서, 그녀의 두 친구는 고통스러우면서도 선명한 성격의 무언가가 일어나기를 기다리고 있었다.

"저는 성 마르코 성공회 교당에서 결혼했어요." 울프슨 부인이 과감히 이렇게 말하면서, 커훈 부인이 그토록 불쾌해하는 앞니 사이의 틈을 드러냈다.

"그럼 철갑 신부님 앞에서 식을 올린 거 아니에요?" 커훈 부인이 다그치듯 물었다.

"쉴라는 최근에야 루이스 울프슨과 결혼했답니다." 차머스로빈슨 부인이 설명했다. "두번째 남편이거든요."

"맞아요." 울프슨 부인이 자기 앞에 남은 식기로 화음을 맞추려는 듯 한숨을 내쉬었다. "하임⋯⋯, 그러니까 해리가 세상을 떠난 다음에요."

그러나 커훈 부인 쪽이 울프슨 부인보다 오히려 더욱 불행했을지도 모른다.

그 순간이 레스토랑 안에 있는 모든 손님을 쉿 하고 입 다물게 한 것 같았다. 가늘게 뜬 눈 사이로 주위를 보는 시선들은 그들이 쓴 가면이 한낱 메마른 변장이 되고 있음을 폭로하기 시작했다. 다시금 망가질 게 분명한 입매를 손질하기에는 아직 일렀다. 그래서 여인들은 가만히 앉아 있었다. 은연중에 드러났듯 나름대로 굳은 심지를 갖추었지만 천성은 연약한 차머스로빈슨 부인조차 떨림을 멈추었다. 남자들을 생각해냈던 모양인지, 문득 그녀는 기억을 신뢰할 수가 없었다. 자리에 있던 모든 여자한테 똑같은 생각이 찾아들었을지도 모른다. 그 남자들은 앞서 세상을 떠났다는 것, 견딜 수 없지만 없어서는 안 될 거장들이 그들의 기예 때문에 죽었다는 것, 그럼에도 그들이 연주하다가 남기고 간 악기들은 여전히 습관처럼 윙 하고 울리며 속삭인다는 것. 한순간 그 악기들은 잠잠했다. 그럼에도 다시금 울리기 시작해야 하리라. 침묵이란 음악의 죽음이기에.

그러므로 차머스로빈슨 부인은 귀를 기울였으며, 그녀 자신이 외떨어진 채로 떨리는 소리를 들었다. 그녀는 완고하면서도 우울하고 몽롱한 표정을 얼굴에다 덧씌웠었다. 그녀가 지닌 모든 가면 중에서도 가장 칭송을 받았으며 그녀 스스로 찬연하다고 분류했을 법한 표정이었다.

그녀가 이렇게 말했다. "나도 성마르코 교회에서 견진성사를 받았답니다. 주교님의 손등에 올라와 있던 핏줄들도 기억할 수 있을 정도예요. 걸음을 잘못 디뎌서 그만 무릎을 찧기도 했지요. 당시에 나는 너무 초조하고 열렬했어요. 아마도 어떤 기적을 기대했던 게 아닌가 싶어요."

"기적이란 게 일어나기도 한다던데요!" 커훈 부인이 웃으면서 점점 텅 비어가는 식당을 어깨 너머로 돌아보았다.

"우리 딸은 지금보다 어릴 적에 기적에 관심이 많았어요." 울프슨 부인이 말했다.

함께 있는 이들은 최악의 발언이 이어지길 기다렸다.

"신경쇠약에 시달렸거든요." 그 어머니가 설명했다. "아아,[11] 그렇죠. 여자들한테는 시작과 끝이 힘든 법이라니까! 그래도 로지는 이제 꽃집에서 일하고 있어요. 물론 꼭 일을 해야 해서 그러는 건 아니고요. (아이아버지의 사업도 있는데, 그 일은 아들 녀석이 썩 훌륭하게 관리하고 있어요.

---

11) 'Ach.' 재혼 후 울프슨 부인이 된 셜 로즈트리는 당황할 때마다 여전히 독일어와 이디시어를 섞어 쓰고 있다.

그리고 루이스는……, 심성이 너그러운 사람이라.) 그렇지만 꽃집 일은 정말로 깔끔해요. 울프슨 씨, 아니, 루이스도 그런 일에 모종의 치유 효과가 있을지 모른다고 생각했고요."

세 숙녀 모두 마시멜로 소스와 과일 샐러드를 곁들여 아이스크림을 주문했다. 그들은 그 점에서 의견이 일치했음에 만족했다.

"그러면 성마르코 교회를 아시는 거군요." 울프슨 부인이 이야기를 되살리며 미소 지었다.

화제로 돌아가자니 마음이 놓였다. 그녀는 편안함을 느끼고 싶었다.

"몇 년째 가본 적이 없네요. 물론, 결혼식이 있을 때를 빼면요. 사실, 나는 사이언스에 관심을 갖게 되었거든요." 차머스로빈슨 부인이 말했다.

"사이언스라고요!"

울프슨 부인은 이제 믿을 수가 없었다.

"지니는, **크리스천**사이언스를 이야기하는 거예요." 커훈 부인이 부연했다.

입에서 뚝 던져진 그 말에 모두가 귀를 기울였다. 그때쯤 울프슨 부인은 이렇게 소리칠 수도 있었을 것이다. 그래요, 그래. 그건 꼭 그림자처럼 바싹 따라다니지만, 그러다 보면 결국 거기에 익숙해지고, 그림자가 딱히 해를 끼치는 건 아니지요.

그 대신 그녀는 말했다. "설마요!"

그리고 나중에 한번 조사해보기 위해 마음속에다 크리스천사이언스를 새겨두었다.

"부인도 한번 접해보지 그래요." 커훈 부인이 이렇게 제안하며 웃었으나, 그 웃음은 그저 하품이 되었고 그녀는 고개를 돌려야 했다.

"사이언스가 지금까지 정말로 유럽 사람들한테 호응을 얻었던 것 같지는 않아요." 차머스로빈슨 부인은 진지하게 말했다.

"저는 유럽인들을 **흠모**한답니다." 커훈 부인이 텅 비다시피 한 식당을 쳐다보며 말했다.

정말로 그랬다. 정말로 피부가 검은 사람들만 빼고서, 그녀는 유럽의 영사들을 떠올렸다.

울프슨 부인은 어리둥절해졌다. 애초에 그녀는 그러지 말아야 한다고 배웠었는데, 이제 자신이 잊었던 것을 다시 배워야만 했다. 하지만 기억해낼 터였다. 인생은 그녀에게도 변장의 연속이었으며, 필요하다면 그녀는 쉴라 울프슨이든 셜 로즈트리든 슐라미트 로젠바움이든, 재빨리 가면을 벗고 쓸 수 있었다.

까무잡잡하고 머리가 텁수룩한 소녀는, 파마머리를 하고 뮤테이션밍크 모피를 입고 가슴골 위에는 분을 바르고서, 그렇게 자기 자리를 잡았다. 그녀는 자신감을 되찾았다.

"기적에 대해 말하자면……" 차머스로빈슨 부인이 말했다. "커훈 부인이 사스퍼릴러에서 수년간을 살았었죠."

이 밀고자는 테이블 위로 이제부터 기밀이 교환될 지점까지 얼굴을 내밀었다.

"사스퍼릴러!" 커훈 부인이 다소 혐오스럽다는 기색으로 외쳤다. "사스퍼릴러는 사람이 계속 살아갈 만한 곳이 아니에요. 이제는 아무도 사스퍼릴러에 살지 않고요."

"그렇지만 기적이라니요?" 울프슨 부인은 불길한 예감에도 불구하고 대담하게 물었다.

"기적 같은 건 없었어요." 커훈 부인이 얼굴을 찡그렸다.

그녀는 몹시 짜증이 났다. 입과 턱이 거의 없어진 것처럼 보였다.

"내가 이해하기로는⋯⋯" 차머스로빈슨 부인이 불신 섞인 미소를 띠며 중얼거렸다. "뭐랄까, 초자연적인 사건이었는데."

그녀는 너무 나이 들고 또 너무 매력적인 인간이라서, 자신의 경솔한 언동이 정말로 경솔하다는 걸 인정하지 못했다.

"전혀 기적일 리가 없지." 커훈 부인이 다시금 부정했다.

녹아버린 아이스크림은 아까까지 그녀의 입이 보였던 자리 한구석에서 흘러내릴락 말락 했다.

"분명히⋯⋯" 그녀도 일부는 인정했다. "버래너글리에서 불미스러운 사건이 있었다고는 전해 들었어요. 술 취한 불량배들이랑, 히스테리에 빠진 무식한 여자들이 얽혀 든 일이었다지요. 버래너글리에서, 그다음에는 사스퍼릴러에서도. 그렇지만 기적은 일어나지 않았어요. 단언컨대 기적은 절대 아니었다고요!"

커훈 부인은 거의 소리치다시피 했다.

"너무 불미스러워서 논할 수가 없지 뭐예요."

"그렇지만 사람들이 십자가에 매달았다는 그 유대인은요." 차머스로빈슨 부인이 일부러 매력을 싹 제거한 목소리로 다그쳤다. 그녀는 밤마다 반지들을 빼어놓고 있었는지도 모른다.

"으아악!"[12] 울프슨 부인이 소리쳤다.

그녀는 얼굴을 찡그리고 있었다. 온통 베이지색으로 분칠했음에도 숫제 주름살이 드러날 정도였다. 다시금 그녀는 연주자의 손에 놀림을 당했다. 피 흘리는 그 장선들의 현이 이루는 불협화음에 진동했으니, 그녀는 그것을 듣고자, 정말로 듣고자 소망하는 동시에, 듣지 않기를 또한

---

12) "Oÿ-yoÿ-yoÿ!"

소망했다.

"그 사건에 대해서 알아요?" 차머스로빈슨 부인이 물었다.

그러나 울프슨 부인은 몸을 뒤틀며 떨었다. 그녀 안의 첼로가 바깥까지 들리도록 신음했다.

"오, 아니에요!" 그녀가 앓는 소리로 말했다. "그러니까……" 그리고 말을 이었다. "뭔가 듣기는 했어요. 아, 그래요! 무슨 일이 있었다고!"

알고 있다마다! 마치 원래부터 모든 것을 알고 있는 것 같았다. 그녀의 각기 다른 인생 하나하나가 엇비슷한 경험의 부담을 짊어졌다.

"그만하자 했잖아요!" 커훈 부인이 소리쳤다.

차머스로빈슨 부인의 연푸른색 옷 무릎 위에다 때마침 커피를 쏟은 사람이 세 사람 가운데 누구인지는 밝혀지지 않았지만 말이다. 잠시 동안 그들 모두가 커피를 닦아내며 주절거리고 있었다.

"아이고, 우리 지니! 이게 무슨 끔찍한 일이람!"

"아아, 이런 소란이!¹³⁾ 이렇게 좋은 옷을! 아주 버려놓았네! 저런, 차머스로빈슨 부인, 이건 너무 심하네요!"

울프슨 부인은 뭔가 오래가는 좋은 선물, 준보석 따위로 된 자질구레한 장신구라도 보내서 혹시라도 있을지 모르는 자기 책임을 면해야 하겠다고 생각했다. 그 같은 시늉들도 도움이 된다는 사실을 그녀는 배워서 알게 되었다.

하지만 젊은 이탈리아인 웨이터가 무릎을 꿇고 앉아 매력적인 손으로 차머스로빈슨 부인의 무릎을 닦아주고 있었다. 남자의 손이 움직이는 모습을 지켜보는 동안 부인은 손해를 거의 보상받은 셈이라는 사실을

---

13) 'Waj geschrien!'

깨달았다. 다만 그녀는 젊은 웨이터의 파괴할 수 없을 만큼 완벽한 형태의 손과, 자기한테서 나날이 거의 매시간 찔끔찔끔 새어 나가는 생명을 조화시킬 수가 없었다.

"고맙군요." 남자가 앞에 서자 차머스로빈슨 부인은 마침내 이렇게 말했고, 한때는 완벽하게 발산했으나 이제는 점차 명멸하는 광채를 보이며 그의 얼굴을 올려다보았다.

"기적은 이제 그만!" 그녀가 웃음을 터뜨렸다.

"그것 보라니까요!" 커훈 부인이 맞받았다.

울프슨 부인은 아직도 불쾌한 물결 속에서 허우적거리고 있었으나 그것은 빠르게 물러나고 있었다. 세 사람 모두 공허하게나마, 결백해진 기분을 느끼기 시작했다.

그녀들은 더 이상 아무런 노력도 기울이지 않았다. 캄캄해진 레스토랑—웨이터들이 점심시간과 만찬 시간 사이에 전등을 끄고서, 사용한 냅킨들을 둘둘 말고 있었기 때문이다—안에 있는 그들의 테이블에 다리를 벌리고서 앉아 있을 뿐이었다.

"예전에 하녀를 하나 두고 있었는데, 제 기억으로는 그 아이가 어떤 남자랑 결혼한 다음에 사스퍼릴러로 가서 살았던 것 같아요." 차머스로빈슨 부인이 회상했다.

조그만 모자의 지렛대에 감추어져 있던, 연기를 내는 기발한 장치가 마지막으로 털끝처럼 필사적인 연기를 만들어냈다.

"정말로 하녀는 아니었겠지!" 커훈 부인이 또다시 중얼거리며 질색하기 시작했다.

"오찬 때 채소 요리를 내는 동안 손님 목덜미에다 대고 숨을 내뿜긴 했어도, 훌륭한 아이였답니다. 이름은 잊었지만 그런 아이는 어떻게 되었을지 가끔 궁금할 때가 있어요. 그 아이는, 음, 어떻게 말하면 좋으려나?" 차머스로빈슨 부인은 자문해보았다. 어쩌면 그들이 앉아 있는 어두운 맨바닥 사이로 손을 뻗치는 것 같기도 했다. "그래." 그녀가 마침내 확신에 차서 말을 이었다.

"자기는 웃을 거예요, 에즈메이, 그래. 그 아이는 말하자면 성자였답니다."

"성자라고요? 가엾은 우리 지니! 식기실의 성자라니! 부인한테는 더할 수 없이 **끔찍**했겠는걸!"

커훈 부인의 웃음은 발작적일 정도는 아니어도 걷잡을 수 없는 수준이어서, 머리 위에 얹힌 게딱지로부터 축 늘어진 집게발이 그 바람에 허허롭게 장단을 맞추었다.

"제 딸아이가 이런 대화를 얼마나 흥미로워했을지 몰라요. 신경쇠약 전이었다면요." 울프슨 부인이 말했다. "로빈슨 부인, 부인네 하녀가 어떤 식으로 자기가 성자라는 점을 보여주던가요?"

차머스로빈슨 부인은 어둠 속을 더듬고 있었다. 얼굴에서 가벼운 경련이 일었으나 그녀는 마침내 결론에 이르기로 마음먹었다.

"설명하기 어려워요. 정확히는." 그녀가 입을 열었다. "**존재** 자체로써가 아니었나 싶네요. 그 아이는 무척 우둔하고 남을 의심할 줄 몰랐지요. 그렇지만 어쩌면 누군가를 잘 믿는다는 점이야말로 그 아이의 강점이었을 거예요." 이 몽상가는 취한 듯 말을 이었다. "그 아이는 우리가 매달려 있던 바위였어요."

그러더니 전혀 부끄러운 기색 없이, 아마도 궁극적인 이해의 경지에는 더 이상 접근하지 못하리라는 사실을 느끼며 덧붙였다. "사랑의 바위였던 거죠."

"우리 모두가 거기 부딪혀 자빠지고 말았던 바위 말이군요!" 커훈 부인이 립스틱을 물며 소리쳤다.

"아, 정말로 그 아이를 보고 싶군요." 차머스로빈슨 부인은 그네가 앉아 있던 침침한 연옥 밑바닥에서 구원의 은총을 발견할 수 있을지 모른다는 희망에 목을 길게 빼며 중얼거렸다. "그 선량한 아이를 찾을 수 있다면 좋으련만. 장담하건대 우리가 기대할 수 있는 게 무엇인지는, 아무도 몰랐고 지금도 모를 일이지!"

그 늙은이가 지쳐버렸음을 울프슨 부인은 알아보았다. 그녀 나이로는 분별없는 짓이었다.

차머스로빈슨 부인의 분화구는 이제 정말로 활동을 멈추었다. 그래도 그녀는 잠시 친구들과 함께 앉아 있었으며, 그러는 동안 세 사람 각자가 다음에 어디로 가야 할지를 기억해내려 애썼다.

재너두의 집터가 민둥민둥하게 흔적만 남은 붉은 언덕이 되도록 깎여나간 끝에, 사람들은 석면시멘트로 된 집을 세우기 시작했다. 이삼일쯤이나 지났을 뿐인 것 같은데도 벌집 같은 집들이 맨땅에 달라붙었다. 회전식 빨랫줄들과 함께 아이슬란드양귀비가, 이어서 글라디올러스가 자라났다. 옥외 변소들은 전혀 사적인 공간이 아닌지라 다른 사람들 똥에 몰려들어 윙윙거리는 똥파리 소리가 들릴 정도였다. 새로 올린 집들의 얄팍한 담들이 밤이면 서로 부대꼈고, 잠든 사람들은 만약 서로서로의 꿈이 죄다 비슷하지만 않았더라면 다른 이들의 꿈속까지 들어갈 힘을 얻었을지도 모른다. 쥐 떼 같은 근심이 베이클라이트나 플라스틱, 혹은 완강한 처녀성을 벌써부터 갉아 먹는 소리가 들려올 때도 있었다. 그러므로 사람들이 바깥으로 뛰쳐나가 자기네 자동차에 올라타는 것도 별

다를 건 없는 일이었다. 때때로 엇갈리고도 그 사실을 알아차리지 못했지만, 일요일 내내 그들은 누군가를 방문하거나 다른 이의 방문을 받았다. 그러고도 끝내 무엇 하나 발견하지 못하고 나면 여기저기로 차를 몰았다. 그들은 차를 몰며 들여다볼 만한 것이 있는지 찾아다녔다. 이동하는 것이야말로 진실의 표출, 오직 진정한 영속성—집에 있는 각설탕들보다는 분명히 납득할 만한—이 될 때까지 말이다. 시간이 흐르거나 날씨가 변하는데도 집에 있는 각설탕이 녹아내리지 않았다 한들, 그것들은 다만 증오라든가 심지어 사랑과 같은 좀더 끔찍한 촉매작용을 겪기 위해 남겨질 뿐이었으리라. 그래서 집주인들은 차를 몰았다. 차를 몰고서 돌아다녔다.

문득 내키는 대로 모자를 쓰고 내려가던 고드볼드 부인은 재너두가 무너지고서 몇 년이나 지났는지를 셈할 수가 없었다. 6월의 화요일이었고 하늘은 추위로 물기를 머금었으나 화창했다. 삶은 고드볼드 부인에게 일찍이 타격을 가하더니 이어 다른 희생자들을 물색하느라 그녀를 잊었기에, 적어도 겉보기에 부인은 달라지지 않았다. 주변으로는 온통 스멀스멀 변화가 밀려오고 있었으나 정작 그녀가 사는 언덕 쪽에는 여전히 블랙베리 덤불이 가득하고 삐죽삐죽한 병들과 녹슨 용수철들이 잔뜩 흩어져 있었다. 그것은 사실상 통탄하리만치 애석한 일이었지만, 좀더 모호하되 아마도 신성한 계획이 투기꾼의 저의와도 일치하는 듯했기에 사람들은 더 이상 그 문제로 징징거리지 않았다. 그래서 고드볼드 부인은 쭉 그곳에 살았고, 법랑을 입힌 듯한 블랙베리 덤불 사이로 습관과 필요에 따라 몇 갈래의 길을 냈다.

이제 그녀는 몬테벨로 대로로 향하는 적당한 길을 택했으며, 늘 그렇듯 똑같은 고양이가, 어쩌면 또 다른 고양이가 그 길을 잠시 따라왔다.

"쉿!" 그녀가 소리쳤다. "바보 같은 녀석! 너무 멀다고. 이번에는!" 그리고 웃음을 터뜨렸다. "이 정도만 따라오는 게 너한테는 딱 맞는 여행이겠다!"

그래서 그녀의 고양이는 몸을 돌리기로 납득하고 가시나무들 사이를 벨벳처럼 매끄럽게 이리저리 누비며 돌아갔다.

한기가 밀려들었으나 고드볼드 부인의 시야는 여전히 또렷했다. 그녀가 잔가지 하나를 부러뜨리더니 길동무 삼아 입에 넣고 빨았다.

"너 누구니?" 그녀가 길을 따라 있는 문들 가운데 하나 앞에서 물었다. "응?" 그리고 다시 물었다. "이게 누구야?"

물론 그 말은 농담이었다. 앞에 있는 아이는 부인의 손자였다. 아이는 제 할머니의 목소리보다도 나른한 비누 냄새에 훨씬 익숙했고, 친근한 느낌을 상기하느라 이제쯤 얌전한, 혹은 경건한 상태가 되었다.

그녀가 작은 소년의 볼을 한번 매만졌다. 아이는 순종했으나 눈을 들어 쳐다보지는 않았다.

"이건 또 누구래?" 얼굴에 부스러기를 잔뜩 묻힌 채 무언가를 아작아작 씹어 먹으며 길을 내려오는 또 다른 남자아이한테 물었다.

"밥 태너예요." 좀더 큰 아이가 곧바로 대꾸했다.

그녀는 아이가 너무 귀여워 깨물어주고 싶었다.

"할머니는 루스 조이너고요." 아이가 소리쳤다.

"아하." 그녀는 웃음을 터뜨렸다. "엄마한테 절대 매를 안 맞는다는 그 건방진 꼬마가 바로 너구나!"

작은 소년은 발로 땅바닥을 굴렀다. 아이의 남동생이 그녀의 농담에 적극 동조하며 제 형을 밀쳤다.

"좋아." 할머니가 가볍게 입술을 떨며 말했다. 그녀 나름대로 아이들 모두를 인정해주는 방식이었다. "그럼, 너네 엄마한테도 안부 전해주렴."

"에이, 할머니!" 큰아이가 소리쳤다. "들어오세요! 집에 옥수수 케이크도 있는데!"

"오늘은 안 돼." 할머니는 대답했다. "여행길에 오른 참이거든."

그리고 다시 웃음을 지으려다가 콜록거렸다.

"그럼 저도 데려가주세요." 소년이 매달렸다.

"너무 멀어." 그녀가 대답했다.

"에이, 아니에요!" 아이는 외쳤다. "저도 잘 걸을 수 있어요!"

하지만 그녀는 사랑스럽게 어르는 소리를 내며 이미 천천히 길을 떠나는 중이었고, 소년은 너무 섭섭한 나머지 바로 납득하지 못하는 모양이었다.

고드볼드 부인은 개발에서 밀려난, 보다 정확히 말해 방치된 길을 따라 계속 걸었다.

딸들 가운데 두 명은 이미 결혼했고, 두 명은 약혼한 상태였으며, 가장 나이 어린 나머지 둘은 이제 편하게 구두를 신고 다녔다. 고드볼드 부인의 여섯 딸은, 언니들이 낳은 장난감처럼 작고 이상한 아기들과 함께, 오두막 바깥쪽의 발로 다져진 땅에서 아직도 이따금 함께 모이곤 했다. 소녀들은 초록의 빛 속에서 화관들을 엮어 만들었다. 나팔꽃, 세이지, 사스퍼릴러, 쭈글쭈글한 야생 프리지어 등, 흔한 꽃들이라면 무엇이든 상관없었다. 그들은 각자 꽃을 달고서 자기들끼리 까불며 노래했다.

"배짱도 좋게시리
건방 떨지 마시지.
누구든 그런 녀석

때려줄 거야 철썩.

내게 중요한 녀석은

우쭐대지 않는 녀석,

내 눈에 뜨일 때면

서성이고 있을 테지.

녀석이야말로 바로

내가 키스할 사람,

키스하고, 키스하고, 또 키스할 사람!"

비록 퍼피 고드볼드는 이렇게 소리쳤지만 말이다. "난 어떤 녀석하고
도 키스 안 해! 절대, 절대, 절대로!"

그리고서 맹세를 싹 바꾸며 재빨리 달려들어 소리칠지도 몰랐다.
"우리 꼬마 밥 태너한테 키스하는 게 아니라면!"

그러면 그 어린 소년은 자기 위에서 빨갛게 달아오르는 이 주책없고
칠칠치 못한 막내 이모의 맹공격으로부터 제 몸을 지키며 소리를 질렀다.

고드볼드 부인은 그렇게 자식들을 두고 살았다. 그녀에게는 딸들이
있었다. 하지만 대체 언제까지? 두 딸은 벌써 결혼해 집을 나간 후였다.
그 솔직한 딸아이들이 시든 꽃으로 만든 목걸이를 그녀의 무릎에다 남
겨두고 저녁 공기 속으로 모두 사라진 다음이면, 고드볼드 부인은 때때
로 오두막 앞에 우두커니 앉아 있곤 했다. 그러고 나면 어쩐지 자기가
마지막 화살을 쏘아버렸으며 이제 완전히 소진되어 텅 비어버린 것처럼
느껴졌다. 그녀는 어둠의 감촉을 느끼곤 했다. 그렇게 앉은 채로, 손마디
를 문지르며 류머티즘을 몰아내보려 했다. 종종 그녀의 친구였던 유대인
이 바로 뒤에 있는 오두막에서 세상을 떠났던 밤을 떠올리기도 했다. 임

종의 순간에 잠들어 있던 어린 딸들조차도 그 밤을 기억했다. 잠들었다 해서 그 사건에 참여할 수 없는 것은 아니었던 것이리라. 그래서 그 아이들의 눈은 다른 소녀들의 눈보다 더 멀리 보았다. 그 밤을 통해 담금질된 아이들의 기질은 더욱 단단해졌다. 황량한 오두막 앞에 홀로 앉은 여인은 마침내 자기가 어떻게 화살 여섯 발을 어둠의 표면에다 쏘았으며 어떻게 그 일을 멈추었는지 자각했다. 그리고 그 화살이 어디에 박히든, 거기에서 다른 화살들이 증식한다는 것을 이해했다. 그 화살들의 곧고 하얀 화살대로부터 또 다른 화살들이 계속해 갈라져 나왔다.

그러므로 그녀의 화살들은 계속해서 어두운 형체들을 겨냥할 터였고, 그녀 자신은 기실 무한한 화살집과도 같았다.

"증식이라!" 고드볼드 부인은 소리 높여 분명히 외쳤다가, 아무래도 그곳, 재너두로 가는 길 위에서는 허튼소리처럼 들릴 게 분명했기에 얼굴을 붉혔다.

그럼에도 그녀는 다시 한 번 두 손자를 돌아보았고, 아이들은 부서지도록 문을 흔들고 있었다.

고드볼드 부인은 덥수룩한 잔가지들을 지나며 이리저리 거닐었다. 문득 헤어 양이 몸져누워 있던 겨울날이 떠올랐다. 어쩌다 그 가엾은 존재를 간호하느라 그리로 내려갔으며 고요한 집에서 함께 전차에 대해 이야기했던가. 글쎄, 누구나 세계를 다른 방식으로 보는 법이었다. 거기에 사람들이 미쳤다고들 하는 헤어 양이 있었다. 그 같은 이유로. 헤어 양은 불의 전차를 보았었다. 의견이 어떻든 간에 자기보다 신분이 높은 사람의 주장을 절대, 그것도 그 사람이 병든 상태라면 더욱이 반박하지 않았을 고드볼드 부인 역시, 다른 사실을 알고 있었다. 부인은 자기만의 환상으로 전차를 보았다. 아직도 그 모습을 생각하자면 사랑과 자비의 날개가 그녀의 내면 한가운데를 건드렸다. 그래서 그녀는 걸음을 옮기며 잠시 눈을 감았고, 녹아내리는 중심이 넘쳐흐를까 두려운 마음에 두 팔로 단단히 몸을 감쌌다.

다시 눈을 떴을 때는 이미 재너두 위에 새로 선 정착지가 보였다. 헤어 양의 친척인 클루라는 사람이 매각한 땅에다 사람들이 세운 새 정착지였다. 고드볼드 부인은 거기 있는 집들이 지닌 생명의 신호에 감탄하지 않을 수 없었다. 학교에서 집으로 돌아오는 아이들이며, 일렬로 늘어선 풋풋한 꽃양배추들, 철 늦은 장미를 따 모으기 위해 실내복 차림으로 밖에 나와 있는 요양 중인 어느 여자까지.

"아무리 그래도 너무 춥잖아요! 너무 추워요!" 고드볼드 부인이 분명히 설명하느라 자기 옷깃을 단단히 당기며 소리쳤다.

"네?" 질긴 장미의 줄기를 뜯으며 서 있던 여자는 웅얼거렸다.

"당신 감기 들겠다고요!" 고드볼드 부인이 힘주어 말했다.

그녀는 사람들이 받아들일 수 있는 것 이상으로 많은 사랑을 주었는지도 모른다.

실내복을 입은 여자는 아무래도 듣고 싶지 않다는 기색으로 서 있다가, 장미를 비틀어 꺾는 데 성공하더니 이내 안으로 들어가버렸다.

지나가던 아이들은 낯선 여자를 쳐다보다가 아마 제정신이 아닌 모양이라고 판단했다.

"너희들 드디어 집에 와서 신나겠구나." 그녀가 말했다.

"아닌데요." 남자아이들이 대꾸했다.

여자아이들 몇몇은 킥킥 웃었다.

하지만 고드볼드 부인은 가만히 서서 재너두를 관찰하는 데 만족했다. 나중에는 그녀 덕분에 불안을 치유한 사람들은 물론이요 남부러울 비밀이 있는 모양이라며 그녀를 의심하던 사람들도 모두, 그녀를 알아보고 다시 찾아보기까지 했다. 전형적인 검은 모자를 쓴 그 한결같은 여인을 그들은 가만히 기다렸으리라.

특히 무너져가는 낡은 집에서 그녀가 병든 친구와 함께 앉아 있던 자리 위에, 새로운 집들이 활기를 주체하지 못해 진동하며 소리치는 바로 그곳에 기억의 전당이 또한 솟아올랐다. 아마도 무엇보다 가슴 떨릴 미완의 아치형 통로가 저 멀리 안개로 이어지는 가운데, 그 세부분들이 나선형으로 감기며 소용돌이치는 온통 다채로운 구조로 말이다. 고드볼드 부인은 건축했다. 혹은 재건했다. 살아오는 동안 거의 매일같이 수년에 걸쳐 체계적으로 돌들을 쌓아 올렸다. 그러나 때때로 나무 기둥들이 가로막을 때가 있었다. 노버트 헤어가 간과했던 떡갈나무와 느릅나무의 검은 몸통이, 유령 같은 나뭇진이, 마침내 신도석이나 성단에서 만나고자 몸부림치며 교외의 부지 밖으로 다시 솟아나 현재를 흐릿하게 덮었다. 빛이, 그리고 음악이 제 역할을 했다. 겨울이면 소택지에서 비치는 희뿌연 빛줄기가 열려 있는 문을 통해 들어와 포장된 바닥으로 스며들었다. 순백의 빛에서 갈라진 가지는 부활절 식탁 위에서 꽃을 피웠으며, 불타는 보석 같은 저녁은 돌과 잔가지가 이룬 장식 무늬 사이로 쏟아졌다. 그렇듯 풍요로운 정신으로 그녀는 세속적인 손길에 저항하지 못하고, 재너두의 홀에서 빛을 반사하는 초록빛의 매끄러운 항아리, 처음에는 불편하게 느꼈던 그 경건하고 호화로운 물건 앞에 당도해야 했다. 그곳에는 또한 그녀에게 음악에 대하여 이야기했던 기이한 신사가 한 사람 있었으니, 명확히 기억할 수는 없었으나 그녀는 최대한 그 모습 그대로의 남자를 떠올렸다. 그녀는 그 음악 자체도 자주 기억해냈고, 부응하는 듯한 나선 속에서 소리의 발판이 늘 더욱 높이 상승하며 빛을 발할 수 있도록 했다. 그러나 회색빛 파이프가 내뿜는 커다란 소리들 때문에 그녀는 때로 몸서리쳤다. 그리고 바퀴 옆에 으스러져 아직도 눈구멍 안에 피를 맺고 있는 남동생의 머리에서 빙빙 맴돌며 속삭이는, 그 견딜 수 없는 선율이 있었다.

고드볼드 부인은 고딕풍으로 과잉된 자신의 환상 때문에 이따금 싸늘함을 느꼈다. 그들의 무덤 위에 그녀가 놓은 석상들은 영겁의 갑옷 속에서 버둥거렸다. 그러고 나면 그녀는 기억할 수 있는 많은 이를 일순간만이라도 자유롭게 해방하고자 애쓰곤 했다. 주근깨투성이 손을 단단해진 흙으로 가만히 덮고서 언어의 열병에 들뜬 헤어 양. 톰을 데려오고자 칼릴 부인의 집을 찾아갔던 날 밤에 함께 수수께끼를 기렸던 그 원주민 청년.

완전하고 강박적이며 실제적일뿐더러 고통스러워 보이는 모자이크로, 시간은 많은 것을 조각냈다. 예술가가 잠시 숨을 돌린 다음에야 다가가 예술 작품을 감정하듯, 고드볼드 부인도 이제야 삶이라는 그녀의 작품에 다가설 수 있었다. 마침내 그녀의 주님이자 구세주의 형상이, 노란 눈꺼풀 아래로 강인하지만 온화한 콧부리를 따라 그녀를 내려다보며 성단에 서 있었다. 부활한 그리스도에게 끝내는 모든 것이 모여들었으므로, 그리고 그 상처들이 치유되었음을 눈으로 직접 확인했으므로, 고드볼드 부인은 이제 기꺼이 떠나갔다.

고드볼드 부인은 달라진 재너두를 처음 찾아갔을 때, 비록 그 순간의 생기 넘치는 상황들이 즐겁게 느껴졌음에도 차마 다시 그곳을 방문할 수 있으리라고는 생각하지 못했다. 하지만 그녀는 당연한 일처럼 다시 찾아갔다. 모험하듯 걸음을 옮기며 소중한 성취를 이루었던 첫 방문 때는 자그마한 묘목 하나를 뽑아냈었다. 과거의 무게에 몹시도 떠밀리고 뒤흔들린 나머지 몸을 지탱해야만 했기 때문이다. 그리고 사스퍼릴러에 있는 집으로 돌아오는 동안 손수건을 입에 대고 있었다. 경험의 절정에서도 실상은 단지 희미하게만 감지되는 것들이 많았다. 똑바로 발을 딛는 것이 습관일지언정 그녀는 여전히 지척거리는 바보였다. 뒤에서 누가 보면 신축성 있는 카디건이 덮은 그 굉장한 엉덩이 폭이 어처구니없는 웃음거리처럼 느껴졌을지도 모른다. 그녀 역시 왕관을 쓰고 있다는 사실을 어쩌다 알아차린 몇몇 이만큼은 그렇게 생각할 수 없었겠지만.

고드볼드 부인이 길을 따라 걷던 그날 저녁은 부드러운 하늘에 또 다른 금빛이 고랑을 새기는 시간이었다. 그 불타오르는 빛깔을 받으며 깜박거리는 그녀의 눈꺼풀이 똑같이 금빛 광채로 반짝였다. 광채는 사뿐히 펼쳐지며 무게에 아랑곳없이 정말로 그녀를 들어 올렸다. 부인이 이해했던 저 살아 있는 피조물들과 함께, 또 이해하지 못했던 다른 많은 것과 함께 그녀가 일순간 머물렀던 그곳으로 말이다. 모든 것이 다시금 손수 실증되었다.

이후로 재너두를 몇 차례 방문하면서도 고드볼드 부인이 이와 비슷한 무엇도 경험할 수 없었다면, 이는 아마도 그녀가 여전히 굳건히 지상에 발을 딛고 있었기 때문이리라. 언덕까지는 고된 오르막이었기에, 그녀는 눈부신 빛을 피하고자 눈을 내리깔고서 자신이 계속해서 살아가는 오두막을 향해 가쁜 숨을 쉬며 걸음을 옮겼을 것이다.

가장 멀고 가장 막막한 곳에 선 인간

　"오스트레일리아가 될 수도 있겠지요."

　전에는 한 번도 머릿속에 떠올린 적이 없었으나, 이제 그 땅이 현실로서 그에게 다가왔다. 아마도 가장 멀고 가장 막막한 곳이기 때문이었으리라.

　가스실 문턱 안까지 떠밀려 들어갔음에도 기적처럼 살아서 돌아온 유대인 히멜파르프는, 전쟁이 끝난 후 팔레스타인 땅으로의 이주를 허락받는다. 하지만 새로운 이스라엘을 건설하겠노라 꿈에 부푼 그곳의 유대인들 사이에서 히멜파르프는 홀로 한없이 회의를 느낄 뿐이다. 한때 유대인이라는 이유로 소외당했던 인간이 다시금 자기와 같은 핏줄의 유대인들 사이에서 소외당할 때, 그 벼랑 끝과도 같은 상황에서 선택할 수 있는 가능성은 과연 무엇일까. 히멜파르프가 떠올린 곳은 오스트레일리아다. 그 모든 정신적 사치와 오만에 지친 영혼을 위로할 수 있으리라는 기대 때문이 아니다. 다만 그곳이야말로 가장 멀고, 가장 막막한 땅이기 때문이다. 누군가에게는 그런 곳이 필요하다. 아무것도 되돌아볼 수 없을 만큼 멀고, 어디로도 도망칠 수 없을 만큼 막막한 곳.

일찍이 프톨레마이오스가 미지의 남쪽 땅*을 상상한 이래, 17세기 이전까지 유럽인들은 오스트레일리아라는 이 거대한 대륙의 존재를 제대로 알지 못했다. 초창기에 오스트레일리아 땅을 밟은 유럽의 탐험가들은 이 땅에서 경제적 가치를 발견하지 못했으며, 18세기 말에 영국의 제임스 쿡이 본격적으로 탐험을 마친 다음에야 백인들의 정착이 시작되었다. 미국이 독립한 이후 폭증하는 죄수들을 유배할 공간이 필요했던 영국에서 오스트레일리아를 새로운 유배지로 삼아 이주 정책을 펼치기 시작했기 때문이다. 이때부터 수많은 죄수와 이들을 관리할 인원들이 유입되었으며, 19세기 중반에는 금광이 발견되면서 한탕을 노린 인구가 전 세계에서 흘러들었다. 이 과정에서 20세기 중후반까지 유색인종의 입국이나 이민을 배척하는 백호주의가 채택되기도 했다. 그리고 이 모든 치열한 이민사가 시작되기 이전에, 적어도 2만5천 년 이상의 역사와 고유 문화를 지켜온 애버리지니들이 토착 생물들과 함께 오스트레일리아에서 살아가고 있었다.

오스트레일리아에 정착한 유럽인들은 처음부터 애버리지니들을 인간으로 인식하지 않았다. 30만 명에서 70만 명에 이르던 애버리지니 인구는 유럽인들이 매개한 질병과 직접적인 학살 때문에 한때는 3만 명 남짓밖에 남지 않았으며, 20세기에는 작품 속 앨프 더보가 그러했듯 많은 아이가 강제로 부모에게서 분리되어 백인 가정으로 입양을 당하기도 했

---

* 테라 오스트랄리스 인코그니토Terra Australis Incognito. 프톨레마이오스는 2세기경 제작한 세계지도에서 인도양 남쪽에 있는 가상의 대륙에 이 같은 이름을 붙였다. 오늘날 오스트레일리아라는 이름은 여기에서 유래했다.

다. 차별이 애버리지니들만을 향한 것은 아니다. 골드러시가 가열되면서 이민자의 수가 크게 늘어나고 백인 노동자들의 임금이 저하하자, 오스트레일리아는 국가 차원에서 모든 유색인종을 배척하는 내용의 결의안을 통과시켰다. 이 같은 백호주의는 1970년대 들어서야 기능을 상실했고, 그 전까지 작품 속 모르데카이 히멜파르프 같은 이방인은 공공연한 차별에 시달려야 했다.

　이들을 차별한 백인들이라고 해서 완벽하게 우월한 지위를 누린 것은 아니다. 애초에 유럽에서는 오스트레일리아를 변방의 유형지로 이해했고, 그곳에 정착한 백인들을 어디까지나 식민지의 주민으로만 이해했다. 척박한 오스트레일리아 땅에 정착한 이들은 금광을 개발하거나 농장을 운영하는 과정에서 상당한 부를 축적하기도 했으나 본토 유럽인에 대한 열등감을 극복하기는 힘들었다. 작품 속 메리 헤어의 부모가 보이는 속물적 취향과 기이한 열등감은 이 같은 맥락에서 이해해볼 수 있다. 별다른 혈통이나 재산의 뒷받침 없이 이민을 시도했다가 안정적인 정착에 실패한 백인들이라면 상황은 더욱 암담했다. 이들은 같은 백인에게조차 멸시당하며 빈곤한 삶을 꾸려나가야 했으니, 작품 속 루스 조이너의 처지는 이 같은 상태를 잘 보여준다.

　가장 멀고 가장 막막한 이 땅에서도 인간은 살아간다. 이러한 오스트레일리아인의 정체성을 문장으로, 또한 인생으로 대변한 작가가 바로 패트릭 화이트다. 화이트는 영국계 오스트레일리아인 빅터 딕 마틴데일 화이트와 루스 위디컴 사이에서 태어났다. 그러나 그가 태어난 땅은 오스트레일리아가 아닌 영국 런던이었다. 그의 부모처럼 사회적으로 성공한 오스트레일리아인들은 관례처럼 한 번씩 유럽 본토를 방문해 그네가 이룬 성취를 과시하려 했기 때문이다. 그는 부모의 고향인 오스트레일리아로 들어가 유년기를 보내고 다시 영국으로 돌아가 교육을 받았다. 한때는 독일어와 프랑스어 등을 공부하며 유럽과 미국에서 작가로 성장하기를 원하기도 했다. 제2차 세계대전이 발발하자 영국 군인으로 참전해 북아프리카와 중동, 그리스 등에서 복무했으며, 알렉산드리아에서 그리스인 매놀리 라스카리스를 만난 후로는 그와 평생의 동반자가 되었다. 그리고 이 모든 복잡한 배경에도 불구하고, 유년기를 보냈던 오스트레일리아를 마침내 삶의 터전으로 삼아 정착했다.

멀고도 막막한 땅을 선택한 패트릭 화이트는 그 땅에서 아무것도 되돌아볼 수 없고 어디로도 도망칠 수 없는 이들의 이야기를 그려냈다. 그리고 문학 세계 내부만이 아니라 외부에서도 이들을 위한 싸움을 멈추지 않았다. 당시로서는 스스로 인정하기조차 쉽지 않았을 동성애자로서의 정체성을 일찍이 받아들였고 동성애에 대한 부당한 편견에 대해서는 직설적인 발언을 날렸다. 베트남 전쟁과 무분별한 개발, 이후에는 우라늄 개발과 핵 확산에 대해서도 날 선 비판을 가했다. 애버리지니의 인권 문제에 평생 지대한 관심을 보였으며, 문화적인 후원을 통해 그들의 예술을 오스트레일리아 내외에 소개하려 노력하기도 했다. 결코 자신의 지명도를 내세우고자 했던 것은 아니다. 그는 권위 있는 상들을 여러 차례 수상한 후 더 이상은 문학상 후보로 지명되기를 원하지 않는다고 선언했다. 대중에게 노출되고 싶지 않다는 이유로 노벨상 시상식에도 참석하지 않았으며, 장례를 마칠 때까지는 자신의 죽음조차 언론에 공개하지 말아달라고 당부한 바 있다. 화이트는 다만 아무것도 되돌아볼 수 없고 어디로도 도망칠 수 없는 사람들 가운데 하나였고, 존재 자체로 오스트레일리아의 모든 소수자, 더 나아가 세계의 모든 소수자를 대변했다.

사람 사이의 연대는 목적을 이루기 위한 강한 동력이다. 그들은 농담과 격려로 결속을 다지며 서로 따뜻하고 끈끈한 시선을 교환한다. 때로는 서로가 사람이라는 최소한의 공통분모만으로도 이러한 연대는 가능하다. 그러나 상대가 사람이 아니라면 어떠한가. 사람 아닌 다른 존재를 향해 그들은 처음에 무관심한 눈길을 보내다가, 조금이라도 그네 사람 사이의 결속이 위태롭게 느껴지는 순간 날카로운 이빨을 드러내기도 한다. 과연 무엇이 사람인지, 어디까지가 사람인지는 생각보다 명확지 않다. 지성 때문이든, 종교 때문이든, 인종 때문이든, 가난 때문이든, 누군가는 순식간에 사람의 범주 밖으로 밀려날 수 있다. 나치의 유대인 학살이 그 극단적인 예라면, 보다 일상적인 예들은 생활 속에서 다가온다. 『전차를 모는 기수들』에 등장하는 메리 헤어, 모르데카이 히멜파르프, 앨프 더보, 루스 조이너는 모두 '평범한' 사람들에 의해 사람의 범주 밖으로 내몰린 인물들이다. 물려받은 혈통과 재산이 제아무리 값지다 해도, 제대로 단어조차 조합하지 못하는 광인 메리는 사람이 아니다. 독일인으로서 제1차 세계대전에 참전하고 저명한 학문적 성취를 이루었다 해도, 홀로코스트에서 살아남아 오스트레일리아까지 흘러든 유대인 모르데카이는 사람이 아니다. 위대한 실험의 일환으로 백인 목사 가정에 입양되어 라틴어 동사 활용과 신의 존재에 대해 교육받았다 한들, 애버리지니의 피가 섞인 앨프는 사람이 아니다. 스스로의 손으로 노동하고 여섯 명의 딸아이를 사랑할 줄 아는 인간으로 키워냈다 한들, 쓰러져가는 오두막에 살며 가장 낮은 이들과 거리낌 없이 어울리는 루스는 사람이 아니다. 이들은 존재 자체만으로도 사람들을 불편하게 하기에 누구와도 연대하지 못하고 외롭게 배척당한다.

그럼에도 불구하고 이들이 감당하는 소외는, 패트릭 화이트에게 오스트레일리아가 그러했듯, 피할 수 없는 조건이라기보다는 스스로의 선택이다. 기실 사람이 아님에도 사람의 가면을 쓰고, 모두가 그러하듯 사람 아닌 다른 존재를 십자가에 매달며 열광하거나 적어도 그 모습을 못 본 척할 수는 있다. 뒤늦게야 짐짓 깨달았다는 듯, 모든 것이 농담이었노라고 말할 수도 있다. 작품 속에서 해리 로즈트리가 되어 살아가는 하임 로젠바움이 바로 그러한 인물이다. 그 같은 삶을 위해서는 단단한 가면을 벗지 않고 끊임없이 자신의 거짓 정체성을 증명해야만 한다. 그러나 모두에게 박해당하는 저 사람 아닌 다른 존재의 눈빛에서 일순간이라도 자기와 같은 무언가를 발견하는 순간, 그는 더 이상 사람으로서 살아나갈 수 없다. 하임 로젠바움은 살아나갈 수 없기에 죽어야 했다. 반면 죽고 싶지 않다면 살아나가야 한다. 이는 너무도 자연스러운 선택이기에, 남편의 죽음 이후에도 아무렇지 않다는 듯 더욱 두꺼운 가면을 바꿔 쓰며 살아가는 슐라미트 로젠바움의 모습을 비난하기란 쉽지 않다. 그녀는 대단한 죄악을 저지른 적이 없다. 그저 평범한 사람이 되고 싶었을 뿐. 살아나가고 싶었을 뿐.

평범한 사람으로 살아간다는 것은 그렇듯 아슬아슬한 모험이다. 민족과 종교와 성별과 이념 등등 숱한 조건이 한 인간을 끊임없이 사람이라는 범주 밖으로 밀어내려 하는 오늘날에도 이는 마찬가지다. 누구도 그러한 위협에서 자유로울 수 없으므로, 이들은 더욱이 스스로 사람이라는 정체성을 증명하고 사람 아닌 다른 존재를 향한 증오를 표출하게 된다. 그리고 그 과정에서 실상 누구보다도 비인간적인 자기 존재의 실상을 까발리고 만다. 『전차를 모는 기수들』은 「에스겔서」에 적힌 기수의 비전을 포함해 비유적이고 계시적인 색채로 가득한 작품이지만, 그 가운데에 단 한 번 구체적인 지옥의 풍경을 묘사해 보이니, 이는 누구보다도 열심히 교회에 나가며 품위 있는 삶을 살아간다고 자신하는 졸리 부인과 플랙 부인의 마지막 모습이다. '밤의 상념들은 무척이나 잔인했으며, 길고 부드러운 가운을 질질 끄는 그 두 여인은 통로에서 서로 부딪치거나 손가락들을 서로 마주친 다음, 상냥하게 상대를 어둠의 근원으로 데려다주었다. 미궁을 헤쳐나가기 위해서는 서로가 절실히 필요했다. 적절한 안내가 없다면 지옥의 영혼도 길을 잃을지 모를 일이었다.' 자기네와 다른 이들을 조롱하고 배척하며 마치 몸부림치듯 스스로의 평범함을 증명하려는 사이, 두 사람은 어느새 지옥의 주민이 되어 있다. 사람을 사람으로 만든다고 그들이 믿었던 모든 조건은 실상 지옥의 영혼을 위한 양식일 뿐이다.

사람의 범주에서 밀려난 존재들은 그들끼리 새로운 범주를 구분하려 들지도, 다시금 그 외부의 존재들을 배척하려 들지도 않는다. 각기 다른 이유로 사람들에게 떠밀려 배척당한다는 사실 외에 어떠한 공통분모도 형성하지 못한다. 다만 그들은 본능적으로 서로의 상처를 핥아주는 동물과도 같다. 그들의 본능은 사랑이고 사랑은 곧 모든 종교 위의 종교다. 새와 염소를 사랑하듯 사람을 사랑할 수 없었던 메리 헤어는 누구도 사람 취급하지 않던 유대인과 가난뱅이 여인을 친구라 부르며 사랑한다. 예수의 신성을 인정하지 않던 유대인 모르데카이 히멜파르프는 사랑의 화신 예수가 그러했듯 성금요일에 십자가에 매달린 채로 사람들을 용서하며 희생당한다. 백인 가정에 강제로 입양된 애버리지니의 후손 앨프 더보는 목사의 누이에게서 처음 배웠던 유화를 통해 자신이 목격한 사랑의 극한과 신성을 증언한다. 가장 상처받은 것들을 사랑하기 위해 스스로 낮은 자리에 머물러 했던 루스 조이너가 머리에 쓴 왕관을 평범한 사람들은 아무도 알아보지 못한다. 어떤 이에게는 이 모든 이야기가 몹시 부조리한 신성모독에 불과할지도 모른다. 그러나 사람 아닌 다른 모든 것의 눈빛 앞에 멈칫한 적이 있는 이들에게, 또한 스스로 그런 눈빛을 한 이들에게, 이 작품은 지극히 묵직한 울림이 될 수 있으리라 믿는다. 가장 멀고 가장 막막한 곳은 거대한 지구 위 오스트레일리아 대륙에만 있는 것이 아니다. 누군가의 마음과 누군가의 눈빛에도 그곳은 있다. 우리는 때로 무엇 하나 되돌아볼 수 없으며 어디로도 도망칠 수 없는 상황에 처하거나 감히 그러길 원한다. 그럼에도 사랑할 수 있다.

1912   5월 28일 영국 런던에서 출생. 아버지는 빅터 딕 마틴데일 화이트, 어머니는 루스 위디컴. 영국계 오스트레일리아인으로서 대농장을 소유한 부모는 당시에 유럽을 여행 중이었다. 같은 해 말에 이들은 농장이 있는 오스트레일리아 시드니로 돌아갔다.

1916   천식을 앓기 시작했다. 유년기 내내 허약한 체질에 시달리게 된다.

1920   크랜브룩 유치원에 입원.

1922   모스베일 인근의 사립 기숙 유치원인 튜더 하우스스쿨에 입원. 패트릭의 부모는 주변의 온화한 기후가 아이의 천식을 다스리는 데 도움이 되리라 기대했다.

1925   부모와 떨어져 영국에 있는 첼트넘 칼리지에 입학. 계속해서 천식에 시달리고 동성애자로서의 정체성을 자각하면서, 제대로 학교생활에 적응하지 못한 채 배우가 되기를 꿈꾸기도 했다.

1929   진로를 결정하기 전에 농장 일을 도와보라는 부모의 권고에 따라, 오스트레일리아로 돌아왔다. 수습 양치기를 뜻하는 소위 재커루로 2년 동안 일하며 남는 시간을 이용해 소설을 창작했다.

1932   다시 영국으로 나가 케임브리지의 킹스 칼리지에 입학. 현대 유럽

어를 전공으로 삼았다. 시와 단편소설, 희곡을 창작하며 다양한 지면에 발표했다.

1936   대학을 졸업하고 부모에게 생활비를 요청해 런던에서 생활. 다양한 예술가들과 교류하며 새로운 소설을 창작하고 자유로운 생활을 즐겼다. 이때 만난 화가 루아 드 메스트르는 그의 삶과 작품에 많은 영향을 미쳤다.

1937   아버지 사망. 많은 유산을 물려받으면서 작품 활동에 매진할 수 있는 물질적 기반을 얻었다.

1939   첫번째 장편소설인 『행복의 계곡Happy Valley』 출간. 이 시기에 미국으로 건너가 각지를 여행했다.

1940   영국으로 돌아와 공군에 입대. 정보 장교로 제2차 세계대전에 참전했다. 이후 북아프리카와 중동, 그리스 등에서 복무했다.

1941   두번째 장편소설 『산 자와 죽은 자The Living and the Dead』 출간. 『행복의 계곡』으로 오스트레일리아 문학회 금메달을 수상했다.

1946   군 복무 중 이집트의 알렉산드리아에서 그리스인 장교 매놀리 라스카리스를 만나, 이후 그와 평생의 동반자가 된다. 그와 함께 오스트레일리아를 잠시 방문했다가 이후 완전히 정착하기로 마음먹었다.

1948   세번째 장편소설 『숙모님 이야기The Aunt's Story』 출간.

1955   네번째 장편소설 『인간의 나무The Tree of Man』 출간. 이 작품으로 오스트레일리아 문학회 금메달을 수상했다.

1957   다섯번째 장편소설 『보스Voss』 출간. 이 작품으로 마일스 프랭클린 문학상을 수상했다.

1958   라스카리스와 함께 유럽과 미국을 여행하고, 당시 런던에 있던 어머니와 재회.

1961   여섯번째 장편소설 『전차를 모는 기수들Riders in the Chariot』 출간.

이 작품으로 마일스 프랭클린 문학상을 수상했다. 희곡「햄 장례식The Ham Funeral」 초연.

1962   희곡「사스퍼릴러에서의 시절The Season at Sarsaparilla」 초연.

1963   희곡「활기찬 영혼A Cheery Soul」 초연. 라스카리스와 함께 다시 한 번 런던을 방문했다. 시드니로 돌아온 지 얼마 지나지 않아 어머니의 부고를 접했다. 같은 해에 센테니얼파크에 있는 방갈로로 이사하고 죽을 때까지 그곳에 살았다.

1964   첫번째 단편소설집 『불타버린 사람들The Burnt Ones』 출간. 희곡「민둥산의 밤Night on Bald Mountain」 초연.

1965   『불타버린 사람들』로 오스트레일리아 문학회 금메달 수상.

1966   일곱번째 장편소설 『굳건한 만다라The Solid Mandala』 출간.

1967   라스카리스와 함께 그리스 방문.

1970   여덟번째 장편소설 『생체 해부자The Vivisector』 출간.

1973   아홉번째 장편소설 『폭풍의 눈The Eye of the Storm』 출간. 같은 해에 노벨 문학상을 수상했다. 상금으로는 기금을 조성해 무명작가들의 창작 활동을 도왔다.

1974   두번째 단편소설집 『앵무새들The Cockatoos』 출간.

1976   열번째 장편소설 『잎사귀의 술 장식A Fringe of Leaves』 출간.

1977   희곡「커다란 장난감들Big Toys」 초연.

1979   열한번째 장편소설 『트위본 사건The Twyborn Affair』 출간.

1981   자서전 『유리에 난 흠집Flaws in the Glass: a self-portrait』 출간.

1982   희곡「신호 구동자Signal Driver: a Morality Play for the Times」 초연.

1983   희곡「네더우드Netherwood」 초연.

1986   열두번째 장편소설 『하나인 다수의 회고록Memoirs of Many in One』 출간.

1987   세번째 단편소설집 『세 편의 거북한 이야기Three Uneasy Pieces』 출

간. 희곡 「바위 위의 양치기Shepherd on the Rocks」 초연.

1990   9월 30일 평생의 동반자였던 라스카리스가 곁을 지키는 가운데 향
        년 78세로 자택에서 사망. 고인의 뜻대로 시신은 화장된 후 늘 거
        닐던 공원에 흩어졌다.

2003   매놀리 라스카리스 사망.

2012   미완된 장편소설 『공중 정원The Hanging Garden』이 사후에 출간.

세계문학과 한국문학 간에 혈맥이 뚫려, 세계-한국문학의 공진화가 개시되기를

21세기 한국에서 '세계문학'을 읽는다는 것은 무엇을 뜻하는가? 자국문학 따로 있고 그 울타리 바깥에 세계문학이 따로 있다는 말인가? 이제 한국문학은 주변문학이 아니며 개별문학만도 아니다. 김윤식·김현의 『한국문학사』(1973)가 두 개의 서문을 통해서 "한국문학은 주변문학을 벗어나야 한다"와 "한국문학은 개별문학이다"라는 두 개의 명제를 내세웠을 때, 한국문학은 아직 주변문학이었다. 한데 그 이후에도 여전히 한국문학은 주변문학이었다. 왜냐하면 "한국문학은 이식문학이다"라는 옛 평론가의 망령이 여전히 우리의 의식을 장악하고 있었기 때문이다. 그렇게 생각하고 그렇게 읽고, 써온 것이었다. 그리고 얼마간 그런 생각에 진실이 포함되어 있는 것도 사실이었다. 그러나 천천히, 그것도 아주 천천히, 경제성장이나 한류보다는 훨씬 느리게, 한국문학은 자신의 '자주성'을 세계에 알리며 그 존재를 세계지도의 표면 위에 부조시키고 있었다. 그런 와중에 반대 방향에서 전혀 다른 기운이 일어나 막 세계의 대양에 돛을 띄운 한국문학에 위협적인 격랑을 밀어붙이고 있었다. 20세기 말부터 본격화된 '세계화'의 바람은 이제 경제적 재화뿐만이 아니라 어떤 나라의 문화물도 국가 단위로만 존재할 수 없게 하였던 것이니, 한국문학 역시 세계문학의 한 단위라는 위상을 요구받게 되었던 것이다.

그러니 21세기 한국에서 세계문학을 읽는다는 것은 진정 무엇을 뜻하는가? 무엇보다도 세계문학이라는 개념을 돌이켜 볼 때가 되었다. 그동안 세계문학은 '보편문학'의 지위를 누려왔다. 즉 세계문학은 따라야 할 모범이고 존중해야 할 권위이며 자국문학이 복종해야 할 상급 문학이었다. 그리고 보편문학으로서의 세계문학의 반열에 올라간 작품들은 18세기 이래 강대국의 지위를 누려온 국가의 범위 안에서 설정되기가 일쑤였다. 이렇게 해서 세계 각국의 저마다의 문학은 몇몇 소수의 힘 있는 문학들의 영향 속에서 후자들을 추종하는 자세로 모가지를 드리워왔던 것이다. 이제 세계문학에게 본래의 이름을 돌려줄 때가 되었다. 즉 세계문학은 보편문학이 아니라 세계인 모두가 향유할 수 있도록 전 세계 방방곡곡에서 씌어져서 지구적 규모의 연락망을 통해 배달되는 지구상의 모든 문학이라고 재정의할 때가 되었다. 이러한 재정의에는 오로지 질적 의미의 삭제와 수량적 중성화만 있는 게 아니다. 모든 현상학적 환원에는 그 안에 진정한 가치를 향해 나아가고자 하는 지향성이 움직이고 있다. 20세기 막바지에 불어닥친 세계화 토네이도가 애초에는 신자유주의적 탐욕 속에서 소수의 대국 기업에 의해 주도되었으나 격심한 우여곡절을 겪으며 국가 간 위계질서를 무너뜨리는 평등한 교류로서의 대안-세계화의 청사진을 세계인의 마음속에 심게 하였듯이, 오늘날 모든 자국문학이 세계문학의 단위로 재편되는 추세가 보편문학의 성채도 덩달아 허물게 되어, 지구상의 모든 문학들이 공평의

체 위에서 토닥거리는 게 마땅하다는 인식이 일상화까지는 아니더라도 최소한 정당화되고 잠재적으로 전망되는 여건을 만들어내게 되었던 것이다.

또한 종래 세계문학의 보편문학적 지위는 공간적 한계만을 야기했던 게 아니다. 그 보편문학이 말 그대로 보편성을 확보했다기보다는 실상 협소한 문학적 기준에 근거한 한정된 작품 집합에 머무르기 일쑤였다. 게다가, 문학의 진정한 교류가 마음의 감동에서 움트는 것일진대, 언어의 상이성은 그런 꿈을 자주 흐려왔으니, 조급한 마음은 그런 어둠 사이에 상업성과 말초적 자극성이라는 아편을 주입하여 교류를 인공적으로 촉진시키곤 하였다. 이제 우리는 그런 편법과 왜곡을 막기 위해서, 활짝 개방된 문학적 관점을 도입하여, 지금까지 외면당하거나 이런저런 이유로 파묻혀 있던 숨은 걸작들을 발굴하여 널리 알리고 저마다의 문학을 저마다의 방식으로 감상할 수 있는 음미의 물관을 제공해야 할 것이다. 실로 그런 취지에서 보자면 우리는 한국에 미만한 수많은 세계문학전집 시리즈들이 과거의 세계문학장을 너무나 큰 어둠으로 가려오고 있었다는 것을 절감한다.

이와 같은 인식하에 '대산세계문학총서'의 방향은 다음으로 모인다. 첫째, '대산세계문학총서'의 기준은 작품의 고전적 가치이다. 그러나 설명이 필요하다. 이 고전은 지금까지 고전으로 인정된 것들에 갇히지 않는다. 우리가 생각하는 고전성은 추상적으로는 '높은 문학성'을 가리킬 터이지만, 이 문학성이란 이미 확정된 규칙들에 근거한 문학성(그런 문학성은 실상 존재하지 않거니와)이 아니라, 오로지 저만의 고유한 구조를 통해 조직되는데 희한하게도 독자들의 저마다의 수용 기관과 연결되는 소통로의 접속 단자가 풍요롭고, 그 전류가 진해서, 세계의 가장 많은 인구의 감성을 열고 지성을 드높일 잠재적 역능이 알차게 채워진 작품의 성질을 가리킨다. 이러한 기준은 결국 작품의 문학성이 작품이나 작가에 의해 혹은 독자에 의해 일방적으로 결정되는 것이 아니라, 세 주체의 협력에 의해 형성되며 동시에 그 형성을 통해서 작품을 개방하고 작가의 다음 운동을 북돋거나 작가를 재인식시키며, 독자의 감수성을 일깨워 그의 내부에 읽기로부터 쓰기로의 순환이 유장하도록 자극하는 운동을 낳는다는 점을 환기시키고 또한 그런 작품에 대한 분별을 요구한다.

이 첫번째 기준으로부터 두 가지 기준이 덧붙여 결정된다.

둘째, '대산세계문학총서'는 발굴하고 발견한다. 모르거나 잊힌 것을 발굴하여 문학의 두께를 두텁게 하고, 당대의 유행을 따라가기보다는 또한 단순히 미래를 예측하기보다는 차라리 인류의 미래를 공진화적으로 개방할 수 있는 작품을 발견하여 문학의 영역을 확장할 것을 목표로 한다. 이는 또한 공동선의 실현과 심미안의 집단적 수준의 진화에 맞추어 작품을 선별한다는 것을 뜻한다.

셋째, '대산세계문학총서'가 지구상의 그리고 고금의 모든 문학작품들에게 열려 있다면, 그리고 이 열림이 지금까지의 기술 그대로 그 고유성을 제대로 활성화시키는 방식으로 진행되는 것이라면, 이는 궁극적으로 '가장 지역적인 문학이 가장 세계적인 문학'이라는 이상적 호환성을 추구한다는 것을 가리킨다. 이는 또한 '대산세계문학총서'의 피드백에도 그대로 적용될 것이다. 즉 '대산세계문학총서'의 개개 작품들은 한국의 독자들에게 가장 고유한 방식으로 향유될 터이고, 그럴 때에 그 작품의 세계성이 가장 활발하게 현상되고 작용할 것이다.

이러한 기준들을 열린 자세와 꼼꼼한 태도로 섬세히 원용함으로써 우리는 '대산세계문학총서'가 그 발굴과 발견을 통해 세계문학의 영역을 두텁고 넓게 하는 과정 그 자체로서 한국 독자들의 문학적 안목과 감수성을 신장시키는 데 기여할 것을 기대하며, 재차 그러한 과정이 한국문학의 체내에 수혈되어 한국문학의 도약이 곧바로 세계문학의 진화로 이어지게끔 하기를 희망한다. 이는 우리가 '대산세계문학총서'를 21세기의 한국사회에서 수행하는 근본적인 소이이다. 독자들의 뜨거운 호응을 바라마지않는다.

'대산세계문학총서' 기획위원회